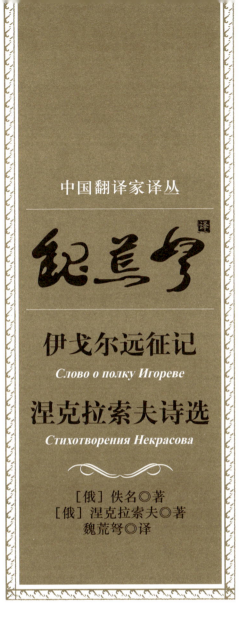

中国翻译家译丛

纪蔚华 译

伊戈尔远征记

Слово о полку Игореве

涅克拉索夫诗选

Стихотворения Некрасова

[俄] 佚名◎著
[俄] 涅克拉索夫◎著
魏荒弩◎译

人民文学出版社

图书在版编目(CIP)数据

魏荒弩译伊戈尔远征记　涅克拉索夫诗选/(俄罗斯)佚名,(俄罗斯)涅克拉索夫著;魏荒弩译. — 北京:人民文学出版社,2017
（中国翻译家译丛）
ISBN 978-7-02-012356-8

Ⅰ.①魏… Ⅱ.①佚… ②涅… ③魏… Ⅲ.①诗集—俄罗斯—近代 Ⅳ.①I512.24

中国版本图书馆 CIP 数据核字（2017）第 026926 号

选题策划　欧阳韬
责任编辑　柏　英
责任印制　任　祎

出版发行　人民文学出版社
社　　址　北京市朝内大街 166 号
邮政编码　100705
网　　址　http://www.rw-cn.com

印　　刷　北京盛通印刷股份有限公司
经　　销　全国新华书店等

字　　数　309 千字
开　　本　710 毫米×1000 毫米　1/16
印　　张　36.25　插页 1
印　　数　1—5000
版　　次　2019 年 7 月北京第 1 版
印　　次　2019 年 7 月第 1 次印刷

书　　号　978-7-02-012356-8
定　　价　78.00 元

如有印装质量问题,请与本社图书销售中心调换。电话:010-65233595

出 版 说 明

人民文学出版社自一九五一年建社以来，出版了很多著名翻译家的优秀译作。这些翻译家学贯中西，才气纵横。他们苦心孤诣，以不倦的译笔为几代读者提供了丰厚的精神食粮，堪当后学楷模。然时下，译界译者、译作之多虽前所未有，却难觅精品、大家。为缅怀名家们对中华文化所做出的巨大贡献，展示他们的严谨学风和卓越成就，更为激浊扬清，在文学翻译领域树一面正色之旗，人民文学出版社决定携手中国翻译协会出版"中国翻译家译丛"，精选杰出文学翻译家的代表译作，每人一种，分辑出版。

人民文学出版社编辑部

二〇一六年十月

"中国翻译家译丛"顾问委员会

主 任

李肇星

顾 问

（按姓氏笔画排序）

于友先　卢永福　孙绳武　任吉生　刘习良

李肇星　陈众议　肖丽媛　桂晓风　黄友义

目　录

伊戈尔远征记

译 者 序

《伊戈尔远征记》是俄国古代的一部英雄史诗。这一焕发着斑斓光彩的不朽诗篇，一直为俄罗斯人民所传诵。史诗里洋溢着的爱国主义精神，将永远激励和鼓舞着一切热爱自己祖国的人们。

十八世纪末叶，俄罗斯社会对历史文献发生兴趣，纷纷搜集古代文物和古代文学艺术作品。《远征记》的手稿，就是俄罗斯古文物爱好者和搜集家穆辛-普希金①，于十八世纪九十年代初在雅罗斯拉夫尔的救主寺所发现的。但这一手稿显然是十六世纪的抄写人依据《远征记》原稿所临摹的抄本。这个抄本一直保存在莫斯科穆辛-普希金的家中，于一八一二年莫斯科大火②时，连同他的全部藏书均被烧毁。但在这之前已根据这一手稿临摹下几个抄本，其中还有一份献给了女皇叶卡捷琳娜二世。此外，手稿在穆辛-普希金及其他一些学者的筹划下，早在一八〇〇年已经正式出版，开始流传。

穆辛-普希金伯爵吸收了当时最优秀的通人识家，来研究《远征记》的手稿，其中有著名的作家和历史学家卡拉姆辛。《远征记》的第一个版本极不完备，因为手稿上的一些字还没有辨认出来，有的理解得也不够正确，所以正文中还留下许多晦涩费解之处。但其中的一些历史性细节，随后则不断得到新的阐释。到了十九世纪初叶，原来的那些晦涩语言日渐得到辨识和澄清。当时的一些文学家、语言学家和历史学家都在孜孜不倦地研究《远征记》。著名诗人普希金就钻研过它，而且留给了我们一些研究准备工作的

---

① 穆辛-普希金（А. И. Мусин-Пушкин，1744—1817），考古学家，俄罗斯历史文献收藏者和出版者。

② 1812 年拿破仑率领法军侵入莫斯科时，莫斯科市区发生大火，延烧了六昼夜。

草稿。茹科夫斯基、迈科夫、梅伊以及十九世纪的许多诗人都曾翻译过它。无论过去或现在,可以说,没有哪一个俄罗斯的语言大师没有写过关于《远征记》的研究文章。这一类研究著作,总数当在千种以上。还应该指出,《远征记》已被译成所有斯拉夫民族和西欧以至世界各民族文字。其在世界文学上影响的深远可以想见。

《远征记》写成于十二世纪末叶,据苏联著名学者利哈乔夫的考证,当为一一八七年,正值古代罗斯形成一个封建割据之势的时候。许多的封建公国彼此仇视不睦,相互争夺领邑与高位;为了王公一己的利益,经常在进行着骨肉残杀的战争。作为罗斯国家中心的基辅,其意义已日渐式微。

当时的加里奇、里亚桑、斯摩棱斯克、符拉季米尔-伏林斯基、符拉季米尔-节列斯基、罗斯托夫、诺夫戈罗德等公国力图谋取政治上的独立,极力逃避日益衰微的基辅宝座的影响,闭守着本土的一己私利;王公们连年争夺,陷入永无休止的兄弟阋墙的战争中。

王公的内讧,由于濒临在罗斯头上的波洛夫人入侵的危机,更加悲剧化、复杂化了。波洛夫人,一种突厥游牧民族,远在十一世纪中叶就占领了伏尔加河与第聂伯河之间的草原和克里米亚,并深入到巴尔干半岛上来。这个民族拥有一支非常强大的军事力量。罗斯王公虽然在十二世纪初就屡次战胜过波洛夫人,但他们仍然不断破坏罗斯的城市和乡村,抢劫、残杀和平居民,甚至将他们掳去充当奴隶。因此,位于古代罗斯南部边疆的各罗斯公国曾不断同这一草原游牧民族做斗争。譬如,一一八四年,基辅大公斯维雅托斯拉夫对第聂伯河流域的波洛夫人就进行过一次规模宏大的征讨,并击败了他们,还俘虏了他们的汗柯比雅克。又如次年由伊戈尔率领的征战,也就是《远征记》里所反映的这一次惨痛的远征。

原来,伊戈尔公未能参加一一八四年罗斯王公在斯维雅托斯拉夫领导下的那次联合讨伐。第二年伊戈尔便同自己的亲属——兄弟符塞伏洛德、儿子符拉季米尔、侄子斯维雅托斯拉夫——一起召集了一支人数不多的军队,没有同别的王公商议,便擅自向波洛夫进军了。伊戈尔面临着一个力不能胜的任务,即以自己的兵力冲过波洛夫草原,到达黑海海岸。编年史记述着伊戈尔军队进入波洛夫草原的行动,记述着初战的成功,以及继之而来的罗斯军队的溃败和伊戈尔公的被俘。再后,编年史还记述着波洛夫人冲进了罗斯国土。康恰克汗直逼基辅,包围了彼烈雅斯拉夫尔,攻占了许多的罗斯城市。另一个波洛夫汗戈扎(即戈扎克)则向普季夫尔进攻,破坏了许多村庄。这时候,基辅大公试图联合众王公,以便阻止波洛夫人的进逼。这一作为《伊戈尔远征记》构成基础的历史事件,便是这样。

但《远征记》的内容还不仅限于叙述伊戈尔的远征。作者只是把这次远征当作一个引线,其目的还是要描绘那由于国家政治上的分崩离析、王公间的连年内讧和游牧民族的节节进扰所引起的人民贫困的大幅画面。十二世纪古代罗斯的严重局势,迫使作者想起了不久以前的祖国的光荣及其政治上的强盛时代。在《远征记》里,还描绘了一百五十年以来——即"从昔日的符拉季米尔"到"今天的伊戈尔"——罗斯人民生活的整个风貌。

作者以伊戈尔·斯维雅托斯拉维奇的失败的远征为例,指出罗斯政治上的分裂已导致一个多么悲惨的后果。他时时打断自己关于远征及伊戈尔军队同波洛夫人鏖战的叙述,来回忆王公间的内讧,回忆他们怎样"自己给自己制造了叛乱",而邪恶的游牧民族怎样侵入了罗斯国土,狂征暴敛,进行骚扰。"那时候罗斯国土上很少听到农民们的喊叫,但乌鸦却一面分啄着尸体,一面呱呱地叫个不停。"

伊戈尔远征的挫败、军队的溃灭以及接踵而来的罗斯国家的贫困——这一切,作者都认为是王公内讧和分裂的结果。王公们不与进扰的游牧民族去进行战斗,却彼此说着:"这是我的,那也是我的。"于是一个"忧郁的时代来到了"罗斯。

作者在《远征记》的第二部分,描绘了基辅大公斯维雅托斯拉夫——罗斯国家热爱者的形象。斯维雅托斯拉夫对王公们表示,他们就是这一大家庭的成员,于是号召他们保卫罗斯国家。马克思在一八五六年给恩格斯的信中,在谈到《伊戈尔远征记》时,写道:"这部史诗的要点是号召罗斯王公们在一大帮真正的蒙古军的进犯面前团结起来。"[①]

《远征记》有着浓厚的爱国主义思想,这体现在史诗的艺术形象上。最鲜明的形象自然是江山娇美的祖国。作者正是通过这个辽阔广大的罗斯国土的形象,才得以把祖国必须团结一致、必须消除政治上的分裂这一思想充

---

① 见《马克思恩格斯全集》中文版,第29卷,第23页。

分表现出来。

因而也可以说，《远征记》作者所着意抒写的便是罗斯人民和罗斯国家。作者对它表达了自己最美好的感情，并进行了广泛而生动的刻画。

作者描绘了罗斯国土的辽阔幅员。他感觉祖国是一个统一的宏大整体。整个国家都呈现在作者的视野中，吸引在自己叙述的周围。当他提及祖国的时候，他便想起基辅、波洛茨克、车尔尼戈夫、库尔斯克、诺夫戈罗德、加里奇、普季夫尔以及其他城市。所有这些城市都在过着共同生活，某一处的事变，势必会在别的地方引起强烈的反应。作者通过其中的一些人物，夸张地把祖国的那些辽远的地方联合起来。而风、太阳、那有蓝色闪电在跃动的乌云、朝雾、雨云、夜莺在夜里的鸣啭、寒鸦在晨间的哑啼、晚霞与朝暾、大海、湖泊、江河等等，构成了《远征记》事件所据以展开的辽阔而壮丽的背景，描绘出祖国的无垠无边的幅员。在雅罗斯拉夫娜的悲诉中，我们还真切地感到她的罗斯祖国大自然的辽阔，而且这些大自然也都分享着罗斯人民的喜悦和悲哀。祖国这一概念，在作者看来，那是一个把它的历史、城市、乡村、江河以及所有对罗斯人民表示同情的生动的大自然联合起来的整体。作者涉及的范围越广，它的形象也就越具体、越生动，连江河也复苏了，在开始同伊戈尔谈话；飞禽走兽也都赋有了人的智慧。作者用明睿的眼睛逡巡着罗斯的国土，他看见而且听见了在这片国土上所发生的一切。罗斯土地，作者认为那不仅是"国土"这个固有的概念，不仅是罗斯大自然，罗斯城市，而首先是定居在这个国土上的人民。作者提到罗斯农民被王公的内讧破坏了的和平劳动，提到那为罗斯而战死的军人的妻子们的恸哭，提到伊戈尔战败后全体罗斯人民的悲哀，提到罗斯人民财富的毁灭，提到伊戈尔归来后城市和乡村的居民们的喜悦。诺夫戈罗德－塞威尔斯基的伊戈尔公的军队，首先便是罗斯人民的子弟。他们为了保卫祖国，奔向了波洛夫草原；那是他们越过罗斯边境，要同祖国、同整个罗斯国土告别，而不是同诺夫戈罗德－塞威尔斯基、不是同库尔斯克或普季夫尔告别。"啊，罗斯的国土！你已落在岗丘的后边！"同样，伊戈尔的溃败，也使整个罗斯国家感到深深的悲痛："弟兄们，基辅因悲伤而呻吟，而车尔尼戈夫也因遭劫在哀叹。在罗斯国土上泛滥着忧愁，沉重的悲哀在罗斯国土上奔流。"而当伊戈尔逃出囚禁重归祖国的时候，全体罗斯人民又是多么喜悦！

同时,作者认为"祖国"的概念也包括它的历史。在《远征记》的开首,作者说他的"故事"要"从昔日的符拉季米尔讲到今天的伊戈尔"。在叙述中可以知道,作者通晓一百五十年内的罗斯生活事件,而且不断从现代回溯到过去,将过去同现代相比拟。作者想起特罗扬的世纪,雅罗斯拉夫的岁月,奥列格的征讨,"昔日的符拉季米尔"的时代。

作者塑造了罗斯国家的异常生动的形象。当他创作《远征记》的时候,他善于将自己的目光投视到整个罗斯,并通过自己的描写,将罗斯大自然、罗斯人民和罗斯的历史联结在一起。多灾多难的祖国形象在《远征记》的艺术构思和思想意图上都是极其重要的,它激起读者对祖国的热爱,它煽起读者对敌人的憎恨,它号召罗斯人去保卫自己的祖国。而这也正是史诗的弥足珍贵、永世不朽的地方。

此外,作者把王公描写成罗斯国家的代表,同时又斥责了他们为整个国家制造贫困的分裂活动。作者对罗斯王公的这种双重态度,也表现在伊戈尔的形象中。他指出伊戈尔具有许多的优良品质:奋不顾身的勇敢,"战斗的精神",军人的热情。当他出发远征的时候,无论邪恶的物象,无论大自然可怕的预兆,都不曾使伊戈尔有所畏惧。他的那一颗勇敢的心是"用坚硬的钢铸制,是在无畏的大胆里炼成"的。可是作者又谴责了他,因为他不与罗斯王公一起,却单独去征讨波洛夫人,结果招致了惨败。

伊戈尔的主要动机是追求个人的荣誉。也正是这种梦想把他和塞威尔斯基诸公引向了孤立的、注定要失败的对波洛夫人的进军。基辅大公斯维雅托斯拉夫谴责伊戈尔和符塞伏洛德:"你们给我这白发苍苍的老人做了什么好事?……但你们却说:'让我们自己一逞刚勇,让我们自己窃取过去的光荣,让我们自己分享未来的光荣!'"

但是,在指责伊戈尔的举动给祖国招来致命灾难的同时,作者又满怀同情地描绘了伊戈尔的形象,指出伊戈尔是与罗斯国家紧密联结在一起的。罗斯人的大胆与骁勇在他对武士们和战士们的号召中可以听得更真切:"我的武士们和弟兄们!与其被人俘去,不如死在战场;弟兄们,让我们跨上快捷的战马,去瞧一瞧那蓝色的顿河吧。"

伊戈尔的兄弟,勇猛的"野牛"符塞伏洛德的形象,体现了英勇的罗斯军人最优秀的特征,使人想起了古代民歌中的勇士。他所率领的军队同他一样,都具有军人的美德,而且他以他们的战斗品质为荣耀。"我的库尔斯克人,"他说,"都是有经验的战士:在号声中诞生,在头盔下长大,用长矛的利刃进餐,他们认识道路,他们熟悉山谷,他们紧张起弓弦,打开了箭囊,磨快了马刀;他们纵马驰骋,好比原野上的灰狼,为自己寻求美名,为王公寻求荣光。"符塞伏洛德一听到自己兄弟的号召,立刻就出发参加对波洛夫人的征讨。他对伊戈尔表示了动人的热爱:"唯一的弟兄,仅有的光明——你,伊戈尔啊!"在激战中,符塞伏洛德甚至忘记了自己的生命,"忘记了荣誉和财富,和车尔尼戈夫城中父亲的黄金宝座,和宠爱的、美丽的戈列葆甫娜的爱情与抚慰"。

在当时的社会中,作者锐敏地察觉到一种新的进步的现象,即人民渴望团结一致,渴望消除国家的分裂。这种新的进步现象表现在基辅大公斯维雅托斯拉夫的形象中。斯维雅托斯拉夫是英明的,他号召王公们团结起来保卫祖国,抵御外侮。斯维雅托斯拉夫的形象体现了罗斯统一的思想,体现了十二世纪封建割据的罗斯社会中日益增长的、强烈渴望团结的意愿。那原来可以联合起来、保卫罗斯国土的王公们的强大力量,在史诗中也都以极夸张的形象表现出来。诗人大声地慨叹道:"符塞伏洛德大公啊!……要知道,你用木桨就能荡尽伏尔加,而你用头盔就能舀光顿河!""加里奇的奥斯莫梅斯尔·雅罗斯拉夫啊!你高高地坐在自己的金制宝座上,你曾以自己的铁军顶住了匈牙利的高山……关闭了多瑙河的大门……"

作者同时也斥责了王公叛乱的体现者和内讧的教唆者。比如,他把奥列格·斯维雅托斯拉维奇叫作曾经"用宝剑铸成叛逆,并将箭镞播种在大地"的奥列格·戈里斯拉维奇。总之,《远征记》的作者将他自己所最珍视的感情和信念注入了基辅大公斯维雅托斯拉夫的形象,使他成为作品的中心思想的代表,成为那个时代的理想的王公。

《远征记》里还有许多别的形象,这些形象同样也提示了作品的思想内容。伊戈尔的忠贞的妻子雅罗斯拉夫娜的充满诗意的形象便是这样。雅罗斯拉夫娜"像一只无名的杜鹃在悲啼"。然而在雅罗斯拉夫娜的哭诉中,不仅可以听到一个钟情的妻子的哭声,我们还可以听到一个在沉痛地经受着全体人民的悲痛的、对牺牲在波洛夫草原上的罗斯军队怀念不已的爱国者的哭声。她所痛哭的,不仅是自己的丈夫伊戈尔的"创伤",而且还有那与波洛夫人奋战而死的罗斯战士们。雅罗斯拉夫娜的哭诉是《远征记》中最富有诗意的情节之一,是作者以其人民口头创作气派所着意描绘的一个极美丽的画面。

雅罗斯拉夫娜的哭泣,紧接在那像狼似的在各城市奔走的、制造叛乱的符塞斯拉夫公的故事之后。可见,作者所强调的乃是罗斯军队的失败与各王公纷争之间的那种内在联系。

在史诗的开首,作者所刻画的人民诗人鲍扬的形象是有特殊意义的。他描写了"先知"鲍扬——"古代的夜莺"的形象,鲍扬是英明的雅罗斯拉夫时代的古罗斯人民诗人。他记得旧日的内讧,曾创作过歌曲颂扬老雅罗斯拉夫、勇敢的姆斯季斯拉夫和英俊的罗曼·斯维雅托斯拉维奇。作者对他的诗歌的奔放的想象和雄伟的创作气魄表示崇敬,但同时又强调指出,他将不"按照鲍扬的构思",而要"遵循这个时代的真实"来创作自己的诗篇。鲍扬的形象,在《远征记》的思想意图上有着重要的意义。为了强调作者在自己的叙述中所遵循的是真实事件,这个形象也是需要的。为了表明《远征记》忠于现实,对王公的功勋不做夸大的赞扬,这个形象也是需要的。作者对罗斯王公不采取否定的态度,就如同对鲍扬不采取否定的态度一样;但是他的诗篇却不是王公的赞歌,而作者自己也不是鲍扬式的赞歌的继承者。

《远征记》有着复杂的展示作者思想意图的结构。在这篇史诗中,除序诗和结尾以外,其主要部分显然可以分为三个篇章:首篇,描写伊戈尔的不成功的远征、他的被俘及罗斯军队失败的严重后果。第二篇,描写基辅大公斯维雅托斯拉夫号召团结起来,保卫罗斯国土。第三篇,乃是伊戈尔逃出波洛夫人的囚禁,重归祖国。

第一篇和第二篇是通过对照的手法来表现的。由伊戈尔的不成功的远征、罗斯军队的溃败、伊戈尔自己被俘的场面,慢慢转变为战胜波洛夫人的基辅大公斯维雅托斯拉夫的形象。在斯维雅托斯拉夫向罗斯诸公的呼吁中,他曾谈到罗斯国家的兵力。基辅大公的英明,则与伊戈尔的狂妄相互对照。第一篇与第三篇同样也是对照的。在第一篇里,描写了一些悲惨的事件,即伊戈尔的不成功的远征和由于罗斯军队的失败所引起的人民的贫困和灾难;但在第三篇里,作者又热情地描写了伊戈尔逃出波洛夫人的囚禁,归返祖国的情形。将罗斯生活的光明而愉快的情景和悲惨的场面对照起来,可以增强《远征记》的艺术效果,更可以强调出它的基本思想。作者激动地叙述那些历史事件,时而用高昂的声调,时而用真挚而深沉的抒情诗句。一幅幅光辉灿烂的画面代替了一场场暗淡悲惨的景象。

作者将现在同过去相比,并以抒情的笔触进行叙述。为了完成自己的艺术表现,作者常常改变编年的次序。比如,为了更鲜明地表现伊戈尔的无畏和勇敢,作者便强调描写在伊戈尔出发远征前,即于一一八五年四月二十三日(星期二),曾经发生日食。但我们从编年史得知,那次日食却是在同年的五月一日。那显然是在伊戈尔远征开始之后,即伊戈尔的军队到达了波洛夫草原边境的时候。

《远征记》与俄罗斯人民口头创作有着极密切的联系。最先指出这种联系的是普希金和别林斯基。作者使用了许许多多人民口头创作所特有的艺术手法。《远征记》中有大量的、广泛流行于人民口头诗歌中的极生动的反喻。比如,作者将诗人鲍扬的弹奏"古斯里"琴,来同十只苍鹰追击一群天鹅做过比拟之后,又继续写道:"弟兄们,鲍扬不是放出十只苍鹰去捕捉一群天鹅,而是把他那灵巧的手指,按抚在活的琴弦上,正是这些琴弦铮铮地向王公们唱出了颂歌。"作者还广泛地使用一些经久不变的、可以作为人民诗歌的特征的形容语,如:"勇敢的军队""灰狼""钢矛""黑土""快捷的战马""旷野"等等。《远征记》中的那些战斗场面,也正如人民在"勇士歌"中所表现的那样。它的艺术表现手法之同人民诗歌的这种酷似,还不只是在表面上,而主要是在于它的思想内容。

俄罗斯勇士史诗中的那些可爱人物——勇士们的特征,就是勇敢和力大无比。在这些人物身上,体现了俄罗斯人民的优良品质。《远征记》中的许多人物也赋有"勇士歌"中那些勇士的特征。首先,"……踏破了丘陵和山谷,搅浑了江河和湖泊,填干了激流和沼泽……"的基辅大公斯维雅托斯拉夫便是这样。作者也把符塞伏洛德公描写得像"勇士歌"中的勇士:"勇猛的野牛符塞伏洛德!你站在前沿阵地,把利箭喷水般向敌军射去,用钢剑劈击他们的头盔!野牛啊,你的金盔闪耀着,你跑向哪里,哪里就有波洛夫人的邪恶的头颅落地。"

加里奇的奥斯莫梅斯尔公、雅罗斯拉夫以及罗斯其他一些王公也都被描绘成雄伟有力的勇士。

所有这些形象，一如在"勇士歌"中，都是用夸张的手法刻画出来的。作者强调罗斯军人的力量，并以一些活生生的榜样鼓励罗斯王公们为保卫罗斯国土进行斗争。

《远征记》同人民诗歌的内在联系，也表现在对大自然的描写中。正像在人民口头诗歌里那样，《远征记》中的大自然也和人过着共同的生活。它同情人的悲哀，与人共欢乐，时刻警告人要预防危险。当伊戈尔正出发远征的时候，太阳用黑暗（日食）遮断了他前进的道路，夜以雷雨呻吟着等等，整个大自然都在预先警告着伊戈尔。而当他逃出波洛夫人的囚禁以后，太阳则在天空光辉地照耀着，啄木鸟用自己的叩啄声向他指引通向河边的道路，顿涅茨河以自己的浪涛拥抱着他，夜莺以愉快的歌唱宣告黎明的来临。

作者虽把大自然中的一切都当作有灵之物，但基本上还是表现了基督教思想，马克思说："整首《远征记》具有基督教的英雄性质，虽然其中也有鲜明的异教因素。"①

作者从劳动人民所创作的诗歌中汲取比喻。他将大战比作播种、收获和连枷："马蹄下的黑土中撒满了尸骨，浸透了鲜血：忧愁的苗芽已在罗斯国土上长出……""人头像一捆捆庄稼铺在涅米加河畔，人们用钢的连耞打谷，把生命放在打谷场上，从躯壳里将灵魂簸出。"诗人借助于这些比喻，说明人民对待战争就如同对待一场巨大的灾难。

虽然《远征记》与人民诗歌有极密切的联系，可是它也有自己的显著特点：它不是人民群众的集体创作，而是一个既熟知口头文学又深谙笔录文学的作者独自一人所创作的。在史诗中常遇到一些可作为那个时代笔录文学特征的表现方法，比如："思绪便立刻在树枝上飘荡"；还有演说艺术的方法，如："啊，罗斯的国土！你已落在岗丘的后边！""你，勇猛的留里克和大卫啊！那点点金盔在血泊里漂浮的，难道就不是你们的战士？在那陌生的原野上，被钢刀砍伤、像野牛那样咆哮的，难道就不是你们勇敢的武士？"等等。

《远征记》的作者是一个博学多识的人。他熟知自己的祖国的历史、王公关系的详情细节，广泛运用了可作为封建生活方式和武士特征的语言和

---

① 见《马克思恩格斯全集》中文版，第29卷，第23页。

表现手法："用头盔掬饮顿河的水"，"踏上金镫"，"用钢剑铿铿地劈砍着敌人的头盔"，"翻下金色的马鞍、踏上奴隶的马镫"等等。

但作者究竟是什么人呢？历来的看法是：他可能是伊戈尔的亲近的人，因为他同情伊戈尔。他也可能是基辅大公斯维雅托斯拉夫的亲近的人，因为他也同情斯维雅托斯拉夫。他可能是车尔尼戈夫人或基辅人。他可能是一个武士，因为他不断使用"武士"这一概念。毫无疑义，他是非常博学的，而且从社会地位来考察，他未必就属于平民被剥削阶级。可是从他的政治观点上看来，他既不是廷臣、武士，也不是地方权益的保卫者，更不是什么属于王公、贵族或僧侣阶层的思想家。但近年来，苏联学者雷巴科夫根据他多年对编年史的研究，认为伊霞斯拉夫·姆斯季斯拉维奇公国的编年史作者，基辅的政治活动家大贵族彼得·鲍里斯拉维奇，就可能是《远征记》的作者①。雷巴科夫虽不能言之凿凿，但终系一家之言，不妨姑妄听之。《远征记》究竟是在哪里创作的呢，——在基辅、在车尔尼戈夫、在加里奇、在波洛茨克呢，还是在诺夫戈罗德－塞威尔斯基，——作品里却没有表现出任何特征。所以这样说的理由，首先是因为作者坚持了自己的、不以封建社会的当权人物为转移的爱国主义立场。封建上层人物的地方利益对于他是无缘的，而那属于罗斯广大劳动人民的、渴望罗斯团结一致的阶层的利益倒是与他有着较为密切的关系。

《远征记》以人民口头创作为基础，表现了要求罗斯恢复统一的愿望。作者在外来危险面前热烈地号召罗斯统一，号召保卫和平的、创造性的劳动。可见，作者是罗斯劳动人民的渴望和心情的表达者。虽然他本身大概既不是一个农民，也不是一个手工业者，而他最可能还是一个武士。

《远征记》作者本人的名字，我们是无从知道的了，而且任何时候也未必能够知道。

《远征记》的艺术价值，在十九世纪初叶的一些专家们看来，是这样的令人惊叹不置，致使一些作家怀疑它到底是不是十二世纪的作品。普希金曾坚决地维护他所一向推崇的《远征记》的真实性。他指出了那贯穿着整个诗篇的"古文献精神"，指出了在十八世纪谁也不能辨认的这一作品的古老

① 见《俄国的编年史家和〈伊戈尔远征记〉的作者》，雷巴科夫著，1972年莫斯科版。

语言;最后,也是最主要的,他指出了这一作品的伟大的艺术价值。普希金认为,在任何一篇十八世纪的作品中,都没有像在雅罗斯拉夫娜的哭泣中,像在大战方酣和伊戈尔逃走的描写中所洋溢着的那种丰富而深刻的诗意。别林斯基把《远征记》称为斯拉夫人民诗篇中最美丽、最芬芳的花朵。

这是一篇逼真地、历史地、朴实地描写了罗斯人民生活画面的伟大史诗。这一史诗的辉煌的、生动的和具有独创性的语言,和那力透纸背的、贯穿在整个诗篇中的蓬勃的爱国主义感情,赋予《远征记》以永不衰竭的生命力。在《远征记》中体现了罗斯人民的思想和愿望——他们深深地热爱着自己的祖国,为了保卫它,他们随时准备抗拒敌人,他们谴责王公们的专横恣肆和连年不息的内讧。在这位不知名的十二世纪爱国诗人的伟大史诗中,处处洋溢着的这种对罗斯国家的最美好、最富有鼓舞力量的感情,也正是这一古代罗斯伟大史诗之深为今天的俄罗斯人民和世界上一切热爱祖国、热爱和平的人民所至感亲切、弥足珍贵的原因所在。

《伊戈尔远征记》的充沛生命力是万古长青的,它将永远激励着善良的人们团结奋进。

最后,需要声明:写这篇序时,曾参阅了如下一些书:利哈乔夫的《俄罗斯文学的金言》(《伊戈尔远征记》序,儿童文学出版社,1955年)、布拉果依的《关于〈伊戈尔远征记〉》(国家文学出版社,1955年)和季莫菲耶夫主编的《文学》(劳动后备军出版社,1954年)。本书正文,乃根据利哈乔夫的诗体译文(儿童文学出版社,1955年)译出;至于注解,亦多系依据利哈乔夫注解改写而成,但间或也有参照《俄罗斯文学》(非俄罗斯中学文选第一册,1953年)、《俄国文学史》(上册,作家出版社,蒋路、孙玮译,1954年)和英文译本(牛津大学出版社,伦纳德·A.马格诺斯译注,1915年)的地方。地图与世系表系根据苏联科学院出版社一九五〇年版的《伊戈尔远征记》复制的。

本书于一九五四年下半年译成,经过反复修改,于一九五七年由人民文学出版社出版。一九八二年再版时,正文和注释基本未动,只是将《译后记》改为《译者序》,并将其中个别段落和词句做了一些删改。此外,又将《顿河彼岸之战》附于篇末,作为俄罗斯文学教学的参考。从一九九五年五月至十月,对照原文,又做了一次认真校订,并反复诵读了多遍。最后又将

《〈伊戈尔远征记〉漫笔》和《〈伊戈尔远征记〉在中国》列为附录,以期对读者在阅读与理解上有所助益。

魏荒弩

一九九七年于北京

插图作者:〔苏联〕法沃尔斯基

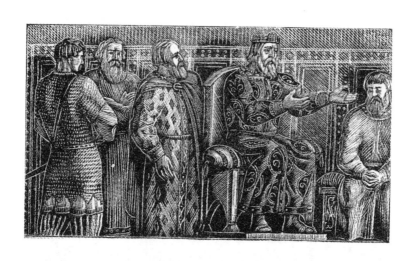

伊戈尔远征记

弟兄们,我们是否应当

用古老的曲调来咏唱

伊戈尔——伊戈尔·斯维雅托斯拉维奇[1]

　　远征的悲惨故事呢?

应当把这一支歌儿唱起,

但须遵循这个时代的真实,

而不是按照鲍扬[2]那样来构思。

因为先知鲍扬,

若是想把什么人歌唱,

思绪便立刻在树枝上飘荡,

　　像一头灰狼在大地上奔跑,

　　像一只蓝灰的苍鹰在云彩下飞翔。

他说,他常常回想起

从前的战乱争夺。

于是他放出十只苍鹰去捕捉一群天鹅:

　　苍鹰将哪一只赶上,

　　哪一只便先唱一支歌——

　　歌颂老雅罗斯拉夫[3],

　　歌颂在卡索格军队面前杀死列杰佳的、

　　勇敢的姆斯季斯拉夫[4],

　　歌颂英俊的罗曼·斯维雅托斯拉维奇[5]。

但是,弟兄们,鲍扬不是放出十只苍鹰

　　去捕捉一群天鹅[6],

而是把他那灵巧的手指

　　　　　　按抚在活的琴弦[7]上；

正是这些琴弦铮铮地向王公们唱出了颂歌。

　　弟兄们，让我们开始讲这个故事，

从昔日的符拉季米尔讲到今天的伊戈尔[8]，——

他，给自己的智慧系上坚强的带子[9]，

他，为无比的刚勇激起勃勃雄心；

为了保卫罗斯国家，

他充满了战斗精神，

　　　　　　率领起自己勇敢的队伍

　　　　　　向波洛夫草原进军。

　　这时候[10]伊戈尔望了望

　　　　　　光辉的太阳，

他看见自己的军队

　　　　　　已为黑暗所笼罩[11]。

于是伊戈尔公

　　　　　　对自己的武士们说道：

"啊，我的武士们

　　　　　　和弟兄们！

与其被人俘去，

　　　　　　不如死在战场；

弟兄们，让我们跨上

　　　　　　快捷的战马，

去瞧一瞧

　　　　　　那蓝色的顿河[12]吧。"

王公的理智

　　　　　　在热望面前屈服了，

尝一尝大顿河的水[13]——这渴望

　　　　　　蒙蔽了为他发出的预兆[14]。

"我希望，"他说，"在波洛夫草原的边境[15]

　　　　折断自己的长矛[16]；

罗斯人，我希望同你们一道，或者抛下自己的头颅，

　　　　或者就用头盔掬饮顿河的水。"

　　哦，鲍扬，你古代的夜莺啊！

但愿你来歌颂这样的远征，

愿你，夜莺，跳跃在幻想的树枝上，

让才思在云彩下飞翔，

联结起这个时代的两半光荣[17]，

沿着特罗扬的途径[18]

　　　　越过田野，奔上山岭[19]。

你[20]，维列斯的子孙[21]，

　　　　应该为伊戈尔献上一支歌：

"这不是暴风雨把苍鹰

　　　　卷过辽阔的原野，——

不是一群寒鸦，

　　　　奔向大顿河。"[22]

或者你，啊，魔术师鲍扬，

　　　　维列斯的子孙，

　　　　你就这样歌唱：

"苏拉河对岸的马儿一叫——

　　　　基辅就传出了捷报[23]；

诺夫戈罗德[24]的号声一响——

　　　　普季夫尔[25]便有战旗在飘扬。"

　　伊戈尔在等候亲爱的兄弟符塞伏洛德[26]。

而勇猛的野牛[27]符塞伏洛德对他这样说：

"唯一的弟兄，

仅有的光明——

你，伊戈尔啊！

我们都是斯维雅托斯拉维奇[28]。

我的弟兄啊，请鞴起

自己快捷的战马，

而我的马，早已在

库尔斯克近郊[29]披鞍待发。

而我的库尔斯克人，都是有经验的战士：

在号声中诞生，

在头盔下长大，

用长矛的利刃进餐，

他们认识道路，

他们熟悉山谷，

他们紧张起弓弦[30]，

打开了箭囊，

磨快了马刀；

他们纵马驰骋，好比原野上的灰狼，

为自己寻求美名，为王公寻求荣光[31]。"

这时伊戈尔公踏上金镫[32]，

在旷野里开始趱行。

太阳用黑暗遮断了他的道路[33]；

夜向他轰鸣着大雷雨，并将鸟儿都惊醒[34]；

还响起了野兽的吼啸[35]；

枭妖[36]蓬松起羽毛——

吩咐那——陌生的土地[37]，

伏尔加，

波莫列[38]，

波苏列[39]，

苏罗什[40]，

柯尔松[41]，

　　还有你,特穆托罗康的神像[42],都快来倾听[43]!
于是波洛夫人在未开辟的道路上

　　　　奔向大顿河[44];
午夜里,他们的大车在辚辚地喧嚷,

　　　　好比一群被惊起的天鹅[45]。

　　伊戈尔率领着战士向顿河开来!

　　要知道,鸟儿在橡树上窥伺着

　　　　他的祸灾[46];
豺狼在幽谷里嗥起了

　　　　　　雷雨;
山鹰尖声地召唤野兽来衔取骨骸;
狐狸狺狺狂吠着那红色的盾牌[47]。

啊,罗斯的国土! 你已落在岗丘的后边!

　　幽暗的长夜降临了。
晚霞失去了光辉,
大雾遮没了原野。
夜莺的啼啭悄然入睡,
寒鸦的噪语已经苏醒。
罗斯人以红色的盾牌遮断了辽阔的原野[48],
为自己寻求美名,为王公寻求光荣。

　　星期五的清晨[49],
他们击溃了邪恶的波洛夫大军[50],
他们像利箭似的散布在原野上,

　　　　他们俘虏了波洛夫的美丽姑娘,

　　　　还抢走她们的黄金,

綾罗绸缎

和名贵的绣锦[51]。

他们还用被单，

用斗篷，

用皮袄，

用波洛夫人的各式各样的珠宝，

在沼泽、泥泞的地方

开始铺架一座座桥梁。

勇敢的斯维雅托斯拉维奇缴获了——

一面红色的军旗，

一幅白色的旌幡，

一支血色的权杖[52]，

一根银色的矛杆！

奥列格勇敢的后裔在荒原露宿。

飞得多么遥远！

他们生来原不是受人凌辱的，

无论什么苍鹰，

还是白隼，

或是你这黑色的乌鸦，

邪恶的波洛夫人！

戈扎克像灰狼似的奔突，

而康恰克给他指引通向大顿河的道路[53]。

第二天的清晨[54]，

血的朝霞宣告了黎明；

黑色的乌云从海上升起[55]，

想要遮蔽四个太阳[56]，

那蓝色的闪电[57]在乌云中跃动，

巨大的雷声[58]就要轰响！

大雨将乱箭似的从大顿河对岸袭来！

在卡雅拉河[59]上，

在大顿河附近，

这里长矛要折断，

　　　那里砍在波洛夫人

　　　头盔上的马刀要坏损！

啊,罗斯的国土！你已落在岗丘的后边！

　现在风,斯特里鲍格[60]的子孙,正将一阵阵乱箭

　　　从海上吹向伊戈尔英勇的军队。

大地鸣响着[61]，

河水正浊涛滚滚地流[62]，

飞尘遮盖了田野，

那些军旗说[63]：

波洛夫人从顿河[64]，

　　　从海上涌来，

从四面八方包围了罗斯的军队[65]。

魔鬼的儿女们以呐喊隔断了原野[66]，

而英勇的罗斯人用红色的盾牌遮断了原野。

　勇猛的野牛符塞伏洛德！

你站在前沿阵地，

把利箭喷水般向敌军射去，

用钢剑劈击他们的头盔！

野牛啊，

　　　你的金盔[67]闪耀着,你跑向哪里，

哪里就有波洛夫人的邪恶的头颅落地。

阿瓦尔人[68]的头盔也全被你锋利的马刀

　　　砍碎了,勇猛的野牛符塞伏洛德！

弟兄们,对于这位忘记了荣誉[69]、财富[70]

　　　和车尔尼戈夫城中父亲的黄金宝座[71]，

和宠爱的、美丽的戈列葆甫娜[72]的爱情与抚慰[73]的人，
　　那身上的创伤还算得了什么？

　　度过了特罗扬的世纪[74]，
又度过了雅罗斯拉夫的时期，
奥列格——奥列格·斯维雅托斯拉维奇的
那些远征[75]也都成了过去。
　　须知奥列格用宝剑铸成叛逆，
并将箭镞播种在大地。
他在特穆托罗康城一踏上金镫，
往日的雅罗斯拉夫大公[76]便听见叮叮的响声，
而符塞伏洛德的儿子符拉季米尔啊，
每天早晨都在车尔尼戈夫堵起自己的耳朵[77]。
豪语滔滔，把鲍里斯·维雅契斯拉维奇送上了法庭[78]，
并为奥列格所受的凌辱，
　　　　　　它又在卡尼纳河上[79]
　　　　　　为勇敢而年轻的王公[80]铺上绿色的丧罩[81]。
就从这卡雅拉河上，斯维雅托鲍尔克命令把自己的父亲
　　　　　　用匈牙利的溜蹄马[82]
　　　　　　运回基辅的圣·索菲亚教堂[83]。
那时候，在奥列格·戈里斯拉维奇[84]时代，
内讧的种子播下了，而且芽儿已在萌动，
达日吉鲍格子孙[85]的财富毁灭了；
人的生命在王公的叛乱中缩短了。
那时候罗斯国土上再也听不到庄稼人的喊叫，
但乌鸦却一面分啄着尸体，
　　　　　　一面呱呱地叫个不停，
而寒鸦也在谈着自己的话题，
　　　　　　打算向自己的猎物飞去。

　　那是发生于往昔的战斗和远征，

可像这样的战斗[86]还不曾闻听！

从清早到夜晚，

从夜晚到天明，

利箭到处飞舞，

马刀在头盔上铿铿地劈砍，

钢矛咔嚓咔嚓在折断

在那不知名的原野上，

在波洛夫的土地中间。

马蹄下的黑土中撒满了尸骨，

浸透了鲜血：

忧愁的苗芽已在罗斯国土上长出。

黎明前,从远方,

那是什么在朝我的耳边叫嚣，

那是什么在朝我的耳旁鸣响？

伊戈尔在召回自己的军队[87]，

因为他痛惜亲爱的兄弟符塞伏洛德。

厮杀了一天，

又是一天厮杀；

而在第三天的晌午,伊戈尔的军旗纷纷倒下[88]。

这时弟兄二人在急湍的卡雅拉河畔分了手[89]；

这时血酒不够了，

这时勇敢的罗斯人结束了他们的酒宴[90]：

他们让亲家们[91]痛饮,而自己

却为罗斯国土而牺牲。

青草同情地低下头来，

树木悲凄地垂向地面[92]。

要知道,弟兄们,忧郁的时代已经到来，

荒漠[93]已经把军队掩盖。

屈辱[94]在达日鲍格子孙的军队中站起，

像一位少女,她踏上了特罗扬的土地[95],
用自己天鹅的翅翼在顿河旁边的
　　　　蓝色的海[96]上拍击;
水花四溅,她在排遣着大量时光。
王公们抗击邪恶人的斗争停止了,
因为弟兄对弟兄说道:
　　　　"这是我的,那也是我的。"
关于小的事情
　　　　王公们偏说"这是大的",
于是他们自己给自己制造了叛乱。
而那邪恶的人便节节胜利地、从四面八方
　　　　侵入了罗斯的土地。

啊,雄鹰搏击着群鸟,遥遥飞向了海滨[97]!
伊戈尔勇敢的军队再也不会苏醒!
卡尔娜和热丽亚[98]对他们大声呼唤,
并在罗斯的国土上奔驰着,
用火角散播着熊熊的火焰[99]。
罗斯妇女们不断地哭诉:
"亲人们呀,
我们怎么想也想不来、
　　怎么盼也盼不到、
　　怎么望也望不见,
　　　　从此穿金戴银,还有什么值得欣羡。"

弟兄们,基辅因悲伤而呻吟[100],
　　　　车尔尼戈夫也因遭劫在哀叹。
罗斯国土上泛滥着忧愁;
沉重的悲哀在罗斯国土上奔流。
王公们自己给自己制造了叛乱,
而那邪恶的人[101],

节节胜利地侵袭着罗斯国土，
并从每户征收一张松鼠皮¹⁰²的贡赋。

因为那两个勇敢的斯维雅托斯拉维奇，
伊戈尔和符塞伏洛德，
已经以自己的不睦唤醒了诡谲的阴谋¹⁰³，
而他们的父亲——
威武的基辅大公¹⁰⁴原已以自己的威严
将这诡谲的阴谋粉碎：
他用自己的雄师
和钢剑把波洛夫人击溃，
攻入了他们的疆土，
踏破了丘陵和山谷¹⁰⁵，
搅浑了江河和湖泊，
填干了激流和沼泽¹⁰⁶。
像一阵旋风，把邪恶的柯比雅克
从海湾¹⁰⁷、从波洛夫人那钢铁般的
大军中攫夺过来：
于是柯比雅克¹⁰⁸倒毙在基辅城、
在斯维雅托斯拉夫的武士殿¹⁰⁹。
这时德意志人和威尼斯人，
这时希腊人和捷克人
都在把斯维雅托斯拉夫歌颂，
都在谴责伊戈尔公，
他把财帛沉溺在波洛夫的卡雅拉河的河底，——
向里边倾倒了罗斯的黄金。
这时，伊戈尔公翻下金色的马鞍、
踏上奴隶的马镫。
城垒在垂头丧气¹¹⁰，
而欢乐都已销声匿迹。

斯维雅托斯拉夫在基辅的山岭[111]

做了一个迷离的梦。

"今夜晚,在紫杉木的板床上,"他说,

"有人给我盖上了

黑色的罩单;

给我斟满掺和着苦味的

蓝色的酒浆;

用邪恶的异族的空箭囊向我的

胸前倒出一颗硕大的珍珠,

而且还在殷殷地把我慰抚。

我那金顶望楼里的顶板

已经没有了横梁[112]。

成群的灰色乌鸦,

从黄昏起,通宵在普列新斯克[113]噪啼,

在近郭[114]有一座基雅尼森林,

一只只乌鸦向蓝色的大海[115]飞去。"

贵族们对大公说:

"大公啊,忧愁已经俘虏了你的智慧;

要知道,这是两只雄鹰[116]

飞离了父亲的黄金宝座

去夺取特穆托罗康城,

或者就用头盔掬饮顿河的水。

但雄鹰的翅膀已被

那邪恶人的马刀砍掉,

而且给它们系上了

铁的镣铐。

第三日[117],天昏地暗:

两个太阳[118]暗淡无光,

两根紫红的光柱熄灭了，

两弯新月——

奥列格和斯维雅托斯拉夫[119]——

被黑暗遮盖，

沉向了茫茫大海，

他们的败绩在希诺瓦[120]各族人民中激起

   无比的骁勇。

在卡雅拉河[121]上黑暗遮盖了光明，

波洛夫人在罗斯土地上节节进逼，

         宛如花豹[122]的子孙。

耻辱笼罩了荣誉[123]；

暴力打击了自由[124]；

枭妖扑向了大地。

瞧那哥达族[125]美丽的少女

在蓝色大海的岸边歌唱：

罗斯的黄金正在清脆地鸣响，

她们歌颂鲍兹[126]时代，

她们满怀着替沙鲁康复仇的幻想[127]。

   而我们,武士们,还有什么乐趣!"

   这时候斯维雅托斯拉夫大公[128]

含泪吐露了

     金言，

       他说道：

"啊,我的孩子们,伊戈尔和符塞伏洛德[129]！

你们过早地用宝剑把烦恼加给

       波洛夫的土地,

       去为自己找寻荣誉[130]。

但是你们战胜了也没有什么光彩,

你们使邪恶的人流了血也没有什么光荣。

你们那勇敢的心

　　　　是用坚硬的钢铸造，

　　　　是在无畏的大胆里炼成。

你们给我这白发苍苍的老人做了什么好事？

我已看不见我那

　　　　强大的、

　　　　富饶的、

　　　　兵多将广的

兄弟雅罗斯拉夫的权威[131]，

　　　　车尔尼戈夫的贵族们，

　　　　督军们，

　　　　达特拉人，

　　　　谢尔比尔人，

　　　　托普恰克人，

　　　　列武加人，

　　　　奥尔别尔人都无不听从他的指挥[132]。

而这些人发扬着祖上的光荣，

不带盾牌、只佩靴刀[133]，

光凭呐喊便能战胜敌军。

但你们却说：'让我们自己一逞刚勇：

让我们自己窃取过去的光荣[134]，

让我们自己分享未来的光荣[135]！'

弟兄们，一个老人变年轻有什么稀奇？

当雄鹰换上丰壮的羽毛，

便可以从高空搏击那些小鸟：

不让自己的巢窝遭受凌辱[136]。

但不幸的是——王公们都不肯把我协助：

真是世风日下啊。

于是在历莫夫，人们在波洛夫人的马刀下叫嚷，

　　　　　　符拉季米尔则在重伤下呻吟[137]。

痛苦与忧愁落到了戈列勃的儿子头上[138]！"

符塞伏洛德大公啊[139]！
难道你心里就不想从远方飞来
捍卫父亲的黄金宝座[140]？
要知道，你用木桨就能荡尽伏尔加，
你用头盔就能舀光大顿河[141]！
如果你在这里，

     那么一个女俘可能卖一个诺加达[142]，

     而一个男奴也许就值一个列扎纳[143]。
你本来可以由陆路

     用活的长矛，——

     戈列勃骁勇的儿子们来投射[144]。

    你，勇猛的留里克[145]和大卫[146]啊！
那点点金盔在血泊里漂浮的[147]，

     难道不就是你们的战士？
在那陌生的原野上[148]、
被钢刀砍伤，
像野牛那样咆哮的，

     难道不就是你们勇敢的武士？
王爷们，请踏上你们的金镫吧，

     为了今天的耻辱，

     为了罗斯的国土，

     为了伊戈尔的，

     那勇猛的斯维雅托斯拉维奇的创伤[149]！

    加里奇的奥斯莫梅斯尔·雅罗斯拉夫[150]啊！
你高高地坐在

     自己的金制宝座上[151]，
你曾以自己的铁军

     顶住了匈牙利的高山[152]，

阻塞了国王的道路[153]，

关闭了多瑙河的大门[154]，

把权势扩展到九霄云外[155]，

将法庭远远建立到多瑙河边。

你的威名到处流传，

你打开了基辅的大门[156]，

你从你父亲的黄金宝座上

　　　　射死了那远在国外的苏丹[157]。

射吧，王爷，射死康恰克，

　　　那邪恶的奴隶，

　　　为了罗斯的国土，

　　　为了伊戈尔的，

　　　　　那勇猛的斯维雅托斯拉维奇的创伤！

　　而你，勇猛的罗曼[158]，以及姆斯季斯拉夫[159]啊！

勇敢的思想带引你的智慧去立功。

为了功勋，你在豪勇地高翔着，

好比盘势凌空的雄鹰，

力图勇猛地制服那些飞鸟。

要知道，你有的是头戴拉丁盔、

　　　　身披铠甲的好汉。

他们的威势使大地震颤，

　　　还震惊了许多的国家——

　　　　　　　希诺瓦，

　　　　　　　立陶宛，

　　　　　　　亚特维雅吉[160]，

　　　　　　　杰列梅拉[161]，

就连波洛夫人也抛弃了自己的长矛[162]，

　　　在钢剑的威慑下

　　　低下了自己的头。

但是,啊,伊戈尔公,

太阳的光芒暗淡了,

树木不祥地把叶儿抖落:

      他们[163]已在罗斯和苏拉河畔把城市分割。

而伊戈尔的勇敢的军队再也不会苏醒!

顿河在呼唤你,王公,

并号召王公们都去迎向胜利。

奥列戈维奇们,勇武的王公,已匆匆踏上了征程……

   英格瓦尔和符塞伏洛德,

和所有的三位姆斯季斯拉维奇[164],

雄鹰的优秀家族啊!

不是凭借胜利的权利

      你们为自己窃得了领地[165]!

哪里是你们的金盔、

      波兰长矛

      和盾牌呢[166]?

请用你们的利箭

     把边野的大门堵上,

     为了罗斯的国土,

     为了伊戈尔的,

      那勇猛的斯维雅托斯拉维奇的创伤!

   于是,苏拉河已不再为彼列雅斯拉夫尔城

     流送自己银色的水花,

而德维纳河在邪恶人[167]的呐喊下

     正为那可畏的波洛茨克人

      流动着一片浊水污泥[168]。

只有伊霞斯拉夫,瓦西里柯的儿子[169],

单人独马,以自己的利剑铿铿地

     砍劈着立陶宛人的头盔,

他断送了自己祖父符塞斯拉夫[170]的荣誉，

而自身也在红色的盾牌下

   在染血的青草上

   同自己宠爱的人一起

   被立陶宛人的宝剑砍倒在血泊里，

      但他却说道[171]：

"王公啊，鸟儿用自己的翅膀

   把你的武士全身遮盖[172]，

   鲜血也都被野兽舔光。"

这时既不见勃里亚契斯拉夫兄弟[173]，

   另一个兄弟符塞伏洛德[174]也不在场。

他就这样孤单地、从勇敢的身躯中

   经过金项链[175]

   吐露了珍珠般心灵。

声音销敛了，

欢乐沮丧了，

戈罗德诺的号角正在悲鸣[176]。

 雅罗斯拉夫和符塞斯拉夫的所有子孙[177]！

快把你们的军旗降下来，

快将你们残缺的宝剑插入鞘中[178]。

因为你们丧失了祖辈的光荣。

因为你们以自己的动乱

开始把邪恶的人

   引入罗斯的土地[179]，

   引向符塞斯拉夫的资财[180]。

要知道，正是由于你们的内讧，暴力

   才从波洛夫人的国土上袭来！

 在特罗扬的第七世纪[181]，

符塞斯拉夫为了他心爱的少女[182]，

掷出了决定命运的卜签，
他倚在马上施用诡计[183]，
匆匆地驰向基辅城郭[184]，
他用矛杆触到了
　　　　基辅的黄金宝座。
午夜，从他们那里，
　　　　从别尔戈罗德[185]，他在蓝色的雾霭侵袭下[186]，
　　　　像凶猛的野兽似的奔驰着；
清晨，他用斧钺劈去——
于是，打开了诺夫戈罗德的大门，
撞碎了雅罗斯拉夫的荣誉[187]，
于是，他像一只狼
　　　　从都杜特基[188]奔向涅米加河。

　　人头像一捆捆庄稼铺在涅米加河畔[189]，
人们用钢的连枷[190]打谷，
把生命放在打谷场上，
从躯壳里将灵魂簸出。
涅米加的染血的两岸
　　　　所种的并非幸福——
　　　　而是罗斯子孙的白骨[191]。

　　符塞斯拉夫公统辖着自己的臣民，
把所有的城市分封给诸位王公，
而自己在夜晚却像狼似的东突西奔[192]：
鸡叫前从基辅跑到特穆托罗康，
像狼似的跑遍伟大霍尔斯[193]的路程。
清早在波洛茨克的圣·索菲亚教堂
　　　　响起了晨祷的钟声[194]，
而那悠扬的声音，他在基辅便能够听清。
虽然在他勇敢的躯壳里寓有先知的灵魂，

但他却常常遭遇着不幸。

先知鲍扬，那睿智的人，

      早就给他唱过这样的叠句：

            "无论你多么狡猾，

            无论你多么能干，

            就连一只灵巧的小鸟，

            也逃不过上帝的裁判。"

啊，罗斯国土，

回想起过去的时代[195]

          和从前的王公[196]，你一定会呻吟！

要将老符拉季米尔

钉在基辅山，那本不可能[197]：

瞧啊，现在留里克的军旗扬起了，

          而大卫的军旗也在飞升，

但他们的旗帜却不在一起飘动[198]。

长矛在争鸣[199]！

多瑙河上，大清早便听得雅罗斯拉夫娜的

哭声，像一只无名的杜鹃在悲啼[200]：

她说："我愿像一只杜鹃在多瑙河上飞翔，

我要将海狸长袖[201]在卡雅拉河里蘸湿，

给王公[202]擦净他强壮身体上

          那血淋淋的创伤。"

大清早，雅罗斯拉夫娜在泣哭，

      在普季夫尔的城垒上悲诉：

"哦，风啊，大风！

神啊，你为什么不顺着我的意志来吹拂？

你为什么让可汗们的利箭

　　　　乘起你轻盈的翅膀

　　　　射到我丈夫的战士们身上[203]？

难道你在碧海上爱抚着大船，

　　　　在云彩下吹拂得还少？

神啊，你为什么要把

　　　　我的快乐在茅草上吹散？"

　　大清早，雅罗斯拉夫娜在泣哭，

　　　　在普季夫尔的城垒上悲诉：

"啊，第聂伯·斯洛武季奇[204]！

你已把横贯波洛夫土地的

　　　　重重山岭打穿[205]。

你以自己的浪涛护送斯维雅托斯拉夫的战船

　　　　直抵柯比雅克的营地[206]。

神啊，请把我的丈夫给我送来，

好使我不再在大清早把眼泪洒向

　　　　茫茫的大海[207]。"

　　大清早，雅罗斯拉夫娜在泣哭，

　　　　在普季夫尔的城垒上悲诉：

"光明的、三倍光明的太阳啊！

你对什么人都是温暖而美丽的：

神啊，你为什么要把你那炎热的光芒

　　　　射到我丈夫的战士们身上？

为什么又在无水的草原用干渴扭弯他们的弓，

　　　　用忧愁堵住他们的箭囊[208]？"

　　午夜，大海翻滚着，

龙卷风掀起了漫天云雾。

上帝给伊戈尔公指示

从波洛夫土地

归罗斯故土、

到父亲黄金宝座[209]的道路。

晚霞消逝了。

伊戈尔在沉睡，

伊戈尔在警醒，

伊戈尔在心里盘算着

从大顿河到小顿涅茨河的路程。

午夜，奥佛鲁尔[210]在对岸向马儿一声呼哨；

好叫王公知道：

伊戈尔公再不能逗留了！

他又喊叫了一声，

大地跳动起来，

野草沙沙地响应。

波洛夫人的篷帐骚动了[211]。

而伊戈尔公奔驰着，

像一只银鼠跑向苇边，

像一只白颊凫扑向水面。

他跨上快捷的战马[212]，

像一只灰狼，他又从马上跳下。

他跑向顿涅茨河湾，

他像一只苍鹰在云彩下飞翔，

捕杀天鹅和大雁

充作早餐，

午餐，

和晚餐。

倘若伊戈尔好比鹰在飞，

那么奥佛鲁尔就像狼在跑，

并摇落一身寒冷的露水：

要知道，他们已骑伤了胯下的乌骓。

顿涅茨说：

"啊,伊戈尔公!

你享有无上光荣,

康恰克则心怀仇恨,

罗斯国家却感到一片欢欣!"

伊戈尔说：

"啊,顿涅茨!

你享有无上光荣,

你用浪涛爱抚着自己的王公,

你给他把青青的草毯

　　　　　铺展在自己银色的岸边[213],

你给他在绿树的浓荫下

　　　　　穿上了温暖云雾的衣裳;

你让水面上的白颊凫,

　　急流中的海鸥,

　　天空里的野鸭替他守望[214]。"

　　斯图格纳河,他说,就不是这样;

它原是一股浅浅的细流,

但它不断吞没别的小溪和巨流,

到河口处,已是壮阔浩渺的大水

却把年轻的王公罗斯季斯拉夫拘留[215]。

罗斯季斯拉夫的母亲

在第聂伯那阴暗的河岸

　　　　　在为年轻的公爵而泣涕涟涟。

花朵同情地低下头来,

树木悲凄地垂向地面。

　　那不是喜鹊喳喳叫:

是戈扎克和康恰克在把伊戈尔追赶。

这时乌鸦不啼了,

寒鸦已然噤声，

喜鹊也不再叫喳喳，

只有草原的长蛇在爬行。

啄木鸟以其叩啄声指引通向河边的路径[216]，

而夜莺用自己愉快的歌唱

宣告了黎明。

戈扎克对康恰克说：

"如果老鹰飞向了巢窝，——

那我们就用金箭

射死它的雏鹰[217]。"

康恰克对戈扎克说：

"如果老鹰飞向了巢窝，——

那我们就用美丽的少女

缠住它的雏鹰。"

戈扎克对康恰克说：

"如果我们用美丽的少女将它[218]缠住，

那我们就既失了雏鹰，

又赔了美丽的少女，

而小鸟们[219]就会到波洛夫草原里

来扑打我们。"

鲍扬和霍敦纳[220]，

斯维雅托斯拉夫们的歌手，

那昔日的雅罗斯拉夫、

奥列格所宠爱的人，说道：

"脑袋离了双肩，不能支撑，

躯干离了脑袋，难以站稳。"——

罗斯离了伊戈尔，举国不幸。

"太阳在天空照耀着，
而伊戈尔已经回到了罗斯国土。"
少女们在多瑙河上歌唱，——
她们的声音回旋着，飘过大海传到基辅[221]。
伊戈尔顺着鲍里契夫坡[222]
　　　　　　向毕罗戈谢伊圣母院[223]进发。
所有的村落都欢喜，所有的城镇都快乐。

　　　歌颂了往昔的王公，
而后又把年轻的王公歌颂：

"荣誉属于伊戈尔·斯维雅托斯拉维奇，
　　　　属于勇猛的野牛符塞伏洛德，
　　　　属于符拉季米尔·伊戈列维奇！"

　那卫护基督教徒、
反对邪恶的军队的
　　　　　王公们和武士们万岁！

　荣誉属于王公们和武士们！
　　　　阿门[224]。

注　解

1　伊戈尔·斯维雅托斯拉维奇（Игорь Святославич，1151—1202），诺夫戈罗德-塞威尔斯基公,车尔尼戈夫公斯维雅托斯拉夫·奥列戈维奇（Святослав Ольгович，1164 年卒）的儿子,车尔尼戈夫公奥列格·斯维雅托斯拉维奇（戈里斯拉维奇）（Олег Святославич "Гориславич"，1115 年卒）的孙子。1179 年,伊戈尔即位为诺夫戈罗德-塞威尔斯基（属车尔尼戈夫治下的东方边城,位于杰斯纳河畔,现属乌克兰）公。1198 年,于其堂兄车尔尼戈夫公雅罗斯拉夫·符塞伏洛陀维奇（Ярослав Всеволодович）逝世后,继为车尔尼戈夫公。

2　鲍扬（Боян）或巴扬（Баян），古代人民歌手,仅见于《伊戈尔远征记》。在其他古罗斯文献中（如编年史）,均不见提到他的名字。由《远征记》中所提到的他歌颂过的那些王公便可断定,在 11 世纪下半期他还活在人间。《远征记》的作者绝妙地描绘出他的诗歌风格。那些诗歌,是他编来歌颂王公的。歌唱时,以"古斯里琴"伴奏。

3　指英明的雅罗斯拉夫·符拉季米罗维奇（Ярослав Владимирович Мудрый，978—1054），伊戈尔的高祖。雅罗斯拉夫是一位勤勉的王公。他在位时,罗斯政治上的统一基本上尚能保持。他曾胜利地击退过进犯罗斯边境的游牧民族,并为基辅建造了一座壮丽的大厦。其他如文学、雄辩术、手工业等也都获得高度的发展。那时候,甚至罗斯的国际地位也是巩固而有威望的。

4　即英明的雅罗斯拉夫的兄长、著名的车尔尼戈夫及特穆托罗康公姆斯季斯拉夫·符拉季米罗维奇（Мстислав Владимирович，1036 年卒）。编年史载,他曾于 1022 年在特穆托罗康（位于今天的塔曼半岛,在连接亚速海与黑海的海峡附近）与卡索格（契尔克斯人,居北高加索一带）酋长列杰佳（Редедя）单独决斗,将后者杀死。

5　罗曼·斯维雅托斯拉维奇（Роман Святославич，1079 年卒），特穆托罗康公。英明的雅罗斯拉夫的孙子,伊戈尔·斯维雅托斯拉维奇的叔祖。于 1079 年为波洛夫人所杀。

6　封建罗斯的猎人常用驯养的鹰捕捉野禽。这里是用十只鹰比拟十个手指。

7　"琴"指"古斯里琴",古代的一种弦乐器,放在膝上用双手抚弹,歌者常用以伴奏。

8　即从符拉季米尔·斯维雅托斯拉维奇一世（Владимир I Святославич，1015 年卒）到诺夫戈罗德-塞威尔斯基的伊戈尔·斯维雅托斯拉维奇。《远征记》中所提到的罗斯王公,当以符拉季米尔·斯维雅托斯拉维奇为第一人。当时的基辅罗斯是俄罗斯历史上一个光辉灿烂的时代。作者经常从当代回溯往古,他通晓一百五十年以上的俄罗斯史实。

9　意即"使自己的思想服从坚强的意志"。

10　即这一远征的开始。

11　罗斯于 1185 年 5 月 1 日曾发生日食。这次日食,按基辅时间,在顿涅茨河附近于下午三时二十五分可见。日食,照古代罗斯的迷信来说是灾祸,而多半是异族入侵的预兆。

12　当时顿河在波洛夫土地上。

13　在古代罗斯,饮用敌国的河水是胜利的象征。这一表现手法在古代文献中是屡见不鲜的。

14　指日食。

15　"边境"指接近罗斯疆土的地方。

16　意思是说："我要亲自到波洛夫草原的边境去决一胜负";长矛和宝剑同是古代罗斯

最常用的武器。矛杆细而长,易折,常在战斗开始时使用;待被敌人的宝剑砍断,这才拿起宝剑来奋战。

17 意指:把这个时代最初的光荣和最后的光荣(即从"昔日的符拉季米尔到今天的伊戈尔"的光荣)联结为一体。

18 特罗扬(Троян),在《远征记》中还另有三处提到:"度过了特罗扬的世纪"(见第7页),"踏上了特罗扬的土地"(见第99页),"在特罗扬的第七世纪"(见第18页)。特罗扬到底是指什么,众说不一。不过古罗斯文献中,有两次都是作为异教的神提起的。《远征记》作者所指的也是罗斯的异教神。"沿着特罗扬的途径"就是"沿着神的途径"。"度过了特罗扬的世纪"就是"度过了异教(多神教)的世纪"。"踏上了特罗扬的土地"就是"踏上了罗斯的土地"。"在特罗扬的第7世纪"就是"在异教的最后世纪"。古代罗斯的异教神(维列斯〔Велес〕,达日吉鲍格〔Даждьбог〕,斯特里鲍格〔Стрибог〕),曾一再在《远征记》中提到,但作者只是把它们当作诗的象征。

19 指想象力的奔放。

20 指歌手鲍扬。

21 维列斯或伏洛斯(Волос,畜神),在编年史中曾一再提及。据说,在10世纪的基辅、诺夫戈罗德等地均设有维列斯(伏洛斯)神像。显然,维列斯也被认为是诗人的庇护者。即:它是牧人的神,同时也是诗歌的神。《远征记》中常常提到异教神,这反映了作者还有着古代氏族社会制度的残余思想。人与自然都是神的后裔、子孙。神是祖先;鲍扬是维列斯的子孙;风是斯特里鲍格的子孙;罗斯人则是达日吉鲍格的子孙。

22 意思是:扫过原野的不是苍鹰,而是罗斯的军队,向顿河方面逃窜的并非一群寒鸦,却是波洛夫人。《远征记》作者想象鲍扬会用这样的话来歌颂伊戈尔的远征。

23 这是鲍扬对罗斯军队的胜利表示颂扬的创作手法。苏拉河(Сула),第聂伯河左岸的支流,是与基辅最接近、对基辅最危险的波洛夫草原的边境。河西属罗斯,对岸属波洛夫。波洛夫军队为骑兵,马叫表示他们已迫近罗斯国境。

24 诺夫戈罗德指诺夫戈罗德-塞威尔斯基,位于杰斯纳河畔,现属乌克兰。在8、9世纪时为塞威尔人的居住地,因而得名。诺夫戈罗德-塞威尔斯基到12世纪后半期才成为一个重要城市。

25 普季夫尔(Путивль),塞姆河(Сейм)下游一小城,在诺夫戈罗德-塞威尔斯基公国南部,为通往草原必经之地。普季夫尔是伊戈尔·斯维雅托斯拉夫的儿子符拉季米尔的封城。

26 符塞伏洛德(Всеволод,1196年卒),特鲁布契夫斯克公兼库尔斯克公。伊戈尔在奥斯科尔河(Оскол,顿河一支流)畔等了符塞伏洛德两天。符塞伏洛德是取另一条道(从库尔斯克)前往奥斯科尔河畔的。

27 在古代罗斯,"野牛"是勇敢与力量的象征,主要用来形容王公。

28 意思是:我们同属于一个勇敢的家族,同是斯维雅托斯拉夫的儿子,我们是亲兄弟。

29 库尔斯克(Курск),位于塞姆河的上游,为诺夫戈罗德-塞威尔斯基治下的城市,离波洛夫草原不远,显然是一个边防重镇。

30 弓弦平常都是松弛的。战斗前,弦才紧紧张起。可见,库尔斯克人都在拿着武器警戒,准备击退波洛夫人的突袭,或便于自己的进攻。

31 这是描写武士生活时所常用的表现手法。"为自己寻求美名,为王公寻求荣光",乃是每一个古代罗斯武士的主要美德。

32 "踏上金镫"与"跨上战马"一样,同为军事用语,都表示行军出发的意思。王公的日常用具只有下面的一些物器是金的或是镀金的:金盔,金座、金镫和金鞍。

33 "黑暗"指日食。

34 仿佛是向他示警。

35 这里系指密栖在草原上的土拨鼠和金花鼠。

36 "枭妖"或"枭"(Див)是什么,还没有得到公认的解释。大多数学者认为"枭"是神话中物(有点像妖精或先知的鸟)。在东方各民族(如印度、波斯等)的神话中还可以找出类似这种说法的印证。这里,"枭妖"是在警告敌视罗斯的那些国家。显然,这是一些东方民族的神。

37 指波洛夫草原。

38 波莫列(Поморье),指黑海沿岸一带地方。

39 波苏列(Посулье),指苏拉河流域一带地方。

40 苏罗什(Сурож),即现在克里米亚的苏达克(Судак),是一个重要的商业中心。

41 柯尔松(Корсунь),即希腊在克里米亚的殖民地赫尔松涅斯(Херсонес),在距现今塞瓦斯托波尔不远的地方。

42 特穆托罗康的神像,是一种异教神的雕像,在塔曼半岛附近,直到18世纪还有两尊纪元前3世纪建立的巨大神像:萨涅尔格与阿斯塔尔达。这里指的可能就是这两尊神像之一。

43 意思是:警告敌视罗斯的东南部各国,促其注意罗斯大军的来临。

44 在11、12世纪时,大军出动前,通常要修路搭桥。这里的波洛夫人,显然是仓促向伊戈尔迎战的。

45 游牧人没有在自己车轮上涂油的习惯。很多车辆在草原上行驶,特别是在夜晚,会发出一种嘹亮的、响彻草原的辚辚声。北方天鹅的鸣叫,多少有点像这种声音。春冬两季,在一群群天鹅飞徙的时候,常常听见这嘹亮的、咿呀不息的叫声。

46 古时候,一些凶鸟和猛兽常在军队的后面跟踪,在战场上等待猎获物(战死者)。夜晚,一些凶残的鸟栖息在离军营不远的橡树林中,以其凄厉的鸣叫惊扰战士们。

47 12世纪罗斯人的盾牌,系木质,很轻巧。盾牌包以铁片,并涂着红色。

48 这里所描写的,是古代罗斯军队的战斗队形:密集的盾牌和长矛,好像一堵堵墙壁。

49 即开始交战的日子。

50 罗斯人初将波洛夫人挫败,掳获甚多。

51 "绫罗绸缎和名贵的绣锦",均当时拜占庭产物,销行欧洲各地。

52 将染成深红色的马尾缚于杆上,作为权力的象征。

53 戈扎克(Гзак)和康恰克(Кончак),均波洛夫汗。康恰克,曾屡次进犯罗斯,一向是罗斯人的死敌。在初次交战中,伊戈尔的军队并未遭遇波洛夫的主力。主力系在戈扎克和康恰克的统帅下,第二天才赶到的。康恰克是波洛夫人的总统帅,他向戈扎克指示道路,而戈扎克跟着康恰克的军队向顿河奔驰。可见,一如初次交战以前,波洛夫人一直迎着伊戈尔奔向顿河。

54 即交战的第二天。

55 乌云象征进攻中的敌人。"从海上"即从南方,波洛夫大军队是从南方来迎战的。

56 编年史载,参加这次远征的,除了伊戈尔和他的兄弟符塞伏洛德外,还有雷里斯克公斯维雅托斯拉夫·奥列戈维奇(Святослав Олегович,伊戈尔和符塞伏洛德的侄子,1166年生)和符拉季米尔(Владимир,伊戈尔的儿子,1212年卒)。在古代罗斯的王公赞歌中,以及在一些别的场合,总喜欢把王公比作太阳。

57 "闪电"喻指武器。

58 "雷声"比喻武器的响声。

59 卡雅拉(Каяла),顿河的支流,即现在注入亚速海的卡尔米乌斯河(Кальмиус),它象征悲哀和眼泪。

60　斯特里鲍格(参阅第 26 页注 21)即风神。逆风会减缓箭的飞射速度,并可使之偏向一边。波洛夫占有顺风的优势。这就是为什么伊戈尔的妻子雅罗斯拉夫娜(见第 20 页)要责备风的缘故。古时交战,通常先头射手的遥遥对射开始。

61　意思是:大地在参战骑兵的践踏下鸣响着。

62　指被涉渡的马蹄浑了的河水。

63　古时交战,用军旗指挥。在军旗的周围集结着一些战士。军队在旗帜的后面跟进。胜利者的旗帜在所占领的城垒上高高升起。旗帜的降落表示战败。这里的"军旗",乃指波洛夫的旗帜。即伊戈尔的军队按照波洛夫人的旗帜动向断定:现在有无数人马从四面八方向他们袭来。

64　"从顿河",即从东方。

65　编年史载,当时的波洛夫人极其众多;他们像一座森林似的攻上来,罗斯人被密密层层地包围着,难以冲出。

66　这里指向罗斯人进攻的波洛夫人的战斗呐喊。

67　王公的金盔常是指挥战斗的标识,金盔出现在哪里,战士们也便跟随到哪里。

68　阿瓦尔人(авары)在 5 世纪时曾出现在黑海北岸。他们以制造轻巧的武器著称。编年史作者指出,这一部族在 9 世纪时已经完全灭绝。

69　指执行对基辅大公所负封建义务的荣誉。

70　指自己的公国的财富。

71　符塞伏洛德·斯维雅托斯拉维奇,乃车尔尼戈夫公斯维雅托斯拉夫·奥列戈维奇的儿子。1185 年雅罗斯拉夫·符塞伏洛陀维奇占据了车尔尼戈夫的宝座。(参阅第 25 页注 1 及第 32 页注 131、132)

72　美丽的戈列葆甫娜(Красная Глебовна),即奥丽加·戈列葆甫娜(Ольга Глебовна),是"勇猛的野牛"符塞伏洛德·斯维雅托斯拉维奇的妻子,戈里勃·尤里叶维奇(Глеб Юрьевич,1171 年卒)的女儿。

73　这里的原文是"свычаи и обычаи",按亦即"любовь и ласка"的意思,故直译为"爱情与抚慰"。

74　特罗扬(见第 27 页注 18),即异教的神,那么这里应该这样理解:异教的时代过去了,雅罗斯拉夫的时代也过去了,奥列格·斯维雅托斯拉维奇的那些远征也都成了过去。可见,《远征记》的作者将罗斯历史划分为三个阶段:异教时代,雅罗斯拉夫时代,也就是基督教的、统一的罗斯时代,奥列格的内讧时代。

75　奥列格的远征,指车尔尼戈夫的奥列戈维奇们的始祖,符拉季米尔·莫诺玛赫(Владимир Мономах,1125 年卒)的经常敌对者奥列格·斯维雅托斯拉维奇(戈里斯拉维奇)的自相残杀的战争。奥列格·斯维雅托斯拉维奇是"勇猛的野牛"符塞伏洛德和诺夫戈罗德-塞威尔斯基的伊戈尔·斯维雅托斯拉维奇的祖父。这里提起奥列格不是偶然的。《远征记》作者认为伊戈尔的政策乃是奥列格的"祖传"。奥列格·斯维雅托斯拉维奇是一切奥列戈维奇王公们的概括形象。

76　即早已亡故的英明的雅罗斯拉夫,内讧的反对者。

77　英明的雅罗斯拉夫和符拉季米尔·莫诺玛赫(即"符塞伏洛德的儿子符拉季米尔")在《远征记》以及 12、13 世纪的编年史中,常被认为是昔日的理想王公,是统一的罗斯的代表人物,就像把奥列格·斯维雅托斯拉维奇当作爱兴兵作乱的王公们的概括形象一样。雅罗斯拉夫已经听见了王公们纷争的"响声";《往年故事》中说,在 1055 年左右,即在雅罗斯拉夫逝世的前一年,他在他所立的遗嘱里,曾预先告诉过自己的继承者要提防自相残杀的内战。在符拉季米尔·莫诺玛赫时代,由于他的多年敌对者奥列格·戈里斯拉维奇的兴兵作乱的缘故,这种"响声"已经强烈得使符拉季米尔"堵起自己的耳朵"来。

78　鲍里斯·维雅契斯拉维奇(Борис Вячеславич,1078 年卒),英明的雅罗斯拉夫的孙子,奥列格·斯维雅托斯拉维奇的堂兄弟兼同盟者。1078 年,鲍里斯·维雅契斯拉维奇于爆发在涅扎季纳雅·尼瓦(Нежатиная Нива)的混战中被杀。奥列格·斯维雅托斯拉维奇(戈里斯拉维奇),奥列戈维奇王公们的始祖,丧失了自己的世袭领地车尔尼戈夫。符拉季米尔·莫诺玛赫的父亲符塞伏洛德·雅罗斯拉维奇(Всеволод Ярославич,1030—1093)遂即车尔尼戈夫公位。奥列格逃奔特穆托罗康,在那里召集起军队(包括一些波洛夫人),重返罗斯(见第 8 页"……他在特穆托罗康城一踏上金镫……"),并驱逐了符塞伏洛德。但当奥列格不在车尔尼戈夫坐镇时,符塞伏洛德·雅罗斯拉维奇同自己的儿子符拉季米尔·莫诺玛赫,基辅公伊霞斯拉夫·雅罗斯拉维奇(Изяслав Ярославич,1178 年卒)同自己的儿子雅罗鲍尔克(Яроболк)以联合的兵力将车尔尼戈夫包围。奥列格·斯维雅托斯拉维奇和鲍里斯·维雅契斯拉维奇赶回车尔尼戈夫。伊霞斯拉夫与符塞伏洛德出动向他们迎击。奥列格不指望能战胜这四位王公,可是鲍里斯作"豪语"一人能战胜敌方。大战在车尔尼戈夫附近的涅扎季纳雅·尼瓦爆发。鲍里斯·维雅契斯拉维奇最先战死,敌方的伊霞斯拉夫也相继牺牲。奥列格同自己的残余武士又逃奔特穆托罗康,而符拉季米尔·莫诺玛赫的父亲符塞伏洛德·雅罗斯拉夫便登上基辅的宝座。

这里的"法庭",即指"命运的法庭"(суд судьбы),或"上帝的法庭"(божий суд),因在古代罗斯,常将战死视为"命运的法庭"。

79　看来,卡尼纳(Канина)是一条流经车尔尼戈夫近郊的河,鲍里斯·维雅契斯拉维奇阵亡的那次战役,便发生在这里。

80　"勇敢而年轻的王公"显然系指鲍里斯·维雅契斯拉维奇,但也有些专家认为系指奥列格·斯维雅托斯拉维奇。

81　"丧罩"(паполома)平常系黑色。"绿色的丧罩"则系喻指青草。

82　溜蹄马奔跑时,先同时伸出右腿,然后再同时举左腿。用这种步态跑,在马上是很平稳的。以担架运送伤者或死人时,每使用这溜蹄马,即用长竿把担架缚在两匹溜蹄马中间,这样,担架是不大会颠簸的。

83　斯维雅托鲍尔克·伊霞斯拉维奇(Святополк Изяславич,1113 年卒)的父亲伊霞斯拉夫·雅罗斯拉维奇,于1078 年在同奥列格·斯维雅托斯拉维奇和鲍里斯·维雅契斯拉维奇交战中,在车尔尼戈夫附近的涅扎季纳雅·尼瓦被杀。他的儿子斯维雅托鲍尔克并没有参加这次战役。《索菲亚教堂纪年》(上)也说伊霞斯拉夫的安葬处在基辅的索菲亚教堂。

84　也就是奥列格·斯维雅托斯拉维奇,奥列戈维奇王公们的始祖。他的反对符拉季米尔·莫诺玛赫的战争给俄罗斯国家带来无穷的灾祸,因为他让自己的同盟者波洛夫人参加了战争。也正由于奥列格带给俄罗斯人民的灾祸,这才博得了"戈里斯拉维奇"(Гориславич,"灾祸"的意思)的绰号。

85　达日吉鲍格,古代罗斯异教的众神之一。"达日吉鲍格的子孙"即指俄罗斯人民。(见第 27 页注 21)

86　指伊戈尔·斯维雅托斯拉维奇远征波洛夫的战斗。

87　这里暗指伊戈尔被俘的情形。伊戈尔的军队里有一种柯弗依(ковуи)的游牧人,在对波洛夫人作战时担任先锋。战斗到第三天,他们感觉害怕,就掉头逃跑了。伊戈尔远远看见这种情形,立刻追上想叫他们回来,可是无效。他本人也因远离自己的军队在归途中被俘。

88　据编年史载,这次战役从星期五早晨开始,到第三日(星期日)中午伊戈尔被俘止,历时两昼夜多。

89　指伊戈尔和符塞伏洛德弟兄二人为不同的汗所俘。

90　古代俄罗斯文学及民歌中常把战斗比作宴会。

91　"亲家",指波洛夫人,因为波洛夫汗康恰克也确实是伊戈尔的亲家。伊戈尔的儿子符拉季米尔在这次战争中被俘以后,娶了康恰克的女儿康恰科夫娜为妻,直到1178年才带着妻子和小孩回到罗斯。

92　指大自然对俄罗斯人的败绩表示同情。

93　这里是指无人居住的草原。

94　"屈辱……像一位少女"(обида……девою),系采自古代罗斯民间创作中屈辱少女(Дева-обида)、拍打着翅膀的天鹅姑娘(Лебедь-девушка)的形象。

95　见第27页注18。"踏上了特罗扬的土地",意即:踏上了罗斯土地。

96　"蓝色的海",指伊戈尔被囚处附近的亚速海。

97　"群鸟",指波洛夫人。"雄鹰",指伊戈尔。

98　卡尔娜(Карна)和热丽亚(Желя),乃"号泣"与"哭丧"这两个概念的化身;卡尔娜即号泣女神(вопленница),热丽亚即哭丧女神(плакальщица)。这些形象是在民间文学的影响下创造出来的。

99　这里指的大约是某种葬俗。

100　以下八行乃描述伊戈尔之失败的严重后果。

101　指波洛夫人。

102　又一说认为是一种银币。

103　这里所说的"诡谲的阴谋",无疑是指波洛夫人的侵袭扰乱。这"诡谲的阴谋"本已为斯维雅托斯拉夫于1184年所完成的、联合了罗斯所有王公的大规模远征所平息。但由于伊戈尔的败绩,它又被"唤醒"了。

但这里伊戈尔和符塞伏洛德的"不睦"指的是什么呢?从编年史和《远征记》中可以明白看出,伊戈尔和符塞伏洛德是和睦无间的,他们从来也没有失和过。显然,他们的"不睦",乃是指他们不听自己的"父亲",即封建首领基辅大公斯维雅托斯拉夫(实际是他们的堂兄弟)的节制,擅行远征,因而波洛夫人的那种"诡谲的阴谋"又被"唤醒":破坏了往日的和平协议,重新又来侵犯罗斯国土。

104　《远征记》作者认为基辅应该是罗斯的中心,基辅大公便是全体王公的领袖,他热情地号召他们忠于大公,他把这当作消弭封建内讧和维持罗斯统一的重要方策,因此甚至将斯维雅托斯拉夫这个人物理想化,其实后者是基辅历史上最懦弱的大公之一,他仅仅领有基辅城,基辅国其余的城市都掌握在别人手中。

105　12、13世纪时,罗斯军队主要是骑兵。

106　以上这些话,意在强调1184年斯维雅托斯拉夫那次胜利完成远征草原任务的军队规模的宏大。草原上,凡是骑兵所到之处,一如正文所述,都留下了鲜明的痕迹。

107　亚速海附近的海湾。

108　1183年,波洛夫汗柯比雅克(Кобяк)于基辅大公斯维雅托斯拉夫所统率的、罗斯一切力量的联合远征中被俘。当时罗斯人共俘获七千人。除柯比雅克外,被俘者还有其他的波洛夫汗和显贵。

109　武士殿(гридница),原为王公筵宴武士之处,可容数百人。到了12世纪封建割据时期,宫廷宴会较前简朴,多移至二楼走廊上举行,原来的武士殿在俘虏众多时常用来充当监狱。

柯比雅克被俘后，即囚禁在基辅的武士殿，而且死在那里。

110 城垒，指城墙上部保护战士的堞垒。人民也常聚集在这里送迎王公，从这里同敌人进行谈判；也可以哭泣远方的亡人（如第20页雅罗斯拉夫娜的哭伊戈尔）。这句话也可以引申为："城垒上的人们都垂头丧气了。"

111 即斯维雅托斯拉夫在基辅所居之处。

112 这里原系古代的安葬仪式。在古代罗斯，将死人从屋里抬出时，须拆去屋顶板。按古代罗斯的迷信，梦见房屋没有了横梁，乃是大不幸的预兆。总之，整个梦是不吉祥的。

113 这里未必就是加里奇公国的城市普列新斯克（Плесеньск），倒是说它是基辅附近某地更觉妥实可信。

114 指城墙前的旷地，无建筑物。留这样的旷地，通常是为了便于从城墙上射箭。

115 即指远在南方的、伊戈尔被囚的亚速海。

116 指伊戈尔和符塞伏洛德。

117 据编年史载，战役在第三日（星期日）中午结束。

118 这里指的也是伊戈尔和符塞伏洛德。

119 奥列格，伊戈尔的儿子，生于1175年。斯维雅托斯拉夫，伊戈尔的侄子。伊戈尔的长子符拉季米尔，伊戈尔远征的当然参加者，在这里没有举出。符拉季米尔被俘后，娶了康恰克汗的女儿为妻，因而在基辅不能把他视为远征的牺牲者。

120 希诺瓦（хинова），专家们有的认为是匈奴人的古斯拉夫语称谓，有的认为是芬兰人。还有人主张在广义上是"敌人"，狭义上径可解作"波洛夫人"；众说纷纭，莫衷一是。利哈乔夫（Д. С. Лихачев）院士说："希诺瓦是某些不可知的东方民族的名称"，似较可信。在第16页所列举的国名中也曾提到"希诺瓦"。

121 卡雅拉河（Каяла），在《远征记》中曾一再提到它是伊戈尔战败的地方。12世纪时，有一条河叫卡雅拉，但又难以确定。显然，这是地近托尔斯克湖（Торские озёра）、注入戈拉雅·陀里纳河（Голая Долина）的马卡季哈河（Макатиха）。

122 花豹（гепард），乃属于猫科的猎兽，非一般的豹子。在古代罗斯，人们把花豹视为一种极有价值的猎兽。从编年史上得知，伊戈尔·斯维雅托斯拉维奇的父亲于1159年曾赠予尤里·陀尔戈鲁基（Юрий Долгорукий，1157年卒）两只花豹。

123 意即：失败的耻辱遮蔽了先前的光荣。

124 意为：波洛夫人的暴力打击了罗斯人的自由。

125 哥达族居住在克里米亚，一部分在特穆托罗康附近。伊戈尔的远征，目的即在于谋取这旧时属于罗斯的特穆托罗康。哥达族对波洛夫人的胜利感到高兴，因为他们同波洛夫人有商业关系，所以他们手里掂响着为波洛夫人抢来的，而且显然是由他们做生意得来的罗斯的金子。

126 鲍兹（Боз，Бооз；Бос，Боус；Бус）大概是安特人（东斯拉夫人，亦即罗斯人的祖先）的王。据哥达族出身的罗马史家约尔丹（Иордан）说，公元375年哥达王威尼达尔（Винитар），即武尔特乌尔夫（Вультвульф）之孙，曾战胜安特人，并处安特王鲍兹、他的儿子们及其他七十名显贵以磔刑。

127 在这里提及替沙鲁康（Шарукан）复仇一事，绝不是偶然的。沙鲁康是康恰克汗的祖父。1106年，沙鲁康曾惨败于符拉季米尔·莫诺玛赫之手。他的儿子奥特罗克（Отрок）被赶到高加索及铁门（Железные Ворота）以外去。沙鲁康之孙，奥特罗克之子康恰克汗于伊戈尔失败后，便已首先为自己的祖父和父亲报了仇雪了耻。

128 即基辅大公斯维雅托斯拉夫·符塞伏洛陀维奇。

129　基辅大公斯维雅托斯拉夫,作为一个封建社会的长者,称伊戈尔和符塞伏洛德作"孩子们",但实际上,一如第 31 页注 103 所说,伊戈尔和符塞伏洛德是斯维雅托斯拉夫的堂兄弟。

130　这是斯维雅托斯拉夫对伊戈尔和符塞伏洛德兄弟的责备,因为他们瞒着他,没有得到他的允许,过早地发动对波洛夫人的远征,这样便违反了尊卑长幼的伦常。

131　即车尔尼戈夫公雅罗斯拉夫·符塞伏洛陀维奇(Ярослав Всеволодович,1198 年卒),基辅大公斯维雅托斯拉夫·符塞伏洛陀维奇的亲兄弟。

132　以上所列举的一些部族,皆属突厥游牧民族,老早就定居在车尔尼戈夫国境内,深受罗斯文化的影响。有"柯弗依"之称的军队,就是从定居在车尔尼戈夫国内的游牧民族召集来的。车尔尼戈夫的"柯弗依",在伊戈尔·斯维雅托斯拉夫的军队里也有。他们为车尔尼戈夫公雅罗斯拉夫·符塞伏洛陀维奇所派遣,并在贵族奥尔斯金·奥列克西奇(Ольстин Олексич)指挥下作战。

133　靴刀,战斗武器。只有在敌人逼得很近,挥动宝剑、盾牌只能妨碍战士动作的时候,也就是搏战最激烈的时候,才使用靴刀。

134　"过去的光荣",指上次(1184 年)由基辅大公率领的罗斯联军对波洛夫人的胜利,伊戈尔兄弟并未参加那次征讨。

135　"未来的光荣",指这次远征。

136　当雏鹰换上丰壮羽毛的脱羽期,老鹰经常勇敢地保护自己的巢雏,免受更凶猛的鸟,比如大鸷的欺凌。这里的意思是:我虽然老了,但还有力量,我还可以保卫自己的家族。

137　伊戈尔失败后,波洛夫汗戈扎克和康恰克径向罗斯侵移。戈扎克包围了普季夫尔,却不能攻下;他的军队便将波谢米耶(Посемье)破坏,康恰克直趋彼列雅斯拉夫尔-露斯基(Переяславль-Русский),在这里彼列雅斯拉夫尔公符拉季米尔·戈列鲍维奇(Владимир Глебович,1187 年卒)、基辅大公斯维雅托斯拉夫和留里克·罗斯季斯拉维奇(Рюрик Ростиславич,1215 年卒)将他打败。在回师途中,康恰克包围并占领了里莫夫(Римов)。彼列雅斯拉夫尔公符拉季米尔·戈列鲍维奇在彼列雅斯拉夫尔被围时的一次出击中,在与很多的波洛夫人搏战以后负伤。他身陷重围,被三杆长矛刺伤,但武士们终于从敌人那里将他夺回。

138　即符拉季米尔·戈列鲍维奇。

139　符拉季米尔-苏兹达尔公符塞伏洛德·尤里耶维奇(Всеволод Юрьевич,1154—1212),尤里·陀尔戈鲁基的儿子,符拉季米尔·莫诺玛赫的孙子;后世,在 16、17 世纪人们把他叫作"大窝",因为他有一个很大的家族。他是 11 至 13 世纪罗斯最强大的王公之一。符塞伏洛德为了巩固王权同大贵族阶级进行不懈的斗争。邻国及遥远的南罗斯诸王公对他都很畏惧。他是符拉季米尔王族中第一个接受"大公"称号的人。

140　符塞伏洛德的父亲尤里·陀尔戈鲁基曾数度以武力夺获基辅宝座,并于 1157 年死在基辅。

141　这表示符塞伏洛德武士的众多,和他对伏尔加诸国的强大威力。符塞伏洛德也确实还在继续那早已开始的对波伏尔什耶(Поволжье,即指伏尔加沿岸一带)的征服工作。1183年,即伊戈尔远征前二年,符塞伏洛德率领航河舰队顺利地将伏尔加流域的保加利亚人的首都大城包围,后来缔结了对自己有利的和约。在伏尔加河畔的战役中,伏尔加流域的保加利亚人被罗斯人赶到他们的航河船舰上去,但有一部分船舰翻倾河中,保加利亚人有一千多名被淹死。

《远征记》作者深信,如果符塞伏洛德向波洛夫人进发,直奔顿河,他的军队终会将他们战胜。用头盔掬饮某河的水,在古代乃象征对这条河所在国的胜利;用头盔舀光一条河,象征把敌人完全歼灭。

142 143 所值极微的零钱单位名称。一个十戈比的银币,即一个银"格里夫纳",等于二十个"诺加达",或等于五十个"列扎纳"。"女俘""男奴"均指波洛夫人。这里说明:如果符塞伏洛德在这里,发生的影响将会很大。

144 戈列勃·罗斯季斯拉维奇(Глеб Ростиславич,1176 年卒)的儿子们,即从属于苏兹达尔公符塞伏洛德·尤里耶维奇的里亚桑的王公们。

145 《远征记》中的留里克·罗斯季斯拉维奇(Рюрик Ростиславич,1215 年卒),亦即"勇猛的留里克",乃属于 12 世纪最勤勉好战、而个人又有辉煌功业的王公中人,罗斯季斯拉夫·姆斯季斯拉维奇(Ростислав Мстиславич,1168 年卒)的儿子,有进取精神,勇敢、好客、暴躁、爱才、反复无常。留里克在对波洛夫人的征伐和封建内讧中度过了自己的一生,他既为罗斯而战,又为自己的私利而争。

146 斯摩棱斯克公大卫·罗斯季斯拉维奇(Давыд Ростиславич,1197 年卒),留里克·罗斯季斯拉维奇的兄弟,姆斯季斯拉夫·符拉季米罗维奇(Мстислав Владимирович,1132 年卒)的孙子。单独打过许多仗,也常参加自己兄弟的征伐。

147 指 1183 年发生在奥列尔河(Орель)畔的、有留里克和大卫的军队参加的对波洛夫人的一次战役。

148 即波洛夫的土地。

149 创伤(рана),这个字在古俄语中有比现代俄语更广泛的意义,它有"受伤""惩罚""失败""疾病"等含义。自然,这里指的是伊戈尔的"失败",而事实上,伊戈尔在战争的第一天右手就负了伤。伊戈尔负伤后,右手不能运用,但在被俘以前的最后两天,他一直还在战斗。

150 加里奇公雅罗斯拉夫·符拉季米罗维奇(Ярослав Владимирович,1187 年卒),伊戈尔·斯维雅托斯拉维奇的岳父,雅罗斯拉夫娜的父亲。他在位时(1152—1187)是加里奇的鼎盛时代。他曾同当地强大的贵族阶级进行过不懈的斗争。据说他通晓八种语言,因而获有"奥斯莫梅斯尔"(Осмомысл,意为"大智")的绰号。

151 "……高高地坐……",指雄踞高山上的加里奇之内城(雅罗斯拉夫的宫殿所在)。"金制宝座",乃强调加里奇的富饶。加里奇在 12 至 13 世纪确实经过一个经济繁荣的时期。

152 指喀尔巴阡山。

153 指匈牙利王通过喀尔巴阡山的道路。

154 意为:保卫着国家边疆,以防匈牙利王和拜占庭的侵袭。

155 雅罗斯拉夫通常派遣军队远行征伐,并不亲自率往。

156 意即:连基辅也顺服你。

157 据推测,加里奇人参加了反对苏丹萨拉丁率领的土耳其人的第三次十字军远征。

158 罗曼·姆斯季斯拉维奇(Роман Мстиславич,1205 年卒),伏林兼加里奇公,是一位积极的、有进取精神的、勇敢而不知疲倦的王公。他曾征伐过陶宛、亚特维雅吉(Ятвяги)、杰列梅拉(Деремела)和波洛夫。1199 年,伏林公罗曼将加里奇国并入伏林,成为加里奇-伏林国(今乌克兰西部),以原伏林国首都符拉季米尔-伏林斯基(Владимир-Волынский)为首都。他曾以强硬的手段制止住罗斯西南部的瓦解,并将自己的主要打击指向加里奇的强大的贵族阶级。

159 这位姆斯季斯拉夫是什么人?根据各方面推断,除知道他是罗曼的亲近的,并与之共享胜利光荣的人以外,别无所知。罗曼没有这样的亲兄弟,却有个堂兄弟叫姆斯季斯拉夫·雅罗斯拉维奇。不过,这里可能是戈罗德诺(Городно)公姆斯季斯拉夫·符塞伏洛陀维奇(Мстислав Всеволодович),他也是征伐波洛夫人的参加者,不断同立陶宛、亚特维雅吉和杰列梅拉作战的王公。

160　立陶宛部族之一。

161　大概指亚特维雅吉地区和 13 世纪史料中所提到的亚特维雅吉部族。又有人认为是指立陶宛的一些部族。

162　意为:遭受失败,扔掉武器。

163　"他们"指波洛夫人。罗斯河(Рось),第聂伯河右岸的支流,在基辅偏南。罗斯河与苏拉河(参阅第 26 页注 23),都是与波洛夫草原分界的边境河。

164　英格瓦尔和符塞伏洛德,这是鲁茨克公雅罗斯拉夫·伊霞斯拉维奇(Ярослав Изяславич)的两个儿子;但"所有的三位姆斯季斯拉维奇"是什么人呢? 这里,无疑是指三兄弟,即姆斯季斯拉夫·伊霞斯拉维奇(Мстислав Изяславич,1170 年卒)的儿子们:罗曼、斯维雅托斯拉夫和符塞伏洛德(1195 年卒)。这三位兄弟,一如英格瓦尔和符塞伏洛德,也都做过伏林公,这就是为什么他们在这一呼吁中一并被提及的原因。不称呼他们的名字,那是因为《远征记》的作者已经刚刚举出其中的罗曼的缘故。作者在这里重复自己的呼吁,不是对一人,乃系对全体。

165　这句话的历史含义不明,因为这三位姆斯季斯拉维奇的王公业绩很少为人所知。

166　姆斯季斯拉维奇们的"波兰"长矛和盾牌,该作何解呢? 他们是波兰王鲍列斯拉夫(Болеслав)的外孙,因此他们也算得上半个波兰人。不过,这还不仅在于他们的半波兰人的出身。《远征记》作者在这里也还在暗示军事支援,因为伏林诸公曾不止一次地从波兰得到过这样的支援。

167　指立陶宛人。

168　苏拉河与德维纳河,同是罗斯的边境河,河水的消失,乃表示失败;同时,对罗斯的敌人来说,它们仿佛再也不能成为实际的障碍了。也就是说,与草原分界的苏拉河,再也对彼列雅斯拉夫尔起不了什么防御保护的作用。

169　编年史上提到波洛茨克公勃里亚契斯拉夫·瓦西里柯维奇(Брячислав Василькович)、符塞斯拉夫·瓦西里柯维奇(Всеслав Василькович)和他们的父亲瓦西里柯夫·罗格伏洛陀维奇(Васильков Рогволодович)。符塞伏洛德(Всеволод)、伊霞斯拉夫(Изяслав)在编年史上没有被提到:这一支王族,一般说不大为人所知。

170　波洛茨克公符塞斯拉夫,卒于 1101 年。

171　此为《远征记》中隐晦难解的地方之一。当今提出的一切校订,很少确凿可信者。

172　凶猛的鸟落在猎物上,总是用自己展开的翅膀掩盖着,不让别的猛禽走近争食。

173　174　见本页注 169。

175　金项链乃指王公衣领上的圆形或方形的深剪口,通常在上面镶饰着金子和宝石。这种项链的另一名称叫"护肩"。在古代罗斯,金项链是最高阶层衣服的特殊标志之一。

176　伊霞斯拉夫·瓦西里柯维奇(见本页注 169)做过戈罗德诺公。这里是投降的信号。

177　《远征记》作者号召停止王公间的(即英明的雅罗斯拉夫和波洛茨克公符塞斯拉夫的后裔之间的)历久不息的纷争。

178　意思是:请将自己那在内战中使用残缺的宝剑插入鞘中吧。

179　指雅罗斯拉维奇们的领地。

180　指波洛茨克国土。

181　依照前注(第 27 页注 18),特罗扬是罗斯的异教神。符塞斯拉夫曾于异教神特罗扬的第 7 世纪,即最后一世纪,亦即异教时代的末日用兵。中世纪观念,数目字"七"就是"最后"的意思。可是,波洛茨克公符塞斯拉夫为什么在"异教时代的末日"用兵呢? 他是在基辅、在诺夫戈罗德、在别洛奥泽罗等地农民暴动的情况下用兵的,而这一暴动则与当时的妖术运动和古代罗斯异教的反动势力结合起来。符塞斯拉夫正是利用这些暴动和异教的反动势力来达到自己的目的。

182　这里的"少女"自然是指基辅。符塞斯拉夫为了登上基辅的宝座,便决定利用1086年的基辅人的暴动,这确也是以自己的命运为儿戏。

183　此处众说纷纭。符塞斯拉夫是用诡计夺取了基辅宝座的。1068年,波洛夫人击败了英明的雅罗斯拉夫的儿子们——伊霞斯拉夫(1178年卒)、符塞伏洛德(1093年卒)、斯维雅托斯拉夫(1076年卒)的军队。基辅人为了把基辅的防务操在自己手中,曾向伊霞斯拉夫要求发给他们战马和武器。伊霞斯拉夫怕基辅人,所以拒绝这样做;这时基辅人便奔向幽禁波洛茨克公符塞斯拉夫的监牢(他在1067年前为雅罗斯拉维奇所俘,遂被囚),并拥立他为基辅公。显然,当时符塞斯拉夫是满足了基辅人的要求——发给了他们战马和武器。因而,说他"倚在马上"用诡计获得了政权。

184　意思是:从近郊的监牢向上面的基辅城(山势高)跑去。

185　别尔戈罗德(Белгород),在距基辅十俄里处。

186　1069年,伊霞斯拉夫和波兰王鲍列斯拉夫征伐符塞斯拉夫。符塞斯拉夫同基辅人一道迎击他们。但在还没有同伊霞斯拉夫和鲍列斯拉夫的军队遭遇之先,由于某种不明的原因,符塞斯拉夫不得不在黑夜秘密地从别尔戈罗德避开基辅人。"他们"即指基辅人。"蓝色的雾霭"指夜雾。

187　诺夫戈罗德的独立奠基者,是与英明的雅罗斯拉夫的名字分不开的。雅罗斯拉夫在削弱了诺夫戈罗德对基辅的从属地位以后,于1016年在诺夫戈罗德即位,遂奠定独立的始基。

188　都杜特基(Дудутки),大概是诺夫戈罗德附近的一个地方。伏陀弗索夫教授(Н. В. Водовозов)则认为是诺夫戈罗德城中的寺院。

189　涅米加(Немига)系一小河,在明斯克附近,现已干涸不存。如前注明,1067年,好战的波洛茨克公符塞斯拉夫即在涅米加河畔为英明的雅罗斯拉夫的三个儿子击败,作者想以符塞斯拉夫的命运为例,指明内讧的错误。

190　象征刀剑。

191　意为:在涅米加河畔,和平劳动已为残酷的战争所代替。

192　符塞斯拉夫时而逃避追缉,时而图谋夺取城池,时而捍卫自己的世袭领地,他的确像一只狼似的一直在整个罗斯国土上飞奔。又,编年史或人民口传,说符塞斯拉夫是个狼形人和幻术家。

193　霍尔斯(Хорс),古斯拉夫异教的神,这里显然是太阳神。因而,这句话的意思是:日出前,符塞斯拉夫一直在奔跑。

194　这大概系指下面一事:符塞斯拉夫被囚禁在基辅的时候,他在自己的故国波洛茨克仍被视为王公,而且在教堂的礼拜中也是被作为王公来祷念的。

195　指远在波洛茨克公符塞斯拉夫以前的时代。

196　显然系指奥列格、伊戈尔、斯维雅托斯拉夫和符拉季米尔诸公。

197　毫无疑问,这里的"老符拉季米尔"自然是符拉季米尔一世·斯维雅托斯拉维奇及其对罗斯国家外部敌人的无数次的远征。

198　《远征记》作者想用这句话说明留里克和大卫(见第34页注145、146)兄弟间军队的不睦。1185年,在伊戈尔失败和康恰克入侵以后,斯维雅托斯拉夫和留里克曾兴兵抗击波洛夫人,但留里克的兄弟大卫却从特烈鲍尔(Треполь)归了,因为他的斯摩棱斯克公的军旗(即指军队)拒绝同留里克的军旗一道出现,遂撤返。

199　指会战的声音。

200 叶夫罗西尼娅·雅罗斯拉夫娜（Ефросинья Ярославна），伊戈尔的妻子，雅罗斯拉夫·符拉季米罗维奇·奥斯莫梅斯尔的女儿（见第34页注150）。

201 古代罗斯，名门显贵外衣的袖子均做得很长。将长袖在水里蘸湿，像手帕似的，用来揩拭创伤是很便捷的。在古罗斯，海狸皮是人们最爱用的皮子。多用作衣服的、特别是袖口的皮镶边。另说：这里指"绸缎"，不指"海狸"，因当时正值夏季。12世纪古俄语中尚无"绸缎"一词，而对一切名贵衣料，皆用"海狸"来表述。

202 指她的丈夫伊戈尔。

203 在卡雅拉河会战时，风从海的方向，即从波洛夫人的方向一直向着罗斯人吹拂。

204 意思是：著名的第聂伯河。

205 指第聂伯河中石滩地带。

206 雅罗斯拉夫娜在回忆1184年在基辅大公斯维雅托斯拉夫·符塞伏洛陀维奇统率下的罗斯诸公对波洛夫人的那次胜利远征。其结果是，柯比雅克汗所联合的波洛夫人的兵力被粉碎，而柯比雅克汗本人也被俘。

207 指伊戈尔被囚处附近的亚速海。

208 在伊戈尔军队的三天鏖战中，水源已被波洛夫人截断，人和马深受口渴之苦。

209 在车尔尼戈夫。

210 奥佛鲁尔（Овлур），同伊戈尔一道逃回罗斯的波洛夫人。在编年史上称他作拉佛尔（Лавр）或拉沃尔（Лавор）。伊戈尔起初很久都不信任他。18世纪的俄国史家达季谢夫（В. Н. Татищев）说，拉佛尔是个"坚毅的汉子，曾为一些波洛夫人所凌辱，其母系伊戈尔那一地区的罗斯人"。伊戈尔逃回罗斯后，曾慷慨地嘉以厚爵，并将忒霞茨克公拉古伊尔（Рагуил）的女儿嫁给他。

211 波洛夫人已发觉伊戈尔在逃。

212 指奥佛鲁尔在对岸预先为伊戈尔公准备下的战马。

213 顿涅茨河穿过一道产白粉的山脉阿尔杰玛（Артема），于是把大量混浊的白色粉末带进自己的水流。夏天，当顿涅茨的河水减退时，那些被垩粉染成白色的浅滩在日光下闪耀着，就像一片白银。

214 白颊凫、海鸥、野鸭都非常胆怯，从很远的地方就能看见有人走来。伊戈尔白昼躲藏在河边的丛林中，便依照白颊凫、海鸥、野鸭的行动来判断是否有追缉者逼近。

215 指罗斯季斯拉夫·符塞伏洛陀维奇公（Ростислав Всеволодович，1093年卒），符塞伏洛德·雅罗斯拉维奇（Всеволод Ярославич，1093年卒）的儿子，于1093年，在二十二岁时，当他在一次战役失败后，逃避波洛夫人追赶，涉渡斯图格纳河（Стугна，第聂伯河的支流）时，在自己的兄弟符拉季米尔·莫诺玛赫的目睹下淹死。

216 草原上，丛林在河谷里生长。这些河谷是深邃的；从远方，既不见河，也不见树。丛林内啄木鸟的叩啄声向伊戈尔指出了通河边丛林的道路，因为他可以在那里躲藏，免得被缉获。

217 "老鹰"指伊戈尔。"巢窝"指伊戈尔的祖国。"雏鹰"，指被波洛夫人俘获的伊戈尔的儿子符拉季米尔。

218 "它"指伊戈尔的儿子符拉季米尔。事情果然应验（参阅第31页注91）。

219 即群鹰，也就是罗斯人。

220 这里的几行，又是一处隐晦难解的地方。当今的一些校订和注释似均不足凭信。鲍扬和霍敦纳（Ходына）的话是与戈扎克和康恰克的谈话相反而又对立的。

221 居民们迎接远征归来的人，总是出来唱着颂歌欢迎。多瑙河下游一带乃罗斯人的移居地。《远征记》作者用"少女们在多瑙河上歌唱"来强调：即使在罗斯最边远的角落，都因伊戈尔的归来表现出无限的喜悦。

222　鲍里契夫坡在编年史中曾一再提及，乃当今基辅的一条街，亦即安德烈夫坡。

223　毕罗戈谢伊圣母院在基辅，于1132年奠基，1136年建成。

224　阿门，意为"心愿如此"。古俄罗斯作品，特别在基辅时期用当时所谓传教士的"讲话"（слово）这一文学形式写成的作品，作者开首总是称他的听众或读者为"弟兄们"，而结尾处则每用"阿门"（希伯来语 āmēn）二字。

附　录

顿河彼岸之战[*]

索　封　尼

关于德米特里·伊万诺维奇大公和他的兄弟符拉季米
尔·安德列耶维奇公战胜敌酋——沙皇马麦①的故事

　　都聚集来吧,罗斯的兄弟、朋友和健儿们,让我们缀词联句,欢娱罗斯大
地,将悲伤抛给归西姆②所有的东方国家,我们宣布战胜了邪恶的马麦,并给
德米特里·伊万诺维奇大公和他的兄弟符拉季米尔·安德列耶维奇公③以颂
扬。如此,我们说道:"弟兄们,我们还是用赞美的语言、当代叙事的语言来讲
述关于德米特里·伊万诺维奇大公和他的兄弟符拉季米尔公——神圣的基辅
大公符拉季米尔的曾孙们的远征故事吧。我们要讲述那确曾发生过的事情。
但我们的思想在大地上奔驰,回忆着最初的那些年代,我们歌颂先知鲍扬——
基辅灵巧的古斯里歌手。"
　　犹如那位曾用自己灵巧的手指拨弄活的琴弦,向罗斯的王公们——基辅
第一位大公伊戈尔·留里科维奇、大公符拉季米尔·斯维雅托斯拉维奇、大公
雅罗斯拉夫·符拉季米罗维奇唱出了赞歌的先知鲍扬,我们也要以赞歌和古
斯里琴弦的暴风雨般滚滚轰鸣,给那些王公们的曾孙德米特里·伊万诺维奇
大公和他的兄弟符拉季米尔·安德列耶维奇以颂扬,因为他们有勇敢的精神,
有保卫罗斯土地和基督徒信仰的热望。因为他们的刚勇武装了理智,并用刚
勇燃烧起自己的雄心,于是这两位王公充满战斗精神,征集了罗斯国土上所有
骁勇的军队,缅怀着自己的曾祖基辅大公符拉季米尔。
　　哦,云雀,你欢乐日子的慰藉啊!请飞上蔚蓝的天空,一瞧雄壮的莫斯科
城,并向德米特里·伊万诺维奇大公和他的兄弟符拉季米尔·安德列耶维奇
公唱一支颂歌吧!

---

① 俄罗斯人当时称金帐汗国的汗为"沙皇"。马麦,拔都的后裔,于1380年被莫斯科大公德米特
里·伊万诺维奇(1350—1389)击败后,逃往克里米亚汗国,并于同年在卡法被害。
② 据基督教传说,世界分割给诺亚(人类第二始祖,见《旧约·创世记》)的三个儿子:欧洲归雅费特,
亚洲归西姆,非洲归哈姆。这些名字在中文圣经《新旧约全书》中作:挪亚、雅弗、闪、含。
③ 即谢尔普霍夫公,德米特里·顿斯科伊的堂兄,且为远征和战斗中的副将和领导人之一。

那不是暴风雨将苍鹰从扎列斯基土地①吹往波洛夫的原野！战马在莫斯科长嘶,颂歌响彻整个的罗斯国土。号角在科洛姆纳②吹奏,战鼓在谢尔普霍夫敲响,军旗在大顿河的陡岸上飘扬。市民会议的洪钟在大诺夫戈罗德轰鸣;诺夫戈罗德的健儿们伫立在圣·索菲亚教堂前谈论着:"弟兄们,我们确已来不及援助德米特里·伊万诺维奇大公! ……"

仿佛是山鹰从整个北方飞来。那飞来的不是山鹰,而是罗斯所有的王公们奔向德米特里·伊万诺维奇大公和他的兄弟符拉季米尔·安德列耶维奇公,他们说道:"我们的主爷,伟大的王公！邪恶的鞑靼人践踏了我们的田野,夺取了我们的领地,驻扎在顿河与第聂伯河间的美恰河③上。我们的主爷,让我们去夺取那湍急的顿河……为了保卫罗斯土地和基督徒的信仰,我们要在战斗中考验自己的勇敢的战士。"

德米特里·伊万诺维奇大公对他们说:"弟兄们和罗斯的王公们！要知道,我们同出于一个家族——基辅大公符拉季米尔。我们生来不是受山鹰、白隼、黑色的乌鸦、邪恶的马麦欺侮的!"

哦,夜莺,你夏天的飞鸟啊！但愿你以自己婉转的歌喉向德米特里·伊万诺维奇大公和他的兄弟符拉季米尔·安德列耶维奇和立陶宛奥里格尔陀维奇两兄弟——安德列和他的兄弟德米特里,以及德米特里·伏林④唱一支颂歌吧。因为他们都是自己国土的勇敢的儿子、战斗里的鹰隼、有经验的统帅。在立陶宛的国土上,他们:在号声中诞生,在头盔下长大,用长矛的利刃进餐。

安德列·奥里格尔陀维奇对自己的兄弟德米特里说:"我们两个都是奥里格尔得的儿子,盖季明的孙子,斯科尔季米尔的曾孙。亲爱的弟兄们,我们要召集勇敢的立陶宛武士们、大胆的勇士们,让我们都跨上自己快捷的战马,去一瞧那湍急的顿河,兄弟啊,我们要用自己的头盔掬饮湍急的顿河水,我们要在鞑靼人的头盔上试炼自己的立陶宛宝剑,在回教徒的环甲上考验那德意志的长矛。"

德米特里回答说:"安德列,我的兄弟,为了罗斯土地,为了基督徒的信

---

① 扎列斯基公国,位于东北罗斯。
② 科洛姆纳城,在莫斯科附近。
③ 美恰河,顿河右岸的一个支流,在库利科沃平原的南边。
④ 安德列和德米特里,即波洛茨克公和布良斯克公,立陶宛奥里格尔得的两个儿子,与德米特里·顿斯科伊结为联盟。德米特里·米哈伊洛维奇·鲍布拉柯夫,即伏林公,或称"伏林涅茨"(意为"伏林人"),乃当时杰出统帅,曾在库利科沃大战中起过重大作用。

仰，为了德米特里·伊万诺维奇大公的耻辱，我们决不吝惜自己的生命！因为，我的兄弟，石城莫斯科已在咚咚地敲打，轰轰地雷鸣。但是，兄弟，那不是咚咚地敲打，也不是轰轰地雷鸣。而那在敲打的，是德米特里·伊万诺维奇大公的强大军队，那在雷鸣的，是身披铠甲、手执盾牌的罗斯勇士们。安德列，我的兄弟，请鞴起自己快捷的战马，而我的马早已先你而披鞍待发。我的兄弟，让我们到郊野去检阅自己的军队吧。同我们在一起的，是七千名紧扎铠甲而又十分骁勇的立陶宛战士。"

阵阵狂风从海上吹来，大片大片的乌云涌向顿河与第聂伯河的河口，逼向罗斯土地；血的朝霞从云朵里出现，蓝色的闪电在乌云中跃动。击打和巨大的雷声将在顿河与第聂伯河之间，将在涅普里亚德瓦河①上轰响，尸体将倒在库利科沃平原，鲜血将洒在涅普里亚德瓦河上。

大车辚辚，在顿河与第聂伯之间响个不停，鞑靼人正向罗斯土地前进。一群群灰狼从顿河与第聂伯的河口跑拢来，在美恰河上驻足，它们嗥叫着，想要侵入罗斯国土。那不是灰狼，而是邪恶的鞑靼人来了——他们想用战争横扫整个的罗斯国土。

这时候，大雁在美恰河上嘎嘎地鸣叫，天鹅用翅膀拍溅水花。那不是大雁在嘎嘎地鸣叫，也不是天鹅用翅膀拍溅水花：这是邪恶的马麦率领自己的军队，侵入了罗斯国家。预感到鞑靼人的覆灭，飞鸟在云端翱翔，乌鸦在高声噪聒，寒鸦操着自己的言语，山鹰尖声呖呖，而狼在凄厉地哀嚎，狐狸对着尸体猎猎狂吠。

啊，罗斯的国土，你已落在岗丘的那边！

苍鹰和白隼、白湖上的鹞鹰，已经从金色的栖架上挣脱，从石城莫斯科飞上蔚蓝的天空，它们在湍急的顿河上鸣响镀金的洪钟，它们想要痛击那一群群大雁和天鹅，而罗斯英雄的勇士们则要歼击那邪恶的沙皇马麦的大军。

这时候，大公踏上了金镫，右手握住宝剑。

明丽的太阳在东方照耀，给他指示着前进的道路……

我听到了，那是什么声音？黎明前，那是什么在喊叫，什么在轰动？符拉季米尔·安德列耶维奇公在整编、选拔自己的军队，并率领他们向大顿河进攻。他对自己的兄弟说："大公，不要向鞑靼人屈膝！因为那些邪恶的人践踏

---

① 涅普里亚德瓦河，顿河右岸的一个支流。

了我们的田野,夺取了我们的领地。"

德米特里·伊万诺维奇大公对他说:"我的兄弟,符拉季米尔·安德列耶维奇公,我同你是兄弟,我们有久经锻炼的将军,我们有经验丰富的武士,我们胯下的战马快捷无比,我们身披镀金的铠甲,我们还有彻尔卡斯的头盔,莫斯科的盾牌,德意志的长矛,意大利的缨枪,上等的宝剑,而道路我们熟悉,渡口已经建立,战士们满怀热望要为罗斯国土和基督徒的信仰捐献自己的身躯。我们的旗帜飘扬着,在为自己寻求光荣和荣誉。"

瞧,这是苍鹰和白隼、白湖上的鹞鹰在迅捷地飞渡顿河,并痛击那一群群的大雁和天鹅。那是罗斯健儿们遭遇到鞑靼的强大的军队。在库利科沃平原,在涅普里亚德瓦河上,钢矛挺刺着鞑靼人的铠甲;宝剑劈击着回教徒的头盔,发出铿铿的声响。

马蹄下的土地是黑色的,田野种满了鞑靼人的尸骨,而又为鲜血所浇灌。大军在战斗中会合,他们踏破了丘陵和草地;搅浑了江河和湖泊;枭妖①在罗斯的土地上高声啼叫,好让各地都能听清;威名远震铁门②、罗马、沿海的卡法③和蒂尔诺夫,而为了对罗斯王公们表示祝贺,又由这里传到君士坦丁堡:伟大的罗斯在库利科沃平原战胜了马麦啊!

这时候,可怖的乌云紧紧地密集,闪电时时在云层中跃动,巨大的雷声殷殷轰鸣。那是罗斯的健儿为了雪国耻已与邪恶的鞑靼人战场相逢。罗斯战士们身上镀金的铠甲闪耀着。罗斯王公们的钢剑劈击着回教徒的头盔,铿然有声。

那不是原牛在库利科沃平原哞哞嗥叫,而是被击溃的罗斯王公们,大公的大贵族和将军们,以及白湖的王公们在大顿河畔的呼号。在这里被鞑靼人斫杀的有费多尔·谢苗诺维奇、季莫菲·瓦卢耶维奇、谢苗·米哈伊洛维奇、米库拉·瓦西里维奇、安德列·谢尔基佐维奇、米哈伊洛·伊万诺维奇,以及其他众多的武士们。他们都被斫死,陈尸在顿河岸上。

修道士佩列斯维特④——这个布良斯克的大贵族,被带至他注定要死的

---

① 据传说,这种鸟不吉祥,它预告灾难和不幸。这里是警告敌视罗斯的那些国家。

② 铁门,多瑙河上的一个隘口。

③ 卡法,热那亚在克里米亚汗国的移民区,见第41页注①;蒂尔诺夫(多瑙河畔),保加利亚的古都。

④ 德米特里在投入战斗以前,曾拜访特罗伊茨基修道院院长谢尔基。后者派了两名勇武的修道士:佩列斯维特和奥斯利亚比亚与德米特里同去参战。

地方。于是佩列斯维特对修道士德米特里·伊万诺维奇说道:"与其被邪恶的人俘获,还不如就此战死!"

佩列斯维特跨上快捷的战马,他发出的呼啸声隔断了田野,他那镀金的铠甲闪闪发光。

佩列斯维特说道:"我的兄弟,现在年老的变年轻,年轻的获得荣誉,勇敢的人能一试自己的臂力,那该有多荣幸!"

他的兄弟奥斯利亚比亚修道士说:"我的兄弟佩列斯维特,我看见你身上的伤势很重,你的头颅将落在羽茅草丛,我的儿子雅可夫也会躺在库利科沃平原青青的羽茅草中。你们将为基督徒的信仰,为德米特里·伊万诺维奇大公的耻辱而牺牲。"

这时候,在顿河沿岸的梁赞的土地上,早已听不见农夫和牧人的声音;只有乌鸦大声啼叫着,杜鹃咕咕地悲啼着,向战死者的尸体飞去。目睹周围的情景,真是又可怕、又惨凄,因为青草被鲜血浇灌,树木悲伤地垂向大地。

所有的飞鸟都唱起了悲哀的歌,一切战死的王公、贵族和将军们的妻子都伤心地痛哭失声。

米库拉的妻子玛丽亚·德米特里耶夫娜,大清早就在莫斯科河上,在城寨的高墙上哭泣,她说道:"我的顿河啊,你湍急的大河!我的顿河啊,你凿穿了山山岭岭,你流入波洛夫的土地,请你用自己的波涛把我的夫君米库拉·瓦西里耶维奇送回来吧!"

而费多西娅,季莫菲·瓦卢耶维奇的妻子,是这样哭诉:"我已在光荣的莫斯科城中失去了我的欢乐,我再也见不到我的夫君季莫菲·瓦卢耶维奇还活在人世!"

安德列的妻子玛丽亚和米哈伊洛的妻子阿克西尼娅,也在大清早失声痛哭:"在我们俩看来,太阳在光荣的莫斯科城中已经暗淡无光。带着巨大的悲痛,从湍急的顿河传来关于我们亲人的消息。罗斯的勇士们在上帝指定的地方库利科沃平原,从自己快捷的战马上落地!"

枭妖在鞑靼人的马刀下高声啼叫,罗斯遍体鳞伤的壮士们不断地呻吟。

大清早,花鸡在科洛姆纳城寨的高墙上唱着忧郁的歌。那不是花鸡大清早在唱忧郁的歌,而是科洛姆纳的女人们在哭泣,她们这样说:"莫斯科啊,莫斯科,你湍急的河,为什么你用自己的波涛把我们的丈夫从我们身边载去,送往波洛夫的土地?"

她们这样说道:"大公爷啊,你是不是能用木桨把第聂伯河隔断,用头盔把顿河淘干,用鞑靼人的尸体把美恰河拦腰堵住呢?大公啊,请紧锁奥卡河的大门,使那些邪恶的人再也不来侵犯我们,因为我们的丈夫已经在战斗中历尽艰辛!"

符拉季米尔·安德列耶维奇公率同德米特里·伏林涅茨拍马向前,他们率领七万武士从右翼直趋邪恶的马麦。德米特里追逐着邪恶人的军队,他那金色的头盔闪闪发光。钢剑劈在回教徒的头盔上,铿铿作响。

符拉季米尔对大公说道:"我的兄弟,德米特里公啊,在这艰难的时刻,你是我们的一面铁的盾牌。挺住啊,大公!对于凶恶的敌人,你和你的大军要寸土不让,毫不留情。因为那邪恶的人们践踏了我们的田野,屠杀了我们勇敢的武士。因为,我的兄弟啊,看到基督教徒在流血,实在叫人心疼。"

德米特里公对自己的大贵族们说道:"大贵族和将军弟兄们,大贵族的子弟们!这里对你们,弟兄们,不是莫斯科的蜂蜜甜酒和享有荣誉的地方。你们在这里要为自己和自己的妻子获得一个立足之地。这里,年老的人要变年轻,而年轻的人,要为自己争得荣誉。"

于是,仿佛是苍鹰飞渡湍急的顿河。那不是苍鹰飞渡湍急的顿河,而是德米特里公率领自己全部的军队,浩浩荡荡驰向顿河。

德米特里说道:"我的兄弟,符拉季米尔公,现在让我们按尊卑长幼来干一杯蜜酒吧。这样,兄弟,我们便可以率领自己的劲旅直趋那邪恶人的军队。"

大公的军队发起了进攻。钢剑劈在回教徒的头盔上铿铿轰鸣,鞑靼人用手抱着自己的头顶。

这时候,邪恶的人们慌慌张张向后退去……旌旗猎猎地响,邪恶的人们在逃奔。罗斯健儿的呐喊响彻辽阔的原野,他们那镀金的铠甲照亮茫茫大地。因为原牛已经起来保卫自己!

这时候,邪恶的军队在德米特里的有力打击下掉转身去,在绝望中仓皇逃遁。他们的王公纷纷滚下马来,鞑靼人陈尸遍野,血流成河。邪恶的人们向四方溃散,沿着榛莽丛生的道路逃往海边。他们咬牙切齿,撕破自己的脸皮,说什么:"弟兄们,我们只能流落异乡,再也看不见自己的儿女,再也不能抚爱自己的娇妻,而我们只有吻这青青的草地。我们再也不向罗斯进军,再也得不到罗斯王公们的贡品!"

鞑靼人的土地开始呻吟了,它为灾难和忧愁所笼罩。他们的沙皇觊觎罗斯土地的野心和狂傲无礼不见了,他们的欢乐消失了。罗斯健儿们把鞑靼的绣花布匹、战马和铠甲、犍牛和骆驼、酒、糖和珠宝都取了来,运到自己的妻子那里去。罗斯妇女们哗哗掂响着鞑靼人的黄金。欢乐充溢着罗斯大地,罗斯的光荣至高无上……枭妖被掼倒在地,到处传闻着对大公的恐惧。

射吧,大公,射向所有的土地! 射吧,大公,同自己勇敢的武士们向那邪恶的回教徒马麦射去!

保卫罗斯的土地,保卫基督徒的信仰!

邪恶的人们丢盔卸甲,他们的头在罗斯的利剑下纷纷落地。他们的号角暗哑,他们的语言悲凄。

邪恶的马麦像一只灰狼,他离开自己的武士们来到了卡法城。意大利人对他说:"邪恶的马麦,你为什么蓄意要侵犯罗斯土地? 因此,罗斯军队才把你打得溃不成军。你有哪一点像沙皇拔都呢。沙皇拔都曾统领大军四十万,从东到西,长驱直入,征服了整个罗斯。而上帝却为了我们的罪孽而惩戒了罗斯土地。沙皇马麦啊,而你到罗斯国土,则带领大军无数,将军就有九个,王公七十员。如今却只有九人同你逃到海边,你就是不愿同战死者在平原过冬啊。难道罗斯王公们慢待了你吗? 你身边竟没有一个王公和将军。你在库利科沃平原的羽茅草上是不是酒还没有喝够呢? 滚开吧,马麦,就像你离开罗斯国土时那样……"

德米特里·伊万诺维奇大公同自己的兄弟符拉季米尔·安德列耶维奇公和其他幸存的将军们一起出现在涅普里亚德瓦河畔库利科沃平原和尸骨成山的战场上。我的兄弟啊,当你看到基督徒的尸体像一堆堆草垛似的横陈在那里,便感到无限的恐惧和悲伤。而顿河里的血一直流了三天啊。

德米特里·伊万诺维奇大公说道:"弟兄们,清点一下吧,看我们牺牲了多少将军,战死了多少青年。"

这时候,莫斯科大贵族米哈伊洛·亚历山德罗维奇对德米特里·伊万诺维奇公说道:"德米特里·伊万诺维奇大公陛下! 我们阵亡了四十名莫斯科大贵族、十二名白湖大公、三十名诺夫戈罗德地方长官、二十名科洛姆纳大贵族、四十名谢尔普霍夫大贵族、三十名立陶宛地主、二十名别列雅斯拉夫大贵族、二十五名科斯特罗姆大贵族、三十五名符拉季米尔大贵族、八名苏兹达尔大贵族、四十名穆罗姆大贵族、七十名梁赞大贵族、三十四名罗斯托夫大贵族、二十三名德米特罗夫大贵族、六十名马扎伊大贵族、三十名兹维尼戈罗德大贵族、十五名乌格利奇大贵族。而被不信神的马麦斫伤的,有二十五万人。上帝宽恕罗斯国土,而鞑靼人则死了无计其数。"

德米特里·伊万诺维奇大公对阵亡将士们说道:"大贵族弟兄们,大公们,大贵族的子弟们! 这就是命运给你们指定的地方——在顿河与第聂伯之间,在涅普里亚德瓦河畔库利科沃的平原上。为了神圣的教堂,为了罗斯的土地和基督徒的信仰,你们抛下了自己的头颅。兄弟们,宽恕我吧,在今世和将来都为我们祝福吧!

"符拉季米尔·安德列耶维奇公,我的兄弟,让我们回到自己的土地,光荣的莫斯科城去,我的兄弟,让我们登上大公的宝座。兄弟啊,我们已经获得了光荣和荣誉。"

光荣归于我们的上帝!

注　解

* 《顿河彼岸之战》是一部古代俄罗斯著名的文学作品,成书于 14 世纪末,但不迟于 1383 年;作者是从前的布良斯克大贵族、后来的梁赞神父索封尼。它写的是 1380 年库利科沃平原大战的故事。

从 12 世纪以来,俄罗斯民族在鞑靼人长达 240 年的残暴统治下,一直过着颠沛流离、衣食维艰的痛苦生活。不只田园一片荒芜,文化也遭到严重破坏。14 世纪初,在不易遭受袭扰的东北罗斯,以莫斯科为中心,形成了一个小小的公国。它的统治者伊万·达尼洛维奇,圆滑通变、足智多谋,他一面讨好鞑靼的汗,并倚为有力靠山;同时又以此作为剪除异己的工具,来开辟自己的疆土,扩大自己的权力,后来获得符拉季米尔大公的封号。到了 14 世纪中叶,他的孙子莫斯科大公德米特里,更是惨淡经营,励精图治。他在莫斯科周围建筑石城,代替旧有的木寨,并力图使"全罗斯的王公都俯首听命"。日益强大的国势,使德米特里终于敢起来反抗鞑靼人了。显然,这是一个深得人心,而又为全体人民所支持的决策。而这时的金帐汗国,已经形成封建割据之势,国内独立的汗,争权夺利,钩心斗角。当时鞑靼封建主中最强大的是马麦,他据有金帐汗国的大部分领土。

1378 年马麦派兵入侵梁赞,以期进而征讨莫斯科,但事与愿违,遭到惨败。于是马麦与立陶宛大公和梁赞大公结成强大联盟,统兵三十万,攻打莫斯科。而莫斯科大公德米特里,则率领罗斯各公国联军十五万迎战。于是 1380 年 9 月 8 日,在顿河上游的库利科沃平原爆发了一场大会战。结果后者获胜,德米特里从此被称为德米特里·顿斯科伊(意为:"顿河王")。

《顿河彼岸之战》所反映的正是这一战役的情景。但它与一般的历史故事不同。作者的叙事是不严密的,他并不注意史实的完整性。他仿佛认为读者都已熟悉事件的过程,所以将事实略加分类,便铺张扬厉,而对许多东西则弃置不顾。《顿河彼岸之战》的最初几行说明了作者的构思:"都聚集来吧,罗斯的兄弟、朋友和健儿们,让我们缀词联句,欢娱罗斯大地,将悲伤抛给归西姆所有的东方国家,我们宣布战胜了邪恶的马麦,并给德米特里·伊万诺维奇大公和他的兄弟符拉季米尔·安德列耶维奇公以颂扬。如此,我们说道……"

歌颂对世代仇敌的伟大胜利、把库利科沃战役置于一定的历史地位、盛赞胜利的领导者和参与者,这便是《顿河彼岸之战》的构思。

这样的艺术构思,是不可能用编年史或日常叙事的形式来体现的。索封尼之所以决定以《伊戈尔远征记》为样板,是因为《顿河彼岸之战》的构思与《伊戈尔远征记》的思想艺术特点极其肖似的缘故。索封尼对《伊戈尔远征记》感兴趣,起决定性作用的是它的要求统一的思想。

索封尼认为《伊戈尔远征记》所反映的,是罗斯与外国侵略者进行斗争的开端,而且从此"罗斯国土上泛滥着忧愁,沉重的悲哀在罗斯国土上奔流"。索封尼对《伊戈尔远征记》所揭示的最初失败的原因是心领神会的,这便是各王公之间的不团结。但是,从12世纪开始的这种悲惨局面,则在1280年由于王公们团结对敌所获得的辉煌胜利,而宣告结束了。

构思的明确和深刻决定了《顿河彼岸之战》风格的完整以及这种风格与《伊戈尔远征记》艺术手法的关系。索封尼总是在认为有必要时,才对《伊戈尔远征记》加以援引,而这主要是在表现爱国主义激情的时候,比如:"他们的刚勇武装了理智,并用刚勇燃烧起自己的雄心,于是这两位王公充满战斗精神,征集了罗斯国土所有骁勇的军队……";"那不是暴风雨将苍鹰从扎列斯基土地吹往波洛夫的原野!战马在莫斯科长嘶,颂歌响彻整个的罗斯国土。号角在科洛姆纳吹奏,战鼓在谢尔普霍夫敲响,军旗在大顿河的陡岸上飘扬……"等等。

索封尼还借鉴了《伊戈尔远征记》中的一些细节,例如:"快捷的战马""血的朝霞""先知鲍扬""活的琴弦"等,并经常把从《伊戈尔远征记》中采撷的形象和手法加以翻新,来表现自伊戈尔的不幸的远征以来,历史情况已有了很大改变。比如,不祥的征兆一直伴随着伊戈尔的军队,但在《顿河彼岸之战》中,则处处预兆鞑靼人快要灭亡:"马蹄下的土地是黑色的,田野种满"的,已不是罗斯人的尸骨,而是"鞑靼人的尸骨";如今已不是罗斯土地,而是"鞑靼的土地开始呻吟了,它为灾难和忧愁所笼罩"。

《顿河彼岸之战》,犹如《伊戈尔远征记》,其中的抒情是激越的,声调是昂扬的。但文风显然与《伊戈尔远征记》不同,它有自己的时代特征。有些东西,本来是12世纪艺术家所固有的,但对一个14世纪的作家则往往是陌生的。索封尼断然舍弃了《伊戈尔远征记》中的那些比喻语言、象征手法和神话色彩。

《顿河彼岸之战》作者的思想立场是极其鲜明的。索封尼强调王公之间的团结和他们在德米特里·伊万诺维奇大公领导下共同出战的决心,他提到那些出兵参战的城市,他开列出罗斯各地牺牲的王公和大贵族们的名单,他想起那些深悔未及帮助德米特里·伊万诺维奇大公的诺夫戈罗德的健儿们。他在描写罗斯军队时,特别强调他们的崇高的道德品质,英雄的爱国主义精神,他把罗斯战士比作"山鹰"和"苍鹰",把他们称作"勇士们",描绘他们色彩鲜明的装备,一再提到他们那"镀金的铠甲"。他特别突出莫斯科所起的历史作用,说"石城"莫斯科这个"光荣的城""雄壮的城"创造了光辉的胜利。

德米特里·伊万诺维奇大公是以罗斯军事力量的真正组织者的身份出现的。他召集来所有的王公,他对他们和所有的武士们发出鼓舞人心的爱国号召,率领军队奔向顿河,领导了整个战役,保证了胜利的契机。作者认为他是罗斯国家的光荣,遂赋予了他最理想的品格,但却没有把他神化。

《顿河彼岸之战》反映了古代罗斯封建社会最进步的观点,同时与表现在英雄时代的人民思想直接地互为影响。比如,作品里的民歌成分:佩列斯维特和奥斯利亚比亚,显然是被作为"壮士"来描写的;又如运用民歌的手法,用"大雁"和"天鹅"来象征敌人,等等。

《顿河彼岸之战》里的形象和政治思想内容,经常被袭用于15世纪的作品,特别是在《大胜马麦记》中,对后来的俄罗斯文学有一定的影响。

《顿河彼岸之战》的抄本一共有七个,而所有的抄本都残缺不全。其中最早的,发现于15

世纪 70 年代。苏联学者阿德里阿诺娃-佩列茨教授曾对其残缺部分做过精心补缀,后被收入 1949 年出版的《古代基辅军事故事》中。后来的俄语语体文本,都是根据它译出来的。

这里刊出的中文译文,主要根据的是 1956 年苏联出版的《古代俄罗斯文学读本》。译文于 1957 年草成,以后便弃置一边,无暇再事整理。谁料经过十年浩劫,草稿竟能保存下来!今重捡旧稿,感慨实多。考虑至再,终不忍废弃。遂反复校对修润,决定予以发表,以示《伊戈尔远征记》对后世影响之一斑。

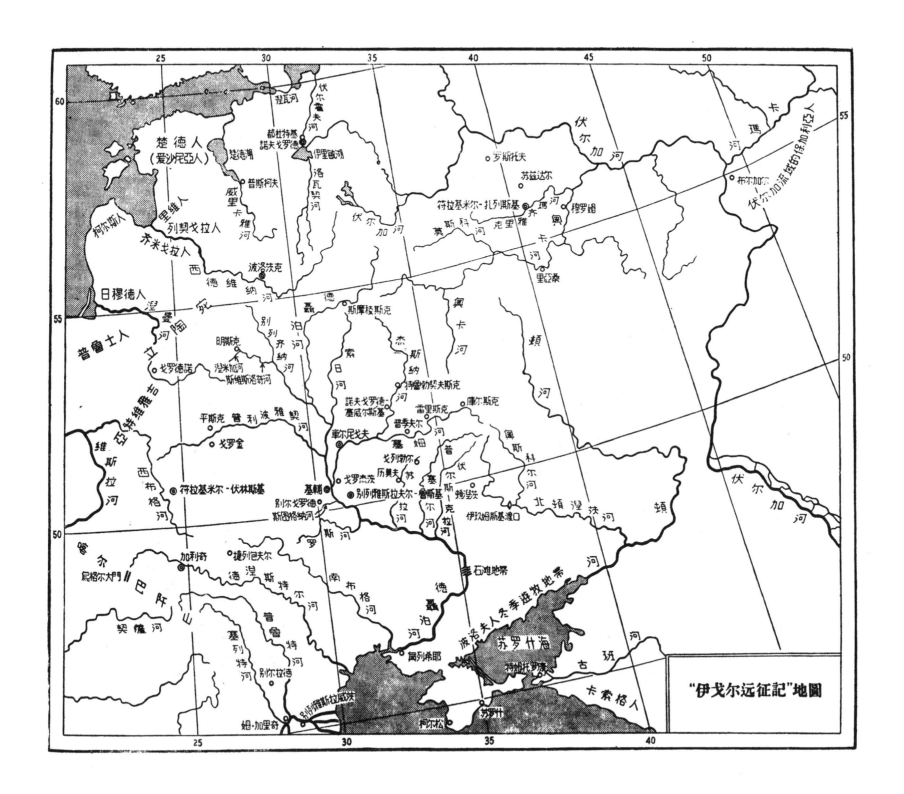

"伊戈尔远征記"地圖

《伊戈尔远征记》王公世系表

符拉季米尔一世·斯维雅托斯拉维奇
（"老符拉季米尔"）

- **波洛茨克公 伊霞斯拉夫**
  - 波洛茨克公 勃里亚契斯拉夫
    - 波洛茨克公 符塞斯拉夫
      - 波洛茨克公 瓦西里柯
        - 伊霞斯拉夫
        - 维捷勃斯克公 勃里亚契斯拉夫
        - 符塞伏洛德

- **英明的雅罗斯拉夫**（"老雅罗斯拉夫"）
  - 伊霞斯拉夫
    - 斯维雅托波尔克
  - 符拉季米尔
    - 罗斯季斯拉夫
      - 沃洛达尔
        - 加里奇公 符拉季米尔柯
          - 加里奇公 雅罗斯拉夫·奥斯莫梅斯尔
            - 叶夫罗西尼娅（"雅罗斯拉夫娜"，伊戈尔·斯维雅托斯拉维奇之妻）
  - 斯维雅托斯拉夫
    - 特穆托罗康公 罗曼（"漂亮的罗曼"）
    - 车尔尼戈夫公兼特穆托罗康公奥列格（"奥列格戈里斯拉维奇"）
      - 符塞伏洛德
        - 基辅公 斯维雅托斯拉夫（"威武的大公"）
        - 车尔尼戈夫公 雅罗斯拉夫
      - 车尔尼戈夫公 斯维雅托斯拉夫
        - 奥列格
          - 雷里克公斯维雅托斯拉夫
        - 诺夫戈罗德-塞威尔斯基公 伊戈尔
          - 普季夫尔公符拉季米尔（娶康恰克女）
          - 奥列格
          - 斯维雅托斯拉夫
        - 特鲁勃契夫斯克公符塞伏洛德（"勇猛的野牛"）
    - 雅罗斯拉夫
      - 罗斯季斯拉夫
        - 戈列勃
          - 罗曼
          - 里亚桑公
          - 伊戈尔
          （"戈列勃的骁勇的儿子们"）
  - 符塞伏洛德·雅罗斯拉维奇及其妻（"罗斯季斯拉夫的母亲"）
    - 符拉季米尔·莫诺玛赫（"符塞伏洛德的儿子"）
      - 姆斯季斯拉夫
        - 斯摩稜斯克公 罗斯季斯拉夫
          - 留里克
          - 大卫
        - 伊霞斯拉夫
          - 鲁茨克公 雅罗斯拉夫
            - 英格瓦尔
            - 符塞伏洛德
          - 姆斯季斯拉夫
            - 加里奇公罗曼
            - 斯维雅托斯拉夫
            - 符塞伏洛德
      - 尤里·陀尔戈鲁基
        - 苏兹达尔公符塞伏洛德（"大窝"）
        - 戈列勃
          - 彼列雅斯拉夫尔
          - 奥丽加（"美丽的戈列葆甫娜"，勇猛的野牛符塞伏洛德之妻）
    - 罗斯季斯拉夫（"年轻的王公"）
  - 维雅契斯拉夫
    - 鲍里斯·维雅契斯拉维奇

- **特穆托罗康兼车尔尼戈夫公 勇敢的姆斯季斯拉夫**

《伊戈尔远征记》漫笔

如所周知,《伊戈尔远征记》是俄罗斯古代文学的杰作,俄国诗坛的瑰宝,一向被称为史诗。它是今天俄罗斯、乌克兰和白俄罗斯所共同拥有的宝贵财富。它不仅是俄罗斯古代文学和文化高度发展的标志,同时也是作为俄罗斯文学主要特征的爱国主义的辉煌表现。因此,它在前苏联乃至全世界都引起了广泛的注意。《远征记》自一一八七年著录成书,到现在已经整整八百年。随着时间的流逝,人们对它的兴趣不仅没有减退,且有于今为烈之势。一部篇幅仅有六七百行的小小作品,竟有如此长久的生命力,原因究竟何在? 概括起来说,这是因为它浸透了人类最美好的情感,充满对祖国无比深沉的爱,弥漫着浓郁的生活气息。而且,它的艺术形式同其思想内容和谐一致,达到了炉火纯青的地步,本身就有着完美的艺术感染力。

这部史诗是著名考古学家、文物收藏家穆辛-普希金于一七九五年通过他的代理人在雅罗斯拉夫尔的救主寺发现的。这是一部手抄的古代文集中的一篇。这种十一二世纪的手抄本,在前苏联保存至今的只有一百种左右,而且都是用基本上摆脱了教会斯拉夫语①的古俄语书写的;而这种古俄语到了十三至十五世纪,便逐渐衍化为俄罗斯语、乌克兰语和白俄罗斯语。穆辛-普希金发现了《远征记》,大喜过望,遂邀集自己博学多识的朋友、对古抄本研究有素的专家马利诺夫斯基、邦蒂什-卡缅斯基和著名的作家兼历史学家卡拉姆辛等共同辨识研究,终于在一八〇〇年出版了《远征记》的第一个版本,并在原文后附加译文和注释。问世后,立刻轰动了当时的学术界。可惜原稿却在一八一二年的莫斯科大火中烧毁。目前留下的《远征记》最古老的版本,只有当时献给叶卡捷琳娜二世的原稿复制本和一八〇〇年出版的印刷本。因为当

---

① 教会斯拉夫语是古代东部及南部斯拉夫人的宗教书籍所用的语言,其中一部分已为俄语所吸收。

时,人们对其中的一些古词语还不能辨识,或根本不理解,或不能将原稿中连书在一起的各个单词正确地分开,致使在正文中还留下不少隐晦难解甚至误解的地方。

《远征记》是一部紧密联系现实事件的富有抒情,又带政论性的艺术作品。十二世纪末,基辅罗斯已经由一个统一的国家逐渐形成一个封建割据的局面,众多的小公国兄弟阋墙、互相敌对,基辅大公统摄全局的威信日益下降,从而导致了异族的入侵。当时有一个名叫波洛夫的突厥游牧民族,早在十一世纪末就占领了伏尔加河与第聂伯河之间的大片草原和克里米亚,并经常侵犯罗斯的南部边疆,抢劫乡村,焚烧城市,残杀百姓,破坏居民的和平生活。一一八四年,罗斯南部王公在基辅大公率领下曾联合出兵进行讨伐,并获得全胜。第二年,北方的诺夫戈罗德公伊戈尔,由于未能参加上次的征讨,为了表示自己对罗斯各王公反对波洛夫人的联盟的忠诚,便独自率领自己的亲属和一支为数不多的军队去远征,结果大败,伊戈尔等被俘,只剩下十五名战士,其余全部让河水淹死。不久伊戈尔逃回罗斯,但他的失败却给罗斯带来了新的灾难。《远征记》就是基于伊戈尔出征这一事件写成的。

《远征记》除序诗和结尾外,可分为三个篇章。首篇叙述伊戈尔远征失败后被俘和波洛夫人的入侵;第二篇描写基辅大公斯维雅托斯拉夫号召王公们团结起来保卫罗斯国土;第三篇叙述伊戈尔逃出波洛夫人的幽禁,重返祖国。但作者只是把伊戈尔远征当作引线,通过它来描绘由于国家衰微、诸侯内讧、外族入侵所引起的人民贫困的图画,同时也回忆了不久以前祖国的强盛与光荣。

史诗洋溢着浓郁的爱国主义精神。作者怀着满腔的热情描写祖国山川的壮丽与辽阔,歌颂为祖国而战的伊戈尔,但也批评他只顾追求个人荣誉,不和其他王公商量便擅自出兵的轻率行动,以致兵败后给祖国带来无穷的灾难。作者的理想人物是基辅大公斯维雅托斯拉夫,在他身上体现了当时社会中日益增长的强烈渴望罗斯团结统一的意愿。史诗所表现的爱国主义思想在当时显然具有现实意义,马克思指出:"这部史诗的要点是号召俄罗斯王公们在一大帮真正的蒙古军的进犯面前团结起来。"(1856 年 3 月 5 日致恩格斯的信)从而对《远征记》作出了肯定的评价。

《远征记》一向在俄罗斯文学史上占有崇高地位。它不仅对俄苏文学、绘画、木刻和歌剧有深远的影响,而且它已成为世界文学的一个不可或缺的组成部分。我们不妨先从历史典籍上看,现在莫斯科国家历史博物馆保存着一三〇七年的一个抄本,名叫《圣徒行传》。在这个抄本的最后一页有抄写人的附言,那上面就写有模仿《远征记》的词句:"内讧的种子播下了,而且芽儿已在萌动……"这说明,《远征记》从一一八七年成书之后,已经被传抄并流传开来。

深受《远征记》影响的最明显例证,是十五世纪初索封尼的《顿河彼岸之战》。这部名著无论在作品总的布局或对史料的处理上,或在作品的构思和艺术风格上,特别是在表现爱国主义激情的时候所用词汇,显然都在有意模仿《远征记》。虽然如此,《顿河彼岸之战》的文风却也有自己的时代特征。又如十六世纪的抄本《大胜马麦记》,同样也受到《远征记》的影响。在普希金和与他同时代的作家和诗人如卡捷宁和雷列耶夫等人的作品里,我们都可以找到大量出自《远征记》的典故。此外,勃洛克在《在库里科沃平原上》里,拉夫列尼约夫及肖洛霍夫在自己的创作中,为了突出作品的艺术构思,也都援引了《远征记》中的艺术形象。这些形象,如鲍扬、伊戈尔、符塞伏洛德、基辅大公斯维雅托斯拉夫、雅罗斯拉夫娜等,已经成为俄苏文学的宝贵财富。特别是伊戈尔忠贞的妻子雅罗斯拉夫娜这个充满诗意、感人至深的艺术形象,可以说已经成为俄罗斯文学史上有名的妇女画廊中第一个优美的典型。

至于苏联对《远征记》的研究工作,在第一个印刷本出版以后将近两百年的时间里,可以说是日新月异,经久不衰。许多著名文学家、诗人、语言学家和历史学家几乎都研究过《远征记》。直到目前,《远征记》已经形成一种专门学问,专门的论文不断涌现。我们中国对《红楼梦》的研究,有所谓"红学"之称,而目前就苏联对《远征记》研究所形成的势态来看,我们不妨说已经出现了"远征记学"。十八世纪学者穆辛-普希金、卡拉姆辛等人的整理、翻译、出版等工作,无疑是一项开山事业,自然应当受到后世的称颂。到了十九世纪,普希金曾专门研究过它,不仅给后人留下一份为翻译《远征记》所作准备工作的草稿,而且还为评论它的译本写过一篇未完成的文章。其他如茹科夫斯基、迈科夫、梅伊、谢甫琴科、蒂钦纳等许多俄罗斯和乌克兰诗人也都翻译过《远征记》。说到十月革命后七十年来出版的新译本,那就更是难以计数了。可以这样说,没有哪一个有成就的苏联语言文学家不曾写过关于《远征记》的论著。据苏联学者估计,有关这部史诗的论著,到目前为止少说也在千种以上。根据一九八六年出版的利哈乔夫的《〈伊戈尔远征记〉和那个时代的文化》一书附录所载,仅利哈乔夫一人有关《远征记》的学术著作就有三十九种,专论二十三篇,一般评介文章三十二篇;经他翻译的《远征记》版本就有多种,其中有韵文的,有散文的,有科学院版的,有儿童读物版的;其著述的宏富、见解的精确是苏联学术界一致公认的权威。这部史诗不仅在苏联得到广泛深入的研究,而且在国外也被译成几十种文字,并以其高度的艺术性和思想性而为世界各国人民所承认和赞赏;有的论者甚至认为,它已经超过《罗兰之歌》和《尼伯龙根之歌》这类中世纪史诗。人们之所以如此估价的理由有三:首先,它赋有伟大的博爱精神和对于"武士荣誉"的更深刻的理解。因此,《远征记》中没有表现过那种引起无谓流血的、毫无目的的蛮勇。举起刀剑,那只是为了抵御罗斯国家的敌人、保卫自己的祖国。作者心目中只有自己的人民,只有苦于战乱的"农民"们。其次,弥漫在诗篇中的爱国主义精神,表明它有着任何其他中世纪史诗所没有的深刻的政治思想性。第三,它比其他中世纪史诗更贴近生活,也就是更真实、更逼真。以《远征记》的中心思想而论,它已经超出各统治集团的狭隘的阶级利益,表现了统括全民的情绪和愿望。它的意义已远远越过自己时代的界限。因此,它不仅在苏联,而且在全世界都受到人们的重视和赞赏。

目前俄罗斯对《远征记》的研究,最棘手的是关于它的作者的问题。主要是年深日久,考证失据。在五十年代,利哈乔夫院士曾经说过:"《远征记》的作者是伊戈尔·斯维雅托斯拉维奇亲近的人,因为他同情伊戈尔;他也可能是基辅大公斯维雅托斯拉夫亲近的人,因为他也同情斯维雅托斯拉夫;他可能是车尔尼戈夫人或基辅人。他可能是一个武士,因为他不断使用'武士'这一概念。……《远征记》的作者也可能是罗斯劳动人民的愿望和情绪的表达者。虽然他本身大概既不是一个农民,也不是一个手工业者,而最可能还是一个武士。……《远征记》作者本人的名字,我们是无从知道了,而且任何时候也未必能够知道。直到如今,要想阐明作者姓氏的一切尝试,都无法超越最不可靠的和幻想的假定界限。"①

关于这方面的文章很多,而且至今还在不断出现。但几乎仍都是一些臆测之词,并不能确指其姓名。最引人注意的是,一九七二年苏联学者雷巴科夫

---

① 《伊戈尔远征记》,1955 年莫斯科俄文版,第 38 页。

在《俄国编年史和〈伊戈尔远征记〉的作者》①一书中，认为伊霞斯拉夫·姆斯季斯拉维奇公国的编年史作者、基辅的政治活动家大贵族彼得·鲍里斯拉维奇，就可能是《远征记》的作者。但这也只能说是雷巴科夫的设想，实际上也是一种推断，同样未提出什么有力的确凿证据。总之，关于作者的问题，恐将永远是一个不解之谜。

《远征记》是何时传入中国的？据苏联汉学家李福清说，一八三〇年，即清道光十年，帝俄的一个教士使团奉派到中国来，曾带来过一本《远征记》。时过一个半世纪，稽考起来可能已经不易了。就我个人所知，第一个使我们知道俄国文学中有《伊戈尔远征记》这部史诗的，是周作人，他在一九一七年写的《欧洲文学史》中对史诗有简明扼要的叙述；其次是瞿秋白，他在一九二一年写的《十月革命前的俄罗斯文学》中，也作了简要而准确的阐发。其后，我们的一些文学史家时或提及这部著作，并按照我们的习惯一般都称它为《远征记》，或叫《依鄂太子远征记》，或叫《义葛远征记》。其实按俄语书名直译过来，应叫：《关于伊戈尔远征的讲话》。我们试看《远征记》的正文，便会发现它的全部内容都采用了生动的讲话形式，这讲话是直接对那些被称为"兄弟们"的听众而发的。不仅作者，连伊戈尔的兄弟符塞伏洛德、他的妻子雅罗斯拉夫娜、基辅大公斯维雅托斯拉夫也都根据自己的深切感受发表生动热情的讲话。符塞伏洛德给他那亲爱的兄弟兼战友伊戈尔讲过一番豪言壮语；雅罗斯拉夫娜哭诉着向大自然作虔诚的祝祷；而斯维雅托斯拉夫责备北方的诺夫戈罗德王公，又号召全罗斯的王公们团结起来，共同对敌。如此等等，典型而生动地体现了"讲话"这一文学样式的表现方式。

一九五四年，北京作家出版社出版了布罗茨基主编的《俄国文学史》上卷，译者为蒋路和孙玮。这部比较翔实的教材，是使我国读者初次了解《远征记》的基本内容和重大意义的第一本书，曾经对我国的俄国文学史教学和研究产生过较大的影响。

同年，我由于教学需要将《远征记》译成中文，并打印出来发给学生，主要是想开阔他们只靠片断引文进行赏析的狭隘眼界，使他们认识到《远征记》在俄罗斯文学史上的真正价值。我是根据利哈乔夫院士的译文译出的，此外还参考了牛津大学出版社一九〇五年的英译本。这个中译本在国内流传了三十

---

① 《俄国编年史和〈伊戈尔远征记〉的作者》，1972年莫斯科俄文版，第393—515页。

多年,多为国内所编的文学史书所引用;但对这部史诗本身一直没有听说有什么反应。可是到了一九八二年,却就伊戈尔远征的性质问题发生过一场争论,从而形成一个研究《远征记》的小小热潮。为了保存史料,也不妨略做介绍。

一九八二年,昆明师院出版的《昆明师院学报》第三期发表了刘文孝同志的一篇题为《〈伊戈尔远征记〉"爱国"辨》的文章。作者对中苏学者一向认为《远征记》是一部爱国主义作品的说法提出了异议。他的主要论点是,这场战争是伊戈尔亲自挑起的。他不宣而战,很不光彩地偷袭了波洛夫人,这显然是一种侵略扩张。作者最后说:"团结并不就是'爱国主义'。因为'团结'有一个目的问题:是团结起来反对别人的侵略呢,还是团结起来去侵略人家?……只笼统抽象地提'团结对敌'是不能说明'爱国主义'的。"显然,作者刘文孝同志是把伊戈尔的远征,径直与今天的霸权主义联系起来。

自这篇文章发表以后,立刻引起我国俄苏文学和史学界的注意,一时议论纷纷,成为关心这一问题的人们中间的重要话题,并从而引起人们对基辅罗斯时期这一事件的浓厚兴趣。北京大学的鲍良骏同志针对刘文孝同志文章中的主要论点,写了一篇《〈伊戈尔远征记〉是爱国主义的》的论文,发表在兰州大学主编的《苏联历史》(1984 年第 4 期)上。作者从历史的角度,对历史上罗斯人与波洛夫人的争战、史诗是否爱国主义的等问题阐明了自己的观点,从而使这一问题基本上得到了澄清。作者指出,苏联史学界认为,早在十一世纪南方草原波洛夫人就不断进犯和骚扰罗斯,成为罗斯安全的严重威胁。当时的波洛夫人的兵力拥有数十万之众,称霸南部草原。仅从一〇六一到一二一〇年近一百五十年间,波洛夫人对罗斯的进犯,就达四十六次之多。他们的侵扰,给罗斯造成严重的后果,基辅地区不仅人口锐减,而且广大农田也遭到破坏。有的西方史学家甚至认为,波洛夫人的入侵,乃是基辅衰落的主要原因。在罗斯人和波洛夫人之间的长达两个世纪的战争中,罗斯人自然也进行过多次的反击和征讨,但从战祸的起因看,纵观历史,真要追究"责任"的话,可以说,首先挑起事端的是波洛夫人的汗。当然,战争双方都是极其野蛮、极其残酷的,给波洛夫人带来的灾难也是严重的。但问题是,能否把罗斯王公的某一次出征,如伊戈尔的征讨波洛夫人,说成是罗斯人侵略波洛夫呢?恰恰相反,从历史的真实来看,倒不妨说,伊戈尔远征乃是出于自卫的需要。作者最后说:"《远征记》的作者强烈反对和谴责波洛夫人对罗斯的侵扰和破坏,赞扬为保卫罗斯国家而捐躯的勇士,讴歌那些为了祖国的荣誉而奋不顾身的人们,这同样是爱国主义思想的鲜明表现。"鲍良骏同志以确凿的史实和实事求是的精神写出的这篇文章,应该说是令人信服的。

北京大学的陆嘉玉同志也不同意刘文孝同志的论断,并由此感到我国的一些读者对《远征记》这部作品尚缺乏应有的认识,乃奋力译出了利哈乔夫院士的长篇论文《俄罗斯文学的金言》。这篇论文中的一些卓越的见解和观点,代表了苏联学者在《远征记》研究方面的主流,它全面介绍了史诗产生的历史背景、社会历史意义、人物形象、艺术特点,对我们深入理解和研究这部古代俄罗斯文学名著具有重要的参考价值。

同时,诗人李岳南也写了一篇文章,名为:《世界诗库里的瑰宝,俗行文学中的珍珠》。它首先就这部民族史诗与民间文学的渊源关系加以论述,继而从民间文学的角度对《远征记》中的大量拟人化艺术形象、丰富多彩的艺术手法、修辞格式和语言技巧加以赏析,使人耳目一新,颇有启迪。

伊戈尔远征波洛夫草原至今已有八百年。而这一事件之所以广为人知,并不是由于这一事件本身,而是反映这一事件的史诗《伊戈尔远征记》。为了纪念它的八百周年,苏联文学界举行了规模宏大而又持续很久的庆祝活动。从一九八五年起,苏联报刊就陆续发表了一些纪念文章和报道。苏联科学院高尔基文学研究所邀请世界各国学者撰写论文,筹备出版大型纪念文集(罗宾逊教授主编)。莫斯科国立历史博物馆陈列的有关《远征记》史料的纪念展览已向群众开放,设立在雅罗斯拉夫尔救主寺中的《伊戈尔远征记》国家博物馆也已经正式开幕。全苏学者专家在雅罗斯拉夫尔举行了专题学术讨论会,各地的学术中心也都纷纷集会表示纪念。而一九八六年一月二十一至二十三日在莫斯科苏联作协"文学家之家"举行的关于《远征记》翻译问题的国际学术讨论会,乃是这一庆祝活动的高潮。

出席这次讨论会的,除包括中国在内的二十五个国家的四十名代表外,还有苏联各共和国、各民族的代表三十余人。这是继一九八三年第六届苏联文学翻译家国际会晤后的第二次国际翻译讨论会。

开会前夕,首先举行了莫斯科美术界以《远征记》为题材所作绘画展出开幕式。开幕式由《民族友谊》杂志主编巴鲁兹金主持,然后由女诗人玛特维耶娃作了简短发言。这里展出了莫斯科市著名画家阿尔杰米耶夫、比斯季、卡丽塔、诺斯科夫、谢维斯托夫、哈尔拉莫夫等人的作品。

讨论会于二十一日正式开幕。由全苏纪念《伊戈尔远征记》八百周年委员会副主席、全苏作协理事会书记伊萨耶夫宣布开会。伊萨耶夫不仅是著名的诗人,而且还是一位卓越的社会活动家。他热情地向来自世界各地的代表们表示欢迎,并着重指出《远征记》这一古代诗篇之对苏联和世界文化的不朽意义,他衷心希望这次国际学术讨论会能促进各国学者彼此经验的交流,最终使世界各地千百万读者都能看到这部优美的史诗。然后由著名学者利哈乔夫院士讲话。这位年高德劭的俄国古代文学专家说:"举世罕见的古文献,总是享有代表整个文化的荣誉的。而《伊戈尔远征记》则是十一至十二世纪以编年史、壁画和建筑为标志的基辅罗斯文化的辉煌表现。"苏联科学院通信院士德米特里耶夫继而作了《十九至二十世纪〈伊戈尔远征记〉俄国译本评述》的报告。

三天紧张的讨论会,各国代表除向大会递交了各自的论文外,共有五十五人做了每人十五分钟的发言,然后便到基辅、车尔尼戈夫和雅罗斯拉夫尔等地参观。这些地方不仅是罗斯文化的发祥地,同时也是与伊戈尔远征有关的最古老的城市,所以特别引起各国代表的兴趣。

基辅被称为"俄罗斯城市之母",十世纪末到十一世纪初的基辅代表了罗斯的鼎盛时期,当时的城市规模很大,别的且不说,光教堂就有四百余座,而教堂又是当时文化水平的集中体现,特别是那些大礼拜堂,如世界闻名的索菲亚大礼拜堂等,都是拜占庭—俄罗斯风格的艺术杰作。这些教堂的修建,自然是为了宗教,但也有它的世俗目的,如隆重地接见使节,签订条约,举行民众集会等。这些大礼拜堂多半是白石建筑物,由于建筑技术的高超,才能保留到今天,这些具有世界意义的艺术杰作,实足以与西欧的著名建筑相媲美。

这些白石结构建筑物的外部,大多装饰着各种富丽堂皇的浮雕,有狮、豹、狮身鹰头兽、半人半马像、骑士等,工艺卓绝,雕刻十分精美,最让人惊叹不置的是,几乎一切大礼拜堂的内壁上都有色彩鲜艳的绘画。金色或蓝色底子的皇皇巨画,从上到下、从高高的拱顶到墙基部几乎画满了所有的墙壁。置身在这样的环境中顿时使人感到庄严瑰丽、美妙绝伦。这些绘画的内容虽然是宗教性质的,但它们却是热爱民间艺术的俄罗斯能工巧匠创作的,因此这种壁画都表现出俄罗斯民间艺术绚丽多彩、乐观向上的色调。据说车尔尼戈夫当时也有教堂三百多座,十一世纪的大救主寺至今依然保持着当年的丰采。只是那些珍贵的壁画已为德国法西斯所毁,虽经精心修葺,也难得恢复旧观了。

此外,在各地博物馆参观时,特别令人注意的,是基辅罗斯时期的那些出土文物,如作战用的盾牌、钢制的头盔、长矛、马刀、宝剑、弓箭,以及代表当时手工艺水平的各种花体字手稿,镀有珐琅、黑银的精巧金银首饰,铁制品,骨刻,石刻,木刻等,所有这些工艺精湛的实用艺术,都在证明《远征记》时代的罗斯文化的高度水平,从而增加了人们对基辅罗斯时代文化的感性认识,并消除了西方怀疑派在人们头脑中所散布的迷雾,从而坚信史诗的真实性,坚信基辅罗斯时代文化非但不落后,甚至在某些方面如建筑艺术、首饰工艺等都还超过了西欧各国。

至于当时的语言艺术和文学发展的情况,据利哈乔夫院士一九八五年出版的《〈伊戈尔远征记〉和那个时代的文化》一书的论断认为,罗斯时代的书面作品,由于敌人的破坏和火灾大多数没有流传下来,但是那些保留下来的少量抄本,如编年史和《远征记》等书面文学作品,已足以证明十二世纪的语言艺术和文学技巧已经达到了很高的水平,证明当时的文学不仅形成了流派和风格,而且人们已经有了对文学的需求和阅读的习惯。那时几乎每个城市,许多寺院,许多王公的宫廷都有自己的编年史。而当时文学异常迅速的发展,是与古罗斯语言的发展密切相关的。这种语言具有简练灵活、词汇丰富多彩、富有表达能力等特点,它已能适应异常复杂的罗斯现实的需要,创造了丰富的政治、军事、技术术语,它可以充分体现出优美动人的演说技巧,传达世界和罗斯发展过程的复杂历史内容,译介欧洲中世纪的文学名著。古罗斯文学语言的发展,反映了尚未遭到蒙古入侵破坏的古罗斯文化的高度发展水平,是那个时代俄罗斯人民取得的主要成就之一。此外,在基辅参观时,还看到一八〇〇年印刷出版的《远征记》的第一个版本(苏联仅有 67 部)、谢甫琴科所译《雅罗斯拉夫娜的哭诉》(《远征记》的精彩段落)、蒂钦纳译的《远征记》的手稿。

参观的最后一站是雅罗斯拉夫尔,这是罗斯托夫大公,英明的雅罗斯拉夫于十一世纪初建立的城市,也是俄罗斯最古老的城市之一。《远征记》的手稿就是在这里发现的。同时,这里还是诗人涅克拉索夫的故乡,他的故居——文学史上有名的格列什涅沃村,现今叫涅克拉索夫斯科耶的,就在离此不远的地方。据市负责人说,涅克拉索夫博物馆,不仅在市区,而且在他的乡下故居均在筹建中。代表们还参观了辉煌壮丽的先知伊利亚教堂,只见到处是灿烂夺目的壁画。画的是先知伊利亚的生平故事,这里就像俄罗斯绘画艺术的一座宝库。最后参观《远征记》手稿发现处——著名的斯巴斯寺院即所谓"救主寺"。苏联《伊戈尔远征记》国家博物馆就设在这里。参观访问的最后一个议程,即于一月三十日下午举行各国代表向博物馆赠送书籍和资料的仪式。仪式由苏联作协理事会书记兼外委会主任科索鲁柯夫和博物馆负责人共同主持。我作为中国代表首先被邀发言,然后由我将诗人兼书法家柳倩同志书写的大字条幅、翻译家兼画家高莽同志和美术家张守义同志精心绘制的两幅国画——向与会者展示,然后奉赠给博物馆,博得各国代表和来宾们的热烈掌声。

总之,三天紧张的讨论会和十多天的参观访问,使人对古代罗斯文化有了进一步的理解,澄清了由于自己的窳陋所形成的见识上的偏颇,尤其对《远征记》中所描写的罗斯辽阔壮丽的大自然,对《远征记》所提到的许多器物以及与人民有关的生活用品,都有了比较真实的感性认识,虽然是走马观花,但确实收获不小,可谓不虚此行。

魏 荒 弩

1987 年初稿

1992 年改定

《伊戈尔远征记》在中国

一

被中国新文学奠基人鲁迅称为"我们的导师和朋友"①的俄国文学,从十九世纪末便陆续地介绍到中国来。及至二十世纪二十年代前后,"俄罗斯文学的研究在中国却已似极一时之盛"②,随着俄国文学的介绍和研究工作的逐渐展开,于是我们知道俄国文学史上有一颗灿烂的明珠,有一部堪与欧洲中世纪《罗兰之歌》《贝奥武甫》《尼贝龙根之歌》相媲美的英雄史诗《伊戈尔远征记》。

第一个将《伊戈尔远征记》介绍给我们的是周作人,他在一九一七年著的《欧洲文学史》中对史诗有简明扼要的叙述。其次,是中共早期领导人之一、第一个访问苏联的作家瞿秋白。他在一九二一年写的《十月革命前的俄罗斯文学》③中写道:"十二世纪末十三世纪初的古文,最确实而且完全可读的,要算《纪依鄂尔之役》一碑,记一一八五年依鄂尔征伐波洛夫族之役。著者大约是当时的侍卫,不但有美文的手笔,并且论述出征失败的原因,而对于王侯有所箴谏。"

一九二一年九月出版的《小说月报》(茅盾主编)第十二卷增刊《俄国文学研究》上刊登的沈泽民的《俄国的叙事诗歌》,也提到了《远征记》。沈泽民是著名作家茅盾之弟,二十年代曾留学苏联;他在这篇文章里曾对《远征记》的写作年代和作者有所推断,认为它"被写成文字时期大概不是在十四世纪,就是十五世纪。这个无名的作者在开头数行中宣告他要用'现代的体裁'——

---

① 鲁迅:《祝中俄文字之交》,载《南腔北调集》,1932 年。
② 瞿秋白:《俄罗斯文学短篇小说集》,1920 年。
③ 《瞿秋白文集》第 3 卷,第 468 页。

实事诗体裁——'而不用鲍扬的体裁'的主意。可见他定是当时一个有名的诗家"。这种推断在今天看来,显然是值得商榷的。

关于《远征记》的写作年代,多年以来国际上的学者争论很多,但它的成书断然不是在十四世纪,更不是在十五世纪。近年来经过苏联一些学者的考证,不仅问题已经明确,而且意见已渐趋一致。他们认为这部史诗是在伊戈尔事件之后不久创作的,它是根据对这一事件的崭新印象写成的,这不是关于遥远过去的历史的叙述,而是对当代事件的反映,而且在这种反映中使人感到作者的一颗隐隐作痛的心还在跳动。他们一般把这本书的写作时限定在——八五至一一八九年之间,后来经过苏联著名学者利哈乔夫的考证,并提出了更有力的论据,即《远征记》的作者在列举当时还活着的王公时,指出了一一八七年死去的加里奇公雅罗斯拉夫·奥斯莫梅斯尔的名字,作者呼吁他"射死康恰克"。由此可见,《远征记》的成书当不迟于一一八七年,但是也不可能早于一一八七年。这是因为它在结尾处"歌颂"年轻的王公时,曾经提到符拉季米尔·伊戈列维奇[①],而他正是一一八七年获释归国的。因此,不难设想,《远征记》乃写成于一一八七年。应该说,这一论断是确实可信的。

关于《远征记》作者是谁的问题,一直是个不解之谜。真是众说纷纭,莫衷一是。我国的瞿秋白第一个提出,"著者大约是当时的侍卫";沈泽民则认为作者"定是当时一个有名的诗家"。究竟是什么人呢?似迄无定论。但近年来,苏联学者雷巴科夫根据他多年对编年史的研究,认为伊霞斯拉夫·姆斯季拉维奇公国的编年史作者,基辅的政治活动家大贵族彼得·鲍里斯拉维奇,就可能是《远征记》的作者[②]。我们认为,雷巴科夫的设想,实际上也是一种推断,并没有什么确凿的证据。总之,关于作者的问题,正如苏联学者利哈乔夫所说:"直到如今,想要阐明作者姓氏的一切尝试,都无法超越最不可靠的和幻想的假定界限。"[③]

一九二四年,著名作家和学者郑振铎编写的《俄国文学史略》,对《远征记》与民间文学的关系提出这样的见解:"俄国文学在启蒙时代的最初,也同别的许多国一样,包含有不少的口头传述的民众作品。这种作品,一代一代传下来,最后才写在纸上,搜集起来付印。它们的种类很多,有的是歌谣,有的是

---

① 伊戈尔的儿子在远征中被俘后,娶康恰克的女儿康恰科夫娜为妻,1187 年偕妻儿回国。
② 雷巴科夫:《俄国的编年史家和〈伊戈尔远征记〉的作者》,莫斯科 1972 年俄文版。
③ 利哈乔夫:《俄罗斯文学的金言》(《伊戈尔远征记》序言),莫斯科 1955 年俄文版。

英雄故事,有的是史诗;它们的来源也很久,有一部分的诗歌与民间故事,在阿利安时代便已传述歌唱着。还有一部分是从蒙古与土耳其及其他东方诸国传来的。其中最著名的是一部名为《依鄂太子远征记》的史诗。"①

无可置疑,《远征记》与俄罗斯民间诗歌有着血肉的联系,而它的作者之所以用民间诗歌形式进行创作,是因为他本人比较接近人民的缘故。因此,他在写作时所用比喻、修饰语等也都是民间口头创作中最常见的。特别应指出的是,作者所采取的那种鲜明的爱国主义立场,按其精神实质来说是与罗斯广大劳动人民极其接近的。他的作品是在外来威胁的面前热情号召罗斯团结统一,是号召罗斯人民起来保卫和平和劳动。这就是《远征记》的艺术、诗法体系同俄国民间创作紧密联系的原因所在。因此,《远征记》不同于一般的民间口头传说、英雄歌之类,不是"一代一代传下来,最后才写在纸上"的,更不是"从蒙古与土耳其及其他东方诸国传来的"。它是事件目击者的精心创作,是一部无比完美的作品。它的艺术形式同它的思想内容的一致,几乎达到了炉火纯青的地步。

从二十年代到四十年代,除我国老一辈俄罗斯文学研究者对《远征记》介绍评述外,一些从欧美介绍过来的关于俄国文学的论著也经常提到《远征记》,从而增长了我们的见识,开阔了我们的眼界。比如,贝灵在《俄罗斯文学》一书中对《远征记》有这样的评介:"这不但是俄罗斯古代作品中顶可注意者之一,即就它来源的特性、历史的真实、叙述的灵动各方面来看,在欧洲文学史上也占有重要的位置。有些人甚至很有趣地以之与《罗兰之歌》两两对照呢。"②应该说,这在半个多世纪以前的对《远征记》的诸多评论中是比较中肯的。

又如,三十年代初曾在中国流行一时的克鲁泡特金的《俄国文学史》③,对《远征记》也有很高的评价,认为这是一部"美丽"而又富有"诗格"的史诗,作者特别欣赏伊戈尔的妻在城头痛哭的那个优美的情节,说它是"俄罗斯早期诗歌最好的一片"。

一九三四年,香港南国出版社出版的《红豆》第二卷第二期"世界史诗专

---

① 郑振铎:《俄国文学史略》,商务印书馆 1924 年版,第 6 页。
② 贝灵:《俄罗斯文学》(*An Outline of Russian Literature By Maurice Baring*),梁镇译,商务印书馆"万有文库"之一,1930 年中文版,第 5 页。
③ 克鲁泡特金:《俄国文学史》(原名《俄国文学的理想与现实》,*Russian Literature Ideals and Realites*),郭安仁译,重庆书局 1931 年版。

号",刊有默无从英文本节译的《义葛远征记》。译者在"前记"中对《远征记》做了必要的扼要介绍,盛赞这一史诗是"俄国民间文学的光辉——而且是俄国的国宝";而在谈到史诗产生的时代背景时说道:"从十世纪到十三世纪中期,俄国的政治文化中心,是在其也夫(基辅)。其时的上层社会,系由僧侣及武士所组成。精神文化,完全操于僧侣手里;武士以基督精神为行为之最高理想。不过,他们也还保持着未成基督教徒之前的种种观念与习惯;他们喜欢宴饮,他们喜欢行猎,他们尤其喜欢打仗。——《义葛》就是在这时候产生出来的。"至于默无的译文,则只包括《远征记》的几个精彩段落。译笔比较可信,只是它流传不广,咸不为广大读者所知。这一份不易寻得的资料,还是笔者最近才发现的。

这部英雄史诗在俄国文学史上的价值,随着时间的推移日益受到世界各国的重视。它不仅在苏联国内得到了广泛深入的研究,而且还被译成了几十种文字,在国外广为流传。

遗憾的是,在旧中国由于受各种条件的限制,我们很难看到俄文版的《伊戈尔远征记》。即使偶然见到一些片言只语的摘引,也多是从英文转译过来的,令人颇有"隔雾观花"之感,更谈不到得窥史诗的全豹了。

二

新中国的成立,为中国的俄苏文学翻译和研究工作者开辟了广阔的天地。他们在继承过去的光辉传统的同时,又为自己提出了新的要求和任务。我们高兴地看到,在整个五十年代,俄国和苏联文学作品的翻译介绍在我国外国文学的翻译工作中始终占有最重要的位置,很多俄国和苏联作家的文集、选集相继出版,对过去不够完备的译本,或根据原著重译,或重新加以校订,一时间形成了一个译介俄苏文学的热潮。

就在这个时期,我国的翻译工作者进一步接触到俄国的古代文学,从一九五四到一九五七年,三年中间一连出版了三部史诗:格鲁吉亚大诗人卢斯达维里的《虎皮武士》①;亚美尼亚史诗《沙逊的大卫》②和俄罗斯史诗《伊戈尔远征

---

① 《虎皮武士》,李霁野译,初版于1944年;这里指的是作家出版社1954年11月出的校订重版本。
② 《沙逊的大卫》,霍应人译,人民文学出版社1957年3月版。

记》①。这三部书的出版受到我国学者和读者的欢迎和重视，从而也促进了我国对俄国古代文学的研究工作。

笔者翻译《伊戈尔远征记》始于一九五四年，当时是出于教学的需要。所根据的原本主要是苏联儿童文学出版社出版、利哈乔夫院士翻译的《伊戈尔远征记》；在翻译过程中，还参考了苏联科学院出版社一九五〇年出版、阿德里阿诺娃–佩列茨教授主编的文集《伊戈尔远征记》和英国牛津大学出版社一九一五年出版的一个英译本②，历时半年光景，于一九五四年下半年将全书译完，后又经反复修订，始于一九五七年在北京出版。这个中译本中附有苏联著名木刻家法沃尔斯基为利哈乔夫译本制作的全部插图，其中的地图和世系表是根据苏联科学出版社出版的《伊戈尔远征记》复制的。全书注解共二百二十四条，多系采用原译本的注解，但也有参照其他译本的地方。最后，是译者写的一篇《译后记》，译者对史诗产生的历史背景、社会历史意义、人物形象和艺术特点等，都作了力所能及的阐述和赏析。一九八三年再版时，除将《译后记》改为《译者序》外，笔者又将旧译《顿河彼岸之战》附于书末。虽然两版印数都不很多，但这一具有世界意义的史诗，毕竟在中国读者的面前展现了它的光辉全貌。

一九五七年，北京音乐出版社还出版了阿·波·波戈廷的优美歌剧《伊戈尔王》的中译本，译者为陈绵和靳参。这是俄国著名作曲家波戈廷的作品首次在中国流传，因而引起我国音乐界的广泛注意。从此，我国歌唱家便唱起了"伊戈尔咏叹调"。

《远征记》中译本的出版，使我国读者更清晰地认识到，它的高度思想性、浓郁的抒情性和卓越的艺术技巧，正是这部俄罗斯古代文学作品至今还能强烈感染读者的原因所在。我们认为，它之所以具有如此强大的生命力，那是因为：它首先赋有伟大的博爱精神和对于"武士荣誉"的更深刻的理解。因此，《远征记》中没有表现过那种引起无谓流血的、毫无目的的蛮勇。举起刀剑，那只是为了抵御俄罗斯国家的敌人、保卫祖国。作者心目中有自己的人民，有苦于战乱的"农民"们。其次，弥漫在诗篇中的爱国主义精神有着任何其他中世纪史诗所没有的深刻的政治思想性。同时，它比其他中世纪史诗更接近生

---

① 《伊戈尔远征记》，魏荒弩译，人民文学出版社 1957 年 9 月版。

② The Tale of the Armament of Igor, edited and translated by Leonard A. Magnas, LL, B. Oxford university Press, London, 1915。

活,它更真实、更逼真。以《远征记》的中心思想而论,它已经超出各统治集团的狭隘的阶级利益,表现了全民的情绪和愿望。我们认为,《远征记》的意义已远远越过了自己时代的界限。所以它不仅在苏联,而且在全世界的影响也是深远的。

《远征记》中译本自一九五七年在中国流传以后,它首先活跃了各高校俄国文学史或外国文学史课堂教学的气氛,开阔了学生们"只见树木不见森林"、只靠片段引文进行赏析的狭隘眼界,从而对它产生了浓厚的兴趣,并深深认识到它正是俄罗斯文学史的真正源泉之一。于是它很快被收入高校试用教材《外国文学作品选》①的第一卷,作为全国各大专院校外国文学史课的辅助教材。编者选取了《远征记》中"伊戈尔远征和波洛夫人的战斗""斯维雅托斯拉夫的金玉之言""雅罗斯拉夫娜的哭泣"等三个精彩的段落,并在篇首"题记"中对史诗作了提纲挈领的评述:"这部史诗洋溢着爱国主义精神。作者怀着巨大的热情描写祖国山川的壮丽与辽阔,歌颂为祖国而战的伊戈尔,但也批评他只追求个人荣誉,没有和其他王公商量便擅自出兵的行动,以致兵败后给祖国带来灾难。作者的理想人物是基辅大公斯维雅托斯拉夫,在他身上体现了当时社会中日益增长的、强烈渴望俄罗斯团结统一的意愿。"正是由于作者在史诗里体现了人民"渴望俄罗斯团结统一的意愿",表现了人类最美好的情感和对祖国无比强烈的爱,所以才使这部篇幅不太长的作品永远活在人们的心中。

后来,《外国文学作品选》于一九七九年作为高等学校文科教材,改由上海译文出版社出版,在全国广泛发行,从而扩大了《远征记》的传播和影响。

一九六四年杨周翰教授等主编的高等学校文科教材《欧洲文学史》(上册)出版了,在其中"英雄史诗和骑士文学"一节中对《远征记》也有专门评述,持论精当,要言不烦。

一九六六年以后,由于十年内乱,我国的俄苏文学研究工作和教学工作几乎完全中断。直到粉碎"四人帮"以后,才逐渐恢复了停顿多年的外国文学的研究和出版工作。一九八〇年贵州人民出版社组编的《外国文学五十五讲》(上册)问世。该书在"中古外国文学概述"中对《远征记》的历史背景、艺术结构以及它与民间创作的关系等都作了简明的阐述。

---

① 周熙良主编:《外国文学作品选》(第一卷,古代部分),上海文艺出版社 1961 年版。

我国于一九七八年决定编辑出版《中国大百科全书》，并于一九八二年陆续出版了《中国大百科全书》外国文学卷两大册。其中关于《伊戈尔远征记》的条目，简明扼要，颇能代表中国学者的一般看法。

三

《伊戈尔远征记》不仅为我国的高校师生和研究工作者所熟知，而且在我国诗人中间也引起了广泛的注意。他们有的对史诗极口称赞，有的甚至写成文章。比如诗人李岳南同志在研读过《远征记》以后，便写出了题为《世界诗库里的瑰宝，俗行文学中的珍珠》的专门论文。

作者在这篇论文中首先对这部英雄史诗与民间文学的渊源加以论述，然后又以英雄史诗所表现的内容题材有所不同，而将世界史诗分为"创世记史诗"和"英雄史诗"，并指出前者如我国汉族诗歌总集《诗经》中的《大雅·生民》和《大雅·绵》，后者如俄罗斯民族的英雄史诗《伊戈尔远征记》。继而，作者便从民间文学的角度对《远征记》中的大量拟人化艺术形象加以论述和赏析。

作者写道："雅罗斯拉夫娜满怀对远征丈夫伊戈尔的惦记和担心，站在普季夫尔的城堡上，向大风悲诉：'你为什么让可汗们的利箭／乘起你轻盈的翅膀／射到我丈夫的战士们身上？'又向第聂伯河呼吁：'你以自己的浪涛拥抱着斯维雅托斯拉夫的大摇船／直送到柯比雅克的营地。'再向太阳质问：'为什么在那无水的草原里，你用干渴扭弯他们的弓，／用忧愁塞住了他们的箭囊？'在诗人的心目中，由于主人公身遭不幸，甚至使'花朵同情地低下头来，／树木悲凄地垂向地面'。但是，当伊戈尔从敌人的囚禁中逃归故土的时候，在诗行中却出现了'啄木鸟以自己的叩啄声指引通向河边的道路，／而夜莺以自己愉快的歌唱／宣告了黎明'。以上这种物的拟人化的基本构思，其源头来自万物有灵的朴素原始宗教和神话传说，例如在慕罗姆人伊利亚的传说中，就保留了许多原来的雷神配隆的神话成分。虽然在纪元十世纪末基辅大公在罗斯人民当中，大力推行基督教义，据说他曾把原来多神崇拜的雷神配隆，鞭笞了一顿沉入河中，以示独尊基督教，但是在民间仍保留了许多古老的异教礼俗、风情、节日、仪式等，这些都作为古罗斯时代云游四方的歌手、乐师、说唱艺人创作民间叙事诗、勇士歌谣及其他民间俗行文学的素材了。像《远征记》中的'斯特里鲍格'即风神;'卡尔娜'即号泣女神;'热丽亚'即哭丧女神;像'拍打着翅膀的天鹅姑娘'的形象,系采自古代罗斯民间创作中的屈辱少女的原型。从这一角度来看,《远征记》无疑是诗人的个人才能与民间集体口头创作相结合而产生出来的范例。这一'结合',也体现了诗人个人对传统口头文学的继承、借鉴与创新,颇有些类似我国屈原的楚辞作品中的《九歌》《天问》和《离骚》。"

作者继而对这一观点又做了进一步的发挥:"诗人个人才能和人民集体口头创作相结合的这一类文学作品,在我国可以称为俗文学(俗行文学),但它们在艺术表现手法上,有同一的规律可循——即:故事情节的开展,是依照时间先后为顺序(这也不妨插入"倒叙"),往往有'序诗'和'煞尾';遣词造句接近口语化,简练明快;往往借鉴民间文学中的'夸张''复沓''设喻''借代''象征'等修辞格式和技巧,来深化主题、渲染气氛、突出形象、感人肺腑。以《远征记》为例可以得到充分的说明:作者通过艺术夸张,把伊戈尔王的兄弟符塞伏洛德公描写成像古代勇士歌中的勇士,'勇敢的野牛符塞伏洛德!⋯⋯你的金盔闪耀着,你跑向哪里,/哪里就有波洛夫人的邪恶的头颅落地'。形容基辅大公的威力是'⋯⋯踏破了丘陵和山谷,/搅浑了江河和湖泊,/填平了激流和沼泽⋯⋯'。'复沓'的手法,用在描写伊戈尔的妻子惊闻丈夫战败被俘的消息,连用了三次'大清早,雅罗斯拉夫娜在泣哭',只是泣哭的地点有所更换而已。《远征记》中'设喻'之处,手法更是变化多样:如'那不是喜鹊喳喳叫:/那是戈扎克和康恰克在把伊戈尔追赶',这是先否定然后肯定的'迂回设喻';又如'人头像一捆捆庄稼铺在涅米加河畔,/人们用钢的连枷打谷,/把生命放在打谷场上,/从躯壳里将灵魂簸出'。这是'隐喻类比';又如借'黑暗'来代替'日食',借'未知的土地'来代替'波洛夫草原',借'蓝色的海'来代替'亚速海'。象征的用法,如'乌云'象征进攻中的敌人,'雷声'象征武器的击响⋯⋯所有这些丰富多姿的艺术手法和修辞格式、语言技巧,不单是《远征记》,而且为世界各民族民间的俗文学所共同具备的。根据形式服务于内容的艺术规律,在俗文学、民间文学作品中,习见的那些源自口头创作的惯用语和常见手法,无非都是为了深化主题,铸造形象,提高美学价值。⋯⋯《远征记》之所以具有世界意义,还在于它和世界各民族的英雄歌谣、英雄史诗一样:产生它们的'那些未成熟的社会条件,是一去不复返了'[1],

---

① 马克思:《〈政治经济学批判〉导言》,载《马恩列斯全集》中文版第2卷,第114页。

然而史诗仍然能够给我们以艺术享受,而且就某方面说还是一种规范和高不可及的范本。"

这是中国作家从民间文学的角度对《远征记》所作的第一篇赏析文章,它不仅使我们的耳目一新,而且给予我们不少的启迪。

最近,北京大学曹靖华教授,正领衔主编一部《俄苏文学史》。参加编写者计有全国各大学俄苏文学史专家二十余人。这是我国自己编写的第一部大型高校文科教材。这部巨著正由出版社审阅,不久便可以付印。而其中的古代部分,对《远征记》作了更加详明的介绍和述评,它肯定会在古代俄罗斯文学教学和研究方面起更大的推动作用。

总之,自《伊戈尔远征记》中译本问世以来,它已经在中国的知识界得到了广泛的传播,并产生了一定的影响。特别是史诗里洋溢着的那种爱国主义精神,一直在激励着我们。《伊戈尔远征记》成书八百周年就要到了。虽然远征本身已成为历史的陈迹,但真实描绘了俄罗斯人民生活画卷的伟大史诗,将永远为人们所传诵。

魏 荒 弩

1985 年 3 月

附 记:

为了纪念《伊戈尔远征记》成书八百周年,苏联科学院从一九八五年起就开始筹编一部大型文集。本文便是应苏联汉学家李福清和文集主编鲁宾逊教授之邀而写的。这次发表,有所删改。

涅克拉索夫诗选

涅克拉索夫概观

（代序）

尼古拉·阿列克谢耶维奇·涅克拉索夫（1821—1878）是俄国解放运动第二阶段最著名的诗人，最杰出的革命民主主义歌手。他充分发扬俄罗斯文学的优良传统，并大胆地开创了一代诗风，从而使诗歌更接近人民。他的创作在俄国诗歌史上标志着一个新的阶段。

涅克拉索夫是别林斯基的忠实学生，车尔尼雪夫斯基和杜勃罗留波夫的亲密战友。在沙皇残酷镇压革命运动的黑暗时代，他们共同高举革命民主主义的旗帜，把毕生的精力都献给俄国革命的文化运动和文学创作。在19世纪40年代至70年代的三十年中，他曾先后主持过两个文学刊物——《现代人》（1847—1867）和《祖国纪事》（1868—1877），惨淡经营，使其成为进步阵营的喉舌，革命力量的组织者。

涅克拉索夫的富有革新精神的诗与当时的政治斗争紧密地结合着，因而它具有高度的思想性和战斗性，充满爱国主义精神和公民责任感。他的描述社会底层生活和农民生活的诗，代表了千百万人民的呼声，反映了广大劳动人民的苦难和愿望。因此，列宁认为涅克拉索夫是农民革命的忠实表达者。

列宁曾把他同卓越的讽刺作家谢德林相提并论："涅克拉索夫和萨尔蒂科夫曾经教导俄国社会要透过农奴制地主所谓有教养的乔装打扮的外表，识别他的强取豪夺的利益，教导人们憎恨诸如此类的虚伪和冷酷无情。"[1]

列宁酷爱涅克拉索夫的诗，并经常引用他的诗句，来揭露自由主义、孟什维主义、取消主义和社会沙文主义，从而更形象、更有力地鞭挞了自己的论敌。

---

[1]　《列宁全集》，人民出版社1959年第1版，第13卷，第38—39页。

一

涅克拉索夫 1821 年 12 月 10 日生于乌克兰的卡明涅茨—波多尔斯克省文尼察县涅米罗夫镇。父亲是个残暴的军官。他三岁时父亲退伍,举家迁往雅罗斯拉夫尔省祖遗庄园格列什涅沃村,而他的不愉快的童年就是在这里度过的。他在这里目睹了农民的悲惨遭遇,和他父亲这个典型的农奴主对农民以及对自己妻子儿女的残暴行径。他还曾徜徉在村边的伏尔加河畔,看见过忧郁而沮丧的纤夫们,倾听过他们凄凉的哀号和沉郁的呻吟。他带着惊异的神情送走一批批钉了镣铐被解往西伯利亚的政治流刑犯。所有这些,都给涅克拉索夫幼小的心灵留下不可磨灭的印象,他憎恨那些压迫、剥削农民的地主和周围的贵族环境。

1832 至 1837 年,他在雅罗斯拉夫尔中学读书。这时他对文学发生兴趣。阅读了大量的文学作品,他喜爱普希金的《自由颂》并开始写诗。

1838 年,涅克拉索夫被送往彼得堡武备学堂就学,他却违背父亲的意愿,径自到彼得堡大学去旁听。父亲在一怒之下,对他断绝了全部接济。他带到彼得堡的只有一部诗稿,此外身无长物。从此,年不满十七岁的涅克拉索夫便长期过着饥寒交迫的生活。他说:"整整三年,我经常每天都感到饥饿。"所以卢那察尔斯基后来写道:"涅克拉索夫是作为一个有知识的无产者、作为城市贫民的真正代表度过他的青年时代大部分岁月的。"[①]他住在贫民窟,为了不致饿死,什么苦活他都干,从而与广大的劳动人民同悲戚、共命运。残酷的生活和 40 年代的进步思潮逐渐培养起他写诗的才干,并初步形成他的政治立场。

涅克拉索夫在 1840 年出版了第一部诗集《幻想与声音》。这些诗带有明显的浪漫主义色彩和模仿的痕迹。其中的主人公大都是与实际生活相距甚远的公式化崇高人物。别林斯基严厉地批评了这位初学写诗的人,主要是指出他的诗缺乏独创性。但必须指出,即使在这本诗里,我们也还可以看到作者论诗人与人民的关系的诗句:

　　谁要是在遭受苦难的兄弟的病榻前

---

① 卢那察尔斯基:《论俄罗斯古典作家》,人民文学出版社 1958 年版,第 247 页。

不流眼泪,谁要是心里没有丝毫的同情,

谁要是为了黄金而把自己出卖给别人,

这种人就不是诗人!

——《这种人就不是诗人》

　　1840 到 1841 年这两年,他连续在杂志上发表了大量的小说、论文和书评。从 1841 年起,他开始给剧院写剧本,其中也包括一些轻松喜剧。涅克拉索夫当时深受别林斯基所推崇的果戈理的影响,因而他的小说,也如同果戈理的《彼得堡故事》一样,写的都是彼得堡的底层生活;人物也是当时彼得堡的厄于贫困的遭受挫折的"小人物"。这些作品在艺术上自然比不上果戈理的《彼得堡故事》。但从中也可以看出,作者是在刻意对社会问题和题材进行现实主义的探索。

　　1842 年他结识了别林斯基。这在他的一生中是件大事。别林斯基对于诗人革命民主主义世界观的形成,以及美学原则和创作方法的确立等方面,都曾给予不少的帮助和指导。涅克拉索夫在 1843 年写的长篇小说《季杭·特罗斯尼科夫的一生和奇遇》,在美学观点上就完全与别林斯基相契合。他们都主张全面地反映生活的真实,有时甚至要赤裸裸地揭示那些严酷的、阴暗的生活面。这部篇幅浩繁的长篇小说,也正是诗人当时所最关注的彼得堡社会的一个缩影。作者着重写了两个方面:一方面是,"幸运儿拥有大量的豪华住宅,可以说是鳞次栉比";另一方面,"不幸者却无立锥之地"。这是作者对 40 年代初彼得堡生活观察的结果。当时的书报审查机关对它的出版如不横加阻挠,涅克拉索夫肯定会很快在当时的文学界取得显著的地位。这部小说直到 1931 年才得印出全文,正式出版。他的著名的特写《彼得堡的角落》便是这部长篇的一个片段。他后来与巴纳耶娃合写的长篇小说《浪迹三方》,其塑造形象的指导思想,仍是与《季杭·特罗斯尼科夫的一生和奇遇》一脉相承的,所用艺术手法仍然是贫富对照,而且通篇也同样流露出十分明显的民主主义倾向。

　　涅克拉索夫对平生所写散文作品,只有对《彼得堡的角落》和《精明的人》持肯定态度。

　　涅克拉索夫在 1845 年写的《在旅途中》深深地感动了别林斯基。在这首诗里,涅克拉索夫破题儿第一次通过对农民的描写来反对罪恶的农奴制度。别林斯基对涅克拉索夫正在成长的民主主义诗歌的实质有充分的理解,并曾予以鼓励。他是第一个预言涅克拉索夫"将在文学上发生影响"的人。

涅克拉索夫于 1947 年接办《现代人》杂志，从此他几乎一直没有离开过编辑工作，他将《现代人》以及后来由他主持的《祖国纪事》先后办成革命民主主义者的社会论坛，始终保持着进步倾向。涅克拉索夫不仅是著名的诗人，同时还是卓越的出版家、编辑和文学评论家。

他在 40 年代主持出版的《彼得堡风貌素描》（1845）和《彼得堡文集》（1846）等书，是当时被称为"自然派"作家的文集，这实际上是"自然派"的一个宣言。这些文集巩固了批判现实主义的地位，使文学题材更加广阔，人民性更加强烈，批判揭露更加深刻。这时候，涅克拉索夫坚定地走着以果戈理为首的"自然派"——批判现实主义的道路。

涅克拉索夫在 40 年代已经是一个坚定的民主主义者。他在谢德林之前就写了大量的讽刺作品，揭露当时的剥削社会人与人之间的关系。对敌人、对剥削阶级的辛辣讽刺，像一条红线贯穿着他的全部创作。他继承了果戈理的传统，并以更高的思想性使这一传统进一步深化。他的诗歌是在 40 年代革命思潮以及科学、文艺和文学评论都有长足发展的情况下成长起来的。

涅克拉索夫 40 年代创作的题材主要是城市生活，特别是城市中的贫民生活。

他在 1845 年写的《摇篮歌》中，揭发了大官僚们的贪赃枉法。这是一首极有胆识的讽刺诗，它直接攻击了当时执政的权贵，专制政体的爪牙。在腐败的专制农奴制的熏染下，他们总是以阿谀逢迎和盗窃行为作为猎取高官厚禄和社会地位的手段。《摇篮歌》的发表，使反动阵营极为恼火，甚至在十年以后他们还记着这笔账。1856 年反动的新闻撰稿人布尔加林在写给"第三厅"①的报告中，便列举了涅克拉索夫的《摇篮歌》和其他一些诗，声称："涅克拉索夫是一个最狂妄的共产主义者……他为革命拼命地呼号。"

涅克拉索夫一向爱憎分明。他憎恨达官贵人，热爱劳动人民。他在《街头即景》（1850）这一组诗里对穷人抱有无限同情，其中《小偷》一首最为人所称道。诗人理解产生犯罪的社会原因，他对为饥饿而行窃所受到的惩罚提出抗议，他认为这是一个"丑恶的场面"，他以轻蔑的口气说到那个"失窃了一块

---

① 1826 年 7 月初，即处死五个十二月党人领袖的前几天，尼古拉一世的地主农奴主政府成立了专门镇压革命运动的"第三厅"，并任命卞肯多尔夫为厅长。

面包"的小贩,而对小偷的描写则充满了深厚的同情。另外三首则写了被迫送子从军的悲惨情景,穷人家孩子的夭折,马车夫万卡的可怜相。最后,诗人把自己在街头所得的一切印象,用一句话来概括:"我仿佛到处都看见悲剧。"

涅克拉索夫40年代的创作虽然主要是描写城市生活,但随着农民运动的发展,他也逐渐注意到乡村。《故园》(1846)体现了诗人早期创作的基本特征,对于全面理解涅克拉索夫具有重大意义。此诗取材于作者自己童年和少年时代的经历。他怀着憎恨和愤怒的心情描写了地主庄园生活。他认为这种生活是"既贫乏又空虚",是"在豪华的酒筵和无知的傲慢中,在荒淫无耻和卑鄙的暴行中度过"的。可是在贵族庄园里遭受压迫的,则不只是农奴制压迫下的"奴隶",而且还有住在庄园上的全体居民。须知那时,当一些贵族作家还在无限留恋地描绘自己庄园的时候,而涅克拉索夫却对自己故园的破落感到欣慰,他"愉快地看见黑压压的松林已被砍掉","空寂的阴暗的房子也倒向了一边"。作者对地主庄园所抱的这种否定态度,曾经受到别林斯基的赞赏。我们还须看到当时一些贵族自由派作家还在仅止于指责农奴制度的某些畸形现象,并要求以人道的态度对待农民的时候,而涅克拉索夫却已在抗议那建筑在农奴制基础上的整个社会制度了。应该说,这是难能可贵的。

二

50至60年代是农民运动急遽高涨的时期。如果说别林斯基时代的解放运动还只是平民知识分子要求取贵族知识分子的地位而代之的开始,那么到了60年代,便可以说已经完成了这种取代过程,阶级力量从而发生了显著的变化。50年代中期,涅克拉索夫邀请车尔尼雪夫斯基和杜勃罗留波夫参加《现代人》编务。他们三人由于立场、观点的一致,遂结为共同为革命民主主义理想而斗争的亲密战友。

车尔尼雪夫斯基在《艺术与现实的审美关系》(1855)中提出,文学应成为"生活的教科书"。在这"一切社会问题都归结到与农奴制度及其残余作斗争"的时代,文学要成为"生活的教科书",势必要面临一个崭新的任务:要写与农奴制及其残余作斗争的新内容,而唯一能把这一斗争进行到胜利的人民,则应该成为文学中新的主人公。文学必须激发人民的自觉性,使他们理解自己在历史上的作用。时代的主要矛盾——农民与地主的矛盾,必须成为文学作品中冲突的基础,并决定其情节的发展。涅克拉索夫是在俄国诗歌中满足时代要求的第一个人。他这时的创作,不仅题材转向人民,而且还提出劳动和社会斗争的新主题,并塑造了新的正面人物平民知识分子革命家的形象。他在这一时期——50 年代所写的诗如《诗人与公民》《别林斯基》《大门前的沉思》《叶辽穆什卡之歌》《伏尔加河上》等诗,都是思想性和艺术性很强的名篇,甚至可以说是构成俄罗斯诗歌发展的整整一个时代的代表作。

《诗人与公民》(1856)是一篇革命诗歌的宣言,它提出了 50 年代进步知识分子关于文学和艺术问题的主要纲领,它认为革命民主主义诗人的任务首先要做一个公民,当一个战士。

> 你可以不做诗人。
> 但是必须做一个公民。

涅克拉索夫把诗歌看做是流血的革命事业,他号召诗人积极地干预生活,参与当前的斗争,反对脱离现实的"纯艺术"派观点,宣扬车尔尼雪夫斯基的美学原则。他讥讽自由派只是一些"说得多、做得少"的人,指出只有革命者才是俄国"当之无愧的公民"。他满怀激情地召唤:

> 为了祖国的光荣,为了信念,
> 为了爱而去赴汤蹈火吧……
> 去吧,无可指责地去牺牲!
> 你不会白白地死去:事业将会永存,
> 假如为这一事业有鲜血在汩汩地流动。

这不仅使人想起雷列耶夫、普希金、莱蒙托夫这些专制政体的牺牲者的命运,而且使人感到诗人的事业之所以不朽,就在于诗人能"为时代的伟大目标服务"。涅克拉索夫始终不渝地坚持这一信念,他在临终前还写道:

> 谁要是为时代的伟大目标服务,
> 把自己的一生完全献给那为了
> 实现人与人是兄弟关系的斗争,
> 那他就能在死后得到永生……
>
> ——《致济娜》

涅克拉索夫自己正是这样一位经得起时代考验的诗人。

辛辣地讽刺、大胆地揭发沙皇官僚剥削制度的《大门前的沉思》(1858)证明，涅克拉索夫的诗已日臻成熟，他一生创作中的三个重要方面——现实主义的描写，对敌人、对剥削阶级的尖锐讽刺，直接向人民发出革命的号召，在这首诗里都得到充分而鲜明的表现。诗的灵活的形式完全符合作品丰富的内容和充实的思想。

诗人怀着无限同情描写来权门求见的农民："肩上披着破烂的衣衫,/那伛偻的背上各背着一个行囊,/颈上系着十字架,而那一双双/穿着草鞋的脚上布满了斑斑的血痕","带着希望和痛苦的神情",仿佛是从遥远的乡村来到官邸的门前。他们显然是要请求什么，而且很可能是抗议地主的压迫。然而看门人对这些可怜无告的农民却无丝毫的同情，终于把他们赶走了。这时诗人遏止不住自己的感情，将诗的锋芒立刻转为愤怒的指责。随着对这位权贵的层层揭露，指责也愈益激烈，以至达到感情最激越的高潮。作者对这批压在人民头上作威作福的老爷做出了严厉的判决："而你就要进入坟墓了……英雄，你被祖国悄悄地咒骂着……"

我们在诗的结尾，看到一幅被奴役的群众的概括画面，听到诗人对祖国和人民命运忧心如焚的"沉思"：

> 请给我指出这样一个处所，
> 这样的角落我还不曾见过，
> 在那里你的播种者和保护人——
> 俄罗斯的农民可以不再呻吟。

诗人将广大劳动人民"巨大的悲哀"比作伏尔加河的春汛，甚至比春汛更加"茫茫无际"。

> 伏尔加！伏尔加！在春天涨水时期，
> 你横扫田野，茫茫无际，
> 但怎比得人民巨大的悲哀，
> 到处泛滥在我们这辽阔的土地——

伏尔加河的形象，是浩渺无边而又强大有力的体现。人民不只是呻吟，而同时也在积聚力量同压迫者进行斗争。不言而喻，当时优秀的俄国人都期待着这种呻吟和长期忍耐的结束。涅克拉索夫热爱人民，相信他们无比强大的力量，所以他不能容忍那种认为俄国人民会永远沉睡不醒的说法。我们看，诗人的态度是明确的:革命或者死亡!

诗人在《叶辽穆什卡之歌》(1858)里已不单是对人民未来命运的"沉思",更重要的是提出了革命的口号,而且赋予这种口号以热情而激烈的鼓动性质。甚至可以说,诗里的这些号召,也正是60年代俄国青年的革命口号。

全诗用"摇篮歌"的形式写成。"过路的,城里人"(指下乡宣传的革命者)与"奶母"所唱的两支歌,代表两种不同的生活观点。用什么观点教育青年一代呢?诗人显然是反对"奶母"的向统治阶级卑躬屈节、一心要博取高位去过安逸享受生活的观点的。诗人通过"过路的,城里人"之口提出了革命的口号:"你奉献给祖国的,/将不是农奴的忍耐力:/而是对压迫者的/怒不可遏的粗野的仇恨,是对无私劳动的/伟大的信任。"诗人号召要为"自由""博爱""平等"而斗争。

随着60年代解放运动和革命思想的发展,涅克拉索夫创作中的社会政治敏锐性也逐渐提高。

涅克拉索夫在1861年宣布"解放农奴"以后所写的长诗《货郎》(1861),形象地揭示了这种换汤不换药的"改革",说明在新的资本主义剥削方式下,农民的命运甚至比过去更悲惨,从而使人想到:非革命不足以真正改善农民的命运。这首诗的篇幅虽然不大,却是一百多年前俄国农村生活的一个缩影。长诗通过货郎到处游审,利用各种各样的生活画面,表现了战争所造成的贫困,沙皇官吏的暴虐,农民的繁重劳动,妇女的悲惨遭遇。他们遇见了形形色色的人,看到了生活的真实面貌:到处没有欢乐,到处没有真理和正义。

诗人怀着深挚的同情描写了万尼亚和卡捷琳娜的爱情故事。但这个故事是在广大的农民生活背景上展开的,货郎遭到守林人的杀害和抢劫的不幸结局,只说明俄国人民艰苦的处境和社会制度的罪恶。

在"改革"后严厉的审查制度下,诗人更其不能畅所欲言了。因此《货郎》的斗争锋芒显得有些不足,对当时此起彼伏的农民起义,诗人也没有作直接的描写。但是诗人仍在《货郎》中曲折隐晦地表达了自己的革命思想。在单调、低沉、抑郁的《货郎》中,我们仿佛听见诗人在愤怒地抗议:"不能这样活下去!"诗人在每一首之前所加引的题词"只有好汉才得活","你想幸福就把杯干,不要幸福就别喝完"也充满慷慨激昂的斗志。如果对照一下涅克拉索夫同年写的《致屠格涅夫》中的诗句:"快干掉这杯神圣的酒,在杯底——就是自由!"便更觉革命气概跃然纸上了。

这部以普通农民为主要读者的现实主义长诗,不但内容浸透着劳动人民的思想感情,而且还吸取了民间文学的题材、手法、语汇和韵律的精华,从而在俄罗斯文学史上开创了一个通俗流畅、平白如话的新诗风,在俄罗斯民间曾广泛流传。

涅克拉索夫是革命的农民民主主义者,他把自己一切对光明未来的希望都同农民紧紧联系在一起。他肯定和歌颂劳动人民是一切物质财富和精神财富的创造者。他创造了许多关于农民特别是农村妇女的诗,充满对妇女命运的同情。在涅克拉索夫的诗歌里,只要他一提起俄罗斯妇女的命运,便使人感到他忧心忡忡、郁愤难平,所以他被称为"妇女命运的歌手"。他的长诗《红鼻头严寒大王》①(1863)便是杰出的一篇。

全诗非常真实地反映了农民的心理和生活,并以其对劳动的礼赞和对劳动人民苦难的同情,创造了一个"庄严美丽的斯拉夫妇女的典型"。车尔尼雪夫斯基说过,生活这个概念对农民来说,总是与劳动分不开的。达丽亚的形象之所以具有那样动人的诗意美,主要是在描写时没有离开她所从事的劳动:

> 美人像一朵稀世的奇葩,
> 脸儿绯红,身儿周正,个儿高高,
> 她穿什么衣裳都美丽
> 她干什么活儿都灵巧。
>
> 饥饿,寒冷,都能够忍受,
> 她永远是耐心而又沉静……
> 我看见过她怎样收割:
> 把手一挥——就是一垛!

诗人不仅写到她收割庄稼,而且还写了她砍柴、耕田、纺织、缝纫,以至于修理镰刀等劳动技能。热爱劳动,成了达丽亚思想感情的基础。她以劳动者的眼光来看待生活中的一切:"穷苦的乞丐,她不可怜——谁叫他游手好闲地胡荡!"这样,一个美丽、坚强、能干和有着丰富内心生活的斯拉夫农妇的形象便十分动人地耸立在我们面前。

---

① 旧译为《严寒,通红的鼻子》。

达丽亚与丈夫的真挚爱情,正是在共同劳动的基础上建立起来的。俄国当时有许多作家对妇女往往只限于爱情的描写,而涅克拉索夫则首先肯定了妇女和男人同样是全民劳动的参加者,甚至有时比男人所付出的劳力还要艰巨。达丽亚在丈夫因过度劳累而病死之后,独自一人顽强地在贫困中挣扎。在数九寒天,为了让孩子们取暖,她到森林里去砍柴,终于冻死在冰天雪地里。面对劳动人民的悲惨处境,诗人在"献词"里写下了感人至深的名句:"这里只有石头才不哭泣……"我们认为,达丽亚是涅克拉索夫所有诗篇中最完美、最凄绝、最迷人的一个形象,而就长诗对农民生活观察的深刻,就其表现力的抒情力量的强烈而言,也几乎可以超过一切描写俄罗斯乡村的诗。

涅克拉索夫遵循现实主义的原则,在长诗中袭用了"严寒老人"这个优美的俄罗斯童话,并将这一形象重新加以创造。这不仅给长诗增添了光彩,而且使它更加接近了人民。

《铁路》(1864)是涅克拉索夫最卓越的诗篇之一。它描写了在资本主义新的剥削形式下被压迫与被剥削的工人农民的悲惨遭遇,并严正地指出:铁路的修建者不是沙皇和大臣,而是广大的人民群众。1846年到1851年,沙皇尼古拉一世驱使千千万万的农民来修建从彼得堡到莫斯科的铁路,这些新工人的劳动条件非常恶劣,每月只有三个卢布的工资,他们成年累月地过着非人的生活,很多人在工地上冻饿而死。正如当时的目睹者巴纳耶夫工程师所说:"这是整个俄罗斯土地上最不幸的人民,他们与其说是人,还不如说像会干活的牲口……"

诗里出现了死者幽灵的形象。他们不甘于自己被奴役的命运,在月夜里追捕列车,唱着凄厉而忧郁的歌,叫人听了宛如全体俄罗斯人民在幽幽地控诉。

> 我们永远弯着腰、驼着背,
> 在酷热和严寒中毁了自己的身体。
> 我们住在土窑里,与饥饿做着斗争,
> 冻僵了,淋湿了,染上了坏血病。
>
> 能写会算的工头敲诈我们,
> 长官鞭打我们,贫困压迫我们……

诗人在这里指出,这条铁路乃是建筑在无数"俄罗斯人的白骨"上,正是这条铁路"给这不毛的荒原平添了无限生机",只有这些已死的和幸存的工人才是进步与文明的创造者。可以说,这是俄国诗歌史上第一首关于人民群众建设性和创造性劳动的赞歌。

《铁路》是涅克拉索夫创作中有高度思想性和艺术性的名篇之一。当时有很多年轻人就是因为受了这首诗的感染和鼓舞而踏上了"为亲爱的祖国"而斗争的道路。

作为一个革命民主主义诗人,涅克拉索夫自然也要表现当代的正面人物形象。别林斯基、车尔尼雪夫斯基和杜勃罗留波夫是诗人的战友和同志,他曾不止一次地在诗里描写过他们。刻画当代革命领袖的形象,是诗人的光辉成就之一。

在《B. Г. 别林斯基》(1855)这首诗里,他盛赞别林斯基的战斗精神。他说,在"文学……高唱着催眠曲"的时候,当果戈理"深受无耻的敌人的排挤,已经一个人挣扎得筋疲力尽"的时候:

> 而他来了,这默默无闻的贱民!……
> 他不宽恕任何一个谄媚者、
> 下流坯和白痴,
> 和那些伪装热心的爱国者的
> 心地善良的小偷!

从别林斯基身上,诗人获得了坚强的信心:

> 啊,我的祖国!
> 你有多少心灵自由的、
> 宽厚的、高贵的、
> 廉洁的、忠实于你的儿子!

在《预言者》(1874)一诗中,诗人强调车尔尼雪夫斯基的英雄气概、自我牺牲精神和为祖国的自由和幸福而死所做的充分准备。诗人指出,车尔尼雪夫斯基"看得比我们更清楚,不甘愿牺牲自己,/要做点好事也是绝不可能",诗人说"他爱得更崇高、更广阔"。诗人称赞他是"预言者"。

诗人在著名的《纪念杜勃罗留波夫》(1864)一诗中,呕心沥血地塑造了这个年轻的爱国者、革命者和思想家的光辉形象。他沉痛地哀悼他的早逝:

一盏多亮的理智巨星陨落了!

一颗多高洁的心停止了跳动!

这两行诗曾被列宁用来作为纪念恩格斯的论文的题词。

1865年《现代人》杂志连续两次受到政府警告,第二次就是因涅克拉索夫《铁路》一诗引起的。次年卡拉科佐夫行刺亚历山大二世未遂,于是反动统治开始对进步力量疯狂地镇压。《现代人》这时危在旦夕。为了挽救杂志,涅克拉索夫"违背自己的良心"给沙皇的"救命恩人"奥西普·科米萨罗夫写了一篇祝贺的诗,而在另一个庆祝宴会上又读了一篇献给1863年镇压波兰起义的刽子手——"绞刑吏"穆拉维约夫的诗。于是他立刻受到进步读者的谴责。诗人承认了自己的错误:

我从来都不出卖竖琴,

但每当无情的灾祸突然来临,

我的手便常在竖琴上弹出

不正确的声音……

——《"我不久就要死去。啊,我的祖国"》

接着,诗人沉痛地忏悔道:

为了和人民具有共同的一滴血,

啊,原谅我吧,祖国! 请原谅我!……

然而在革命斗争中锻炼有素的涅克拉索夫,毕竟不是可以轻易打下马鞍的战士。他虽然曾为片刻的软弱表现受到许多人的责备,他虽然在以后的岁月中常常为此而耿耿于怀,感到羞愧,甚至一再公开表示忏悔,但这终究是白璧微瑕,而纵观他的一生,也确如列宁所指出的,"他是完全同情车尔尼雪夫斯基的"[1],虽不免有一时的"摇摆",但终不失为一个卓越的革命民主主义战士。

《现代人》于1866年终于被查封。涅克拉索夫感到十分痛心。经过奔走筹措,他于1868年接办《祖国纪事》杂志,和谢德林等一起,同样又使杂志继承了《现代人》的战斗传统。

涅克拉索夫是一个具有敏锐的美学鉴赏能力的编辑。他根据第一篇作品

---

① 《列宁全集》,人民出版社1959年第1版,第18卷,第306页。

就明睿地预断出陀思妥耶夫斯基和托尔斯泰的独特才能。他对屠格涅夫的评论深刻中肯,他能就丘特切夫的成就而给予恰如其分的评价。

三

俄国 70 年代的特点是国内革命运动的继续高涨。涅克拉索夫这几年的抒情诗,革命的调子也一年比一年高昂。他在最后十年还写了几部大型叙事诗,如《祖父》《俄罗斯妇女》《同时代的人们》和《谁在俄罗斯能过好日子》等。在这些叙事诗里,革命主题当然也有鲜明的表现。

“写当代现实”是诗人涅克拉索夫的一个基本口号。他于 70 年代转向历史题材,写了《祖父》(1870)和《俄罗斯妇女》(1872—1873),不是要脱离现实,而是在当时的可能条件下从另一个方面来接触现实。也就是说,作者想通过历史的棱镜来反映当代为人民事业而奋斗的战士们。

像《俄罗斯妇女》这样对政治流刑犯尽情歌颂的长诗,在俄罗斯文学中是找不到第二部的。诗人赞美十二月党革命者的高尚品质,无异是向当代的社会活动家发出的号召,希望他们也能如此忠诚地、忘我地为革命事业效力,以至于献出自己的生命。长诗描写的,是十二月党人的妻子们冲破种种障碍,到西伯利亚去寻找被流放的丈夫的历史故事。诗人辛辣地揭露了沙皇的黑暗统治,热情地歌颂了俄罗斯妇女的高贵品质以及她们的光辉理想和自我牺牲精神。特鲁别茨卡娅抛弃了贵族家庭的一切特权,不辞劳苦,历尽艰辛,千里迢迢去寻找丈夫。省长百般刁难,但也无法阻止她的西伯利亚之行。

而另一个俄罗斯妇女沃尔康斯卡娅也以同样的抱负来到西伯利亚,她在矿坑与自己的丈夫见面时的情景,是十分动人的。

> 我在他的面前不禁双膝跪倒,
> 在拥抱我的丈夫以前,
> 我首先把镣铐贴近我的唇边!……

我们认为,这正是对十二月党人崇高革命理想的生动礼赞。诗里关于十二月党人起义场面的描写,在俄罗斯文学中还是第一次,从而也可以看出诗人对这次起义所抱的肯定态度。

长诗《谁在俄罗斯能过好日子》(1863—1877)是涅克拉索夫创作的高峰,

是 60 年代和 70 年代俄国生活的真正百科全书,是打破了俄国诗歌旧传统,把农民放在作品的中心位置的人民史诗。从长诗构思的宏伟和对当时俄国各阶级人物心理刻画的深刻,从描写的真实、色调的鲜明和典型的多样性来看,确实是一部无与伦比的皇皇巨著,堪与普希金的《叶甫盖尼·奥涅金》和果戈理的《死魂灵》相映生辉。涅克拉索夫为这部长诗付出了十四年的辛勤劳动,用尽了一个革命诗人和天才艺术家的一切艺术手段,想把自己一切最珍贵的感情以及二十多年来逐步积累起来的对俄国人民的一切认识都倾注进去。可以说,在俄国文学中还没有哪一部作品能像它这样有力而真实地表现了俄国人民的性格、风习、观点和希望。这是俄国革命民主主义文学的典范,是 19 世纪俄国文学中最富有民主倾向的杰出诗篇之一。长诗虽然没有最后完成,但仅就已经发表的部分来看,便足以证明它是一部不朽之作。

1861 年沙皇政府所施行的农奴制改革迫使农民不但要赎买自己的土地,而且还要长期赎买自己的自由。他们照旧是卑贱的等级,照旧得纳税和挨打。而且,改革后资本主义迅速发展,家长制自然经济崩溃,农民又受到资本家、商人、包工头等新的剥削。自由派肉麻地歌颂"改革"说:"我们的俄罗斯已经成了自由人的乐土",但农民们却以激烈的暴动来表示抗议。涅克拉索夫站在革命民主主义的立场,让农民针锋相对地提出质问:"谁在俄罗斯能过好日子?"诗人用农民的眼光去观察现实,尖锐地揭穿了农奴制改革的欺骗实质,批判了农奴制的残余,表现了农民的不断觉醒,从而号召人们奋起为人民的幸福而斗争。

长诗广泛吸取了民间创作的艺术经验。它的书名、结构以及那个童话式的开端,都和民间口头文学有密切的关系;作者灵活地运用传统的民歌手法和形象,使得长诗更为色彩鲜明、亲切动人;长诗的语言更有着浓厚的民间风格。涅克拉索夫大胆地使用农民的口语写诗,并吸收了大量民间俗语、俚语、谜语,充分表现了群众语言的丰富、生动、机智和诗意。

《谁在俄罗斯能过好日子》在俄国革命思想史上起过卓越的作用,它对读者的影响是极其深远的。在 60 年代以后风起云涌的革命风暴中,抒写人民痛苦的歌手涅克拉索夫,显然是一只预报人民幸福的海燕,而他的杰出长诗《谁在俄罗斯能过好日子》,则是一座铭记俄罗斯历史的丰碑。

长诗《同时代的人们》(1875)对当时俄国统治阶级的一切制度、一切阶层和各种社会集团进行了猛烈的抨击,并绘制了一幅关于俄国资产阶级企业蓬勃发展和确立时期各种恶风陋俗的可怕画面。作者在长诗里揭露了资产阶级制度及其典型代表的反人民的实质，从而使人看到政府机构的寄生现象和叛卖行径，并说明统治阶级的腐败和它在道德上的崩溃。照作者的话说，这是一个强盗的大合唱，甚至连皇室也积极参加了这种对金钱的狂放追逐，参加了这个大合唱。《同时代的人们》是讽刺作品的典型。

涅克拉索夫在诗中卓越地运用了尖锐讽刺和异常夸张的手法，创造了一些离奇古怪，甚至滑稽可笑的形象，但这并不妨碍诗人来表现它的资本主义实质。比如伊万公爵的形象：

> 伊万公爵——论肚子，他是个庞然大物。
>
> 两只手——像两床鸭绒被褥。
>
> 肥胖的两颊像台座，
>
> 托住了他的大耳朵。
>
> 按上嘴唇的结构，
>
> 他就是个叭儿狗；……

这种夸张的艺术手法，深得无产阶级诗人马雅可夫斯基的赞赏。我们从这位伊万公爵身上立刻会想起马雅可夫斯基在《午餐颂》《我对这个的态度》，特别是《厌倦了》等诗中塑造的那些滑稽可笑的资本家形象，从而可以看出，马雅可夫斯基的那些揭露和嘲笑政治敌人的讽刺诗与涅克拉索夫的继承关系。

长诗中还对欧美的资本主义有所评议，这在自由派力图抹煞美国生活中残酷的阶级矛盾的当时，是有着深刻进步意义的。

涅克拉索夫在与沙皇专制制度的长期斗争中，健康情况大大恶化，最后竟致不起。死前不久，他曾写道：

> 啊，缪斯！我已走到坟墓的门边！
>
> ……
>
> 但不要哭！我们的命运令人欣羡，
>
> 人们不会咒骂我们：
>
> 我和一些正直心灵之间
>
> 那活生生的血肉联盟，
>
> 你不能让它长久地中断！

看着这被打得遍体伤痕、

面色惨白、浑身是血的缪斯，

而竟无动于衷，他就不是俄罗斯人……

　　　　　——《"啊，缪斯！我已走到坟墓的门边！"》

诚然，诗人与人民的血肉联系是断断分不开的，他那"被打得遍体伤痕、面色惨白、浑身是血的缪斯"，正是他终生为之讴歌的被压迫人民的化身。

在涅克拉索夫临终的时候，车尔尼雪夫斯基从流放地曾两次写信给他的战友和表弟佩平，让他向涅克拉索夫转致热情的慰问和兄弟般的爱。他说，因为他在公民诗歌创作上的伟大功绩，他个人的一切过失和缺点都会得到宽恕；车尔尼雪夫斯基曾毫不犹豫地称他为"俄罗斯文学中最伟大的诗人"。另一次，车尔尼雪夫斯基则又强调说："他的光荣是不朽的"，"俄罗斯对他——俄罗斯所有的诗人中最有才华的、最高尚的诗人的爱是永恒的"。

涅克拉索夫继承了他的前辈们的优良传统，并根据车尔尼雪夫斯基的美学原则，对俄罗斯的生活现象断然做出了自己的判断。他以自己的创作深刻揭露了农奴制的重重黑暗，号召广大人民奋起反抗，英勇斗争，诗篇里充满了革命激情和战斗精神。涅克拉索夫在唤起人民觉醒、促进革命进程、彻底推翻农奴制等方面，都做出了巨大贡献。

涅克拉索夫又是一个新诗风的开创者。他唾弃温文尔雅的诗风，想让俄罗斯的庄稼人都能阅读他的诗。因此，他在诗的形式和语言，特别是题材方面都做了大胆的革新，于是普通的劳动人民在他的诗里占了十分重要的地位。他怀着无限的同情，抒写他们的思想和感情，劳动和斗争，每日的痛苦和偶尔的欢乐，积极宣传农民革命的思想。

涅克拉索夫的创作，不仅对以后俄罗斯诗歌的发展产生过重大影响，而且对苏联诗歌的形成也起着巨大作用。卢那察尔斯基曾肯定地说："毫无疑义，我们今天的诗歌应该是涅克拉索夫式，而且不能不是涅克拉索夫式。"[1]实际上，别德内依、伊萨柯夫斯基、特瓦尔多夫斯基等许多苏联诗人都各自从不同的角度接受了他的宝贵遗产。而涅克拉索夫诗歌传统的当然继承者，则是自称"涅克拉索夫派"[2]的苏维埃时代最杰出的诗人马雅可夫斯基。他在《谈现

---

[1]　卢那察尔斯基：《论俄罗斯古典作家》，人民文学出版社 1958 年版，第 254 页。

[2]　卡达尼扬：《马雅可夫斯基》（文学编年史），1956 年俄文版，第 164 页。

代诗歌》（1924）一文中，把涅克拉索夫奉为一个"伟大的现实主义者"。他从多方面继承而且发展了他的革命战斗传统，从而形成自己独树一帜的诗风。在全新的历史条件下，他以自己的诗歌反映苏维埃国家的新生活，召唤人们去为共产主义事业进行创造性劳动。

魏 荒 弩

1989 年元旦，北京

在 旅 途 中*

"无聊啊！无聊！……机灵的车夫，
想个法子给我解解闷吧！
朋友,是否能随便唱点什么呢,
或是募集新兵,依依别离,
或用什么无稽之谈逗逗乐,
或将你的见闻提一提——
对这一切,老兄,我都表示感激"。

"老爷,我自己也并不快活,
可恶的老婆伤透了我的心！……
你听我说,先生,
她起小就在老爷府上陪伴小姐,
跟她一起研习各种学问,
你知道吗,又是编织,又是缝纫,
又要读书,又要弹琴——
她熟知贵族的一切玩意儿和风范。
身上穿的自然不是
我们乡下的长坎肩儿①,
而一律是那绫罗绸缎;

---

*　此诗最初发表于1846年的《彼得堡文集》(涅克拉索夫主编)。这是一首尖锐抨击俄国农奴制的
　作品,比赫尔岑的《偷东西的喜鹊》写得还早。别林斯基在作者朗读此诗后拥抱了他,眼含热泪对
　他说:"你知不知道你是一个诗人,而且是一个真正的诗人?"
①　俄国乡下妇女穿的一种无袖长衣,亦译"萨拉凡"。

104

吃的也尽是蜂蜜和稀饭。
她的仪态是如此庄重，
你听我说，就像一位天生的贵妇人。
向她求婚的，都是出身贵族，
而不是咱这穷哥们——
你听我说，据车夫伊万内奇·托罗普加讲，
有一位教师曾对她着了迷，发生过爱情，——
但要知道，上帝不赐给她幸福：
是女奴，就不该进入贵族阶层！

"主人的女儿要出嫁了。
到彼得堡去……办完了婚事，
你听我说，主人回到自己的庄园，
然后病倒了，并在降灵节的夜里，
把自己的灵魂交给了上帝，
将可怜的孤女格鲁莎撇在了人间……
一个月以后，姑老爷来了——
他把役耕改成佃租，
再按登记表把农奴清点。
然后便来收拾格鲁莎，
要知道，是她说了什么无礼的话，
还是真的觉得一家子
挤在一起住不下，
我们都不得而知，你知道吗——
她被那人送回了乡村——
奴婢呀，你也该知道自己的身份！
太突然了——姑娘放声大哭
瞧你这细皮白肉、游手好闲的人！

"好像故意跟我作对，十八岁那年
我偶尔……被派去服劳役，

就命我跟她成了亲……
唉,我惹出了多少麻烦!
你知道吗,瞧那神气有多么冷淡……
既不会割草,也不会喂牛!……
虽然不该说她偷懒,
可你瞧,她什么活也不会干!
不论担柴挑水,
还是服役下田,
有时也怪可怜的……可又怎么办?
新的穿戴使她痛苦:
时而,粗布鞋磨破了她的脚,
时而,你听我说,觉得长坎肩儿不方便。
当着人她面面周到,
回过头却哭叫连天……
老爷们把她给毁了,
要不然这婆娘倒挺能干!

"她总是看一张画像,
读那么一本小书……
你听我说,恐惧紧压在我的心间,
总担心她会把小儿子带坏了:
教他读书识字,洗洗,剪剪,
活像个小少爷,天天给他梳头打扮,
打都不行——连我也不让捅一指头……
就这小淘气儿也没有娇爱了多久!
你听我说,她骨瘦如柴,面色苍白,
走起路来没一点儿力气,
一天吃不了两羹匙燕麦粥——
大概再过一个月,就要躺进坟墓里……
为什么呢? 上帝做证,我从来没有
用繁重的劳动折磨过她……

供她吃，供她穿，无故从来不责骂，
而且是真心诚意地尊重她……
打吗？你听我说，——除非是喝醉了酒，
几乎就没有打过一下……"

"唔，够了，车夫！你已经驱散
我那郁结心头的忧烦！……"

1845 年

摇 篮 歌[*]

（仿莱蒙托夫）

睡吧，小淘气，当你还不能害人的时候！
　　噢——噢，睡觉觉。
红铜色的月亮忧郁地望着
　　你小小的摇篮。
我要讲的不是童话——
　　我要歌唱真实的人间；
睡一会吧，快合上你两只小眼，
　　噢——噢，睡觉觉。

蓦地一片欢呼声
　　轰动了全省：
你的父亲受到了审判——
　　自有许多昭彰的罪证。
但你父亲是有名的骗子手，
　　知道该干什么事情。
睡吧，小淘气，当你还诚实的时候！
　　噢——噢，睡觉觉。

等你长大——很快就会谙熟

---

[*]　此诗最初发表于1946年的《彼得堡文集》（涅克拉索夫主编）。这是一首对尼古拉时期上层官僚最大胆的尖锐的讽刺诗。因此，反动文人、秘密警察机关第三厅的特务布尔加林向沙皇政府告密，说："涅克拉索夫是一个最狂妄的共产主义者……他为革命而拼命地奔走呼号。"

这个受过洗礼的世界，
你会买一套深绿色的燕尾服，
　　还将笔杆儿操在手中。
你会说道："我胸怀好意，
　　赞成一切善行！"
睡吧——你未来的道路已经确定！
　　噢——噢，睡觉觉。

你表面上冠冕堂皇，
　　而实际上却很卑鄙，
我会来给你送行——
　　还要挥一挥手臂！
只消一天你就会习惯
　　优美地打躬作揖……
睡吧，小淘气，当你还未犯罪的时候！
　　噢——噢，睡觉觉。

你温柔驯顺像一只绵羊，
　　你的额头也很坚强，
你到处去钻营奔走，
　　定会爬上肥美的缺位——
如遇有财益过手，
　　你也决不放过机会。
睡吧，当你还不能偷窃的时候！
　　噢——噢，睡觉觉。

你买上一座高楼大厦，
　　捞它一个高官厚爵，
立刻就是个俄罗斯贵族，
　　显赫一时的老爷。
过上这种生活，就会安安泰泰

度过一生的岁月……
睡吧,我的美妙的官老爷!
噢——噢,睡觉觉。

1845 年

当 代 颂 歌[*]

种种的美德装饰着你，
这绝非别人所能具备，
我可以指天做证，
我深深地尊敬你……

你不轻易得罪一个坏蛋，
就连恶棍你也想去接济，
对无依无靠的孤儿寡母，
你从不悄悄偷她的金币。

为要把自己的事情办成，
你不想骗取权贵的友谊，
你也无意将自己的漂亮女儿
给他留下，让他们单独在一起。

你不鄙弃出身微贱的人：
"按基督教义，农民是我们的兄弟！"
有什么大胡子亲戚①，你也
不会推推搡搡赶出门去。

我不问你,现在你皮箱里
是哪儿来的那么多东西;
我知道,一切都是从天而降,
因为你有美德和荣誉!

种种的美德装饰着你,
这绝非别人所能具备,
我可以指天做证,
我深深地尊敬你……

1845 年

当我用热情的规劝[*]

当我用热情的规劝
从迷误的黑暗中
救出一个堕落的灵魂，
你满怀着深沉的痛苦，
痛心疾首地咒骂
那缠绕着你的秽行；

当你用回忆来惩戒
自己那健忘的良心，
你把遇到我以前的
一切事都讲给我听；

你忽然用双手掩面，
羞愧难当，惊骇万分，
结果是痛哭了一场，
你又激动又愤恨，——

请相信：我满怀同情地倾听着，
我贪婪地留神你每一个声音……
不幸的人呀，我全都懂！

---

* 此诗最初发表于 1846 年的《祖国纪事》。这首诗写的是对"堕落"女人——贫困的社会底层的牺牲品——的同情。车尔尼雪夫斯基曾于 1856 年 11 月 5 日写信给诗人说："这首诗以及诸如《我拜谒了你的墓地》《羞涩》等，它们都不禁使我痛哭失声。"

我都能原谅,还会忘得干干净净。

你为什么时时刻刻
都还在暗中怀疑?
难道你也屈从了
众人的那种荒诞非议?

不要相信他们吧——既无聊,又虚伪,
你也要把自己的疑虑忘记,
更不要把自己阴郁的思想
隐忍在虚弱而又胆怯的心里!

别发愁吧,愁也无益,
不能把毒蛇揣在怀里,
要像一个真正的主妇
勇敢而自由地走进我的家去!

1845 年

雨　前[*]

凄厉的风将一团团
乌云驱向了天边。
折裂的云杉呻吟着，
黝黑的森林在窃窃絮谈。

树叶纷纷地飞舞，落向
涟漪阵阵、斑斓多彩的小溪，
挟一股干燥而强烈的气流，
突然袭来了寒意。

幽暗笼罩着一切；
一群老鸦和穴鸟
从四面八方飞来，
啼叫着在空中旋绕。

那过路轻便马车①上的
车篷放下了，车门关上了；
"走！"手持马鞭的宪兵
欠起身子向车夫喊道……

1846 年

---

[*]　此诗最初发表于 1846 年的文集《4 月 1 日》。
①　当时宪兵押送政治犯，用的就是这种两轮封闭马车。

三套马车*

你为什么撇开快活的女伴，
去贪婪地向着大路张望？
你整个脸蛋唰一下都红了，
可见你心里有多少惊慌。

你为什么急急忙忙跟着
飞驰的三套马车在奔跑？……
过路的骑兵少尉看你都入了迷——
他姿势优美，挺胸叉腰。

对你表示赞赏并不稀奇，
每一个人都会爱上你：
鲜红的彩带微微地飘动，
飘在你那像夜一般黢黑的发际；

透过你那黢黑面颊的红晕
露出了纤细纤细的毛绒，
在你那弯弯的眉毛下面
滴溜溜闪动着一双调皮的大眼睛。

---

* 此诗最初发表于 1847 年的《现代人》。曾多次被谱曲，成为 19 世纪 50 年代俄国最流行的歌曲之
一。车尔尼雪夫斯基的长篇小说《怎么办？》第一章中薇拉·巴甫洛夫娜唱的，就是这支歌。

黑眉毛村姑的秋波一转，
充满了沸腾热血的魔力，
它能使一个老人倾家荡产，
会将爱情投入青年的心里。

你要尽量地享受、尽情地欢乐，
生活将会轻松愉快、幸福美满……
不然你就会落得这样的下场：
嫁一个邋邋遢遢的庄稼汉。

围裙紧紧地系在腋下，
将胸脯勒得扭扭歪歪，
爱找碴儿的丈夫会来打你，
婆婆把你折磨得死去活来。

由于粗重而又艰苦的活计，
你还来不及开花就要凋零，
你将陷入沉睡不醒的梦里，
照看孩子、吃饭、劳累终生。

在你那表情丰富、充满了
生命的脸上——会忽然出现
呆滞的甘心忍受的神情，
和无法理解的永恒的惊恐。

当你走完自己艰辛的道路，
便会把你徒然耗尽的力量
和那无法温暖的胸膛
统统地埋进阴湿的坟场。

不要再向大路怅惘地张望，

也不要跟着马车急急追赶，
快点把苦恼着你的惊慌
永远抑制在自己的心间！

你是赶不上那狂奔的马车的：
马儿健壮、膘肥腿又疾——
车夫醉意蒙眬，年轻的骑兵少尉
旋风似的向另一个姑娘驰去……

1846 年

故　园[*]

啊,又看见你们了,这些熟悉的地方,

在这里,我的父辈的生活既贫乏又空虚,

他们耽于豪华的酒宴和无知的骄气,

这样,就在荒淫无耻和卑鄙的暴行中度过;

在这里,那些忍气吞声、战战兢兢的奴隶们

甚至羡慕最下等贵族的狗的生活,

在这里,我注定要见到上帝主宰的人间,

在这里,我饱尝了忍耐和仇恨的熬煎,

而我却可耻地把仇恨埋在自己的心中,

在这里,有时我自己也做着地主;

在这里,幸福的宁静如此迅速地

离开了我这过早腐化堕落的灵魂,

而那并非稚气的愿望和忧虑的火焰,

日夜炙烤着我,早已烧毁了我的心田……

少年时代的回忆——那豪华阔绰、

美妙绝伦的年华的回忆啊——

使我的心胸充满愤怒和忧郁,

并在我的面前展现出它的全部美丽……

这是座幽暗幽暗的花园……在深远的林荫道上,

---

[*]　这首写于1846年的诗,直到1856年才在《涅克拉索夫诗选》中正式发表。《故园》曾使别林斯基"惊喜若狂",赞叹不已。作者在自传中提到:别林斯基喜欢其中的那些向社会抗议的"否定素质"。这是诗人自传性的诗篇之一。"故园"指的是他父亲的世袭庄园格列什涅沃,作者在这里度过了悲惨的童年和少年。

是谁的满带病容、悲伤的脸①在枝丫中间闪动？

我知道，你为什么哭泣啊，我的母亲！

是谁毁了你的一生……啊，我知道，我知道啊！……

你永远委身于一个闷闷不乐的粗人②，

你并不醉心于那无法实现的希望——

奋起反抗命运的想法使你感到恐慌，

你在奴隶的沉默中承受着自己的命运……

但我知道：你的心灵从来就不缺乏热情；

它是何等的自豪、倔强而又美丽啊，

你临终的絮语，难道对迫害者所加给的、

你又竭力忍受的一切，都已经宽容？……

妹妹啊，你与这默无一言的受难者在分担

她那可怕命运的痛苦和耻辱，

我亲爱的妹妹③，你竟也离开了人间！

你羞愤地从蓄有农奴姘妇和饲犬人的家里

出走，于是将自己的命运托付给

一个你所不认识而且不喜欢的人……

而在人世上重演了自己母亲的

悲剧，你也带着冷峻的微笑躺进棺材里，

而这样的冷笑就连那因悔恨而失声

痛哭的刽子手看了，也都会战栗不已。

这是一座灰暗的古老住宅……如今空旷而岑寂：

没有女人，没有狗，没有丑角，也没有仆役。

那么从前呢？我记得：这里有什么压抑着所有的人，

---

① 指诗人的母亲叶莲娜·安得烈耶夫娜·涅克拉索娃，1841 年 7 月 29 日在格列什涅沃逝世。

② 指诗人的父亲阿列克谢伊·谢尔盖耶维奇·涅克拉索夫（1788—1862），一个退役少校，以对农奴和家属残暴而出名。

③ 指诗人的妹妹叶莉扎维塔（1821？—1842），她于 1841 年嫁给一个上年纪的退役中校兹维亚金。显然她是死于分娩；她留下一个儿子 K. C. 兹维亚金。

在这里，事情无论大小都使你心里感到郁闷。
我向奶娘跑去……，啊，奶娘！当我心头
感到沉重的时候，我曾多少次对她流过眼泪啊！
一提起她的名字，我便深深地感动，
我是不是早已懂得了对她深表虔敬？……

我想起了她那不多的几个
毫无意义的，甚至有害的善良特征，
我的胸膛里充满了新的仇恨和新的悲愤……
不！在我那反叛的、冷酷的少年时代，
没有任何可以使我的心灵感到愉快的回忆；
而那从早年就剥夺了我生活的意志，
并以无法反驳的诅咒加到我头上的一切——
在这里，在我的故园，正是今后一切的发轫地！……

我怀着厌恶的心情向四周望去，
我愉快地看见黑压压的松林已被砍掉——
那里有炎热烤人的夏日庇荫，并飘拂着凉意，——
田地晒枯了，牲畜懒散地打着盹儿，
低垂着头，面对着干涸了的小溪，
空寂的阴暗的房屋也倒向了一边，
在这里，回应着杯盏声和欢呼声的，
是遭受痛苦的人们长年发出的沉闷的嘈杂声，
他独自一个压制着所有的人，只有他
才能自由地呼吸，自由地生活，自由地行动……

1846 年

犬　猎[*]

　　天神原是要这样创造人,即让他突然激动、狂喜、热情,哪怕是暂时忘却日常的忧烦;否则,孤独时,性格就会变得冷酷无情,种种恶习也会随之发生。

——列乌特:《犬猎》

一

更夫绕着老爷的宅邸巡行,
狠狠打着哈欠,梆子敲个不停。

黑暗遮住了天空和远方,
秋风吹来,引人无限悲伤;

它漫天追逐着阴郁的乌云,
遍地横扫落叶,苦苦地呻吟……

老爷醒来,从床上跳起,
穿上了鞋,便吹起角笛。

---

[*]　此诗最初发表于1847年的《现代人》。犬猎是地主富豪们所喜爱的一种娱乐;在涅克拉索夫当时的文学界,一般总是用诗歌和散文加以赞扬。1846年初出版了H.列乌特《犬猎》一书及其他一些文章,均以一种夸张的文体赞美这种"俄国贵族高层人物的崇高嗜好"。涅克拉索夫则与之相反,认为犬猎对贫苦的农民来说,实际是一种沉重的劳役和灾难。

沉睡的万卡和格里什卡们一阵震颤，
人们，就连吃奶的孩子都打了个冷战。

瞧，摇曳的灯光明灭不定，
饲犬人晃动着长长的身影。

喊叫，慌忙！……钥匙清脆地鸣响，
上了锈的合计开始忧郁地歌唱；

吼叫着牵出马来，然后饮饮它，
时间紧迫——快快披鞍上马！

身穿蓝色的兔皮短外套，
头戴一种罕见的尖顶帽，

一群奴仆向着台阶驰去。
煞是好看，个个都是好样的！

好多人鞋底虽然都已磨烂，
常礼服却还镶着黄色花边；

燕麦粥虽然填不饱肚皮，
但每人座下的鞍饰却很阔气。

马匹——真是令人赞叹，两大群猎犬，
契尔克斯腰带，马刺和短柄长鞭。

地主终于来了。快脱帽子！
他默默捻着花白的胡子，

他气概威严，服装华丽，

微闪着严峻的目光,默默不语。

倨傲地聆听着例行的报告:
"'小蛇'①死了,'警钟'病了,

'雄鹰',发了疯,'忧郁'腿已断。"
他弯腰,抚摸爱犬"无赖汉"。

"无赖汉"激动地卖弄风情,
它仰面躺着,并摇尾乞怜。

二

那些饲犬人策马加快了脚步,
井然有序地驰过丘陵和山谷。

天已亮了;他们穿过乡村——
炊烟如柱,袅袅升向天空,

畜群在追逐,撅竿②发出痛苦的呻吟,
吱嘎吱嘎尖厉刺耳(此为王法所禁);

农妇们在窗口怯生生地探望,
"瞧那些狗!"孩子们在大声叫嚷……

猎人们慢慢登上了山顶。
眼前展现了奇美的远景:

---

① "小蛇""警钟""雄鹰""无赖汉"……均是猎犬的名字。
② 井上打水用,近似我国的辘轳。

下面有一条小河在山脚下流淌，
谷地上花草树木都闪耀着冰霜，

而在微微发白的谷地后面，
那森林为一抹霞光所照亮。

但饲犬人却漠然地对待
这如火朝霞的鲜艳光束，

他们谁也顾不上去欣赏
这苏醒的大自然的画图。

"向小树林①撒狗！"地主一声喊叫，
灵缇饲养者们便散开来奔跑，

而指挥着这群猎狗的头领，
爱咋呼的饲犬人，藏在一片孤林中。

上帝赐予他令人羡慕的喉咙：
一会儿吹起角笛，震耳欲聋，

一会儿高喊："喂，把它干掉！
千万别把这鬼东西放跑！"

一会儿大叫："嗬—嗬—嗬！嗾！嗾！嗾！！！"
终于寻到——便停在脚印上汪汪叫。

沸腾的猎犬们蜂拥而至，
地主倾听着，心里喜滋滋，

---

① 围猎经常在小片树林进行。

健壮的胸膛急促地呼吸，
听觉在享受美妙的乐曲！

同窝狗崽悦耳的吠声像音乐，
把人的心灵带进理想的世界，

那里既不欠监护会①的款，
也没有县警长来找麻烦！

合唱是如此的和谐、匀整和动听，
仿佛是听罗西尼②，仿佛是听贝多芬！

三

越来越近了，又是狗叫、又是催喊。
一只头号灰兔噌一声蹿到外边！

地主一声大叫便冲进围场里……
这是地主自由驰骋的天地！

他穿过小河、峡谷和沟坑，
疯狂地奔跑着：全不顾生命！

剧烈的运动含有巨大的权柄，
声音里充满了强烈的激情，

---

① 俄国革命前，主管育婴堂、孤儿院及其他"慈善"机关的一种机构。它从各种金融业务其中包括地主地产的抵押，或再抵押获取大量的收入。《犬猎》中地主的领地，显然已被抵押出去，他向监护会缴了款，以免领地充公。
② 罗西尼(1792—1868)：意大利作曲家。

眼睛里燃着高雅的火焰，
一种美妙的东西在闪动！

在这儿，他既不胆怯，更不退让，
克雷兹①万金买不动他的刚强！

狂暴的骁勇无可拦阻，
胜利或死亡——各不相让！

胜利或死亡！（若没有风暴，
怎显出斯拉夫性格的自豪？）

野物要是逃脱，他便难过得要命，
有时还会伏在马鞍上痛哭失声。

野物如被捕获，他便拼命地喊叫，
立刻截断后腿②，把它系在鞍鞒，

他用兔子尾巴擦着盔甲③，
他以出猎的得手而自豪，

他忽然静下来，将头前倾，
垂向溅满了涎沫的马颈。

四

纵狗到处追捕，到处飞奔，
从这片孤林蹿进那片孤林，

---

① 克雷兹：古代吕底亚国王，极其富有，据说有数不尽的财富，被认为是最大的财主。
② 猎获野兔后截断后腿，用特备的一些小皮带把兔子捆在鞍后。
③ 盔甲：打猎时穿的服装。这里指将猎服弄脏的地方用兔尾擦干净。

但忽然不好了:"残暴"和"撕碎"
蹿进了羊群,"谩骂"也紧紧相跟,

"胡闹"和"派头"也不迟慢——
一会儿就把一只羊羔撕烂!

老爷下令要鞭打肇事者,
还亲自对它们严加斥责。

猎狗在欢跳,唔唔逞威,大声嗥叫,
刚把它们放开,就四下里奔跑。

倒霉的牧羊人号啕痛哭,
林后边有人在大骂咆哮。

老爷喊道:"住口,畜生!"
大胆的汉子却不肯住声。

老爷发了怒,纵马吼叫,
庄稼人胆怯,连忙跪倒。

老爷一走——庄稼人抖擞精神,
又骂开了;老爷又转回身。

他狠狠地挥起了皮鞭——
"救命,救命!"狂徒高声喊。

挨打的小伙子不住声地骂,
在老爷的身后恶语相加:

"俺们要用橡木棍子揍你一顿，
还有你那趾高气扬的奴才们！"

而生气的老爷却并不在意，
靠着草垛坐下，便嚼起了松鸡，

他向"无赖汉"丢掷着鸡骨，
尝了几口酒，就把壶给了奴仆。

奴仆们喝着——沉默而烦恼，
马儿嚼着草垛上的干草，

饥饿的猎狗舔舐野兔，
满嘴都染上一片血污。

五

歇了一会儿，狩猎又开始进行，
没完没了地奔跑，嗥叫追踪。

时间不知不觉地溜了过去，
狗已不听使唤，马已经疲惫。

蓝灰色的雾气降临谷地，
火红的太阳正在落下山去，

而在天空的另外一边，
苍白的月亮已经出现。

人们翻身下马，在草垛旁等待，
三个角笛齐鸣，把猎狗统统叫来。

紊乱的角笛，粗犷的声音，
荡起的回声响遍了山林。

天就要黑了。人们加快驰去，
越过岗丘和沟壑直奔住地。

人马渡过浑浊的小溪，
扔掉了缰绳，饮饮马匹——

各色猎狗又高兴又满意：
个个钻进齐耳深的水里！

远远望见田野里的马群，
一名饲犬人的坐骑在嘶鸣……

啊，总算到达了营地。
地主心里欢喜又满意——

竟猎获了这么多的野兔。
这要归功于猎狗的卖力！

把那些胆小的野物赶出树林，
你们竭尽了全力，忠实的猎狗们！

光荣归于你，忠实的"无赖汉"——
你像漠地狂风，到处飞蹿！

光荣归于你，快腿儿"胜利"！
你逮得又准，跑得又麻利！

光荣归于尽心竭力的烈马们!
光荣归于饲犬和导猎的仆从们!

六

酒已经喝足,饭已经吃饱,
老爷无忧无虑地去睡觉,

吩咐明天早点儿把他叫醒。
疾驰,追捕——多美妙的事情!

亲爱的罗斯有着广阔的幅员,
它就几乎占有了世界的一半!

我们有无数的田野和森林,
我们祖国的飞禽走兽数不尽!

我们可以纵情地在原野上
满足我们驰骋草原的豪兴。

忘情于战斗性娱乐的人
是幸福的:因为他懂得激情,

直到白发苍苍,早年的激动情景
仍然会美妙而生动地留在心中。

忧郁的思虑一向与他无缘,
悠闲寂静时心也不会入梦。

谁要是对犬猎素不喜爱,
他就会毁掉自己的心灵。

1846 年

在一个神秘的穷乡僻壤[*]

（仿莱蒙托夫）

在一个神秘的穷乡僻壤，半开化的村庄，

　　我在那些粗暴的野人们中间生长，

感谢伟大的仁慈，命运把我交付

　　那些饲犬人的头领们去收养。

淫秽在我的周围翻起污浊的浪头，

　　赤贫者的情欲在斗短争长，

那些丑恶生活的粗野情景，

　　一直笼罩在我的心上。

当我，一个毛孩子还只能用蒙昧的

　　头脑去理解什么之前，

恶习已经以其充满毒素的气息

　　侵入了我幼小的胸膛。

当我受到出其不意的袭击，便嚷嚷着，

　　急急地投入了浑浊的激浪，

沉浸于丑恶的荒淫中，我可耻地、狂热地

　　耗尽了我的青春时光……

一年年过去。我挣脱了愤怒的朋友们

　　那习以为常的拥抱，

并向我的愚昧的青春徒然地

---

[*]　此诗最初发表于 1851 年的《现代人》。有一些研究者误认为，作者在诗里写的是他自己；诗人曾经指出，其中没有自传的成分。他在自己诗选的页边上写道："模仿莱蒙托夫。请比较一下：（诗剧《假面舞会》中的）阿尔别宁。我不希望人们将这一早期仿制品视作我个人的特征……"

发出了为时已晚的声讨。

我胸中耗尽的精力,已发不出一点火星——

　　　　我的埋怨再也不能将它们唤醒;

青年人的热情已经变为荒漠般的

　　　　岑寂和坟墓似的阴冷,

于是我怀着病态十足的忧郁

　　　　漫无目的地踏上新的征程;

我想,一颗过早地被扼杀的心

　　　　将永远也不会复生。

但我认识你了……为了生活和激动,

　　　　胸中的心又已经苏醒:

爱情把早年风暴的影响和忧郁的印象

　　　　已经从心灵上打磨得干干净净……

我内心里又充满了幻想、希望和祝愿……

　　　　那么你即使不爱我了,

但比起死一般的空虚来,我更

　　　　喜欢过多的眼泪和剧烈的苦痛……

1846 年

道 学 家 *

一

我生活本着严格的道义，

一生未干过对不起人的事情。

我的妻子用面纱蒙住脸，

黄昏后去会自己的情人。

我带领警察悄悄进了他的宅院，

事情败露了……他求决斗：我没应承！

她受尽了羞辱和忧愁的痛苦，

便病倒在床，一命呜呼……

我生活本着严格的道义，

一生未干过对不起人的事情。

二

有个朋友未按期还我的债款，

我友好地对他暗暗示意，

然后让法律对我们加以裁判：

法律判决，叫他蹲了监狱。

---

* 　此诗最初发表于 1847 年的《现代人》。别林斯基曾于 1847 年 2 月 19 日写信告诉屠格涅夫："涅克
拉索夫写了一首非常好的诗。……这个人真是个天才啊！而他的天才简直像一把利斧！"

一个子儿未还,便死在牢里。
虽然有理由,我却没有生气!
我把他的那笔债款一笔勾销,
还用泪水和悲伤表了表敬意……
我生活本着严格的道义,
一生未干过对不起人的事情。

三

我提一个农民来做厨师,
他成功了;当个好厨师多有福气!
可他经常出门,而且有个
与身份不相称的怪癖:
喜爱读书,好发议论。
我懒得去威胁和申斥,
便慈父般地将这坏蛋抽了一顿,
他挨过打,就投河了:傻气攻心!
我生活本着严格的道义,
一生未干过对不起人的事情。

四

我有个女儿;爱上自己的教师,
一时激动便想跟他逃跑。
我用咒语①威吓她:她屈服了,
于是嫁了个白发苍苍的富豪。
他们的门第辉煌、生活富裕;
但玛莎忽然面色惨白,形容枯槁,
一年过后便得了肺病死去,

---

① 指在宗教上要革出教门、在家庭生活中要赶出家门、不再认为是儿女等。

沉重的悲哀将一家人压倒……
我生活本着严格的道义，
一生未干过对不起人的事情……

1847 年

夜里我奔驰在黑暗的大街上[*]

夜里我奔驰在黑暗的大街上，
在这阴暗的日子，我谛听着暴风雨的呼喊——
那软弱无力、身患重病、又无家可归的朋友啊，
你的影子忽然闪现在我的面前！
我的心由于痛苦的怀念而紧紧缩起。
命运从小就不喜欢你：
你那忧郁的父亲又穷又狠，
你出嫁了——但你却爱着另一个人。
你碰到一个心肠不好的丈夫：
脾气暴躁，拳头又重；
你不甘屈服——终于逃到外边，
而你和我相遇，也不是为了作乐寻欢……

你还记得那一天吗，
我垂头丧气，筋疲力尽，病饿交加？
在我们一无所有而又寒冷的房间
呼出白色的雾气一团团。
记不记得那烟囱发出的凄厉的声音，

<hr />

*　此诗最初发表于 1847 年的《现代人》。关于这首诗，屠格涅夫于 1847 年 11 月 26 日曾写信给别林斯基说："请代我告诉涅克拉索夫，他发表在《现代人》第 9 期上的诗，完全使我疯狂了；我反复吟诵这篇令人惊叹不置的作品——甚至已能背诵出来。"车尔尼雪夫斯基在 1878 年 3 月 15 日写给他的妻子的信中，也曾提到这首诗，说"它首先向人表明：俄罗斯产生了一个伟大的诗人"。诗不久就被谱了曲。在俄国流传。

那飞溅的雨点、若明若暗的光线？
你的儿子哭泣着，你用自己的呵气
温暖着他那冰凉的手臂。
他不住声地哭着——他的喊叫
尖厉刺耳……天色渐渐暗淡了；
哭够了，孩子也死了……
可怜的女人！不要去流无益的眼泪吧！
由于悲伤和饥饿，明天咱们俩
照样也要深沉而香甜地长眠地下；
主人咒骂着，将去买三具棺材——
一起运走，并排掩埋……

我们各自坐在自己的一角，闷闷不乐。
我想起，你面色苍白，身体虚弱，
一个隐秘的念头正在你的心底成熟，
你内心里的斗争已经结束。
我打了个盹儿。你仿佛去参加婚礼，
打扮得漂漂亮亮，就悄悄地走出去，
过了一个钟头，你匆匆忙忙
给孩子买回了棺材，还给他父亲带来吃的。
我们除了难忍的饥饿，
在黑暗的房间里点起如豆的灯火，
装裹好儿子，把他放进了棺木……
什么机缘拯救了我们？是不是上帝的帮助？
你迟迟不肯吐露悲惨的真情，
　　我也什么都不问，
我们只有相望着痛哭，
我只有满腔的郁结和愤恨……

如今你在哪里？是同不幸的贫困
所做的这场凶恶的斗争把你毁了呢？

还是你仍然在走着习惯的道路，
或是你注定的命运已经结束？
有谁来保护你呢？人们将毫无例外地
用一个可怕的名字称呼你，
只有我的心里却萦回着一片诅咒——
　　就是这也会徒然地静息！……

1847 年

昨　天[*]

昨天,在五点多钟的时候,
　　我来到干草广场①;
那里正在抽打一个女人,
　　年轻的乡下姑娘。

她的胸膛没有发出一点声音,
　　只有皮鞭在挥舞,嗖嗖地响……
我对缪斯②说道:"看呀!
　　你这亲姊妹的形象!"

1848 年

街头即景*

一

小　偷

昨天赴宴,我匆匆行驶在肮脏的街道,

顿时被一个丑恶的场面给惊呆了:

有个小贩失窃了一块面包,

他战栗着,面色苍白,忽然又哭又叫,

他急忙丢开货摊,高喊:抓小偷!

小偷被围起,并很快给扣留,

吃剩的半块面包,在他的手中颤抖。

他赤着两脚,只穿一件破烂的上衣,

脸上显出新病初愈的气色,

一片羞愧、绝望、祈求和恐惧……

警察来了,并叫来了副警卫,

一条条记下这场特别严厉的审讯,

便得意扬扬地把小偷押送分局。

我对车夫大喊一声:"赶你的路吧!"

我为自己有一宗遗产可以继承

而急忙来祷告上帝……

---

*　此诗最初发表于1856年的《涅克拉索夫诗选》。诗人的这一早期组诗,揭示了俄国大城市的社会
矛盾。《万卡》的末行"我仿佛到处都看见悲剧",乃赫尔岑《变幻与沉思》中"每一堵墙后面,我都
仿佛看到悲剧"一句的化用。

二

送　别

母亲管儿子叫着亲人，
儿子脉脉含情地望着母亲。
年轻的妇人号啕痛哭，
一直哀求瓦纽哈留在家中，
老头子倔强地沉默不语：
目光中流露着强作的严厉，
仿佛为了自己无益的悲痛
而在闷头生自己的气。
西弗卡①轻轻拉了一下雪车——
老妇人差点儿从车上跌下去。
唔！他温暖着西弗卡的肋下，
瓦纽哈还把老头子扶上车去……

三

小　棺　材

瞧，一个高大的士兵走来，
腋下夹着一具小棺材。
他的眼里噙满了泪水，
神色显得严肃而悲哀。
当孩子活着的时候，
他常常这样说道：
"你怎么就不死呢，该死的！
你干吗要生下来哟？"

---

①　马名，一般指灰黄色的马。

四

万　卡

多可笑的情景啊！万卡这傻瓜，
为了多招揽几个乘客来，
他悄悄地擦着驽马身上的铜牌，
那驽马已皮光肉绽，累得气息奄奄。
你出卖灵魂的美人，不也是这样吗？
为了想给自己增添一点虚假的光华，
你不也在起劲地抚弄自己
那早已半秃了的头发？
但你们俩——愚蠢的车夫
和你，梳着可笑发式的太太，——
你们在我心中引起的并非笑意，——
我仿佛到处都看见悲剧。

1850 年

温良的诗人有福了 *

温良的诗人有福了，
他愤怒太少，感情过盛：
平静艺术的朋友们
都在虔诚地向他致敬；

群众都对他表示同情，
他的诗悦耳，如波涛的幽怨；
他对自己从来不怀疑——
怀疑是对创作心灵的磨难；

他喜爱冷漠和恬静，
他憎恨粗暴的讥讽，
怀抱着温和的竖琴，
他牢牢地控制着群众。

震惊于他伟大的智慧，
他不被驱逐，也不受诋毁，
于是他的同时代的人

---

* 此诗最初发表于1852年的《现代人》。涅克拉索夫是果戈理的学生和继承者，他对果戈理的高尚品德和旨在与农奴制度进行不懈斗争的天才创作，给予了很高的评价。他的这篇悼亡之作，就写于果戈理的忌日——1852年2月21日。果戈理的创作在40年代和60年代是俄国文学现实主义新的旗帜。某些持不同观点的作家针对"果戈理派"提出"为艺术而艺术"的主张，与之抗衡。涅克拉索夫在这首诗里援引《死魂灵》第一卷第七章中两类作家的形象，加以对比；并对作家提出更高的要求。1917年，列宁在驳斥资产阶级对布尔什维克党的污蔑时，曾引用了本诗第七节的诗句。

生前就为他筹建纪念碑……

但高贵的天才
如要揭发群俗，
揭发他们的情欲和谬误，
命运就决不对他宽恕。

唇边装上讽刺，
心里怀着憎恨，
他走过荆棘的道路，
抱着他惩罚的竖琴。

责难追逐着他：
他听到的赞许声
不是在娓娓动听的赞词里，
而是在粗暴疯狂的叫嚣中。

他相信但又不相信
那崇高使命的幻影，
他用否定的仇恨语言
宣扬着仁爱的精神——

他嘴里发出的每一个声音，
都在为他制造严厉的敌人
和那准备痛斥他的
聪明而又空虚的人。

人们从各方面将他咒骂，
直到看见他的尸体横陈，

这才明白,他竟做了那么多工作,

而且当他恨时,爱得又有多深!

1852 年 2 月 21 日

缪　斯[*]

不,我已不记得那柔声歌唱的、
美丽的缪斯对我唱出的甜蜜歌声!
她天仙一般标致,像一个精灵,
悄悄地从高空飞下,没有教给
我幼稚的听觉以迷人的和声,
她没有忘怀我那襁褓时代的芦笛①,
在我游戏时和少年时代的沉思中,
她也没有以隐约的幻想激发过我的聪明,
在最快乐的时候,那形影不离的
缪斯和爱神在难堪地激动着我们的热血,
她更不像一个钟情的女伴,
忽然在热烈的目光前出现……

但那生来只知劳累、受苦和枷锁的、
　忧愁的穷人们的忧愁伙伴,——
另一个冷漠无情、无人喜爱的缪斯——

---

* 此诗最初发表于 1854 年的《现代人》。1852 年 11 月 23 日,屠格涅夫写信给涅克拉索夫说:"……
开头十二行非常好,使人想起普希金的笔法。"《缪斯》是一首充分表现诗人的革命民主主义精神
的诗。在这首诗里,有两个对比的缪斯:普希金的缪斯(如普希金早期诗《缪斯》和"令人迷醉的古
代的璧人……")和涅克拉索夫的缪斯。普希金的缪斯是一个"柔声歌唱的、美丽的缪斯"。而涅
克拉索夫则认为,普希金早期的缪斯不是他的缪斯;他的缪斯是"一个冷漠无情、无人喜爱的缪
斯",是"生来只知劳累、受苦和枷锁的/忧愁的穷人们的忧愁伙伴"。当然,涅克拉索夫始终是普
希金的学生和继承者。
① 芦笛与竖琴一样,都是诗歌的象征。

另一个哭泣、悲伤、病痛的，
时时渴望着、屈辱地乞求着缪斯的
　镣铐，早就沉重地压在我的身躯，
而她的金币，是我唯一崇拜的东西……
为了安慰新到人世来的婴儿，
她在简陋的茅屋，面对烟雾缭绕的松明，
累得弯腰曲背、愁得五内俱焚，
对我歌唱着——她那纯朴的曲调
充满了忧愁和没有止境的控诉。
有时候忍不住难受的悲哀，
她响应着我的哀号，也会突然痛哭起来，
或者，她用那纵情欢乐的歌
来惊扰我幼稚的梦……但同样悲哀的呻吟
在欢乐的喧闹中却更加刺耳揪心。
在这疯狂的嘈杂声中你什么都可以听到：
浅薄和肮脏的浮华打算，
少年时代最美丽的幻想，
死去的爱情，抑制的泪眼，
软弱的恐吓、诅咒和抱怨。
那疯狂的缪斯，在狂怒爆发的时候，
起誓要同人间的谎言进行持久的斗争。
她忘情于粗野忧郁的娱乐，
疯狂地摆弄着我的摇篮，
高喊着："复仇！"——并用激烈的语言
呼唤上帝的雷霆猛击敌人的头顶！

在愤恨的、仁爱而又温柔的心灵里，
残酷的反叛的激情终不能持久。
令人难堪的病症慢慢在消停，
它慢慢屈服、平息……在一个绝妙的时辰——
当受难的缪斯耷拉着脑袋，

对我悄悄地说："饶恕你的敌人！"……
而热情和极度悲伤的一切强烈冲动，
一下子消逝得无影无踪……

这永在哭泣的、令人难解的姑娘，
她那严肃的曲调，使我感到悦耳好听，
直到我终于像往常那样，
跟她一起投入残酷的斗争。
但是，缪斯并没有急忙撕破
从童年就和我结下的牢固的血肉联盟：
她引导我跨过了暴力和恶，
劳累和饥饿的黑暗的深渊——
她教我意识到自己的痛苦，
祝愿我把这些痛苦向人世宣布……

1852 年

纪念别林斯基*

有一颗天真而热烈的心，
其中时时有美好的意念涌起，
你固执着，激动着，匆忙着，
正直地走向一个崇高的目的；
你沸腾，你燃烧——但很快就熄灭了！
你热爱我们，你忠于友谊——
在这美好的时刻，我们向你一表敬意！
论命运的悲惨，无人可与你相比：
你的劳动长存，不会湮没下去，
你不幸辞世，人们都不知悉！
无忧无虑的我们，从一棵不知名的树上，
无忧无虑地尝到了果实的滋味。
是谁把他养大成人，谁又将劳动和时间
献给了他，都跟我们毫无关系，
审慎的民族对自己的后代
将不会提起你的功绩……
你的坟墓已日益狭小，
以致早已被人们忘记，
朋友们深表感激的纪念
并未使通向它的道路印满足迹……

1853 年

---

* 　此诗最初发表于 1855 年的《现代人》，原为纪念别林斯基逝世五周年而作。因当时审查制度的严厉，不便直称其名，曾标题为《纪念一个朋友》。1867 年被作者收入抒情喜剧《熊猫》的正文中。

加兰斯基伯爵旅行记片断[*]

（祖国三月游。诗歌与散文试稿，兼议发扬俄国人民
道德原则与开发俄国自然资源的措施。一个俄罗斯人，伯
爵，德·加兰斯基著。四开本八卷。巴黎，1836年）①

> 我这一趟旅行玩得挺不错：
> 俄罗斯国土有着稀奇古怪的特色；
> 既不是讲乡村里那些小店——乐土，
> 更不是说城市中税吏不受贿赂——
> 而指的是以辽阔招人喜爱的大自然。
> 您在哪儿也不会见到这么大的幅员：
> 这里把广袤无际的草原
> 叫作草地；只要一到播种期——
> 各种作物，一眼就望不到边际！
> 绿色的树林，灰色的乡村
> 点缀在平野上，像一座座小小的岛屿，
> 看到这乡间的日常景色，真叫人喜悦……

---

* 此诗最初发表于1856年的《涅克拉索夫诗选》。诗中嘲笑的是那些有爵位的、定居国外的俄国富
有地主。因为他不了解俄国，所以他写的有关俄国的八卷论著，便充斥着无知和糊涂见解。他的
言论虽然并不连贯，但却有一定的政治目的：即在欧洲舆论面前证明俄国的农奴制度是正确的。
加兰斯基伯爵为了维护俄国专制政体的利益而出版自己的《旅行记》，这在当时是很典型的做法。
这个法兰西化的伯爵自命为"un russe"（一个俄国人），其实他是18世纪末和19世纪初在俄国最
常见的一个"世界主义者"。他"携着法兰西的炊具，戴着俄罗斯伯爵的头衔！"在俄国旅行，处处
流露出他的鄙夷态度，说明他们在精神上已经背叛了自己的祖国。
① 原文为法文。

庄稼人性喜劳动,就如同蚂蚁:
我对他们那粗糙的手,晒黑的脸
再也不觉得奇怪;他们几乎昼夜不停地
在地里干活,我已是司空见惯。
这里不单是庄稼人忠诚劳动,
甚至他们的儿女和怀孕的老婆
也都在苦熬着(用他们的话说)"农忙"
我忧伤地看到,有些人是多么苍白虚弱!
我认为,辽阔的土地、丰茂的森林
都在促使着他们酷爱劳动,
但必须劝导那些贪婪的庄稼人,
无节制地干活最会消磨人的生命。
目的难道不是这样——穿着独特的德国服装,
走在他们中间摆来摆去、摇摇晃晃?
我发现有的人手里拿着皮鞭……
怎么办!用别的手段不会使他们明白,
多么粗野的性格!……
                        这里有多美的江河!
这里有多茂密的森林!我向您保证,
俄罗斯的自然景物必将打掉莱茵河
景色的傲气,但却比不过法兰西!
我在法国度过了自己的青年时代;
对她,正如诗里所说,一切都顶礼膜拜,
但我仍然要老实而且高声地承认,
真没料到我会发现这么个俄罗斯!
自然风光实在不错:我向它深表敬意,——
我吃得好,睡得好,也未付给书吏罚款……
是的,在俄罗斯旅行的方式是——
携着法兰西的炊具,戴着俄罗斯伯爵的头衔!……

但令人不快的是,这里每一个庄稼人

都在肆无忌惮地触犯着

我这贵族的尊严,搅扰我的平静和良心;

他们那卑贱的舌头总是

对人嘟哝着同一个故事:

地主都是恶棍!若说管家嘛,

那的确很残暴,是个十足的强盗!

我问车夫:"老兄,远处的宅子是谁的?"

"地主的……""人还好吧?""还好,是个好老爷,

不过……""朋友,怎么?""他会冷不丁给你一拳。

让你卧床一整年!""什么?瞧这野蛮人!"

"唉,不是,说什么!他还算勤奋,

这个善良的人,从不以代役租压人,

他对农民,一般是诚实而又和蔼,

可偶然也会把人的颧骨打歪!

有这样一位老爷也就可以了,

其实,别的还更坏。这个地方令人难忘:

庄稼人曾在这儿着实惩治过一位老爷……"

"怎么回事?""一个老爷被剁成肉酱。"

"什么肉酱?""他的农民把一个活生生老爷

剁了个稀烂……他曾落入地主的魔掌……"

"因为什么?""这位老爷总是喜欢,比方,

把别人的帽子挂在自己的钉子上。"

"怎么?""是这样,先生:有个农民要结婚,

便领妻子见老爷,老爷要跟她过初夜,

然后她回到丈夫家……我们的人很粗野,

起先他们还忍耐,——有点小毛病不算啥,——

而后来便有点……就在那边,

您瞧吧——山坡上那座小屋,

有四个小姐妹就在里边居住,

这真叫庄稼人又好笑又痛苦:

庄园——有七户人家;他们太可怜,

就让他们养活儿女都很困难，
更糟糕的是:小姐妹们每年
要给每家偷偷放一个婴儿。"
"怎么,你说什么?""就是说,庄园
在八年中添了人口三十三。
当然,姑娘们都没有吃什么亏,
是的,先生,你看庄稼人有多艰难!"
唔,总之,反正都一样:有的带奴仆
出去行抢,有的嗾使猎犬把人伤,
类似的故事,我在这儿都听够了,
终于使我都懒得记到本儿上。
难道俄国的地主都是这个样?
我顺便看了很多人;有的人的确很粗俗——
您是自己丈夫的妻子,你是自己老婆的丈夫,
白酒,泥泞,臭气,羊皮袄。
但也有些可爱的人:家收拾得井井有条,
女儿一般都有大钢琴和小钢琴,
男主人对法兰西和英吉利都很熟悉,
女主人没有流行小说就不能入睡;
唔,言谈举止全都依照文明人的惯例,
他们彬彬有礼地望着自己的爱妹,
大概不会把庄稼人当成蠢猪⋯⋯

我同时也通过马车的窗口观察了
农民的日常生活:"竟是相当富裕!"
当我驶近我的领地的时候,
我把农民召集了来:围在了一起,
他们高声喊道:"乌拉!⋯⋯"我从阳台边观察,

边问道:"你们都满意吗?⋯⋯"大家喊:"都满意!"
"对管理人呢?""也都满意⋯⋯"

我跟他们谈农事,请他们喝酒——然后,

在祖传的沼地上射伤了一只田鹬,

便又继续上路……我跟他们待了一会儿,

但我见到,庄稼人随便喝、随便吃,

又跳舞又唱歌;那德国总管

在他们当中就像是父亲和靠山……

他们还有什么奢求?……倘若真有什么

酷爱皮鞭的人,或残暴的捍卫者,

他们背弃了人道、责任和荣誉,

那就会玷污祖国和俄罗斯贵族阶级,——

你严厉讽刺的鞭笞,为什么来得如此迟缓……

我翻阅俄国书籍,整整翻了一个夏天:

无足重轻的道德,满纸浮夸的荒唐语言——

优秀的人物都很晦暗,一如被磨损的铜钱!

可惜,俄国的智慧昏昏欲睡。要不,还有什么可靠的?

政府在处决公然作恶的坏蛋,

就像子弹善于发现犯人一般,

讽刺作品的影响,日益广泛而大胆。

多亏讽刺作品不止一次地

给予欧洲(似乎也包括俄罗斯的一部分)

以重大的助益……

1853 年

在乡村里[*]

一

真的,难道在我们教区的近旁

如今竟成了众乌鸦欢聚的地方?

就说今天吧……唔,可真是遭殃!

愚蠢的聒噪,疯狂的喧嚷……

每晚,仿佛全世界的乌鸦

都要飞到这儿来逛一趟。

这简直是一些浩浩荡荡的骑兵连……

密密麻麻落在钟楼和邻近农舍的

那些圆屋顶和十字架上,——

篱笆那边有一根摇摇欲坠的长竿:

竿儿顶上正栖着两只乌鸦,

扑扇着翅膀……一切都不曾改变,

就跟昨天一样……栖一会儿就飞走啦!

别再躲懒! 尽瞧什么老鸦!

谢天谢地,黑压压的乌云已经消散,

风儿也息了:我还要到田野里去。

打一早就碰上这忧郁的、

---

 *　此诗最初发表于 1854 年的《现代人》。当时的一些读者认为这是一首政治讽刺诗,是对充分暴露
君主政体腐败无能的克里米亚战争的影射。他们认为,农民萨乌什卡在熊猎中死去,正是暗示尼
古拉一世的死:谣传沙皇尼古拉一世,是受克里米亚战争失败的刺激而死的。

阴雨蒙蒙的倒霉天气：
我白白在沼地淋个湿透，
想要干点什么，却又不能够，
瞧，天色已晚——乌鸦腾空……
两个老大娘在井边相遇，
她们在说些什么，让我来听听……

二

"你好，亲爱的。""怎么样，大嫂？
　　你怎么老是在哭呢？
看来，你总是忧心忡忡，
　　就像个主事当家人？"
"哪会不哭呢？我已没了活路！
　　心酸难忍，万分痛苦……
他已经死了，亲爱的卡西娅诺芙娜，
　　死了啊，而且埋进坟墓！

"我那儿子，能说他不够勇猛？
　　可竟遇上这么凶的野兽！
他曾用钢叉挑过四十只黑熊——
　　却在第四十一只上失了手！
身量魁魁梧梧，手儿像一把铁钳，
　　力大无比，肩膀儿宽宽；
他已经死了，亲爱的卡西娅诺芙娜，——
　　于今已有十三天！

"剥掉了熊皮，顺手便将它卖出；
　　为了可怜的萨乌什卡的英灵，
人们给了我老婆子十七个卢布，
　　愿他的灵魂早升天庭！

好心的太太玛丽娅·罗曼诺芙娜
　　还为他超度了亡灵……
他已经死了,亲爱的卡西娅诺芙娜——
　　我勉勉强强挨到家中。

"残破的小木屋在风中晃晃摇摇,
　　整个烘房也已经塌倒……
我精神恍恍惚惚朝前走去:
　　也许会把儿子碰到?
要是带上斧子,祸事可能免掉,
　　也许会消除母亲的悲愁……
他已经死了,亲爱的卡西娅诺芙娜,——
　　要带斧子吗? 我要把它卖掉。

"谁心疼一个孤老婆子呢?
　　我已穷得沿街行乞!
阴雨的秋天,寒冷的冬季,
　　谁给我储一点木柴呢?
待到我暖和的皮袄穿破以后,
　　谁能给我打野兔、换新皮?
他已经死了,亲爱的卡西娅诺芙娜,——
　　猎枪哪还有用武之地!

"亲爱的,你相信:我又忧愁又操心,
　　我已厌倦人世,看破红尘!
我躺进小屋,用捕兽网盖上残躯,
　　好像蒙上了白色的殓衣……不!
死神没有到……我孤苦伶仃,到处徘徊,
　　我徒然乞求别人的怜悯……
他已经死了,亲爱的卡西娅诺芙娜,——
　　唉! 只是我不该……

"就这样吧……愿上帝保佑我挨过冬天，

　　我再不能将鲜嫩的小草揉烂！

小木屋不久就要完全倒塌，

　　再没人来耕地种田。

玛丽娅·罗曼诺芙娜正准备进城去，

　　我已无力再出去讨饭……

他已经死了，亲爱的卡西娅诺芙娜，——

　　他也不让我长久活下去！"

三

老太婆哭泣着。我有啥办法？

　　既然不能相帮，可怜又顶什么？……

我已经疲惫，浑身瘫软无力，

　　该睡了，我的夜是短暂的：

明天打猎，我还得要起早，

　　天亮前得好好睡上一觉……

看那群群乌鸦正在准备飞去，

　　盛大的晚会结束了……唔，准备上路！

瞧，起飞了，一下子噪声四起。

　　"注意，看齐！"整个一大群都在奋飞：

仿佛在这天空与人的肉眼之间

　　有一面黑色的大网在张起。

　　　　　　　　　　　　　　　　　1854 年

未收割的田地 *

晚秋时候。白嘴鸦已经飞去，
树林落光叶子，田野一片空寂，

未收割的田地只有一块……
这勾起人们忧愁的思虑。

麦穗仿佛彼此在絮絮诉说：
"我们听厌了这秋天的风雨，

"脑袋耷拉在地上多无聊，
饱满的谷粒沐浴在尘土里！

"各种过路的、贪食的鸟群
没有一夜不来破坏我们，

"野兔把我糟蹋，暴风雨把我们吹打……
我们的农夫在哪里？他还在等待什么？

"是我们长得不如别的田地？
还是开花、秀穗不够整齐？

---

*　此诗最初发表于 1855 年的《现代人》。诗里表达了诗人对俄国农民悲惨处境的沉思，也流露出诗人对自己命运的忧虑。诗写于 1853 年一场大病之后，其中播种者（农夫）的形象，论者多以为是诗人的自况。请参看诗人逝世前一个月所写的《梦》一诗。

"我们并不比别的庄稼差，不！
我们早已灌满浆液，颗粒成熟。

"难道农夫又耕耘又播种，
就是为了让秋风吹散我们？……"

风儿给它们送来悲伤的音讯：
"你们的农夫已经精疲力尽。

"他知道为什么要耕耘和播种，
只是去收割，已是力不从心。

"可怜的人已病倒，不吃也不喝，
蛆虫在吸吮着他害病的心窝，

"那开出这些垄沟的双手，
垂着像枯藤，干瘪如柴瘦，

"农夫眼色暗淡，而且又哑了歌喉，
再不能用歌声抒发自己的哀愁，

"他再也不能手扶犁杖，
沉思地走过自己的田头。"

1854 年

我在劳动的重压下虚度了 [*]

我在劳动的重压下虚度了
生命的节日——青春的华年，
我从来就不是一个诗人、
自由的宠儿和懒散的伙伴。

如果压抑了很久的痛苦
沸腾了，烧到自己的心，
我这才抒写:那押韵的声音
破坏了我的日常劳动。

它们毕竟胜过平庸的散文，
而且能激动温柔的心，
从一张悲伤的脸上
突然间会泪下涔涔。

但是我不图有什么东西
将会留在人民的记忆……
我的粗糙、拙劣的诗句呀，
你缺少豪放不羁的诗意!

你也匮乏创造的艺术……

---

* 此诗最初发表于 1856 年的《现代人》。

但却沸腾着活的血浆，
并洋溢着复仇的感情，
爱情燃尽了，还在微微发光，——

那爱情，它歌颂善良的人们，
那爱情，它痛斥恶棍和笨蛋，
那爱情，它给无力自卫的歌手
戴上一顶用荆棘编织的花冠……

1855 年

В.Г.别林斯基[*]

在一条偏远的胡同里，
在悲痛的朋友们中间，
诗人在地下室死去了，
他临终时对他们说道：

"像我一样，七年前
另一个不幸的人离开了人间，
他被同样的疾病毁掉了。
我是他最亲密的朋友，
命运相同的兄弟。我们走过
同一条荆棘丛生的道路，
我们没有能够战胜命运，
它对我们是同样的严酷。
他真诚地为真理服务，
他的性情大胆而纯洁，
因而过早地为自己
开辟了通向坟墓的道路……
如今该轮到我了……

---

[*]　涅克拉索夫创作这首诗是在尼古拉一世死后不久，即 1855 年夏。这时审查制度的压迫虽稍见缓和，但别林斯基的名字仍然不准提起；车尔尼雪夫斯基 1855 年开始在《现代人》发表《果戈理时期概观》那些论文时，也只能把别林斯基称为"普希金论文的作者"和其他一些较隐晦的称谓，不敢直呼其名。此诗 1859 年最初发表于赫尔岑在伦敦出版的《北极星》第五期。这首诗在诗人生前一直未能在俄国发表，直到 1881 年始在《古代和近代俄罗斯》杂志刊出。

我并没有比他多活多久；
我做的事太少，由于上帝的旨意
我白白断送了自己的一生。
我的那些苦难令人难堪，
但很多却都怪我自己，
现在，在这最后几分钟
我要完成我的职责，
我要谈谈我这可怜的朋友，
我所看见的、所知道的一切，
和在痛苦的疾病中
他对正直的朋友们所嘱咐的话……

　　"他生下来就几乎是个贱民。
（我们认为是一种耻辱，
而他却不这样想。）
他的父亲是一个可怜的医生。
他只爱喝酒并用棍子
鼓励自己的儿子学习。
孩子们都会经历这样的发展过程——
在俄国对许多人来说，这并不陌生——
他们贪婪地阅读
一些有道理然而空洞无物的书籍，
同时照例是偷偷地……
那充满甜蜜幻想的苦恼
从小就占据了他的心……
是哪一个散文家，还是诗人呢，
帮助他的心灵得到发展，
引他走向善和光荣——
我不知道。但那丰富的自然力的源泉——
高贵的、正直的、
无私的事业的思想根源

却在他的身上沸腾……

　　"医生死后，尘世上
只剩下他，年幼而又寒苦，
他来到莫斯科，就进了
莫斯科大学去攻读；
但他终于被赶出来，因为没有证明
他出身的某种特权，
所以没有得到一张证明书①，——
一辈子只是一个
没有毕业的大学生。
（一个有学问的人②
不止一次在报刊上
用这个绰号来讽刺他，
但还是让上帝来审判他吧！……）
这不幸的人住在地窖里，
忍受着贫困和痛苦——不久就开始
给杂志写文章。我记得：
他写了很多……他的火热的著作
流露着新颖的思想，
对严肃的真理的渴求，——
他被人注意了……那时候
有那么一个谋划家
想来赚钱牟利，
要办一个大型的杂志……
他对事情并不深切关注，
就是想寻找一个人，
要他来负主要编务，

---

① 指大学毕业证明书。
② 指反动的历史家和政论家 М.Д.波戈金。

从不延宕自己

交稿的期限，

字也要写得清清楚楚。

别林斯基不知怎么就跟他通信了，

随后就搬来北方居住……①

　　"当时在我们的文学界

一切都是消沉的、僵死的：

普希金去世了；他已不在，

大众对文学的爱便冷下来……

文学在庸俗的琐事的搏斗中

堕落了，变得愚昧而肤浅……

仿佛社会和生活

都跟它毫不相干。

当时在祖国的土地上

恶公然取得了胜利，

文学只向它

高唱着催眠曲。

没有人会伸出有力的手

把文学向目标指引；

在这儿大声嚷嚷的，只有

两个占首要位置的好斗的波兰人。②

新的天才③当时已经

在我们中间抬起了头，

可是他，深受无耻的敌人的排挤，

已经一个人挣扎得筋疲力尽；

是一个还不够勇敢的、狭隘的小组

把丰富的思想、希望和力量

---

① 别林斯基从 1839 年起主持克拉耶夫斯基在彼得堡发行的《祖国纪事》编务。

② 指反动的新闻撰稿人 Φ. 布尔加林和 O. 先科夫斯基。

③ 指果戈理。

带到了他的旗帜下……
多么迫切地需要
那正直的真理的强大呼声，
公开地对恶进行揭发……

　　"而他来了,这默默无闻的贱民!
他不宽恕任何一个谄媚者、
下流坯和白痴,
和那些伪装热心的爱国者的
心地善良的小偷!
他检查了一切传说,
他不带一点虚伪的羞惭,
测量了野蛮和恶的深渊。
在一片阿谀声中沉睡着,
并且忘记了真理和荣誉,
可怜的祖国就正向那个深渊坠落!
为了奴役——这一永恒的病症,
他对祖国猛烈地责备,
祖国的虚伪的朋友
大声叫嚣,说他是祖国的敌人。
乌云在他的头上密集,
敌人们喧嚷着,对他大肆抨击。
但是诽谤者野蛮的嚎叫
暂时还不能把他阻挠……
他的力量更加炽烈地燃烧起来了,
而正在这时,他面前的
战友渐渐少了,
他们驯服了,后退了,沉默了,
只有他一个人在不屈地前进! ……

　　"啊,我的祖国!

你有多少心灵自由的、

宽厚的、高贵的、

廉洁的、忠实于你的儿子！

那些把人视为自己的兄弟，

痛斥和憎恨恶，

头脑清楚、观点明确，

不被生了锈的传说的镣铐

逼得发疯的人，

他们不全都情愿

承认他是自己的导师吗？……

"他在命运和机遇的保护下，

长久地努力工作着——

（当然也有上帝的意志）

他已经说出了许多有益的话，

而且还可能安然无恙地干下去……

但这时，在狂暴的巴黎

掀起了一阵骚乱①——

而我们这里也有自己的反响……

人们加紧了可怜的审查——

最后，听信了诬蔑，

便召集了一个委员会，

极力来摧残文学。

好在有些人比其中的一个，

学术的刽子手——

布图尔林②要正直些，

他拍着胸脯，

大发雷霆，一个劲儿喊着：

① 指法国 1848 年革命。

② 指当时的秘密审查委员会主席。

'把大学都关闭——
祸根便会铲除！……'
（啊，永垂不朽的男子汉！
你的话得不到任何人的称赞，
但它却逃不过众人的议论！
让坟墓里的蛆虫把你啃掉吧，
但是这个委员会，
将比你的历史书卷
更叫你传留久远……）

　　"差不多审问了我们有半年时间，
又是查阅，又是问讯——
到头来没一个清白的人……
有什么法子呢！不受到非人的审讯，
就应该谢天谢地……
一个忧郁的时代来到了，
善的真诚播种者，
竟被指做祖国的敌人；
敌人们监视着他，
扬言要他去坐牢……
而这时，坟墓向他
殷勤地张开了怀抱：
被劳动的生活、
经常的贫困折磨够以后，
他死了……报刊上都不敢
提到他的名字……这样，
对他的记忆就日渐淡薄，
很快就会消失，一去不返……"

　　诗人沉默了。过了一天
他就去世了。朋友们聚议，

决定给死者

立一座纪念碑，

可是由于疏懒

好事很快就耽搁下来，

后来墓地上蔓草丛生：

找不到了吧……这有什么要紧！

活人操心活人的事，

死者就去做自己深沉的梦……

1855 年

被遗忘的乡村*

一

老太婆涅妮拉请庄园管理人符拉斯
给点木料修修自己的房子。
回答是：没有木料，别等——等也白费！
"老爷就要来了——老爷会给我们断个是非，
老爷亲眼看见我的房子确实糟糕，
就会吩咐给我木料。"——老太婆这样想道。

二

邻近有个贪婪的人放高利贷，
打官司赢了农民挺大的斜形地一块，
并用滑头的办法划出了界线——
"老爷就要来了：丈量员也一定会来！"——
农民们想道，"只要老爷说一句话——
就会把土地重新还给我们。"

---

* 作者在写此诗时，正是在尼古拉一世已经逝世、亚历山大二世刚刚登基的 1855 年。这样，我们便不难明白，诗人笔下的"老爷"指的是尼古拉一世，年轻的老爷便是亚历山大二世。因此，《被遗忘的乡村》便具有了明显的反对君主专制的深刻含义。此诗曾遭沙皇政府查禁，赫尔岑给予很高评价。

三

一个自由的农民爱上了娜塔莎，
慈悲的德国总管却横加阻挠。
"我们等一等吧，伊格纳沙，
老爷就要来了！"娜塔莎说道。
不管大人、小孩——事情稍有争论——
"老爷就要来了！"众口一词地重复着……

四

涅妮拉已经死了；邻家那个大骗子
在别人的土地上获得了百倍的收成；
从前的小伙子都长起了大胡子；
那个自由的农民只落得去当兵，
娜塔莎早已对结婚不抱希望……
老爷还是不露面……老爷还是不回乡！

五

这一天终于来到，一辆六套马的
灵车纵列出现在大道的中央：
一具柞木棺材停在高高的灵车上，
老爷就躺在棺材里，棺材后是一位新老爷。
给老的行过葬礼，新的擦干了眼泪，
便坐上了轿车——往彼得堡驶去。

1855 年

沉默吧，复仇与忧伤的缪斯 *

沉默吧，复仇与忧伤的缪斯！
我不想惊扰别人的梦，
够了，我同你再也不要咒骂。
我正独自死去——再也不会吭声。

为什么要忧郁，要痛悼伤亡？
这样做哪里又会轻松！
犹如牢门的轧轧作响，
我讨厌我内心的呻吟。

一切都完了。难怪阴霾和雷雨
笼罩着我的幽暗的道路，
天空不在我的头上放晴，
也不向心灵投下一线温暖的光明……

爱情与复活的迷人的光芒啊！
我呼唤过你——在睡梦里，在清醒时，
在劳动中，在战斗里，在堕落的边缘，

---

* 此诗最初发表于1856年的《现代人》。涅克拉索夫当时不顾审查制度的刁难和威胁，他在这首诗里仍然明确宣告，他的诗歌是在号召政治复仇，也就是号召劳动人民奋起反抗压迫者。在《涅克拉索夫诗选》第一版（1856）中，本诗被排在全书的最后，因为作者将此诗看作自己创作第一阶段的结束。后来他用铅笔在页边批道："1856年出国；归后继续写作。"这里他实际已将这首诗视为他的诗歌活动两个时期之间的分界线。

我呼唤过你——如今却再也不能呼唤！

你能照亮的深渊，
我却不想看见……
那颗倦于憎恨的心
也学不会爱恋。

1855 年

萨　莎*

一

山鹬在荒凉的原野上空呻吟，
如同母亲俯在儿子坟墓上哭泣，

是庄稼人在远方唱起了歌儿吧，
悠扬的歌声叩击着人的心扉；

森林从此展开——一片白杨和苍松……
故乡的画面啊，看来你并不欢愉！

我的愤怒的头脑为什么一直保持沉默？……
熟稔的森林喧嚣啊，听起来多么甜蜜！

看着我熟悉的田野赏心悦目，
我要让我的善良的激情奔放不已，

＊　涅克拉索夫的长诗《萨莎》，是与屠格涅夫的《罗亭》同时在 1856 年的《现代人》第 1 期发表的，而
这两部作品的思想内容也有许多相同之处。《萨莎》最初发表以及后来编入《涅克拉索夫诗选》
（1856）时，作者均注明是献给屠格涅夫的。长诗发表后不久，车尔尼雪夫斯基在《幽会中的俄罗
斯人》中，曾把阿加林与屠格涅夫《阿霞》中的那个意志薄弱的人和赫尔岑《谁之罪》中的别尔托夫
相提并论，认为他们的言行对一切贵族自由主义者都颇有典型意义。

而且我要把所有的眼泪
尽情地挥洒在我故乡的土地！

我的心不再怀着愤恨——
虽然它有极少的欢乐，过多的真理；

我再不用我的仇恨去唤醒
那长眠在坟墓中的有罪的灵魂。

祖国母亲啊！我的灵魂驯服了，
你那热爱你的儿子，如今又回到了你的怀里。

在你的荒瘠的田亩上
白白消耗了多少新生的力量，

你的永恒的暴风雨
使我这畏怯的心灵

过早地感到了苦恼和忧郁，——
我对你已是心悦诚服、俯伏在地！

无穷的灾难将我高傲的意志摧毁，
炽烈的热情把我折磨得力尽精疲。

为了我的被扼杀的缪斯，
我还要唱几支送葬的歌曲。

我在你的面前哭泣并不感到害臊，
我接受你的抚爱也不觉得委屈——

让我享有拥抱亲人的欢乐吧，

让我把过去的苦难统统忘记！

我已被生活彻底毁灭……我就要死了……
但母亲对自己的流浪儿并不怀敌意：

我刚刚向她张开自己的怀抱——
眼泪便夺眶而出，浑身增添了力气，

奇迹出现了：贫瘠的田野
忽然闪现光彩，葱郁而又美丽，

森林温柔地摇摆着梢头，
太阳亲切地俯视着大地。

我兴高采烈地驶进那个忧郁的家，
一种毁灭性的沉思笼罩在这里，

它是多么的悲伤、荒芜、虚弱啊！
哪里还有工夫向我提供严肃的诗句……

这个家将是寂寞的。不，好在不迟，
现在我还是到邻家去，

我要在那个和睦的家里住下，
那些可爱的人们，我的邻居，

可爱的人们啊！他们是亲切真诚的，
他们讨厌阿谀奉承，全无一点儿傲气。

他们是在怎样度过自己的余年呢？
他已是个衰迈的白发苍苍的老人，

而老太婆也小不了几岁年纪。
我还会愉快地看见萨莎,

他们的爱女……他们家离这儿不远。
那儿的一切情景是否还依然如故呢?

二

善良的人们,你们安静地生活着,
你们娇爱自己可爱的小女萨莎。

黝黑的萨莎在草原的荒村里
野生野长,像田野上的一朵鲜花。

家境虽然贫困,却尽可能好地
让她度过自己寂静的童年,

不过,唉! 你们却没想到通过教育
来启迪这个小小头脑的智力。

书本对孩子简直是活受罪,
科学使乡下脑壳惊骇不宁;

但穷乡僻壤却长久地保留着
心灵最初的一线光明,

绯红的面色,光艳照人……
你们的孩子,好看而又年轻,——

活泼地跑来跑去,乌黑而含笑的两眼

燃烧着,像宝石那样晶莹,

脸蛋儿红扑扑,又黝黑、又丰满,
双眉是这样纤细,肩膀是这么溜圆!

萨莎已经满了十六岁,
还不知道忧愁和爱恋……

萨莎睡足了觉,便早早地起了床,
乌亮的两条辫子扎在身后边,

她奔跑着,在辽阔的田野里,
呼吸是这样的自由和甜蜜。

然而,在她的面前却有另一条路——
敏捷的小腿勇敢地对它表示信任;

再说她有什么可害怕的呢?……
一切是这样平静;四野万籁无声,

松林亲切地摇着树梢,
仿佛波涛在绿色枝叶的穹隆下

窃窃私语,悄悄地流动:
"疲倦的旅人啊! 请快快投入

"我们的怀中:你需要有多么凉爽,
我们都会亲切、愉快地提供。"

你在田野上走着——繁花似锦,
你仰望天空——太阳在蔚蓝的高空

笑着……大自然在欢呼啊！
到处是舒畅，自由和宁静；

只有水磨旁边的河水汹涌澎湃：
它不能尽情地奔流，不自由是多么苦痛！

可怜的小河啊！它是多么想得到自由！
它溅起浪花，它汹涌，它翻腾，

但是它冲破不了自己的堤坝。
"看来，它注定不会有自由了，"

萨莎想道，"它有说不尽的牢骚话……"
到处洋溢着的生命的欢乐

向萨莎保证，上帝是仁慈的……
萨莎还不知道什么叫作忧虑。

你看，农民在开发的黑色林中空地上
慢吞吞地走着，一边还在刨掘土地——

萨莎认为他们是对命运满意的、
和平的普通生活的保卫者；

她知道，他们不是白白地怀着热爱
用汗水和鲜血来浇灌土地……

看见农家将一把把的种子
撒在地里是何等的高兴！

看见你抽出秀美的穗儿，
土地母亲啊，该多么叫人欢喜，

你灌满了浆的琥珀色的谷粒，
自豪地伫立着，挺拔而又浓密！

再也没有比打谷更愉快的时节：
轻松的活儿在齐心合力地进行，

森林和田野的回声在一边响应，
仿佛在喊："快一点儿，快一点儿！"

多美好的声音啊！谁要是被它叫醒，
想必他一天都会高兴！

萨莎一醒，便跑向打谷场。
太阳还没有出来，天既不黑也不亮，

闹哄哄的一群牲畜刚刚被赶走。
马儿和绵羊在结了薄冰的污泥上

留下了多少足迹啊！……空气中
吹来一股股鲜美的牛奶香。

有一匹小花马摇着尾巴，
规规矩矩在装满麦捆的大车后面走着，

热气从敞开的烘棚里袅袅上升，
有什么人坐在炉边的火光中。

在打谷场上只有手在闪动，

高高地挥舞着连枷，

连影子都来不及落下。
太阳升起——一天就这样开始……

萨莎采集田野上的花朵，
那从小就衷心喜爱的花朵，

她叫得出邻近田野上的
每一棵小草的芳名。

她爱从熟悉的嘈杂声中
识别鸟儿，辨认昆虫。

都快晌午了，总不见萨莎的身影。
"萨莎，你在哪儿？饭都要凉了，

"萨申卡！萨莎！……"从一片金黄的田野上
传来纯朴、悠扬的歌声；

那边，在远处响起"啊呜"的呼应；
那边，一颗小脑袋立刻闪现在麦穗上，

黑色的脑袋戴着蓝色的花冠……
"瞧你跑到哪儿去了，小淘气精！

"唉！……我们的女儿长得
比穗儿纷披的黑麦都高了！""怎么样？"

"你说什么？不要紧！随便你怎么想！
自己晓得，现在该怎么样：

"成熟的麦穗——要飞快的镰刀,
长大的姑娘——配年轻的新郎!"

"你又瞎想了,老调皮鬼!"
"想倒是不想,可我们将有喜事一桩!"

老人们谈论着,便向萨莎走去;
他们在河边的灌木丛里

静静地蹲了一会儿,这才机敏地偷偷逼近,
突然大吼一声:"逮住你了,小滑头!"——

萨莎被逮住了,他们看见自己
活泼的孩子,感到满心的欢喜……

冬天的黄昏,萨莎爱听
保姆讲童话。而在早晨

萨莎便坐上雪橇,满怀着幸福,
从冰山上像箭似的向下飞去。

保姆大声喊道:"别摔下来,亲爱的!"
萨莎驱使着自己的雪橇,

愉快地飞驰着。疾驰的雪橇
倾斜了——于是萨莎掉在雪地里!

辫子露出来,皮袄披散了——
可爱的小鸽子抖着一身雪,不住地笑!

白发苍苍的保姆顾不得责怪：
她爱听萨莎年轻的欢笑……

萨莎有时也知道伤心：
树林一被砍伐，她便泣不成声，

她至今还为它心疼得掉泪。
这里曾有过一片茂密的桦树林！

那里，在阴郁古老的云杉背后，
一串串血红色的绣球花在闪动，

那里，一棵幼小的橡树长高了。
小鸟们栖在树林的梢顶，

紧贴着地面隐藏着各种野兽。
一些手持斧头的农民出现了——

树林响着，不住地吟叹，毕剥连声。
一只野兔听见了，嗖一下逃得无影无踪，

鸟儿小心翼翼地鼓扇着翅膀，
狐狸躲进了漆黑的穴洞，

蚂蚁不管碰到什么，
都莫名其妙地拖回老窝。

人唱着歌儿劳动才会轻松：
白杨树倒下了，咕咚响了一声，

干枯的桦树咔嚓一下被折断，

顽强的柞木连根儿都在抽动，

先把老松树砍开，
然后用套索把它拉弯，

把树撂倒以后，便在上面跳蹦，
好使它紧密地贴近地面。

经过长久的战斗，敌人获胜，
他践踏着一个僵死的英雄。

这里有许多悲惨的画面：
白杨树梢在萧萧地呻吟，

从砍倒了的古老桦树上，
细雨般流淌着告别的泪水，

眼泪纷纷地滴落着，
像给故土留下最后的礼品。

决定命运的劳动很晚才结束。
黑夜的星斗已经布满天空，

月儿照在被砍倒的树林上，
它圆圆的，显得分外光明——

树木的尸体静静地躺着：
枝条被折断，嘎巴嘎巴响成一片，

如怨如诉，到处是树叶的絮语。
像在一场大战过后，在黑夜里

负伤者在呻吟,呼唤,咒骂。
风在血腥的战场上飞舞着——

它吹响了弃置一旁的武器,
吹动了阵亡战士们的头发!

幽灵在走动,沿着疏落的白杨,
浓浓的白桦,白花花的树墩;

猫头鹰低低地飞着,不住地盘旋,
并用自己的翅膀搏击着地面;

远方的布谷鸟响亮地咕咕叫着,
一只寒鸦疯狂地呀呀呼唤,

它喧噪着在树林的上空旋飞……但是,
它并不去寻找那不懂事的孩子!

雏鸦像一块肉,从树上掉下来,
那黄色的嘴巴大大地张开,

跳蹦着,气急败坏。那叫声让人心烦——
庄稼人一脚把它们踩个稀烂。

早晨,工作又开始沸腾。
萨莎再不愿到那儿走动,

可是一个月后——她又来了。在她的面前
是无数掘起的巨大土块和千万个树墩;

只有古老的苍松到处矗立着，
忧郁地垂下自己的枝藤，

就好像在劳动的日子，
村子里只剩下一些老人。

树梢严密地交织着，
那里好像搭着个凤凰的窝，

据长寿的人们说，
它半世纪只孵两次窝。

萨莎觉得，时候已经到了：
富有魅力的一代快要出飞了，

最美丽的鸟落在树墩上，
将对她唱出最美丽的歌！

萨莎站在那儿，留神仔细听。
霞光湮没在苍茫的暮色中——

太阳像一支光的利箭，
从绚丽通红的天边

穿过邻近未被砍倒的树林，
像一条琥珀带子经过树墩

将光和影的不动的花样
引上了那遥远的山岗。

那一夜萨莎久久不曾把眼合，

她苦苦地想:鸟儿会唱什么歌?

房间仿佛又窄小,又沉闷。
萨莎睡不着,——但她觉得高兴。

她脑子里浮现各式各样的幻想,
她毫不羞怯,满脸闪着红光,

她的晨梦是多么的酣畅而沉静……
年轻人热情的最初几缕光丝啊,

你充满了魅力和无忧无虑的喜悦!
在你惊慌的心里还不知什么叫苦痛;

乌云逼近了,但是忧郁的阴影
却延迟着不去破坏那欢笑的白昼,

仿佛犹豫不定……天依然是晴朗的……
即使在雷雨中天还是出奇的美丽,

但雷雨却在本能地恐吓着她……
这幼稚而活泼的眼睛,

这充满生命的面庞
是否会变得黯然失色,眼泪汪汪?

那毁灭一切的热情,
是否硬要支配这机灵的意志?……

忧郁的乌云啊,快径直地飞去吧!
你是这样的自由而雄壮,自豪而有力,

严酷的乌云啊,你何必要给这
草原上的柔弱的小草当头一击?……

三

曾记得,在前年我告别家乡、
拥抱我年老的邻居的时候,

预言过我的萨莎
将有一个善良的丈夫,几个健壮的儿女,

没有烦恼,没有痛苦,生活到晚年……
但我的预言并没有实现!

如今我正赶上老人们遭到不幸。
这就是父亲讲的关于萨莎的事情:

"我们的近邻有很大一座庄园,
闲置在那里大约有四十年;

"终于在前年有一位老爷
到庄园来,而且访问了我们,

"名字叫:列夫·阿列克谢伊奇·阿加林,
他对女仆温柔,仿佛不是什么贵人,

"面色清秀而苍白。看人,通过长柄眼镜,
他头顶上的毛发并不多。

"他自称是一只候鸟:

他说：'我刚刚来自外国，

"'我看见过许许多多的大城市，
蓝色的大海和水下的桥梁——

"'那里的一切都舒畅、华美、神奇，
可是人们却不按时寄来我的收益。

"'我乘船来到喀琅施塔得，
一头雄鹰总在我的上空飞旋，

"'仿佛预兆一个伟大的命运，
我同老太婆听了都不胜惊叹'，

"萨莎笑了，他自己也笑起来……
从此他便常常到我们这儿来，

"他开始游逛，同萨莎恳谈，
并开始讥嘲我们的大自然——

"他说，世界上有这样一个地方，
春天在那里长驻不去，

"在那里，阳台在冬天还是敞开的，
在那里，柠檬在暴晒下就可以成熟，

"他望了望天棚，开始拖长声音
读一些令人愁苦的东西。

"真的，那读出的词句像一首歌儿，
上帝啊！他们道出了多么深沉的含义！

"还有:他读书给她听,
而且,还教她学习法文。

"仿佛别人的忧伤占有了他们的心,
他们总在讨论着:是什么原因,

"人们变得贫困、不幸和凶狠,
已经有了几个世纪到如今?

"'但是,'他说,'请不要泄气:
真理的太阳即将在大地上升起!'

"为了证实自己的希望,
他举着陈花楸露酒同她碰了杯。

"萨莎也来学样——她不甘落后啊——
她酒倒不喝,只是沾了一下嘴唇;

"而我们这些有罪的人,却都是贪杯好饮。
一入冬,他就告辞了:

"他说:'我再不能游手好闲了,
善良的人们,祝你们幸福,

"'请为干一番事业的人祝福吧……时候已到!'
他画过了十字——便离家就道……

"起初,萨莎忧心忡忡,
看得出来:我们这些人使她感到无聊。

“也许她到了该结婚的年龄？
不过我们都不知道，

“她厌烦歌曲、占卦和童话。
冬天到了，——雪橇也不使她开心。

“她沉思着，她的忧虑
仿佛超过了老年人。

“她读书，并悄悄地哭泣。
人们看见：她总是写信，写了又藏起。

“她开始订阅书籍——
终于增长了明睿的智慧！

“不管你问什么，她都能解释、指点，
跟她谈话，她永远不会厌烦；

“善良啊……这样的善良
我还不曾见过，你一定也是一样！

“一切的穷人都是她的好朋友：
周济他们、抚慰他们，并为他们治疗疾病。

“这样，她度过了十九个春秋。
我们的生活过得也算无虑无忧。

“邻人早就该回来了！
听说：他确已回来了，并要来吃午饭。

“萨莎是多么高兴地等待着他啊！

她把一束鲜花拿进屋来；

"她又把自己的书籍收拾好，
穿得朴朴素素，显得十分可爱；

"她出来迎接——邻人惊叫声！
他仿佛胆怯了。这有什么不懂：

"近两年来，萨申卡
变得出奇的漂亮而又丰盈，

"原先那满脸的红润闪耀着光彩。
而他的头却越来越秃，脸色日益苍白……

"不管读过什么书，做过什么事情，
萨莎就立刻讲给他听；

"不过一味迎合是无益的！
他顶撞她，仿佛故意让她生气：

"'咱们那时谈的都是一些空话！
聪明的人们却另有一番解答，

"'人类是卑鄙的，恶毒的。'
说下去！说下去！说下去呀！

"他说了些什么——我们都不能听懂，
不过从此以后，我们便没有了平静：

"今日已经是第十七天，
萨莎忧愁，徘徊，像个幽灵！

"有时她拿起书来,有时又把它扔开,
客人来了,便请他不要吭声。

"他来过三次;有一回他正碰见
萨莎忙于自己的事情:一个庄稼人

"向她口授一封信,还有一个农妇
来讨草药——因为她犯了心绞痛。

"他看了一会儿,打趣地对我们说:
'小孩子玩新玩具玩得多高兴!'

"萨莎走了——她一言不发……
他走到她跟前,说道:'你一定是不舒服。'

"他送了书来——她不要读,
并立刻叫人送回去。

"她哭泣,忧愁,祈祷上帝……
他说道:'我准备要走了。'

"萨申卡马上出来,当着我们就告别了,
于是又锁在楼上,足不出户。

"'怎么办呢'"? ……他给她送来一封信。
我们这些有罪的人,由于感到吃惊

"便先悄悄地偷看了它:
原来他在信里向她求婚。

"萨莎首先回信加以拒绝，
然后让我们看了他的来信。

"我们劝说：他哪儿不配做新郎？
年轻，有钱，禀性又安详。

"'不，我不。'而她的心也不平和；
有时候说：'我不配他。'

"有时候又说：'他配不上我：
他变得颓唐，忧郁，而又凶恶！'

"而他一走，她就更加苦闷，
她悄悄地吻着他的那些书信！……

"亲爱的，你说说看！这是怎么回事啊？
你要是乐意，就请瞧一瞧苍白的萨莎吧。

"她会不会老是悲痛下去？
还是再也不欢笑，再也不歌唱？

"难道他就永远毁灭了这可怜的姑娘？
你告诉我们吧：他是一个普通的人呢，

"还是一个害人的巫师？
也许他还不是那诱人的魔鬼吧？……"

四

善良的人们啊，请不要再忧伤！
你们快照样活下去吧：

由于上帝的帮助,萨莎很快恢复了健康。
他什么人都不能够迷惑:

他……我真不知道
该怎样解释才能让你们明白……

奇异的一代人,难以理解的一代人,
在我们的祖国应运而生!

这不是魔鬼,也不是人的诱惑者,
唉! 这就是当代的时髦人物!

他阅读书籍,在世上到处追寻——
他在为自己寻找伟大的事业,

托福有财势的父辈的遗产,
使他摆脱了最轻微的劳动,

托福懒惰和发达的智慧
没有让他走上陈腐的途径。

"不,我不愿把我的精神
浪费在蚂蚁般卑微的工作上:

"我在自己的力量的负担下
或者变成坟墓的过早的牺牲,

"或者像一颗明星在世上飞过!"
他说,"我想使整个世界得到幸福!"

近在身边的人，他都不喜爱，
而有时无意中却会把别人伤害。

在我们这伟大的、艰难的日子里
书籍可是非同寻常：它们会指出

一切卑鄙的、粗野的、恶毒的东西，
而却不能赋予那善良的东西以力量，

而却没有教会人们去深深地爱……
所以要改进世代积弊也并不轻松！

谁要是没有养成自由的情感，
自由也就不会被他拜领；

为了把奴隶造就成人，需要的不是几年，
而是几世纪，又要流血，又要斗争。

一切崇高、理智、自由的东西
最接近、最合乎他的心灵，

只是他不能给人以力量，
因为他的言行缺乏热情！

他爱得深，恨得更深，
听说——他连蚊子也不敢得罪！

据说，更激动他的头脑的
不是热血，而是爱情！

最近一本书所告诉他的，

只是停留在心灵的表面上：

信与不信——对他都无关紧要，
只要论证得明白通畅！

在他的心灵中空无所有，
昨天收割了什么，今天就再把它种上；

今天还不知道明天又要收割什么，
不过一定要继续去播种。

这用简单的话说，
他就是要靠闲谈来消磨时光；

如果他要去干一番事业——不得了啊！
那么全世界的人都会遭受灾殃；

那不坚强的翅膀有点衰退，
可怜的人则大声喊道："徒劳无益！"

你燎去了羽翼的鹰啊，
如今变得该有多么凶狠……

你们明白吗？……不！唔，一个小小不幸！
但愿可怜的病人能够明白。

好在，她现在已经领悟，
她原不该委身于他！

其余的一切将由时间来判明。
他毕竟播下了善良的种子！

在我们这草原地带,你知道,
每走一步,不是谷地,就是丘陵:

夏天里,被太阳晒干的、
光秃的砂质谷地是干涸的,

秋天里多泥泞,在冬天谷地就全然隐去,
但你们等着吧:春天从温暖的地方

吹来阵阵熏风,人们舒畅地
呼吸着——大大地扩展了自己的心胸,——

火红的太阳融化了冰雪,
江河弃别了自己的岸边,——

可怜的谷地啊! 你到处泛起
无缘的波涛,你将显得很勇敢,

而且把水漫到了边缘……春天过去了——
太阳又彻底把它晒干,

在滋润的田亩上,那用借来的
波涛浇灌过的作物正在成熟,

一片丰收的景象。邻人唤醒了
萨莎心里这么多未曾动用的力量……

唉! 我要巧妙地、含蓄地告诉你们!
听着,朋友们,相信我:任何风暴

都有益于青年人的心灵——
心灵会在雷雨中成熟、坚定。

你们的孩子越是得不到慰藉，
她的精神将来越是欢愉和美丽：

一粒种子落在肥沃的土壤里——
生长起来就会结出丰硕的果实！

1855 年

诗人与公民 *

公 民

（上）

又是独自一人，又是冷酷无情，
躺在这里——什么也不去写。

诗 人

再加一句吧:郁郁寡欢,气息奄奄——
我的画像,就是这样。

公 民

好一幅画像啊！它既不高贵,

---

* 涅克拉索夫写这首诗的时候,俄国文学界"纯艺术"的拥护者和革命民主主义的代表正在进行激
烈的争论(1855—1856)。这首诗,无异是年轻的革命民主主义的一篇宣言。《诗人与公民》是以
别林斯基思想为基础而创作的,当时涅克拉索夫主持的《现代人》,主要是通过车尔尼雪夫斯基的
论文(《果戈理时期概观》)等等,来宣传别林斯基思想。当时,在平民知识分子为真正的革命民主
主义文学艺术所进行的斗争中,这首诗曾起过巨大的作用。作者的主要意图是号召诗人们去积极
地干预生活。而"纯艺术"派的诗人则提出了"为艺术而艺术"的原则来与民主派的文学主张相抗
衡。他们企图用普希金的话来为自己反现实主义的言论辩解。比如,他们牵强附会地把普希金说
成是"纯艺术"派创始人。他们把普希金的诗句抬出来,断章取义,加以曲解,认为这就是普希金
的美学原则,并以此来作为他们的诗的纲领。当时的革命民主主义批评家与"纯艺术"派进行了
剧烈的论战。涅克拉索夫的这首诗,就是这场斗争的重要文献。诗里所描写的"公民",有人认为
指的就是车尔尼雪夫斯基。

202

也不优美,请你相信吧,
这简直是庸俗愚昧。
一头野兽都会偃卧昏睡……

诗　人

那便怎么样呢?

公　民

看着可气。

诗　人

唔,那就出去吧。

公　民

你听:真不害臊!
应该站起来了! 你自己也知道,
一个什么样的时代已经来到;
谁要是责任感尚未减退,
他就该心志坚定,不屈不挠,
谁要有才能、力量和洞察力,
他现在就不该睡大觉……

诗　人

假定说,我就是这样的尤物,
但首先你得要给我事情。

公　民

真是咄咄怪事！你有的是事情，
你不过是一时进入梦乡，
醒醒吧：去勇敢地抨击那些恶德劣行……

诗　人

啊！我知道："瞧你说到哪儿去了！"
但我是一只饱经世故的小鸟。
可惜，我不想说话（拿起一本书）。
救星普希金呀！——就是这一页：
请读一读，并且停止你的责备吧！

公　民

（读）

"我们不是为了人世的骚动，
不是为了贪欲，不是为了斗争，
我们乃是为了灵感，为了
甜蜜的声音和祈祷而生。"①

诗　人

（兴高采烈）

多么卓绝的声音啊！……
只要我和我的缪斯，
稍有一点儿明智，

---

① 引自普希金的《诗人与群众》一诗。

我发誓,我是不会拿笔!

公　民

是的,多美妙的声音啊……乌拉!
这些诗行的力量是这样令人惊异,
甚至使那梦幻般的忧郁
都从诗人的心灵里跳离。
我衷心地感到喜悦——时候到了!
我在分享着你的狂喜,
但是,我得承认,我更迫切地
关怀着你的诗句。

诗　人

不要胡言乱语吧!
你是一个热心的读者,
但是一个粗暴的批评家。
那么在你看来,我是一个伟大的、
比普希金还高明的诗人吗?
请你告诉我?!

公　民

唔,不!
你的长诗杂乱无章,
你的哀歌也不新鲜,
你的讽刺与美毫无缘分,
却使人感到鄙俗和难堪,
你的诗句还拖得很长。你被人注意,
但没有太阳,才看得见星星发光。

在我们正诚惶诚恐地熬度着的黑夜里，
当野兽正肆无忌惮地四处觅食的时候，
你却一个人在胆怯地踽踽独行——
你坚强地高擎着自己的火炬，
但上天却不愿意
让它在暴风雨的吹打下熊熊燃起，
给全体人民照亮道路；
它在黑暗中迸发出
颤动的火花，闪烁着，跳跃着。
祈祷吧，但愿它能等到太阳升起，
然后消失在一片阳光里！

不，你不是普希金。但当无论在哪儿
也看不见太阳的时候，
你却要怀着才华可耻地昏睡；
更可耻的是，在灾难的年代
你还要歌颂美丽的山谷、
天空和大海，歌颂那恋人的抚爱……
雷雨沉寂了。天空在阳光的照耀下，
在同无底的巨浪进行着斗争，
而那温柔的、懒散的风
在轻轻地吹拂着长帆，——
船在优美而庄重地航行，
旅人的心分外平静，
仿佛那踏在脚下的
不是船板，而是坚实的大地。
但雷声响了；暴风雨在呼啸，
它扯断了缆索，吹弯了桅樯——
这已不是对弈的时候，
也不宜于把歌儿咏唱！
就是一只狗——也知道当前的危险，

也会对着风儿疯狂地叫喊，
它所能做的也只能是这样……
然而你会做什么呢，诗人？
在那遥远的船舱里
你果真能变成一只充满灵感的，
既能使懒汉感到悦耳，
又能压倒暴风雨轰鸣的竖琴？

但愿你对自己的使命信守不渝吧，
但是你自己的祖国，
在那每一个人都忠实地崇拜
自己唯一的个性的祖国
是不是就觉得轻快？
祖国所恃为神圣的，
高贵的心真是寥寥无几。
上帝保佑他们！……那么其余的人呢？
他们的目的渺小，他们的生活空虚。
有的是守财奴和小偷，
有的是甜言蜜语的歌手，
还有的……则是一些圣贤：
他们的天职，就是空谈。
他们无所事事，游手好闲，
一手搂着情人，总是说道：
"我们这个民族已经无可救药，
我们不愿意白白地死去，
我们在等待：也许时间会有助益，
我们因无害于人而自豪！"
目空一切的智慧巧妙地掩饰着
自己自私自利的幻想，
但是……我的兄弟！
请不要相信这一卑鄙的逻辑！

假如你能够成为一个有益的人，
那你千万不要去分担他们的命运，
也不要参加那些说得多、做得少的
无害的人们的阵营！
儿子不能漠然地注视着
亲爱的母亲的悲痛，
一个当之无愧的公民，他的心灵
就不会对祖国表现出冷酷无情，
对他来说，再也没有比责备更伤心的了……
为了祖国的光荣，为了信念，
为了爱而去赴汤蹈火吧……
去吧，无可指责地去牺牲！
你不会白白地死去：事业将会永存，
假如为这一事业有鲜血在汩汩地流动。

而你，诗人！天国的选民，
万古不灭的真理的喉舌，
你不要相信，一个一贫如洗的人
不值得你那先知的琴弦的歌颂！
你不要相信，人们都会消沉；
上帝在人们的心里并没有死去，
那从信仰坚定的胸膛里发出的号叫，
将永远触动人的心扉！
做一个公民！为艺术服务，
为他人的幸福而生活，
让你的才华服从于
那包容一切的爱情；
如果你富有才智，
也不要忙着去炫示：
它那焕发的光彩
自会在你的作品里闪耀出来。

你瞧吧：一个孱弱的劳动者
会把坚硬的石块砸碎，
而在铁锤的敲击下
火花便会到处迸飞。

诗　人

你说完了吧？我差一点就要睡着。
我们哪能谈到这种观点呢！
你这一步迈得太远了。
教训别人——既需要天分，
也需要强大的心灵，
而我和自己这懒惰、
自尊而又胆怯的灵魂
却又不值分文。
急于去博取盛名，
我们担心会迷失路途，
我们正走着前人走惯的小径，
可是只要我们稍微一偏——
马上就完蛋了，即使你要逃出人间！
诗人的角色啊，你该有多么悲惨！
沉默的公民有福了：
他自小就与缪斯陌生，
他是自己行为的主人，
他的行为有着高尚的目的，
他的劳动既很出活，又挺顺利……

公　民

一个不值得称赞的总结。
然而这是你的吗？是你讲的吗？

你满可以论断得更正确：
你可以不做诗人，
但是必须做一个公民。
而公民又是什么呢。
一个当之无愧的祖国的儿子。
哎呀！商人、武备学校学生、
小市民、官吏、贵族，甚至诗人，
我们都觉得够多的了，
然而我们却需要、需要公民！
可是他们在哪里？难道谁不是参议员，
不是作家，不是英雄，
不是贵族团长，不是种植场主，
谁就是祖国的公民吗？
你在哪里？回答呀！没人应声。
而他那宏伟的理想
甚至与诗人的心灵也无缘！
如果他生活在我们中间，
他该怎样痛哭流涕啊！
一个艰苦的命运落在他的身上，
而他也不乞求更好的归宿：
像自己人那样，他的身上
就带着祖国的一切痛疽。
……………………………………
……………………………………

雷雨咆哮着，追逐着大船，
摇摇晃晃将自由的大船沉入深渊，
诗人诅咒着，至少还在呻吟，
然而公民却沉默着，
总想把头伸向轭下，承受时代的苦难。
虽然很少，但当命运在我们中间
提供了一些当之无愧的公民……

我却沉默着……你知道

他们的遭遇吗？……跪下去！……

懒汉！你的幻想和轻率的

抱怨是多么荒唐可笑！

你的比喻也没有一点儿意义。

这就是一句公公道道的老实话：

一个空话连篇的诗人有福了，

一个不言不语的公民是不幸的！

诗　人

击败那不堪一击的人，

本来就十分容易。

你说得对:诗人过得比较轻松——

在自由的语言里有无穷的乐趣。

可是我与它又有什么关系？

啊,在我那悲伤的、无私的、

艰苦的,直截了当地说——

非常轻狂的青春年月里,

我的别加斯①该有多么勤奋呢？

我编进了它那飘洒的鬃鬣的,

是一束荨麻,而不是一朵朵玫瑰花,

我自豪地离开了帕尔纳斯②

毫不回避,更不恐慌,

我入过监狱,又走向刑场,

我进过一所所医院和一座座法庭。

我在那儿看到什么,我不愿再重新提起……

我发誓,我曾有过真正的憎恨！

①　希腊神话中诗神缪斯所乘的飞马,诗才的象征。
②　希腊神话中的山名,传说诗神就住在这里。

211

我发誓,我曾有过诚挚的爱情!

可又怎么样呢?……人们听见我的声音,

认为那是恶毒的诽谤;

我只好驯服地束起两手,

或者去牺牲自己的头……

那我该怎么办呢?谴责人们,

怪罪命运,那是冒失的。

我当时要是看见战斗,

我也许就挺身而出,无论它有多么艰巨,

可是……死亡,死亡……而我当时呢?

我当时只有二十岁啊!

像大海奔腾的流水,

生活狡猾地向前招引,

爱情向我温柔地许诺,

要给我最美好的生活——

我的心灵胆怯地退缩了……

可是不论有多少理由,

我也不掩盖沉痛的真实,

一提起诚实的公民,

我便羞愧地低下自己的头。

那致命的、虚妄的热情,

到如今还在燃烧着我的心胸,

假设有人轻蔑地向我

投掷石子,我该有多么高兴。

可怜的人啊!你有什么理由践踏

人的神圣的天职?

你——病态时代的病态儿子,

你从生活中取得了什么报偿呢?……

人们什么时候才会了解我的生活,

我的爱情,我的激动呢……

满腔愤恨,郁郁寡欢,

我已走到坟墓的门边……

啊！我这诀别的歌

是我的第一支歌！

缪斯垂下了悲伤的脸，

幽幽地痛哭了一阵，就走了。

从那时起，我们便不经常相遇：

她满脸苍白，悄悄地来了，

小声嘟囔着火热的言语，

唱着高傲的歌曲。

她满怀着隐秘的意图，

有时召我进城市，有时召我入草地，

可是忽然锁链一响，

她一下子又飘然隐去。

我不是完全不愿同她接近，

可是我多么害怕啊！多么害怕！

当我的亲友沉溺在

重大悲哀的浪涛中的时候，

我便善心地歌颂，

时而是空中的霹雳，时而是大海的汹涌。

为了使大人物高兴，

我鞭笞少年小偷，

我的粗暴使那些顽童感到惊异，

我把大人物的称赞引为光荣。

在岁月的摧残下，我的心屈服了，

对一切都冷淡了，

缪斯完全掉过脸去，

她充满了痛苦的鄙弃。

现在我徒然地向她大声吁求——

唉！她已经永远隐去。

作为我的亲爱的人，我已不认识了她，

而且永远也不会认识她。

啊,缪斯,你像一个偶然的过客
出现在我的心灵?
还是命运预先赋予了她
以诗歌的非凡才能?
唉！谁知道呢？严酷的命运
将一切隐藏在深沉的黑暗中。
然而一顶荆冠正配得上
你那副忧郁的美容……

1856 年

我一直关注着残酷的战争*

我一直关注着残酷的战争，
每听到又有人在战斗里牺牲，
我不怜恤他的朋友和妻子，
更不怜恤他这一位英雄……
唉！妻子可以得到慰藉，
好朋友会把友人忘记；
但在某处还有一个灵魂——
她至死都会牢记在心！
透过我们那伪善的事业，
和种种庸俗乏味的言行，
我在人世上窥见
唯有母亲的眼泪——
最为神圣，又最是真诚！
她们永远不会遗忘
自己那战死沙场的儿子，
一如爱哭泣的杨柳
再也举不起自己的垂枝。

1856 年

---

* 此诗最初发表于1856 年的《现代人》，连同诗人所写《1854 年6 月14 日》《寂静》《货郎》和《全村宴》等诗，都是在克里米亚战争影响下写成的。此外，他还在《现代人》上发表过对 Ив.瓦年科《塞瓦斯托波尔之围，或俄国人就是如此》一书的评论。同时，涅克拉索夫曾渴望奔赴战场。他在1855 年6 月30 日写给屠格涅夫的信中说道："我很想到塞瓦斯托波尔去。对此，你不要嘲笑吧。我心中的这个愿望是强烈而严肃的……"列宁说："克里米亚战争显示出农奴制度俄国的腐败与无能。"从此，俄国的革命形势就更加高涨。

小 学 生 *

唔,看在上帝面上,走吧!
天空,云杉,沙滩——
这是一条不愉快的道路……
喂,小朋友,快坐到我身边!

两脚光赤,身体肮脏,
衣服刚刚遮住胸脯……
别难为情吧! 怎么回事?
这是伟人们走过的路。

我见你背包里有书。
这么说,你是要上学去……
我知道:父亲为儿子
花掉了最后一个戈比。

我知道,老杂役的妻
拿出了几个钢镚子,
这是过路的女商人
赏给她的茶资。

---

*　早在青年时代,涅克拉索夫就写过一部《罗蒙诺索夫的青春》的诗剧。书报审查官沃尔科夫"曾长久地把他阁下的注意力集中到"《小学生》一诗上,因为"作者想要在诗中证明,凡是伟大和具有才华的人多半都出身于平民百姓"(《书与革命》,1921,No.2)。此诗最初发表于1856年的《读书文库》。

莫非你是一个被解放的
家奴？……唔,这有什么呢！
这也不是新鲜事情——
不要畏怯吧,你不会落空！

在学校,你很快就会知道,
阿尔汉格尔斯克那个农民,
由于自己和上帝的意志,
变成一个聪明而伟大的人①。

人世上不是没有善良的心地——
不管是谁把你送到莫斯科去,
你要进入大学去读书——
梦想总会变成现实！

那里的天地非常广阔:
你只管努力吧,更不要畏怯……
这就是为什么我要深深地
爱你,我最亲爱的罗斯啊！

那样的天性并不是无能,
那样的国土还不会沉沦,
它经常从人民中培育出
那么多光荣伟大的人,——

从那些迟钝的、冷酷的、
妄自尊大的人们当中
培育出这么多善良、高贵
而又具有博爱心胸的人！

1856 年

---

① 指罗蒙诺索夫(1711—1765),俄国学者、诗人。

致屠格涅夫 *

再见吧！我羡慕你——

羡慕你的行旅,而不是你的遭遇:

你知道,我染上了自豪症,

我虽对自己的命运很不满意,

但也不会以任何人的命运

来换取我这悲惨的遭遇。——

你是幸运的。人还会康复起来;

爱情用以苛刻折磨我们,

并奖赏我们的一切,

都将在你的心中焕然苏醒——

那奖赏的、爽朗的微笑,

像青春一样纯朴的谈话,

隐秘而热情的夜晚,

那充满甜蜜慵困的时日啊!

你都体验过吧?……再无更好的运气!

你轻快地生活,清醒地观望,

你不吝惜时间和毅力,

你不以自己的悠闲为耻,

心灵也不忧郁地向往着远方,

你整个人在她的面前怡然自得,

---

* 沙皇政府借口屠格涅夫违反禁令发表悼念果戈理的文字,于1852—1853年除把他拘留一个月外,并将其遣返原籍,迫使他在警察监视下居住在自己的庄园斯帕斯克村。直到1856年方允许他出国。涅克拉索夫的这首赠诗显然是针对这个时期而写的。

因为她那颗温柔的心
同你跳着一致的脉搏……
幸福的人啊！你善于从人世所能
享受的快乐中攫取那使我们的
命运显示出最美好的一切：
上帝赋予你自由和诗兴，
并以女人的爱恋的心灵①
祝福你那尘世的旅程……

1856 年

---

① 指波琳娜·维阿尔多-加尔西娅。

寂　静[*]

一

四下里尽是黑麦，像一片活的草原，

没有城堡，没有大海，没有山峦……

谢谢你呀，亲爱的祖国，

谢谢你这令人爽怡的辽阔幅员！

在那比你更明丽的天空下，

在那遥远的地中海彼岸，

我寻求消除痛苦的慰藉，
但却没有得到一星半点！
在那里我不属于自己:我忧郁,哑口无言,
我不能掌握自己的命运,
我已经屈服在它的面前,
可是你喘了口气——我也许
还能把斗争坚持下去!

我是属于你的。让责备的怨声
永远在我的身后紧跟,
我为自己的祖国编写歌儿,
而不是为别人祖国的天空!
我对我所喜爱的理想
如今仍是贪婪地相信,
我非常动情地向
一切问好……我认出了
那些肃穆的江河,它们
随时准备以风暴来迎接战争,
那松林静谧的喧嚣,
那乡村的一片寂静,
和田野的辽阔的光景……
山顶上闪现一座教堂,
虔诚的信仰
陡然袭涌心上。
无可否认,毫无怀疑。
有一种超凡的声音在耳边鸣响:
捕捉那令人感动的时刻吧,
快脱帽走进去!
异国的海洋无论多么温暖,
异国的远方无论多么漂亮,
而它既不能消除我的痛苦,

也不能排遣俄罗斯的忧伤！

叹息的神殿,忧郁的庙宇——

你这国土上残破的教堂：

无论罗马的圣彼得大教堂,还是科洛西姆斗兽场,

都不曾听见过有比这更沉痛的悲伤！

不胜忧愁的神圣负担,

你将你所热爱的人民

带到了这儿来——

然后离去了,一身轻快！

你进来吧！耶稣

将以神圣的意志动手

把你灵魂的桎梏、内心的悲哀

和善良心地的溃疡统统摘下来……

我听从了……我像孩子一般感动……

我久久地痛哭流涕,

并以头连连碰撞古老的石板,

好让被压迫者的上帝,悲痛者的上帝,

和那站在这寂寞的祭坛前的

世世代代的人们的上帝

将我宽恕,把我庇护,

并向我画着十字表示祝福！

二

到时候了！靠近多穗的黑麦地,

那是一片密不透风的森林,

我们闻到了那松脂

溢出的香气……"当心！"

庄稼汉急忙一拐弯,

他是那么谦和温顺……

你,俄罗斯的道路,熟悉的道路,

还是像沙漠一般寂静！

在这贫困的祖国的上空，

尘埃已被新兵的妻子

和母亲的泪水压向了地面，

早已不是一个个尘柱悬在空中。

你又给人们的心

带来了温馨的梦，

你自己也未必会记得

你在战争时候①的那副姿容，——

当大车不绝如缕的轧轧声

飘扬在安谧的俄罗斯上空，

那声音的凄凉，如同人民的呻吟！

俄罗斯各地纷纷崛起，

并献出了所有的一切。

为了捍卫自己，

它从所有的乡间小道

送出自己最忠顺的儿子。

军官们率领着军队，

进军的鼓声如响雷，

信使疯狂地奔忙；

一个驮队紧接一个驮队，

一直延伸到激战的前方——

赶来了牲口，运来了食粮。

诅咒、呻吟和祈祷声

在空中随风飘扬……

人民以满意的眼光望着

那运载被俘敌人的大车，

从那里可以看到红发英国人、

---

① 指克里米亚战争(1854—1856)。

红腿脚的法国人①

和缠头巾的穆斯林

那一张张忧郁的面孔……

一切都过去了……一切沉默着……

忽然一群文静的天鹅

被惊起，展翅飞腾，

鸣叫着绕过那荒无人迹的、

岑寂无声的广阔水面，

一齐落到水的中间，

浮游着，更加小心翼翼……

三

都过去了！死了的已举行葬仪，

活着的也停止了哭泣；

把血迹斑斑的柳叶刀擦拭干净，

医生已经是非常的疲惫。

军中的神父合起手掌，

正在那里祝告上苍。

塞瓦斯托波尔的马群

安详地在那里吃草……光荣属于你们！

你们出现在哪里，哪里就飞翔着死神，

你们在致死的战斗中出现，

并不断更换剽悍的骑手，

一如鳏夫把妻子来更换。

……………………………………

……………………………………

……………………………………

……………………………………

---

① 在殖民地部队服役的法国人，一般都穿肥大红裤子。

战争沉默了——不要什么祭品，

人民便纷纷聚集在祭坛前，

向那遏止了轰鸣的上苍

备加热烈的颂赞。

英雄的人民啊！在严酷的战斗中

你始终没有动摇，

你头上的荆冠要比

胜利的花冠更为荣耀！

它①也沉默了……像一具无头的尸体，

它还在流血，还在冒烟；

不是上天变得残酷无情，

用火和熔岩把它摧残：

你，光荣所钟爱的要塞啊，

已屈服于地上的雷霆！

三个帝国面对着它一个……

就是从大自然的云端

也从来没有投下过

这么巨大的雷声！

这里，人们使空气充满了血腥，

还把每座房屋打穿许多窟窿，

人们不用石块，而用铅弹和生铁

在地上就铺了满满一层。

那里，沿着铁铸的高台，

海水在墙下缓缓地流动。

那里，在把死人抬到乡村墓地，

多得难以计算，就像死去的蜜蜂……

都过去了！要塞已经圮倾，

军队已经撤去……周围是一座座坟茔，

① 指塞瓦斯托波尔，它在克里米亚战争中曾经遭到一连十个月的围困。

已经阒无人迹……但那里的人们
还不相信会有和平，
然而一切静悄悄……灰蓝色的烟雾
向那石块的伤口弥漫，
黑海的波涛忧郁地
泼溅着光荣的海岸……
在整个俄罗斯上空是一片寂静，
但——却不是梦幻的前沿：
真理的太阳耀眼地向着它照射，
于是引起它的思绪万千。

四

三套马车总是像箭似的飞驰。
远远望见一座桥，业已塌落，
老练的车夫，俄罗斯的小伙子，
便将马儿赶下了沟壑，
车子在窄窄的小道儿上行驶着，
更准确点说，……是在向桥下驰去！
马儿高兴了：像走在地窖里，
那里凉爽宜人……车夫打着呼哨，
驱车走上草原的开阔地……
你故乡可爱的风光啊！
绿草比绿宝石还鲜艳，
比丝质地毯还要柔软，
湖泊在这草地的
平展的桌布上，
像一个个巨大的银盘……
黑夜，我们避开春汛淹没的草地
整个白天行驶在浓密的白桦林
那绿色的高墙中间。

我爱它们的浓荫，

和撒满落叶的路面！

马在这儿奔驰,悄无声息,

人在爽怡的阴湿中觉得舒坦,

这使人的心灵

感到一种荒野的美满。

快到那儿去——到故乡的荒野里！

可以在那儿生活,无论是老实巴交的人,

还是那些农奴,都不会横遭欺凌,

此外,还可以完成自己最喜爱的劳动。

在那里,灰心丧气或陷入无益的忧郁,

都会叫人感到难为情。

那儿的庄稼人喜欢用歌曲

来减轻单调的劳动。

痛苦会不会使他心头烦乱？——

他精神抖擞地在犁地。

他活着并无乐趣,

死去也毫无遗憾。

被痛苦折磨得力尽精疲的人啊,

你要以他做自己的典范！

不要去追求个人的幸福,

向上帝让步,不要去争辩……

1857 年

大门前的沉思*

　　　　这里是一座大门。每逢喜庆节日，
那害着奴颜婢膝病症的
整个城市的人，诚惶诚恐，
走向一座座朝夕思慕的大门；
登记上自己的姓名和职位，
客人们便各自走回家去，
他们是这样的心满意足，
你心里会想——这是他们天赋的职务！
可是在平常日子，一些穷苦的人
却将这豪华的大门团团围住：
富于幻想的人，求差谋职的人，
有年迈的老头，也有孤苦的寡妇。
每天早晨总有一些送公文的信差
川流不息地奔驰着，进进出出。
有的在归途中得意地哼着"特拉姆—特拉姆"，
而有的请愿人则在不住地啼哭。

---

*　　1858 年夏，涅克拉索夫有一次从自己寓所的窗口看见，街对面一座住有财产部大臣 M. H. 穆拉维
约夫（后来获血腥镇压 1863 年波兰起义"刽子手"的绰号）的官邸的门口，有几名看守院子的和一
名警察正在推着前来请愿的农民的后背撵走他们。这件事激发了诗人的创作灵感，很快便写成了
这首诗。这诗有五年之久不得在国内刊物上发表，1860 年赫尔岑在伦敦的《钟声》上首次将此诗
刊出，但未署作者姓名，仅附一注："我们很少刊登诗，但这样的诗则不能不刊登。"《大门前的沉
思》一诗于 1863 年始在《涅克拉索夫诗选》中正式发表，立刻受到进步青年的普遍欢迎。诗的结
尾部分——"请给我指出这样一个处所"经谱曲后，不久就成为大学生们爱唱的歌曲。

有一次，我看见几个农民走进来，

这是些俄罗斯的乡下人，

他们对着教堂祷告了一阵，便远远站定，

将亚麻色的头垂到了胸前；

看门人出现了。"放我们进去吧。"——

他们说话时带着希望和痛苦的神情。

他将客人打量了一番：外表实在难看！

脸和手晒得黢黑，

肩上披着破烂的衣衫。

那伛偻的背上各背着一个行囊，

颈上系着十字架，而那一双双

穿着草鞋的脚上布满了斑斑的血痕，

（看来，他们经过长途跋涉，

来自遥远的省份。）

是谁对看门人高喊了一声："赶走！

我们主人不爱见这衣衫褴褛的穷百姓！"

大门砰的一声关上了。这些朝圣者站了一会儿，

于是解开了自己的钱包，

但看门人不收这微薄的门礼，也不放他们进去，

于是他们走了，被太阳炙烤着，

他们一再说道：让上帝惩罚他吧！

他们绝望地摊开两手，

直到我还能看见他们，

他们走着走着，一直光着头……

　　而这豪华官邸的主人

还在做着酣畅的好梦……

你认为陶醉于无耻的阿谀、

追求妇女、大吃大喝、纸醉金迷，

才是最使人倾羡的生活，

快醒醒吧！还有另一种快乐：

唤他们回来！你就能拯救他们！
但是幸福的人们，对于善行却已置若罔闻……

天上的雷霆不会使你惊恐，
地上的众生却握在你的手中，
这些无名的人们内心里
都忍受着无穷的苦痛。

这惊人的悲哀与你有什么相干？
这贫苦的人民与你有什么牵连？
生命像永恒的节日，
飞逝着不让你清醒。
这又何必呢？你将人民的幸福
叫作低能作家的文字游戏；
没有它，你不仅会光荣地活着，
　　而且也会光荣地死去！
最后一段安逸的
田园生活的日子消逝了：
在西西里的天空下，
在芳香四溢的树荫里，
你观望着紫红色的太阳
正用一条条霞辉把大海镀上金光，
而又慢慢地沉入了蔚蓝色的大海，——
你被地中海的波涛的温柔歌唱
催眠着——像一个婴孩，
你入睡了，你被包围在
亲爱的家庭的深切关怀里
（它正焦急地等待着你的死亡）；
人们把你的遗骸给我们运来，
让我们给你举行葬礼，
而你就要进入坟墓了……英雄，

你被祖国悄悄地咒骂着，
却有响亮的赞词来把你歌颂！……

　　不过，干吗为了这些小人物，
我们来打搅如此显赫的贵人？
我们是不是不该对他们表示愤恨？——
在什么上头寻找一点安慰，
更保险……而且更愉快……
农民忍耐一下，那不是什么不幸：
因为指导我们的天意
早已如此表明……而且它已见惯不惊！
在关卡那边，在那寒碜的小饭铺，
那些贫苦人喝酒，总要喝光最后一个卢布，
他们走了，沿途乞讨着，
他们呻吟着……祖国的大地啊！
请给我指出这样一个处所，
这样的角落我还不曾见过，
在那里你的播种者和保护人——
俄罗斯的农民可以不再呻吟。
他呻吟在田野上，在道路上，
他呻吟在监狱里，在城堡里，
在矿山里，而且身系着铁链；
他呻吟着，在烘房下，在草垛下，
他呻吟着，在草原过夜时的大车下；
他在自己可怜的破房子里呻吟，
他并不因上帝的阳光而感到欢欣；
他在每一个偏僻的小镇里，
在法庭和官邸的门口呻吟。
走上伏尔加河畔：在伟大的俄罗斯河上，
那回响着的是谁的呻吟？
这呻吟在我们这里被叫作歌声——

那是曳着纤索的纤夫们在行进！……
伏尔加！伏尔加！在春天涨水时期，
你横扫田野，茫茫无际，
但怎比得人民巨大的悲哀，
到处泛滥在我们这辽阔的土地——
哪里有人民，哪里就有呻吟……唉，可怜的人！
你这绵绵不绝的呻吟意味着什么？
你是否充满了力量，还会觉醒？
难道你还要服从命运的法则？
难道你所能做的，都已经完成？
难道你创作了一支婉转呻吟的歌曲，
而灵魂就永远沉睡不醒？……

1858 年

叶辽穆什卡之歌[*]

"停下吧,车夫,热得难受,
我再也不能够前进。"
瞧,正是割草的时候——
全村人都在草场上劳动。

在那客栈的旁边,
只坐着一个奶母,
她摇晃着瘦小的婴儿,
自己几乎就要睡熟;

她勉强哼着歌儿,
哦,又打呵欠,又在嘴上画十字。
我同她并排坐在台阶上,
奶母打着盹儿唱出这样的小曲:

"低下头来呀,
比纤细的小草还要低,
好让这小孤儿在世上,

---

* 这首流行于 60 年代革命高涨时期的诗歌,已成为革命民主主义青年一代的战斗口号。杜勃罗留波夫对这首诗极为赏识,并在给朋友的信中写道:"背熟,并叫你所认识的人都背熟《叶辽穆什卡之歌》吧……记住这些诗句,热爱这些诗句吧,它们……会直接打动那些还未完全陷入庸俗泥坑中的青年的心。天哪,如果审查机关不对涅克拉索夫进行迫害,他会写出多少绝妙的作品啊!"(车尔尼雪夫斯基:《杜勃罗留波夫传记资料汇编》俄文版,第 1 卷,第 534 页)

一辈子过得无忧无虑。

"暴力会压折麦秆——
你要向它深深地敬礼，
好让长辈调教叶辽穆什卡，
让他快点儿出人头地。

"你将来发了迹，将永远
同达官贵人们相好，
同年轻貌美的女人
胡乱地开开玩笑。

"悠闲自在的生活
很容易打发……"
这支歌儿真不像话！
——奶母！你把孩子给我吧！

"给，亲爱的！你是哪儿来的？"
——我是过路的，城里人。——
"你摇一摇吧；我暂且
打个盹儿……你也唱支歌给他听！"

——哪能不唱呢！我唱，亲爱的，
不过，你知道，不唱你那样的歌。
我有我自己最喜爱的歌……
"噢——噢，睡觉觉！

"在庸俗的怠惰中，让那麻醉着
庸俗的圣贤的生命的、
那令人腐化的庸俗阅历——
蠢材的智慧，遭受世人的唾弃！

"在慈父般的屋檐下，
就没有一粒孕育
纯洁的、人道的生活的
有益种子，掉进我们的心里。

"愿你幸福啊！请不要轻率地
将高贵的青春时代的
新生力量，注入那陈腐的
现成的模式里去！

"请将自由的心灵，
献给自由的生活感受，
更不要妨碍人的愿望
在心灵中觉醒。

"你与它们天生在一起——
爱惜它们，保护它们！
它们的名字就叫作：
'自由'，'博爱'，'平等'。

"珍爱它们，为它们服务，
并竭力做出自己的贡献！
没有更美好的使命，
没有更壮丽的花冠。

"你将是稀有的现象，
自己祖国的奇迹，
你奉献给祖国的，
绝不是农奴的忍耐力：

"而是对压迫者的
怒不可遏的满腔仇恨，
是对无私劳动的
伟大的信任。

"怀着这正义的憎恨，
怀着这神圣的信心，
你将对那狡黠的谎言
鸣起上帝的雷霆……

"到那时候……"婴儿
突然惊醒，大哭起来。
奶母立刻精神一振，
画着十字，将他抱起来。

"吃吃奶吧，亲爱的！
吃饱了？……噢——噢，睡觉觉！"
于是她对着婴儿
又唱起了自己的歌……

1859 年

孩子们的哭声*

漠不关心地听着那垂死的人们
在同生活搏斗中发出的诅咒，
弟兄们，你们是否听见其中也有
孩子们的控诉和幽幽的哭声？

"在幼年的黄金时代，
一切有生命的东西——
都幸福地生活着，
轻轻快快，从欢天喜地的童年
就享有应得的愉快和欢乐。
不过我们不能到田野里
和金黄的庄稼地去游玩：
我们整天在工厂里摇着机轮
转呀——转呀——转！

"铁铸的轮子转动着，
鸣响着，掀起的风侵袭着我们，
头脑发热，阵阵眩晕，
心头狂跳，周围的一切都在转动：
那透过眼镜总在监视我们的、

---

* 此诗最初发表于1861年的《现代人》。据作者声称，本诗是根据英国激进派女诗人勃朗宁夫人
（1806—1861）同名诗歌改写的。

残酷无情的红鼻子老太婆，

那墙壁上爬动的苍蝇，

墙壁、门窗、顶棚，——

一切的一切啊，都在转动！

我们绝望了，便开始大声叫喊：

'停一停吧，可怕的转动！

让我们的神志清醒清醒吧！'

哭泣和祈祷都归无用，

机轮听不见，也不怜悯：

你死也罢——可恶的机轮还一个劲儿转动，

你死也罢——它还是隆隆——隆隆——隆隆！

"我们这被折磨得形销骨立的小囚犯们，

哪能快快活活，欢欢喜喜，蹦蹦跳跳！

要是现在放我们到田野里去，

我们就一头倒在草地上——睡它一觉。

我们都想快点儿回家，——

可是我们为什么要回家呢？……

在家也不能甜甜蜜蜜打一个盹儿：

忧虑和穷困在迎接着我们！

在那儿，我们把疲倦的头

倚偎在可怜的母亲的胸前，

为她和自己的不幸而号啕痛哭，

我们把她的心撕成了碎片……"

1860 年

伏尔加河上 *

(瓦列日尼科夫的童年)

一

·························

·························

别急呀,我忠实的猎狗!

为什么要扑在我的胸前呢?

我们还来得及射击。

你奇怪我在伏尔加河上

生了根:我纹丝不动地

站了一小时,紧皱眉头,沉默不语。

我想起自己的青年时代,

我要趁这闲工夫,在这儿

完全沉浸在青春的回忆里。

我像一个乞丐:看,这是个贫苦人家,

也许这儿会舍一文钱,

---

* 此诗最初发表于 1861 年的《现代人》。涅克拉索夫根据当时的革命形势考虑过自己在日益成熟的革命斗争中所处的地位。目的就是要写一部自传性的长诗。结果只完成了第一章《伏尔加河上》和第四章《片刻的骑士》。这两首诗虽然有浓厚的自传色彩,但仍然具有广泛的社会意义。《伏尔加河上》深刻反映了纤夫对这种非人生活的怨恨和改变这种痛苦生活的愿望。诗人沉痛地说:

假若你不逆来顺受地忍耐,

你的命运还能比现在更坏?

诗人的这一名句使人确信,《伏尔加河上》虽然充满了忧虑,但却无悲观色彩。诗人对人民是坚决相信的,但也正如诗中所表现的,他又常常怀疑他们是否相信自己,是否相信自己有能力站到为自己的幸福而积极斗争的行列中来。

但那另一家——要富一点儿：

也许会多给一些吧。

乞丐走过去了；

而那富人家狡猾的看门人

却什么也不给他。

又来到一个更豪华的大门，

差点儿没有揪着领头给赶出去！

好像故意似的，我走遍了

全村，却没有一处走运！

就是把讨饭口袋翻过来，也是空无一文。

他这才回到

那残破的茅屋——啊，有多高兴，

人们掷给他一块面包皮；

这可怜的人像一只胆小的狗，

把它带到远离人群的地方，

躲在那里啃……我从小

就鄙视这身边发生的一切，

几乎是迈着孩子的两腿，

跨出了父亲的家门。

我的朋友们苦苦留我，

母亲把我哀求，

亲爱的森林对我喁喁私语：

相信我吧，再没有什么比故乡的天空更可爱！

再没有一个地方比故乡的牧场、故乡的田野

可以更自由地呼吸，

这可爱的波涛的絮语

也唱出同样的歌声。

但是我什么也不相信。

不，——我对那生活说道，——

就是那难得的安静

也会使我感到憎恨……

也许是能力不够啊，

也许是我的工作并不急需，

然而我却白白浪费了自己的生命，

从前曾大胆幻想过的东西，

现在我真羞得重新想起！

我的心的全部力量

都消耗在缓慢的斗争里，

为亲友、为自己

从生活中并没有求得一点东西，

我畏怯地叩打着

我那贫乏的青春的门扉：

——啊，我的可怜的青春！

原谅我吧，我已经服输了！

别再向我提起

在我抛离故乡时

曾用来讥诮你的那些狂妄的幻想吧！

别再向我提起

我因你的平静而深感苦恼，

并屡屡为之流过的那些愚蠢的眼泪吧！

请宽仁地给我点什么

可以让我的心得到安息的东西！

我疲倦了，我失掉了对自己的信心，

只有对儿童时代的追忆

才不致使我的心灵感到苦闷……

二

像很多人一样，我生活在穷乡僻壤，

就在一条大河的岸旁，

那儿只有山鹬在啁啾，

芦苇也在簌簌地喧响，
一群群成行的白鸟，
像陵墓上的一座座雕像，
俨然栖止在沙滩上；
群山在远方隐隐可见，
无边的蓝色森林
遮住了天的一方，
太阳走完了白昼的道路，
要到那儿去休养。

我从小就不知道害怕，
我把众人当作自己的弟兄，
甚至很快就不再害怕
林妖和魔鬼。
有一次奶母说道：
"黑夜可别乱跑呀——狼就蹲在
我们的烘棚后面，而花园里
魔鬼正在池塘上徘徊！"
当天夜里，我就到花园去。
不是我喜欢什么魔鬼，
而是想去看看它们。
我去了。黑夜的寂静
对一切都十分敏感，
仿佛故意似的，
整个世界都屏息无声——
看这勇敢的孩子想干什么！
不知何故，在这洞见一切的寂静里，
我不能举步前进了。
要不要回家呢？
不然，魔鬼会不会扑上来，
把你拖下池塘，

叫你住在水里?

可是我并没有往回走。

月亮在池塘上嬉戏,

水面上映出了

岸边那一排树影。

我在岸上站了一会儿,

听了听——没有鬼叫的声音!

我绕池塘走了三遭,

但魔鬼总也不见来临!

穿过了树枝,

穿过长满岸边的

宽阔的牛蒡叶子,

我望着水面:

它是不是躲在那里?

看长没长角就认得。

什么都没有啊!我故意放慢脚步走开去。

这一夜我白白度过了,

但要是有一个朋友或敌人

隐藏在灌木丛中,叫喊起来,

或有被我惊起的猫头鹰

在头上高飞,——

我准会给吓死!

就这样,我怀着好奇心

压住了无谓的恐惧,

在那无益的斗争中

我糟蹋了不少的体力。

然而从那时养成的

不依赖别人的习惯,

引我走上了自己的道路,

直到自尊的命运

把一个奴隶出身的人

再一次变成奴隶！

三

啊,伏尔加河！过了多年以后,
我又来向你问候了。
我已经不像从前,
但你明净、壮丽一如当年。
周围的一切还是那么遥远、辽阔,
在孤岛上、在沙砾中的
那个修道院还是可以望见,
我听见了钟声,
甚至在我的心灵里
还感到往日的颤动。
一切还是那样,还是那样……只是没有了
那消磨掉的力量,虚度过的青春……

已经快晌午了。天这样热,
脚踩在沙砾上发烫,
渔人成行地坐得密密麻麻,
对着水面打盹儿;
螽斯鸣叫着,从牧场上
传来了鹌鹑的啼声。
但在河上行进的
帆船并未冲破
那潺湲的波浪的宁静。
地主管家,这年轻的小伙子
笑着在甲板上奔跑,
追赶自己的女伴:
她是那么和悦、丰满和美丽。
我听见,他向她叫喊:

"站住,淘气鬼,
看我赶上你!……"赶上了,捉住了,——
他们的接吻声
香甜而清脆地响彻在伏尔加河上。
谁也没有这样吻过我们!
就在我们的城市贵妇
涂了口红的嘴唇上
也发不出这样的声音。

我陷入了一种
玫瑰色的幻想里。
梦和炎热笼罩着我。
但我忽然听见一阵呻吟声,
于是我把目光投向岸上。
几乎把头弯到了
盘绕着纤绳、穿着树皮鞋的
脚前,一群纤夫
在沿着河岸爬行,
他们那送葬似的均匀的喊叫声
在沉寂中粗野得叫人不能忍受,
清亮得可怕——
我的心发出一阵颤动。

啊,伏尔加河!……我的摇篮!
有谁像我这样爱过你?
当世界上的一切都还在沉睡,
鲜红的光亮刚刚滑过
那深蓝色的波涛,
我独自一人,迎着朝霞,
急急向着故乡的大河奔跑。
去给渔人们帮忙,

一起泛舟中流，

我带着猎枪跑遍了那些孤岛。

有时像一头嬉戏的小兽，

从高峻的峭壁跳到了沙滩，

有时沿着河岸

奔跑，掷着石子，

唱着响亮的歌，

歌唱我早年的勇敢……

那时我已经下了决心，

永远也不离开

这沙质的河岸。

我本来不会离开你呀——

啊，伏尔加河！要不是在你的上面

响起了这悲痛的号叫声！

很久很久以前，在同样的时刻，

我第一次听见了它，

当时我被惊呆了。

我很想知道这是什么声音——

于是我长久地在岸上奔跑。

纤夫们疲乏了，

从帆船上搬来了饭锅，

坐在地上，生起篝火，

不慌不忙，

大伙儿闲谈起来。

"咱啥时候能到尼日尼①？"

一个说。"伊利亚节②能到

就算好……""碰巧会到的。"

---

① 即尼日尼·诺夫哥罗德，今高尔基市。

② 俄历 7 月 20 日，这是东正教的一个节日。

另一个满脸病容的人
回答他:"唉,真倒霉!
哪怕等肩膀上的伤口长好,
再像熊一般拉纤呢,
要是在天亮以前死掉——
那就更好……"
他不再说话了,仰面朝天躺了下去。
我听不懂这些言语,
但是说话的那个人,
忧郁沉静、身染疾病,
从那时起就再也不能忘记!
甚至现在还浮现在我的眼前:
破衣烂衫,赤贫如洗,
疲惫不堪的面容,
和那透着责难的
平静而绝望的眼神……

光着脑袋,苍白得像个死人,
直到入夜,我才
回到家里。不管他是什么人——
我都请他们解说
我所见到的情景,
做梦与叨念别人告诉我的那些事情。
这可把奶母吓坏了:
"坐着不要动,亲爱的,坐着不要动!
今天再不准出去玩了!"
但我又奔向了伏尔加河边。

上帝知道我怎么了?
我认不出了故乡的江河:
我的脚在沙土上艰难地

走着:沙是这样的深;
鲜艳的野草
已不再招我去那些孤岛,
沿岸飞鸟的熟悉的啼声
凶恶、刺耳而且粗野,
而那和悦可爱的涛声
洋溢着另外一种音乐!

啊,我痛苦地、痛苦地大哭了,
那天早上,我站在
故乡江河的岸边,
我第一次把它叫作
奴役和忧郁的河!……

那时我心里想了些什么,
召集我的小伙伴们,
发了些什么誓言——
让它们在我的心里死去吧,
免得让人引为笑谈!
但是你们——天真的梦呓,
青年时代的誓愿,
为什么你们就不能忘记?
你们所引起的责备,
为什么这样致命的残酷?……

四

沮丧的、忧郁的纤夫啊!
我现在所见到的你们,
还同我儿童时候见过的一样:
你唱着同样的歌,

你拉着同样的纤索，

那疲惫的脸上表现出来的

还是同样无限的驯顺……

永恒不变的是那严酷的环境，

在那里，人们一代代

活着又死亡，不留一点痕迹，

也没有给孩子们留下应有的教训！

你的父亲呻吟了四十年，

跋涉在这河岸上，

临死也不知道

要把什么遗留给儿孙。

像他一样，你从不会

碰到这样的问题：

假若你不逆来顺受地忍耐，

你的命运还能比现在更坏？

像他一样，你将毫无声息地死去，

像他一样，你将默默无闻地消失。

沙砾掩盖了

你这印在岸上的足迹，

在那儿，你挽着纤索一步步走去，

并不比披枷戴锁的囚犯体面，

你重复着令人厌恶的字眼，

千古不变的"拉哟拉！"

伴着痛苦的叠句："哎唷嗬！"

有节奏地摇着头……

1860 年

我的心呀，你为什么要这样激愤[*]

我的心呀，你为什么要这样激愤？……
　　　不知害羞！已不是头一回，对于我们
诽谤像雪球一般滚过来——
　　　在祖国罗斯土地上到处滚动。
不要忧愁！让它越滚越大、急剧猛增，
　　　不要忧愁！一旦我们死后，
总会有什么人在谈话时说走了嘴，
　　　忽然用好话来称赞我们。

1860 年

---

* 涅克拉索夫的敌人，经常对诗人进行诽谤，并无中生有散布有关他的生活和工作上的谣言。这首
　诗就是对这类诽谤的回击，最初发表于 1864 年的《涅克拉索夫诗选》。

又孤独，又忧郁 *

……又孤独，又忧郁，

　　我如同站在沙漠里，

我的坚定的声音再不能

　　自豪地呼唤我那亲爱的。

她已不在世上。那般岁月已成过去，

　　那些富有同情心的朋友们

都在热情地响应我的呼吁，

　　于是传来了友爱的言语。

是谁的过错——不要去追问命运，

　　问不问还不是一样？

你在海边徘徊："我不信，你不跳下去！"

　　大海讨好地嘟嘟囔囔：

"你哪儿会呢？那友谊、热爱和同情，

---

* 涅克拉索夫临终前，曾在刊有此诗的诗集的页边上写道："1860 年因与屠格涅夫失和而作。"屠格涅夫一直是涅克拉索夫的朋友和《现代人》杂志的主要撰稿人。但俄国社会自 60 年代便出现了一股新生力量——平民知识分子。其代表人物为车尔尼雪夫斯基和杜勃罗留波夫等革命民主主义者。而涅克拉索夫的《现代人》却又成了他们的思想的表达者，成了革命民主主义者的喉舌。于是，屠格涅夫也像其他同属于自由派的作家们那样，不仅与《现代人》彻底决裂，而且开始像对待政治敌人那样对待涅克拉索夫。而涅克拉索夫则并不因此而改变自己的思想观点，他一直忍受着自己青年时代的朋友所加给的折磨之苦。这种心境和感受在这首诗里均有所反映。此诗最初发表于 1863 年的《涅克拉索夫诗选》。

你都还在渴望,还在等待。
你哪儿会呢,——你生活美满,
　　既不缺少幸福,也不缺少抚爱……

"瞧,烟雾弥漫的乌云不是已经消散,
　　那不是繁星毕现,正在亮闪?
不走时运的人啊,它们都在
　　以爱抚的目光将你观看。"

　　　　　　　　　　　　　　1860 年

在 饲 犬 舍 *

老汉,你住在这儿,像在地狱里,

快自由了,也许你会拼命逃出去?

——为啥给我自由?我要到哪儿去?

既没有爹,也没有娘,

迄今一人在世上,

我不会出去挣钱吃饭,

只晓得叫嚷:"嗬—嗬—嗬!

斜眼的坏蛋①要遭殃!……"

1860 年

---

* 此诗最初发表于 1869 年的《涅克拉索夫诗选》。在这篇白描速写中,诗人勾画了一个被农奴制彻底毁掉的农民的悲惨形象,他终生为地主的狩猎娱乐服务,到头来变成一个对任何其他劳动都难以适应的废人。

① 俗指野兔。

谢甫琴科之死 *

不要过分地郁郁不乐吧：

事情早已料到，几乎是如愿以偿。

由于上帝的仁慈，俄罗斯土地上

卓越人物，自古以来

就是这样死去：艰苦备尝，

充满激情、希望和迷恋的青春，

大胆的言论，不顾利害的斗争，

然后则是长期的监禁。

他历尽了艰辛：彼得堡的监狱，

侦察、审问、宪兵的盛情好意，

一切，——不论是奥伦堡辽阔的草原，

还是那儿的要塞……在那里，他被每一个

无知的人侮辱着，艰苦地、默默地

同那些可怜的士兵一起过着士兵生活，

当然，他可能会在乱棍下被打死，

也许，他正是靠这种希望而活着。

---

* 伟大的乌克兰诗人塔拉斯·格里戈里耶维奇·谢甫琴科于 1861 年 2 月 26 日逝世。涅克拉索夫立即写诗沉痛悼念。他在诗里回忆起沙皇政府对乌克兰诗人所进行的残酷迫害。谢甫琴科于 1847 年被捕。在他的文稿中发现了一些革命诗篇（如《梦》《高加索》等）和所绘尼古拉一世讽刺画。沙皇亲自主持对他的审讯工作，然后把诗人流放到奥尔斯克要塞去当兵，禁止他写诗作画。直到 1858 年，诗人方获准由流放地返回首都，从此与《现代人》圈内的作家车尔尼雪夫斯基、杜勃罗留波夫、米哈伊洛夫等交往接近，并在《现代人》上发表了不少诗作和文章。此诗长期遭禁，不准发表，最初发表于 1886 年的乌克兰杂志《曙光》。而第一次在俄罗斯发表，则是在 1904 年的《文学导报》。

俄罗斯人的那位戏谑天神
却不愿减少他所受的痛苦，
在流放期间一直对他倍加爱护。
他的不幸的时期结束了，
从少年时代那迄未见过的、
衷心喜爱的一切，在向他微笑。
这时上帝却对他嫉妒起来：
　　　　　生命便猝然中断了。

1861 年

农民的孩子们[*]

我又回到乡下来。我去打猎，

写我的歪诗——生活轻松愉快。

昨天我在沼地走得精疲力竭，

走进一间茅屋，于是酣然睡去。

我醒来了：愉快的阳光

映入茅屋的宽大的缝隙。

一只母鸽咕咕叫着；几只白嘴雏鸦

　　呀呀喧噪着在屋顶上旋飞，

这时又飞来另一种鸟儿——

从它的身影我认出这是老鸦；

听！一阵悄悄的私语……顺着墙缝，

　　原来有一行凝神窥视的小眼睛！

那一只只灰色的、褐色的、蓝色的小眼儿——

　　混在一起，就像田野里的一朵朵鲜花。

那些眼睛里有多少静谧、自由和温柔啊，

　　那些眼睛里有多少神圣的善良啊！

我爱孩子们眼睛里的表情，

　　我永远认得出它们。

我发起愣来：我的心灵被深深地感动……

　　听啊！又是一阵私语声！

第一个声音

大胡子!

第 二 个

据说,是位老爷!……

第 三 个

声音小一点儿,你们这些魔鬼!

第 二 个

老爷不留大胡子——只有短髭。

第 一 个

腿长长的,好像两根竿子。

第 四 个

你看那帽子上,瞧——还戴着表呢!

第 五 个

哎呀,多名贵的东西!

第 六 个

那链子还是金的……

第 七 个

想必贵得很吧？

第 八 个

像太阳一样闪闪发光！

第 九 个

瞧那只狗——真大，真大！
舌头上还流着涎水呢。

第 五 个

枪！瞧瞧吧：双筒的，
雕花的枪机……

第 三 个

（惊恐地）
他望着我们哪！

第 四 个

别嚷，不要紧！咱们再待一会儿，格里沙！

258

第　三　个

他会打我们……

————

　　我的这些暗探们害怕了,
急忙跑开:麻雀听见人声,
成群从满是谷糠的地上飞起。
我安静下来,而且眯缝起眼睛——又出现了,
　　眼睛又在墙缝里隐隐闪动。
我的一切举止——他们都感到惊奇,
　　他们还说出对我的判词:
"这样一只笨鹅打得了什么猎呢!
　　还是躺到炕上去吧!
显然不是什么老爷:自他从沼地回来,
便跟加夫里拉①形影不离……""他会听见的,别响吧!"

————

啊,可爱的小骗子们! 谁要是常常看见他们,
我相信,谁都会喜爱这农民的孩子们。
可是你,读者,假如对他们表示憎恶,
说那是一些"下等人"——
那我得坦白地承认,
　　我却经常地羡慕着他们:
在他们的生活里流露着这么多的诗意,
就像上帝赐福于你娇生惯养的儿女。
幸福的人们啊! 他们在童年时代
　　既不知道学习,也不懂得娇爱。
我经常跟他们一块儿采蘑菇:

————

① 加夫里拉·雅科夫列维奇·扎哈罗夫是一个农民,作者经常和他一起去打猎。长诗《货郎》的情
节,就是加夫里拉提供的。

259

刨开落叶,搜查树桩,

总想发现一个生长蘑菇的地方,

可是一早晨我怎么也找不着。

"你瞧,萨沃霞,多圆的一个环呀!"

我们俩弯下腰去,一下子抓起

一条蛇! 我跳起来:咬得真疼啊!

萨沃霞哈哈大笑:"让你无意中碰上!"

后来我们却弄死了许多蛇,

并把这些蛇一字儿放在桥栏上。

大概自以为有功而等待着奖赏。

我们这儿有一条宽阔的大道①:

许多工人身份的人

　　络绎不绝,来来往往。

　　沃洛格达②的掘沟工人,

　　镀锡工人,裁缝,弹毛工人③,

　　不然就是节日前

　　赶来寺院祷告的城里人。

在我们这浓密的古老榆树下,

把一些疲倦的人招引来休息。

孩子们把他们团团围住:于是讲起

基辅、土耳其女人、神奇野兽的故事。

要是有人喝醉了,那你就瞧吧——

他会从沃洛切克一直扯到喀山!

他会模仿芬兰人、莫尔多瓦人、车累米西人,

他用神话引人发笑,还会插进一个寓言:

"再见吧,孩子们! 请尽量在各方面

迎合上帝的旨意:

我们那儿有一个瓦维洛,他比什么人都富有,

---

① 指从科斯特罗马到雅罗斯拉夫里的大道,它打从涅克拉索夫家领地格列什涅沃村不远处通过。

② 沃洛格达:河名。

③ 当时的科斯特罗马制毡业很发达,来自该地的弹毛工人遍布全国各地。

可有一回忽然想起埋怨万能的上帝，——

从此瓦维洛日渐衰败，一贫如洗，

蜜蜂不再酿蜜，地里颗粒无收，

只有一件他却把好运交，

很快从鼻子里长出一撮毛……"

一个工人把工具一一摆开——

刨、锉、凿、刀，一应俱全：

"瞧吧，小鬼们！"孩子们高兴极了，

怎么拉锯，怎么镀锡——都得对他们表演。

过路人说着俏皮话昏昏入睡，

孩子们便动起手来——锯呀，刨哇！

锯子钝了——一昼夜也磨不快！

要是把钻孔器折断了——会吓得他们跑开。

有时候日子就是这样一天天飞逝。

每来一个过路人，便讲一个新的故事……

嘎，热呀！……蘑菇一直采到晌午。

于是走出树林——迎面草原的小河像一条长带子，

它闪着蓝光、弯弯曲曲，

孩子们吵吵嚷嚷一齐跳下去，

一颗颗淡黄色的小脑袋浮现在僻静的小河上，

好像一个个白色的蘑菇生在林中的空地！

小河响彻嬉笑和呼叫的声音：

说打架——不是打架，说游戏——不算游戏……

太阳以当午的炎热烤着他们。

回家吧，孩子们！ 该吃午饭啦。

他们回来了。每个人的篮子都是满满的，

而有趣的故事却有多少！ 碰上一只兔子，

逮住一头刺猬，迷了一会儿路，

又看见一只狼……啊，多可怕呀！

他们喂刺猬蝇子，又喂它瓢虫，

柯尔涅伊还把牛奶给它拿来——
它不喝！才改变了主意⋯⋯

                    有的在妈妈
捣衣的河边脚板上捉住了几条水蛭，
有的在照看着两岁的小妹妹格拉希加，
有的把一桶克瓦斯①送到刈割场，
那个男孩把一件衬衣系在喉下，
正在沙地上神秘地画着什么，
这个姑娘躲进了水洼儿，另一个则换上新装：
      她给自己编了一顶绝妙的花冠，
尽是白色的花，深黄的花，淡黄的花，
      偶尔也有红色的花。
有的在向阳的地方睡觉，有的蹲着踢着腿舞蹈。
瞧，一个姑娘用燕麦把马引来：
捉住了，一跃而上，骑着马驰去。
她，这个在炎热的阳光下诞生的、
从田野被驮回家来的穿围裙的小姑娘，
是不是惧怕自己驯良的马驹呢？⋯⋯

采蘑菇的季节还没有过去，
你瞧——孩子们的嘴唇已经一片黢黑，
嘴里发涩：黑莓熟了！
紧接着便是树莓、越橘、胡桃！
孩子们的叫喊引起了回声，
从早到晚在树林里飘萦。
是那被歌声、呼应、欢笑惊吓的
黑松鸡在啄破雏儿的蛋壳、飞了起来呢，
还是一只小兔跳起——一阵骚动，一片喧闹！

---

①   一种清凉饮料。

看那一只衰老的、脱了毛的大雷鸟
在矮树丛中转动着……唔,这可怜的鸟儿倒霉了!
人们得意扬扬地把它逮回村子里……

"够了,瓦纽沙!你玩的工夫不少了,
　　该干活了,亲爱的!"
可是起初,瓦纽沙只看见
劳动五光十色的一面:
她看见父亲怎样在田里施肥,
怎样在松软的地上撒种子;
然后田野开始发绿了,
秀出了穗子,结满了谷粒;
用镰刀割下已熟的庄稼,
打成了捆,运到烘场去,
烘干了,再用连枷来敲,
在磨上碾成了粉,这才能烤成面包。
孩子尝一尝新面包的滋味,
便情愿在田野追随自己的父亲。
干草要是叉上了车呢,"爬上来吧,淘气鬼!"
瓦纽沙便像个皇帝驶进了乡村……

可是要在贵族子弟的心里
　　播下羡慕的种子,我们却又吝惜。
那么,我们正该把问题
转到相反的方面去。
比方说,一个农民的孩子什么也不学习,
　　就那样自由地生长,
如果上帝愿意,他也会成人长大,
然而任什么也挡不住他的死亡。
比方说,他熟悉那些林中小路,
会在马上显示矫健的骑姿,也不怕涉水蹚河,

然而,蚊蚋却要残酷地叮着他,
然而,劳动却早早地结识了他……

有一次,在寒冷的冬天
我走出了树林;多么凛冽的严寒。
我看见,一匹马拉了一车枯枝
慢慢地走上坡去。
一个小小的农民,脚穿大靴子,
身着羊皮袄,还戴一双大手套,
牵着缰绳,威武地向前走去,
样子是那么规矩、安详……
而他自己却只有指甲盖儿大小!
"真了不起呀,棒小伙子!""去你的吧!"
"我看你真够威风!
哪儿拉来的柴?""当然是树林;
你听我说,父亲砍柴,由我来运。"
(树林里响起砍柴人的斧子声。)
"怎么,你父亲有一大家子人?"
"家是大,但一共有两个庄稼人:
我和我的父亲……"
"原来是这么回事! 你叫什么名字?""符拉斯。"
"你几岁啦?""刚满五岁……
唔,死马!"——小孩低声叫道,
他猛揪马缰,赶快走起来。
阳光照耀着这一幅图景,
孩子显得这样出奇的矮小,
仿佛这一切只是一张卡通,
仿佛我来到了儿童剧院中!
可是这孩子却是个活生生的真正孩子,
又是雪橇,又是枯枝,又是满身斑纹的马匹,
那一直积到村边窗口的雪,

那冬天的太阳的寒冷的火光——
这一切,这一切都是真正的俄罗斯景象,
对这冬天的荒凉而又沉寂的印记,
俄罗斯人的心灵感到无限的亲切,
从而使人的头脑产生了俄罗斯的思想,
那既无自由又不消亡的
诚实的思想——不管你是否加以压制,
那里有着这么多的激愤和苦痛,
那里有着这么多的爱情!

　　尽情地玩耍吧,孩子们! 自由自在地成长起来!
就是为了让你们永远热爱这瘠薄的田野,
就是为了让你们感到田野的可爱,
这才赐给了你们美丽的童年。
你们保护好自己这古老的遗产吧,
　　热爱自己的劳动果实吧,——
让童年的诗篇的魔力
把你们引入故乡土地的深处去! ……

————————

现在我们该言归正传了。
当我发现孩子们胆子壮了,不再拘泥,
"喂,贼来了!"我向芬加尔喊道。
"来偷了,来偷了! 唔,快藏起东西!"
芬加鲁希卡露出严肃的神色,
立刻把我的东西埋在干草堆里,
费了很大劲儿才把我猎获的野味藏好,
它躺在我的脚边——恶狠狠地叫起来。
在广大的驯犬领域,
到处它都熟悉;

它耍这样一些花招，

使观众动都不能动，

人们惊讶不止，哈哈大笑！然而却不恐惧

孩子们自己发号施令了！"芬加尔卡，装死！"

"不要挡着，谢尔盖！库佳哈，不要挤！

"瞧——它死啦——瞧哇！"

我躺在干草上，充分享受着

他们喧闹的愉快。忽然间，茅屋里

暗淡下来：景色顿时变黑，

大雷雨肯定要爆发了。

果然：巨雷在屋顶上隆隆作响，

瓢泼大雨河水般灌进了茅屋，

演员汪汪地狂吠，

  观众们急急忙忙逃走了，

宽大的门开了咿呀呀地响着，

哐当碰在墙上，又关上了。

我向外一看，一片漆黑的乌云

  正笼罩着我们的剧场。

在大雨的浇淋下，孩子们

  光着两脚逃回自己的村庄……

我同我的忠实的芬加尔静候雷雨过去，

  我们才出去寻找大鹬。

1861 年

沉　思[*]

我们这个贫瘠的地方，
连奶牛都无处牧放。
任你把这小民生活咒骂，
就是搔破头，也毫无办法。

不管睡不睡——往炉炕一躺，
天天吃不饱，辘辘动饥肠，
白白消耗浑身的力气，
积欠的税款总缴不上。

再也没有比忧愁更不幸，
小伙子没活儿干最苦痛，
不论找到哪个财主，
也得不到他们雇用！

在商人谢米帕洛夫家
干活的人们破了斋忌，
尽在粥里倒素油，
像倒水似的毫不吝惜。

---

* 此诗最初发表于 1861 年的《现代人》。时当农民改革后数月，那时失业的悲剧对于许多"被解放的"农民成了一种现实威胁。同类性质的诗，尚有《卡里斯特拉特》等。

节日里摆上肥羊肉，
菜汤的上面热气腾腾，
饭没吃完就得松裤带，
一见美味就动了真情！

饱得淌汗水，夜里起鼾声，
白天到来——干活最开心，
喂！雇我去把长工当，
我一不干活儿手就痒！

任凭你酷暑盛夏，
叫我去耕流沙；
任凭你数九寒天，
叫我把密林砍伐，——

咔嚓一声震天响，
一棵棵大树地下躺：
头发上的霜雪像绒帽，
白晃晃地闪银光！

1861 年

货　郎[*]

献给我的朋友加夫里拉·雅科夫列维奇
（科斯特罗马省绍达乡的农民）

　　咱们俩在沼地上，
　　到处去搜寻溜达，
　　你常常问我：
　　用铅笔在写些什么？

　　读一读吧！我不是要出名，
　　是想让你高兴高兴。
　　你要喜欢，我当然快活，
　　不喜欢呢，我也不吭声。

　　别嫌礼薄不成敬意，
　　咱们日后还会相遇，
　　到时要痛饮一杯，

---

*　涅克拉索夫创作这首长诗，是献给自己的猎友——农民加夫里拉·雅科夫列维奇·扎哈罗夫的。《货郎》这一情节，也可能就是扎哈罗夫所提供。诗人的妹妹在回忆录中说，《货郎》是他狩猎归来后在乡下写成的。这是诗人第一部大型的现实主义长诗，也是诗人力图满足革命民主主义思想对"真正的人民诗人"所提要求的结果。长诗不但内容浸透着劳动人民的思想感情，而且还充分吸取了民间文学的题材、手法、语汇和韵律的精华，在俄罗斯文学史上开创了一个通俗流畅、明白如话的新诗风。车尔尼雪夫斯基为了宣传农民革命，曾在《论乌斯宾斯基的短篇小说》一文里引用《货郎》中的《穷流浪汉之歌》，来告诫农民们"不能这样活下去"，并指出摆脱贫困和无权的唯一道路，就是革命斗争。诗人曾自己出钱印成小册子，让乡村货郎在乡下销售，每本只售三戈比，作为对货郎们的报酬。后遭沙皇政府查禁。长诗的某些段落至今仍然是俄罗斯人民最爱唱的歌曲之一。

再一块儿去打野味。

尼·涅克拉索夫

1861 年 8 月 23 日于格列什涅沃村

一

我不要红斜纹，

也不要黄土布。

——民歌

"哎，小货箱儿满上满，

又有花布，又有锦缎。

我的小情人呀，你可怜可怜，

可怜我小伙儿这双肩！

快到那高高的黑麦地！

我在那儿等你到夜晚，

一看见黑眼睛的小妞儿，——

一色的杂货都摆全。

我老本儿下得可不少，

你别讲价，也别吝惜钱：

快把鲜红的嘴唇凑近来，

紧贴着恋人坐身边！"

雾沉沉暮色降下来，

大胆的小伙子在等待。

听呀，来了！心爱的姑娘来到后，

做买卖的就把货来卖。

卡佳抠抠搜搜讲着价，

就怕多给了划不来。

小伙子亲着那姑娘的嘴儿，

还想把价钱往上抬。

只有深沉的黑夜才知道，
他们是怎样做的这买卖。
高高的黑麦啊，快直起你的腰杆儿，
不准把秘密泄露出来！

"哎！小货箱儿轻又轻，
皮条勒得肩不疼！
姑娘只收下绿松石的小戒指，
别的一概都没有动。
送给她花布整一匹，
送给她鲜艳的红头绳，
送给她的还有腰带，
要割草需将白衬衫儿束束紧，——
美妞儿只收下戒指一个，
别的统统放回箱中：
'可心人儿你不在身旁，
谁愿打扮得这么漂亮！'
你们这些姑娘真叫傻瓜！
是不是你亲自拿来
半升甜甜的伏特加？
怎么那些礼物就不收下！
你等一等呀，等一等
今生今世我不变心：
你爹跟前的娇娇女啊！
你把我的话儿记心中：
等这箱货全卖光，
我准在圣母节回到家中，
伴上你呀，我的宝贝儿，
伴你上教堂把亲成！"

小伙子健步如飞，

直到多雨的夜晚，
他才在村子附近
追上自己愤怒的伙伴。
老季霍内奇破口骂道：
"我想，你是让鬼给抓了去！"
万卡只是得意地微微笑，——
他说，我刚卖完了我的布匹！

二

神父的闺女，
早来，早发市。
——乡下小贩叫卖声

"哎，费多鲁什卡！瓦尔瓦鲁什卡！
打开你们的箱笼吧！
大嫂子们，快到我们这儿来，
把你们的铜子儿都拿出来！"

年轻的小媳妇们
纷纷向货郎走了来，
一些美如天鹅的大姑娘们
带着自家的土布来。
喏，那慢吞吞过来的
是一些安详稳重的老太太。

"我们的布匹品种齐全，
竹布、红布、棉绒，花色新鲜。
还有胰子喷喷儿香，——
每块只卖两角钱。
这胭脂保不褪色，——

五个铜子就年轻十年！
瞧这镶宝石的小戒指儿，
闪闪发光像红炭。
还有秘藏的定情符，
不管哪个都能把小伙子的心儿拴！"

村子的中心成了市场，
登时一片闹嚷嚷。
娘儿们好像喝醉了酒，
你拉我扯把货抢。
瞧这老季霍内奇，
为一个铜子都指天发誓，
弄得万纽哈怪不好意思：
"叫我不得好死！
叫我的眼珠立刻暴出，
叫我瘫在地上直不起腰，
马上身陷地府！……"
瞧，巴掌一拍就成交！
不是买卖人，简直是奇迹！
发誓赌咒如同儿戏……

这一天村里闹哄哄，
好久好久不得平静。
可怜的娘儿们
把藏得严严的铜子儿
一个一个全掏光，
围上新头巾到处逛。
为了一条花丝带，
两个媳妇把脸抓破。
婆婆无端地大骂
费克鲁什卡这泼辣货。

这娘们有点心气儿不顺，
跟着便把货郎痛骂一顿：
"你们是哪儿来的骗子手！
碰上你们真是倒了运！
瞧你们一个个贪心全像神父，
真想拿棍子把你们赶出村！……"

货郎们听罢哈哈笑，
收起货摊就上了道。

三

你想幸福就把杯干，
不要幸福就别喝完。
——古壮士歌

走出村来且停一会儿，
把赚得的大钱分一分。
对着教堂画了十字，
打从心底叹了一声。
"好哇，大叔，你真会讲价钱！
什么事儿不快活？哎呀呀！"
"如今就是上帝能宽容，
你啐自己口水也啐不清：
我赌咒说谎弄脏了嘴，——
要卖钱就得把人坑！"
小贩儿又对着教堂画十字，
久久画着手不停。
"买卖人说的那些话，
要是句句都得较真儿，
那么普天下的买卖人

早就都进了棺材——

钻进湿乎乎的

地母的怀抱……唉！"

"你叫卡利斯特拉杜什卡上了当。"

"骗骗他也不罪过，

他把穷人剥了个光。"

"头发红似火，胡子尖似楔。"

"如今不是旧年月，

咱这买卖赚头已不多！

该死的战争又打起来，

这仗一打就更难过，

像样的婚礼难以举行，——

新郎会当场给抓壮丁！

沙皇瞎胡闹，遭殃的是老百姓，

俄罗斯的国库花了个空

军舰一只只沉海底，

鲜血把黑海都染红。

多少锡和铅全浪费，

多少勇士白白牺牲。

老百姓人人都垂头丧气。

一片村庄一片呻吟。

唉！爱吵吵的老娘儿们，

你们别再哭得那么悲伤，

人还没死呢，

先哭的哪门子丧！

真拿她们没法办！

像送葬把壮丁送进城里面。

女人们只哭得形容似枯草，

男人们成天总往酒馆里跑。

你总还记得那个卖酒的吧，

你听那老家伙说的什么话：

'再没有比我更大的官儿，
人人都听我使唤！
夏去秋来忙不尽，
你去问问吧，
同胞们为谁苦来为谁干？
他们啥也不要哇！
亲家，他们可不吝惜钱。
我既不播种，也不收获，
但他们地里长的，
统统送进我的金库！'

"叫花子们把家底都喝光，
哪有钱给老婆做衣裳？！
乡下佬乞讨跑进了城，
走街串巷脚不停。

"哎哟！一见你酒馆这毒水，
还有中国的茶叶，
我们抽的烟草，
我们便情不自禁、难舍难熬。
同烟酒一有了缘分儿，
你这条小命就难保。
世界末日还没来，
战争这就打响了。
喇叭你高声吹吧！
醉生梦死的人们要奋起杀敌！
然而大批的屠杀，
这责任又怎么负得起？
瞧吧，准是咱们触怒了上帝……"
"够了，大伯！我真觉得可怕！
咱们出门在外，

这不义之财怎能取？……"

四

哎哟,太太呀,太太呀!

————民 歌

"哎,就来俺家过夜吧,
可爱的小货郎们!"
我们的小商贩欣然住下,
第二天早起又动身。
不慌不忙挪动着,
积攒的利钱一天天多,
一路行来无牵挂,
一有机会就玩乐。
他们正在河边上走,
就跟纤夫们搭上了话:
"是谁给你们戴上笼头?"
拉纤的反唇相讥骂他们"狗",
平白地取笑人,你们活该,
这些草包货郎真丢丑! ……

有人挑着黄瓜走过来,
"喂,你的黄瓜掉啦!"
万卡忽然嘻嘻地笑起来,
然后指着一群马:
有个高高的,蔫蔫的小老头
跳起来去逮萨夫拉斯卡①,
他踮起了脚尖,

① 马名,一般指淡黄色的马。

277

拿着小筐儿招引它，——
真不好逮呀，该死的马！
它走近了，站住了，
把脑袋伸进筐子里了，——
老头儿一伸手就把马鬃抓！
"嘿，抓紧点儿，抓紧点儿！"
糟糕！马儿又跑了，
它抬起后腿猛一踢，
溅了老头儿一身泥。
"当然啦，在马群里多快活，
谁愿意替你庄稼佬去拉犁？
瞧你瘦骨懒筋那个相，
哪儿能抓得到马呢？
一只毡靴不见了，
快去买一只全新的！"

他们有时候还会遇上
军用大车一辆辆：
"你瞧呀，土耳其俘虏，
乌七八糟一大帮！"
万卡乜斜着眼
向土耳其胡子兵望了又望，
便扯起长袍的下摆，
折成猪耳朵对他们嚷：
"啊，没良心的烟鬼们，
这就叫你们见阎王！"

他们碰见驯犬的人，
狗在丛林里到处奔，
猎人一会儿吆喝，一会儿骂，
号角吹起响连声，

要把灰兔儿赶出来，

要把灰兔儿往空地上轰。

停下来问问那些孩子们：

"这是哪一家的老爷呀？"

"卡什皮尔家和久齐家……

瞧，小兔！在那边哪！"

管狗的人猛吃一惊：

"追呀！抓住它！抓住它！"

啊，瞧那群狗！如虎似狼！

一霎时小兔儿把命丧……

小土坡上坐一会儿，

他们随便吃点面包皮儿

（又干又硬的面包皮吃不胖），

背起货箱又把路上。

"季霍内奇，这阵子买卖可不好，

真个是运气难遇，好景不长。"

"咱不幸碰上神父的面，

所有的运气全跑光。

尽管有颗基督徒的心，

作了孽，也只好夹起尾巴不声张。"

"瞧那个贵族大庄园吧，

咱顺路去看看又有何妨？"

"万尼亚，你也真犯傻！

如今乡下的老爷

也不住在乡下，

太太们都兴时髦，

还要咱们干什么？

就说咱们那位老妖婆：

满脸粉刺，疙疙瘩瘩，

秃着个头，一身横肉，

穿戴起来像个草垛！
见了咱们爱搭不理：
瞧你这庄稼佬浑身臭气！
可什么人又会迷上你？
尾巴挺长，但不蓬松赛狐狸！
哎哟！你目空一切的太太呀，
抛头露面会羞死你！
你的发辫是假的，
既没牙齿，又没奶子，
浑身不是粘上的，就是捆上的！
世上有座城名叫巴黎，
人们爱提它自有道理：
一到那儿你就得变呆，
这个地方天下驰名，
多能的人儿也得沦为乞丐；
要是嫌你的鼻子长得不美，
换一个新的也能成！
正因为那个城里
有这么些个骗子手，
所以到如今老爷们
再也不把咱货郎们瞅。
该死的时髦和新花招！
老辈子的事儿全记着，
把我引进餐厅里，
货摊在那儿就摆开了；
漂亮的太太走出来，
真正的辫子悠悠甩，
又庄重又知礼儿，
吵吵嚷嚷跑出一群孩子来。
小丫环和老妈子，
拥在门口的还有听差。

要给瓦纽什卡裁衬衣，
要给闺女们缝布拉吉，
雪白的手儿不慌不忙、
挑挑拣拣不忍离去，
衣料整匹整匹地要——
这么好一个女当家的！
‘耳环和项链值钱多少？
这匹大红缎子值多少钱？’
我把满头的褐色鬈发摇了摇，
漫天要价——随你的便！
东西卖了一大堆，
账一算——上帝保你赚大钱！……

"在科斯特罗马河的那边，
有一次我把好运交。
一家命名日宴请宾客——
老爷子忽然心血来潮！
只听喝醉的客人们高声喊：
‘亲爱的朋友，快来这边！’
我急忙跑到跟前去。
‘你整个货箱卖多少钱？’
一听此言我微微一笑：
‘您老人家可得多花点儿。’
你一言来我一语，
朋友们说说笑笑，
连我的货箱也不瞧一眼，
一下子就掏出三百块钱。
于是把各色货物拿出来，
就扔给在院子里
跳圆舞的姑娘们：
‘快拣吧，可敬的人们！’

一场大争夺顿时发生。
竟有这样豪爽的老爷们！
那一次就在第九天头上
我才转回家门！"

五

> "到戈古林有多少里地？"
>
> "绕道去有三里，一直走有六里。"
>
> ——农民笑话

那该有多好啊，
对小伙子一吐温柔的话，
但等他等到圣母节，
实在难为了卡捷利努什卡。
孤寂的夜里姑娘相思，
整宿常睡不上一小时。
而当她把高高的黑麦割，
唰唰的眼泪流成三条河！
要是有时间独自悲哀，
这难以抚慰的姑娘早该愁坏，
而农忙时节，急如星火，——
一时间得干十件活。
尽管姑娘愁得慌，
干起活来顶顽强，
青草在镰下纷纷落，
黑麦在镰下闪金光。
大清早上场去脱粒，
浑身的力气全使上，
大傍黑她把亚麻铺，
铺在露水滢滢的草地上。

她铺呀铺呀忙个不停，

一个念头萦绕在心中：

"难道另有个漂亮姑娘

迷住了我的心上人？

难道他已经把心变？

难道他在外乡成了亲？"

姑娘的心里煞是难过：

"快娶我吧，快娶我！

对你，对公爹，

失礼的话儿我不说，

你的妈妈，我的婆婆，

她说什么我都忍着。

我不是阔小姐，也不是富商女，

而我的性情忒温和，

我要做一个贤淑的儿媳，

我要做一个勤劳的妻。

你干活千万别勉强，

我浑身有的是力量，

亲爱的，我为了你

心甘情愿去耕地。

你有一个能干的妻，

你尽可以到处去游玩儿，

这儿上上庙，那儿赶赶集，

尽情地唱歌吧，尽情地欢娱！

你醉醺醺从集上回家转，——

我让你吃得好来睡得安逸！

'睡吧，漂亮的小伙子，睡吧，绯红的脸蛋！'

多余的话儿我不说。

上帝做证，我绝不生气！

我给你的马鞴好鞍鞯，

然后又回到你的身边去：

'吻吻我吧，亲爱的！'……"
少女的心事包得紧，
哪儿能猜得那么准？
璀璨的宝石在海底，
数宝石也比这容易。
小绵羊感知秋风凉，
浑身的茸毛不住地长，
眼看到了圣母节，
卡佳忧心如焚更悲伤……

"哎！小货箱儿空荡荡，
小钱包儿鼓囊囊。
你的情人不做负心汉，
等着我吧，亲爱的姑娘！"
这当儿万卡忒开心，
边走边唱直往家奔。
老季霍内奇哈欠打个不止，
时时在嘴上画十字。
他整整一宿
眼都没有合，
自打钱袋装满，
也不知为什么：
那可怕的念头
不断钻进他的脑壳。
酒馆的骗子
会不会叫我去把酒喝，
我会不会碰上大兵呢，——
货郎一时不知所措：
"哥儿们，祝你们一路顺风！"——
然后便匆匆跑掉。
脚后跟好像扎上了针，

不顾一切地逃之夭夭。

科斯特罗马,要从小道去,
道儿通过沼泽地,
一会儿涉浅滩,一会儿过草地。
"嘿!我们有一句古谚语:
绕道去有三里,
一直走有六里!
特鲁巴村骗人的乡下人,
把我们哄得头发昏:
'上科斯特罗马,
就照直走吧,货郎们!
走山路足有
四十多里地,
过泥泞小道,
只有二十八里!'
真是鬼迷心窍,深信不疑,
可谁又在这儿数过有多少里?"
万卡装模作样地搭了腔:
"老娘儿们曾用拐杖做过测量。
别骂人!我自个也听说过
这条道儿要直溜得多。"
"这些个土墩儿和树根儿,
该不是魔鬼胡塞在这儿?
天色将晚你还赶不到,
岂不把魂儿给吓跑了?!
科斯特罗马多可爱,
咱们的省城真不坏,
遍野是葱郁的森林,
到处是泥泞的沼地,
满目是蔽天的流沙……"

285

"大伯,停一停,听,有人来啦!"

六

只有好汉才得活。

——古壮士歌

不是高秆儿芦苇轻轻地摇,
不是橡树飒飒地响,
只听得有人吹起口哨,
又听见脚踩干枝咔嚓响。
忽然跑出一头系脖圈的狗,
跟着出现了好汉一条:
"货郎们,一路顺风!"
"射击手,一路可好!"
"干吗你老盯着我?"
"方才在特鲁巴问路的当儿,
你好像还看见过?"
"不,这是你把人看错。
我已经三天三夜没回家,
一个守林人怎能在家里住?"
万卡跟老头儿悄悄话:
"这家伙好像很面熟。"
"你们在嘀咕些什么?"
"我们后悔没走山路。
小伙子,我们这么走,
能不能到科斯特罗马?"
"我是舒尼亚人,咱们搭伴走吧!"
"那么到你们村儿还远吗?"
"十二里。你们这生意
赚的利钱大不大?"

"实不瞒你说,
全部货物背回家。"
守林人忽然哈哈笑,
"我看,你是个老油条!
要是真的背着满箱货,
哪能走得这么快,你这老麻雀!"
守林人把他肩上的
货箱向上托了托。
"哦! 小货箱儿轻又轻,
百货显然都卖清。
麻雀谷子吃了个饱,
飞回歇息乐陶陶!"
"天断黑我们能赶到村儿吧?"
"小伙子,蹭也得蹭到,
我已经累了,没有劲儿了,——
这枪也扛不动了。
我们这行身不由己,
日夜游荡在树林里。"
说着从肩上摘下双筒枪,
然后把它举在手中。
"哎,你这可爱的枪筒子啊!
你这分量可真不轻。"
我们的买卖人
向沉重的枪筒瞟了两眼:
瞧那儿缠了那么多线,
枪机的裂口有一指宽。
"小伙子,难道还能打得响?"
"这枪能打七十步。"
枪托原是乡下木匠做,
粗制滥造瞎对付!
这位基督的小猎手,

个儿矮小,面黄肌瘦,
守林人的衣服上
湿乎乎全溻透。
浓密的胡子乱糟糟,
一条树皮系在腰。
猎狗诨名"吸血鬼"
戴着脖圈儿到处跑。
货郎们一见笑眯眯:
"唉,你这倒霉的大力士!……"

他们又走了一个多钟头。
"还远吗?""就到啦。"
"你要干什么?"
"河边的鹬鸪啄蛋啦。"
小伙子于是把枪机扳。
"哎哟! 枪机! 枪机一扳响连天!
哪怕它熊瞎子也能打穿!
朋友们,怎么都不发一言?
咱们来唱支歌儿壮壮胆!"
货郎们哪儿还有这心情:
天色转眼就黑咕隆咚,
蓝雾笼罩着沼泽地,
露水弥漫在天空。
"整整一天累得够呛,
要唱你就自个儿唱……
你干什么? 嗨! 你对谁瞄准儿?"
"我是练瞄准儿,别慌……"

天恐怕要下雨了,
一块块乌云满天翻滚,
夜色更加深沉了,

乡下人脚底下更加一把劲。

猎狗在旁边跑着嗅着，

时刻听着野禽声。

听！猫头鹰在厉声啸鸣，

听！鬼鸮叫起来像婴儿的哭啼声。

老头儿偷偷看了看，

小伙子似乎在打战，

"莫不是你打起摆子来？"

"已经打了三个礼拜，——

你给治治吧！"说着便眯上眼，

仿佛又对着万卡把瞄准儿练。

老季霍内奇看罢面有愠色：

"这样的玩笑可开不得！

干脆唱支歌儿吧，

唱歌也比这好得多。

请你们等一会儿——

我给你们唱支豪壮的歌！

我认识一个瞎老头儿，

他一生乞讨,背着袋子到处奔波，

他还编了一支长长的、

长长的流浪汉之歌。

到头来他倒在深沟里，

不知是老死的呢,还是因为饿。

乡亲们常常提念他，

说他是个老好人，

自幼日子过得好，

上帝一见起了歹心：

陪审员一时疏忽，

误将他抓进监狱：

本来应该传

季特·斯皮里多夫，

一笔写错,却抓来了织工

季特·达维多夫!

可怜的人儿耐心等待:

'是今天呢,还是明天

我才能回到自由世界?'

案子终于结束,

但他仍未获释。

'唉,我的妻呀! 我已经挺不住!

你再去找法官,求他帮助!

要是我的眼睛哭坏,

将来还怎么来织布?'

但斯捷潘尼杜什卡

心里想的却不是他:

从此在季杜什卡的牢房中,

就再也没见她的身影。

是病了,还是把他甩了? ——

季特啥也不晓得。

大狱蹲了十二年,——

有一天提他到法院。

一位身披黑袍的年轻法官,

端端正正坐在守法镜①前。

法官向他宣读了判决书,

吩咐给他开了证明文件,

并给予了他充分自由——

快跟你的老婆去见面!

'可是你们这些黑老鸦,

为什么要啄瞎我的两眼?'

这时法官也表示歉意:

---

① 顶上有双头鹰的三棱镜,为旧时帝俄官厅中的陈设物,贴有彼得大帝敕令守法的谕旨,作为守法的
象征。

'包涵,包涵,你多多包涵!
你已被人忘得干干净净,
实在是白白地受尽熬煎!'

"季特到了家。地也闲荒了,
房也拆光了,
卖掉了耙,卖掉了犁,
卖掉了衣裳和织布机,
老婆爱上了一位老爷,
一块儿逃到科斯特罗马去。
这时候他厌恶一切,
再也不愿待在这乡土地。
唪! 他什么也不考虑,
也不管有路无路便走出去。
他走着道儿编这支歌,
自言自语禁不住,
小老头儿终于开口说:
'这支歌儿共有两个词儿,
小伙子呀,你唱吧,
你怎么唱也唱不完这支歌!
要把这支奇妙的歌儿
一字不漏地全部唱完,
除非是把这受过洗的罗斯
东西南北全走一个遍。'
这位基督的侍者
歌儿没唱完便长眠不醒。
好! 你就跟着唱吧,小猎手!
不过你得走在前头!"

穷流浪汉之歌

我走上草原——风在草原上呼啸：
　　冷啊,流浪汉,冷啊,
　　冷啊,亲爱的,冷啊!

我走进森林——野兽在森林里嚎叫：
　　饿呀,流浪汉,饿呀,
　　饿呀,亲爱的,饿呀!

我走过庄稼——庄稼呀,你怎么这样萎缩？
　　因为冷啊,流浪汉,因为冷啊,
　　因为冷啊,亲爱的,因为冷啊!

我走入畜群:牲口怎么这样瘦弱？
　　因为饿呀,流浪汉,因为饿呀,
　　因为饿呀,亲爱的,因为饿呀!

我走进一个村儿:庄稼汉,你是不是穿得暖？
　　冷啊,流浪汉,冷啊,
　　冷啊,亲爱的,冷啊!

我走进第二个村:庄稼汉,你能不能吃饱饭？
　　饿呀,流浪汉,饿呀,
　　饿呀,亲爱的,饿呀!

我走进第三个村:庄稼汉,你干吗要打老婆？
　　因为冷啊,流浪汉,因为冷啊,
　　因为冷啊,亲爱的,因为冷啊!

我走进第四个村：庄稼汉，你干吗要下酒馆？
　　因为饿呀，流浪汉，因为饿呀，
　　因为饿呀，亲爱的，因为饿呀！

我又走上草原——风在草原上呼啸：
　　冷啊，流浪汉，冷啊，
　　冷啊，亲爱的，冷啊！

我又走进森林——野兽在森林嚎叫：
　　饿呀，流浪汉，饿呀，
　　饿呀，亲爱的，饿呀！

　　我走过庄稼，——
　　我又走入畜群，——
　　　　　　如此等等。

————————

老头儿唱着不时地看：
守林人一会儿把枪扛上肩，
一会儿又摸一摸枪扳机，
两只手摆弄着没有个完。
倒霉呀，一个人影也没碰见！
"我不唱啦……喂，小伙子！
你向谁瞄准儿？怎么落在后边？
你要干吗？坏蛋！"
"你们真是胆小鬼，胆小鬼！"
守林人说罢哈哈笑。
（眼放凶光事不妙！）
"可耻！"季霍内奇说道，

"你怎么可以这样地
吓唬一个外乡人呢？
我还想卖给你点
便宜竹布哩！"
小伙子闹个没完没了，
他举起猎枪开着玩笑，
愚蠢的笑声在周围回响，
一声声大笑似狼嗥、像狗叫。
"喂！放老实点！干吗嬉皮笑脸？"
万卡说，"我虽然一直没吱声，
但我一拳就叫你哭几天，
再一拳就把你颧骨打断！
咱们既然已经撞见，
那就要好见好散。"
守林人举枪又瞄准儿。
"别开玩笑！""干吗开玩笑！"
货郎急忙往后一跳，
上帝饶恕——死神到了！
两个枪筒差不离儿同时响，
两个货郎一个一个见阎王。
万卡一声没吭倒在地，
老头大叫一声倒地上……

———————

守林人当夜就在酒馆里
兴致勃勃，大吹牛皮：
"喝吧，喝吧，东正教徒们！
我阔起来了，小伙子们！
今儿个我打下了
两只上好的田鹬！

上帝赐我这么多的金银，
这么多的财帛珠玉！"
大家伙儿走近一瞧，
这汉子真有成堆的银币。
人们成心来逗他——
他差不多把事全兜了底！
也是他活该倒霉,有个放羊的,
也把羊拦进这块沼泽地：
他听见了枪响，
也听见了惨叫……
"站住！快回来认罪！"
村长和卖酒的，
立刻聚在一起。
汉子的手被紧紧绑住：
"绑我吧,绑我吧,
但别动我的包脚布！"
"偏要看看你的包脚布！"
大伙儿一瞧:包脚布里
尽是银圆和纸币，
约莫共有一千个卢布。
清早便把法官请了来，
法官马上侦察完毕
(只有赃款不翼而飞！)，
两个死者送去安葬，
又将守林人下了监狱……

1861 年

1861 年 11 月 20 日 *

我离开了满目凄凉的墓地。
但将我的思念遗落在那里,——
它已栖息在地下的棺木中,
死去的朋友啊,它正守望着你!

在凛冽的寒天把你安葬,
贪婪的蛆虫还未爬近你的身旁,
棺材缝里漏下的浊水
还没有滴在你的脸上,
刚刚下葬,如今你躺在那里,
只是手指仿佛更长更白了,
在你的胸前叠放在一起,
严寒透过土地,用霜花
染白了你的鬈曲的头发,
严酷的冬天的亲吻
在你紧闭的嘴唇

---

* 杜勃罗留波夫(1836—1861),是作者的亲密战友之一,曾在《现代人》编辑部工作,是当时俄国最年轻的革命民主主义评论家。他早年写诗,后致力于文学评论,写出不少名噪一时的大块文章。如《什么是奥勃洛夫性格?》等。但他积劳成疾,英年早逝,终年仅二十五岁。重病时,他就住在涅克拉索夫的寓所,而且是在涅克拉索夫和巴纳耶娃服侍下去世的。据作者说,此诗写于杜勃罗留波夫下葬之日。两个半月之后,即1862年1月2日,彼得堡大学生举行追悼会,涅克拉索夫在会上朗读了杜勃罗留波夫的诗,并发表了简短而热情的讲话,以寄托他沉痛的哀思,然后诗人又朗读了《1861 年 11 月 20 日》这首悼诗。此诗最初发表于 1862 年的《现代人》,但开头四行被删,1863年始得全文发表。

和深陷的眼际，

留下依稀可辨的痕迹……

1861 年

精力一年年在衰退[*]

精力一年年在衰退，
头脑更怠惰，血液更冷淡……
祖国啊，母亲！等不到你获得自由，
我就已来到坟墓的门边！

但我临死时很想知道，
你已站在正确的道路上，
你的庄稼人把地都种上，
并看见将有一个晴朗的天：

但愿故乡的风
将那唯一的声音吹来耳中，
但从那儿却听不见
人的血和泪在沸腾。

1861 年

---

[*]　此诗最初发表于 1864 年的《涅克拉索夫诗选》。诗中对 1861 年的农民改革提出了尖锐批评。最后四行暗示 1861 年春对农民起义的残酷镇压（参看 K. 楚柯夫斯基的《涅克拉索夫的技巧》，1962 年，第 684—685 页）。

自　由*

祖国啊,母亲! 在你的原野上驶行,
我还不曾有过这样深的感情!

我看到一位母亲抱着自己的婴儿,
一个美好的思想激动着我的心灵:

这孩子诞生在一个美好的时候,
谢天谢地! 泪水不再蒙住你的眼睛!

从小你就不再担惊受怕,自由自在,
你将会选择自己称心如意的事情,

要是愿意,你就当一辈子庄稼汉,
要是能够,就搏击长空像一头鹰!

在这些幻想里有不少错误:

---

* 此诗为"解放农奴"后不久所作。最初发表于 1869 年的《涅克拉索夫诗选》。诗人对农民"自由"
的真正态度表现在如下的痛苦诗句中:
　　　我知道:人们又想出了许多的圈套,
　　　代替农奴制的罗网,束缚人的生命……
　　诗人对"解放农奴"压根儿就不存幻想,更不容许这样的"自由"来进行欺骗。他知道有许多
东西仍在纠缠着人民,使他们不得脱身。他更知道所谓"解放"的掠夺性质,它所改变的只是压迫
人民的形式。诗人警告人们不要上当,不要把新的历史变革理想化,同时他又表示相信人民一定
会解开这新的资本主义"圈套",勇往向前地去开辟通向真正自由的道路。

人的智慧又精细又机灵，

我知道：人们又想出了许多别的圈套，
代替农奴制的罗网，束缚人的生命。

唉！……但是人民更容易解开它们。
缪斯啊！满怀希望欢迎自由的来临！

1861 年

片刻的骑士*

如果白昼阴暗，黑夜无光，
如果秋风怒号，萧萧作响，
那么心灵便罩上一层迷雾，
头脑迟钝，黯然神伤。
只有在梦里才能得到解脱，
可惜，不是每个人都能睡着……

谢天谢地！这是个严寒的黑夜——
我今天再也不感到苦闷。
我在辽阔的田野上走着，
我的脚步发出铿铿的声音，
我惊动了池塘里的群鹅，
我从草垛上吓走了雏鹰，
它身子猛然一抖！忽地展开了双翼！
那翅翼鼓扇得多么有力而从容！

---

* 此诗最初发表于1863年的《现代人》。《片刻的骑士》与《伏尔加河上》同为涅克拉索夫计划要写的大型自传长诗的一章。前者写了伏尔加这条"奴役和忧郁的河"及其沿岸景色，后者写的是"辽阔的田野"和因重重草垛包围"而看不见那赤贫光景"的故乡村庄。然后是"古老的教堂"和安息着诗人"可怜的亲娘"的墓地。母亲和抒情主人公的形象同在诗中占主要地位，母亲有着对人奋不顾身的爱，她对最高"真理"的遗训是一片忠忱，她还有着不屈不挠的强大的精神力量。抒情主人公不仅甘愿对她顶礼膜拜，还要让她来评判自己，并相信这会帮助他洗掉自身的"污点"，从而"走上正确的道路"。正是这条"荆棘丛生的道路"，"为了爱的伟大事业"，把他从"欢呼雀跃的、空话连篇的、/两手沾满鲜血的人们那里/领进那正在毁灭的人们的阵营！"诗里的这些话，都是抒情主人公的自白。所谓"片刻的骑士"，即指那些向往革命事业，而又没有力量将自己的愿望变为实际行动的知识分子。作者以激动人心的艺术力量，抒发了他自认未能为革命多做贡献而深深感到的痛苦。车尔尼雪夫斯基流放回来，朗读此诗，不禁失声痛哭。

我久久地、久久地注视着它们，
我不由得对它说道:有多可爱！
听呀！一辆大车开过来,在辚辚响动,
从道路上袭来了松焦油的气息……
在寒冷中,嗅觉是敏锐的,
思想是清新的,腿脚是坚韧的。
你会不由自主地屈从于
周围生气勃勃的大自然的魅力；
青春的力量、勇敢、热情、
自由的伟大情感,
充满了我这复活的心胸；
内心沸腾着,渴望干一番事业,
我想起走过的道路,
天良唱起了自己的歌……

我极力想把它驱散——
清算还有的是时间！
在这寂静的月夜,
原该静静地观看。
远方明澈而皎洁,
一轮满月在密林上空浮动,
蔚蓝的、灰白的、浅紫的,——
五色缤纷布满了天空。
田野中的湖水晶莹闪亮,
而大地上缥缈地
滚动着白色月光
和奇异花影的波浪。
从图景的巨大轮廓
到蜘蛛最纤细的丝网
（像一片浓霜紧贴在地上）,
一切都看得清楚明白:

荞麦地茫茫一片，

在斜坡上展延像一条红色绦带；

毗连着沉睡的田地，

展现了一片枝叶茂密的树林；

在闪耀晶莹的月光下，那树林

五光十色的变化煞是好看，美妙绝伦；

是忧郁的橡树呢，还是愉快的枫林——

从老远就不难认得清；

那迟钝的老鸦，胸脯朝北，

你瞧——正在古老的云杉上打盹儿！

晚秋时候，这就是祖国母亲

可以使他的儿子感到高兴的一切：

绿油油的秋庄稼一马平川，

亚麻丛下是金色的溪谷，

在沐浴着月光的草地中间

站着干草垛的威风凛凛的队伍，

这一切我看着非常亲切……

如果在这时候

看一看故乡的村庄，

你的心便不会感到忧伤：

因为你看不见她那赤贫的光景！

故乡啊，你到处储备着大草垛，

并被那些草垛重重包围，

它矗立着，像是一只斟满的酒杯①。

祝愿她进入安静的梦乡——

她疲倦了，我们的奶娘！……

谁能睡着，那就去睡吧，——但我不能，

我悄悄地，一声不响地

---

① 喻指生活富裕。

站在堆满了草垛的牧场，
我思绪萦怀,不能自已。
但我不会驾驭你，
我忍不住要说出自己严酷的思虑……

今夜啊,我真想在
　　那遥远的墓地痛哭一阵，
因为那里躺着我那可怜的母亲……

在远离大城市的一边，
在无边无垠的牧场中间，
在一个村庄后的一座小山上，
我仿佛又看到月光下
那一片雪白的古老的教堂。
而那孤零零的十字架，
映在教堂雪白的墙壁上。
是啊! 我看见你了,上帝的住所！
我看见了高齐檐头的题词
和手持宝剑、
身穿浅色法衣的使徒保罗。
年老的守夜人
登上自己那废墟似的钟楼，
他的影子异常巨大：
竟将整个平原切成两下。
登上去吧! 缓缓地敲吧，
好让人久久地听见那悠扬的钟声！
在这寂静的乡村的夜里，
这频敲的响声有着巨大的威力：
假如邻近有一个病人，
一听见这声音,精神就会为之一振，
他细数着频频的鸣响，

会暂时忘记自己的苦痛；
要是有个孤独的夜行客
听到了,脚步就迈得更加矫健；
操心的农夫细数着,
并在睡意蒙眬中画着十字,
请求上帝给他一个晴朗的白天。

一声接一声当当地响了一阵,
我数了数正是十二点钟。
老人从楼上走下来,
我听见他那响亮的脚步声,
我看见了他的身影;他坐在台阶上
耷拉着脑袋打起盹儿来。
他戴着毛蓬蓬的皮帽,
穿着破烂肥大的黑色长袍……
那多年不见的、
被巨大空间隔开的一切
现在又展现在我的面前,
而一切是这样清晰地在眼前呈现,
使我不能相信,这时候
我会看不见那个亲人,
她那不现形迹的灵魂就在这里,
就在这个十字架下长眠不醒……

跟我见上一面吧,母亲！
闪现一个你那轻盈的身影！
你已经度过了整个一生——不被欢喜,
你已经度过了整个一生——为了旁人。
你昂起迎向生活风暴的头颅,
终生站立在狂暴的雷雨下,
并以自己的胸膛

庇护着自己疼爱的儿女。
暴风雨在你的头上爆发了！
你颤都不颤一下，便接受了打击，
临死前，你还在为敌人祷告，
吁请上帝怜悯你的儿女。
在那苦难的岁月，
难道就是那个被你如此敬重的人
不让你有跟你日趋毁灭的儿子
重见一面的喜悦？……

我要投到慈母的怀抱，
向她一吐自己多年的悲伤，
我要向你唱我最后的歌，
我的痛苦的歌。
啊，原谅我吧！那不是令人快慰的歌，
我会使你重又感到悲痛，
但我正在死亡——为了起死回生，
我在呼求你的爱怜！
我向你唱忏悔的歌，
好让你那温柔的两眼
用痛苦的热泪洗净
我所有的污点！
好让你用坚强的意志
增强你已注满我胸中的
自由的、高傲的力量，
并使它走上正确的道路。

你远离尘世的纷扰，
眼睛里带着非凡的表情，
淡褐色的鬈发，浅蓝色的眼睛，
苍白的嘴唇上，有淡淡的哀愁在浮动。

你庄严而沉默，年轻又美丽，

在暴风雨的打击下你竟遽然死去！

如今在这发着奇异光彩的月华下，

你又以同样的姿态出现在我的面前。

是啊！我看见了你，你面色苍白，

于是我把我自己交给你来评判。

你教导我的缪斯

在真理女皇的面前不要羞怯：

朋友的惋惜并不觉得可怕，

敌人的欣喜我也毫不遗憾，

你，最纯洁的爱的神灵，

你就说一句宽恕的话吧！

敌人算得什么？让他们更尖刻地去诽谤，

我决不请求他们的怜悯，

他们想不出比我心中所有的

更令人痛苦的惩罚！

朋友又如何呢？我们的力量是不相等的，

我不知道哪里有中庸之道，

他们这些头脑冷静的人所回避的东西，

正是我不顾利害大胆追求的一切，

我没有想到，欢乐的青春，

高傲的力量终会过去；

疯狂的渴望，生活的渴望

引导我向前，向前！

我曾经被可耻的战斗所迷惑，

我曾有多少次面临着无底的深渊，

由于你的祈祷，我站起来，

又倒下去——直至完全倒下！……

请引我走上荆棘丛生的道路吧！

我已经不习惯在这条路上前进，

我已沉浸在渺小心计、卑微激情的

卑微激情的肮脏泥淖中。

为了爱的伟大事业，

请把我从欢呼雀跃的、空话连篇的、

两手沾满鲜血的人们那里

领进那正在毁灭的人们的阵营①！

凡是生命徒然被损害了的人，

还可以用死亡来证明，

他有一颗勇敢的心在跳动，

他善于爱……

………………

（早上，床上）

啊，梦幻！啊，那使人灵魂高洁的

大自然令人迷醉的威权！

青春的火焰、勇敢、热情，

以及自由的伟大情感——

所有这一切，都在我这被压抑的心里

觉醒……但是力量，你在哪里？

我醒来了，觉得比婴儿还孱弱。

我知道：白天我沮丧地躺在床上，

夜里我要吞服药浆，

坟墓会使我感到惊恐，

因为那里躺着我的可怜的亲娘。

那在心里翻滚的一切，正在进行着斗争。

惨淡的晨光将一切吓得无影无踪，

一个带嘲笑的内心呼声

---

① 显然系指 1861 至 1862 年反动宪警对革命阵营的镇压和大拘捕（遭拘捕的有 М. Л. 米哈伊洛夫、В. А. 奥勃鲁切夫、Н. Г. 车尔尼雪夫斯基和 Д. И. 皮萨烈夫等）。

唱起了它自己的恶毒的歌：

"啊,微不足道的人们！请听从

那注定的、痛苦的命运吧,

当你们遇到艰难的时刻,

你们都不愿进行艰苦的斗争。

你们还没有进坟墓,你们还活着,

但你们的事业心早已死去,

你们注定有着善良的激情,

但什么事你们也没有完成……"

1862 年

在热火朝天的农忙时节 *

在热火朝天的农忙时节……
你,命运啊! 俄罗斯女人的命运!
　　大概总还不难找到。

你未老先衰,这毫不奇怪,
你经得起一切考验的俄罗斯民族
　　多灾多难的母亲哟!

难受的炎热:无林的平原,
庄稼地、刈割场,还有天空下辽阔的空间——
　　太阳正在暴烈地炙烤。

可怜的农妇已经累得筋疲力尽,
无数昆虫的巨柱在她的头上飘摇,
　　它螫人,它搔痒,它嗡嗡叫!

扶起沉重的犁木,
农妇划破自己的光脚——
　　竟没工夫把血止住!

听见邻近地上的喊叫,

---

* 　此诗最初发表于 1863 年的《现代人》。

310

农妇向那里走去——头巾已经散了,——
　　得把婴儿摇一摇!

你俯在他头上怎么变得呆头呆脑?
给他唱一支永远忍耐之歌吧,
　　唱吧,百般忍耐的母亲哟!……

她的眉睫下是泪水呢,还是汗珠?
　　真的,这很难说出。
它们——反正一样——一滴滴往下掉,
　　掉进这用脏布塞着的木壶!

瞧,她贪婪地把晒得红红的
　　双唇伸向壶嘴……
亲爱的,好喝吗,那掺了一半克瓦斯的
　　咸咸的泪水?

　　　　　　　　　　　　　　　　1862 年

绿色的喧嚣[*]

呼啸着走来了,那绿色的喧嚣,
绿色的喧嚣,春天的喧嚣!

风从上游来,嬉戏着,
忽然猛烈地吹起:
它摇曳着赤杨树<u>丛</u>,
它扬起花粉,
如一片烟云:一切都成了绿的,
水是绿的,空气也是绿的!

呼啸着走来了,那绿色的喧嚣,
绿色的喧嚣,春天的喧嚣!

纳塔里亚·巴特里凯耶夫娜,
我的妻谦和朴素,
而又多么的温顺!
当我在彼得堡消夏的时候,
她遭到了不幸……
这蠢东西,她说,
要是撒谎,就烂舌根!

---

* 人民这样称呼大自然在春天的苏醒。——原注
　　"绿色的喧嚣"这一艺术形象采自乌克兰民歌。原诗无韵。此诗最初发表于 1863 年的《现代人》。

冬天把我们——我同，
这女骗子关在屋子里，
妻沉默着，注视着
我严峻的眼睛。
我沉默着……而残暴的心
不让人安静：
杀……又实在可怜这心爱的人！
忍耐——可也真难忍！
而这时，毛烘烘的冬天
白天黑夜，咆哮不停：
"杀吧，杀死这淫妇！
消灭那恶棍！
不然，你会苦恼终生，
不论是白昼或漫长的黑夜，
你都不能够平静。
邻居们还会啐你，
啐你这厚颜无耻的眼睛！……"
在冬天暴风雪的歌唱下
残暴的心日趋坚定——
我准备下锋利的刀子……
然而春天忽然悄悄地来临……

呼啸着走来了，那绿色的喧嚣，
绿色的喧嚣，春天的喧嚣！

一座座樱桃园，
像洒遍了牛奶，
在悄悄地喧闹着；
那被温煦的阳光
晒暖了的愉快的

松林,在飒飒地响着;
那叶子素淡的菩提树
和披着绿色发辫的
雪白的小白桦,
也因这一片新绿在一起
吟唱着新的歌!
那矮矮的芦苇飒飒地响着,
那高高的槭树飒飒地响着……
它们响着新鲜的声音,
新鲜的声音,春天的喧嚣。

呼啸着走来了,那绿色的喧嚣,
绿色的喧嚣,春天的喧嚣!

残暴的心软了,
手里的刀掉了,
在树林里,在草地上,
我总听见一支歌:
"能爱,你就爱吧,
能忍,你就忍吧,
能饶,你就饶吧,
而——上帝明鉴啊!"

1862 年

卡里斯特拉特*

母亲摇着我的摇篮，
俯在我的头上唱歌：
"你会幸福的,卡里斯特拉图希卡！
你将哼着歌儿,快快活活地过活！"

我的母亲的预言。
按照上帝的旨意已经实现：
再没有谁会比卡里斯特拉图希卡
更富,更美,打扮得更加好看！

我在泉水里洗澡，
我用手指梳理头发，
我在从未播过种的
土地上等待收获！

孩子们一丝儿都不挂，
老婆把他们搓搓洗洗，
她自己穿着双底草鞋——
装扮得比丈夫还俏丽！……

1863 年

---

* 19 世纪 60 年代,涅克拉索夫创作了一系列有关农民主题的诗,饶有民歌风味。作者在这些诗里特别描写了农民的赤贫,其中的农民多使用一些自嘲的口吻,从而表现了他们乐观的性格和对自身力量的信心。此诗最初发表于 1863 年的《现代人》。

痛苦撕裂着我的胸膛*

痛苦撕裂着我的胸膛,
从此再不相信善的力量,
我听到世上那主宰一切的
铜鼓、铁链和斧子的声响。

但是,金色的春天哟,我爱
你那美妙的嘈杂的阵阵喧嚷;
你欢跃着,一刻也不停息,
像个婴儿,既无思想,又无忧虑。
在幸福和光荣的感召下,
你完全忠实于生命的感觉,——
碧绿的小草在悄悄地诉说,
汹涌的波浪哗哗地流动着;
马驹在畜群中愉快地嘶鸣,
公牛嚼着带泥的青草,
树林里有个头发淡黄的小孩——听!
"巴拉斯科维娅,啊呜!"他大声喊叫。

---

* 诗的开头四行,乃有感于车尔尼雪夫斯基等革命者的被捕而写。沙皇亚历山大二世慑于克里米亚战争之后革命运动的高涨,开始大肆镇压革命民主派。当局利用 1862 年彼得堡大火之后的惊慌情绪,一度封闭了《现代人》杂志,逮捕了革命民主派领导人车尔尼雪夫斯基,并将皮萨烈夫囚禁于要塞。1863 年的波兰起义亦被利用作进一步镇压的借口。此诗最初发表于 1863 年的《现代人》,曾被节删。1864 年始得全文刊布于《涅克拉索夫诗选》。

北国的鸟群沿着丘冈、绕着树林，

在山谷的上空又旋飞，又啼鸣，

马上就能听出——那是夜莺的低吟，

小穴鸟的不谐和的吱吱叫唤，

马车辚辚作响，载货大车咿呀不停，

青蛙叫成一片，黄蜂儿嗡嗡嗡，

飞蝗唰唰地蹦跳，——在自由的辽阔大地上

万物汇成一曲生命的和声……

我已经听够了另一种响声……

它使人惘然若失，意志消沉，

我又怀着我的夙愿

回到了你的身边，大自然母亲！——

快淹没这仇恨的音乐吧！

让我的心灵得到安静，

我要恢复视力好饱览你的美景。

1863 年

感谢上帝，乡间小路[*]

一

"感谢上帝，乡间小路

已走到了尽头！……你睡着了？"

"老弟，我在想着这条大路。"

"你怎么好久都不说话了。

你在想什么？""说来话长。

只要我们一上路登程，

这条路就会让我看见

那些牺牲者的踽踽幽灵，

可怜的幽灵啊，可怕的幽灵！

仇恨，疯狂，爱情……

老弟，我们走在没膝深的血泊中！"

"得了吧——这不是血，而是灰尘……"

---

[*]　此诗最初发表于 1869 年的《涅克拉索夫诗选》。诗中所说的大路，即著名的弗拉季米尔公路，一般押送犯人赴西伯利亚就是从这条路经过。诗的最后两节是献给判服苦役的革命者的。这首诗写于 1863 年，其时亚历山大二世对革命者加强了镇压。就在这一年——波兰起义之后——就有成千上万的起义者从这条路押赴西伯利亚。

二

"老爷！我们是不是喝几口？
你静下来一定很寂苦。"
"我想唱支关于这条路的歌，
一唱起来我就会号啕痛哭，

但这样的歌儿已唱得够多……
没有必要再唱这支歌。"
"关于大路的歌儿已经唱尽，
唱又有何用？……徒增烦闷！"

"我知道，人民都在说
这条路是用镣铐所开拓。"
"对呀！你是亲眼得见，
俄罗斯的歌儿不会胡扯！"

三

我们不久就碰见徒步流刑犯，
车夫吆喝着向前飞奔猛趱，
一辆颠簸的大车在奔驰，上边坐着
两个风尘仆仆的旅客……勉强看得见……

在一个英俊的青年的身边，
有个人手持军刀，浓髭满面……
你，被迫远离危险岗位的兄弟，
在那里是否有人接替你？再见！

1863 年

奥琳娜,士兵的母亲[*]

白天为我担心,

黑夜为我祷告,

永世为我操心的母亲……

——摘自民歌

秋天的夜晚,我们狩猎归来,

已经是筋疲力尽,感谢上帝啊,

我们总算到达了

去年那个借宿地。

我们又来了! 老太太,你好!

教母,你干吗那样愁眉苦脸的!

莫不是想起死来了?

可别这样! 这是自寻烦恼!

是不是忧愁凝结在你的心头?

告诉我,也许我能给你解闷消愁。

奥丽努希卡[①]这才对我

---

[*]　这首民歌体的长诗,是根据真实情况创作的。沙俄军队中的纪律,完全是靠灭绝人性的惩罚来维持的。据诗人的妹妹后来记述:"一个士兵的母亲奥琳娜,亲自向诗人讲了她悲惨的一生。他好几次拐弯抹角地和她谈,要不然怕她不会照直说。"(《文学遗产》卷49—50,1946)此诗最初发表于1864年的《现代人》。

[①]　奥琳娜的爱称。

说出了自己的巨大哀愁。

"已经八年了,见不到我的儿子,
他是否还活着,——一直杳无消息,
见面,我已不存什么指望,
可儿子却忽然回到了家里。

"小伙子长期退伍了……
奥丽努希卡把浴室烧热,
又烙了薄饼,
对着瓦纽希卡①怎么也看不够!

"相见的欢乐十分短暂,
儿子回来了,但已病得气息奄奄,
大兵夜里咳嗽得浑身发抖,
雪白的手帕被鲜血濡湿了一片!

"他说:'我会好的,妈妈!'
但他错了——他竟然一病不起,
伊凡努希卡整整病了九天,
第十天头上就已经死去……"

她沉默了——这不幸的人
再没有多说一句。
"为什么老纠缠这小伙子呢,
这该死的病魔?

"他是不是一生下来身体就弱?……"
奥丽努希卡浑身一哆嗦:

---

① 儿子的名字叫伊凡,瓦纽希卡、伊凡努希卡、瓦尼亚都是伊凡的别称。

"小伙子身强力壮，
有着勇士一般的体格！

"当这脱光衣服的年轻人
被带进了征兵机关，
彼得堡来的将军
对他都不胜惊叹……

"为盖这一座小屋，
他一个人搬来了松木……
伊凡努希卡有一头亚麻色鬈发，
盘卷着如缎似锦……"

这不幸的人又沉默了……
"别不吱声呀——你且宽宽心！
是什么毁了你亲爱的儿子，
你想必问过那小伙子？"

"老爷，他不爱讲起
自己的军队生活，
对世人打开心灵原不应该，
要把必死的心灵对上帝表白！

"说出来，就会触怒天神，
就会使可恶的魔鬼高兴……
为了不说一句多余的话，
还是不要怀恨敌人，

"一个基督徒在临死前
应该保持沉默。
上帝知道是什么重担

把瓦尼亚的力量消磨！

"我到底没有问个明白。
他对谁也没有一句责备，
只是临终时说了一些话，
对我进行了安慰。

"他在院子里走来走去，
并不时用斧头敲打几下，
他修理着那腐朽的木屋，
又给菜园打上了篱笆，

"他总想翻盖一下仓棚，
但他的愿望并没有实现：
他病倒了——只是在临终的前一天，
又站起来想走动走动！

"他想看一看可爱的太阳，
我便同瓦尼亚走出了卧房：
他向家畜告了别，
又告别了浴室和烘场。

"走在割草场上——他想道：
'草地呀，请你原谅，对不起你！
我在青年时代割过你的草呀！'
我的伊凡努希卡开始哭泣！

"歌儿突然从路边响起，
他应声接唱：
'雪球不是白的'，便咳嗽起来，
他喘不过气了，终于倒在地里！

"敏捷的两脚已经不能站立,
脑袋也已经支撑不起!
我们往家走了有一个时辰……
有时间的话,夜莺还会唱个不停!

"这最后一个夜晚,
真可怕呀:人已经昏迷不醒,
但临终时,在他眼前
还浮现着服役的情景。

"他走来走去,刷洗自己的装具,
他涂白了士兵的皮带,
他用舌头打着信号,
他唱着歌——多么雄壮的歌曲!

"他操练起枪法,
将小屋震得发抖;
像白鹤独立,他用一条腿
站着——伸长了鼻子。

"他突然跳起来……凄苦地望着……
他倒在地上——哭泣着求饶,
喊道:'长官大人!
长官……'看得出,他喘不过气来了。

"我向他走去。他安静了,顺从了——
往木炕上躺下。我祷告着:
上帝是否还让他活下去?
大清早上,他又清醒过来了,

"他小声说道：'别了,亲娘!
又剩下你一个人了!……'
我俯在瓦尼亚的身上,
画了十字,和他告别了。

"他熄灭了,犹如圣像前的
那支蜡烛的小小火苗……"

————————

言语虽少,而悲哀像江河,
悲哀的江河深不可测!……

1863 年

红鼻头严寒大王[*]

献给我的妹妹

安娜·阿列克谢耶芙娜①

你又在责备我了，

说我同我的缪斯绝了交，

说我对目前的忧虑

和欢乐已经屈服了。

为了生计和酒杯，

我不会同我的缪斯分离，

但天知道，原来那让我跟她

要好的才华，是否已经凋谢了呢？

然而诗人还不是人们的兄弟，

---

* 诗人创作《红鼻头严寒大王》的1862到1863年，正是亚历山大二世政府震惊于日益增长的革命势态，从而加强了对民主主义思潮镇压的时候。当局趁着彼得堡火灾所引起的慌乱，查封了涅克拉索夫主编的《现代人》杂志，逮捕了车尔尼雪夫斯基，监禁了皮沙烈夫，宣布了严厉的出版条例。专制政权还利用1863年的波兰起义，作为进一步迫害民主主义知识分子的借口。即使在这样的黑暗时期，涅克拉索夫对人民的未来仍然充满了信心。诗人以诗中这些庄严而完美的形象证明，农民无论生活有多么艰苦，他们仍是那么勇敢，仍是那么富有精神力量，无论遭到什么不幸，他们的日常生活也总是那么平稳而坚定，以致使人相信：为了争取自身的自由，无论面对着什么样的敌人，他们都是能够击败的。我们从长诗里，处处可以感觉到乐观主义的、充满美好精神生活的艺术感染力，并从而可以察觉作者是怀着怎样的热爱来描写农民生活的。苏联学者楚柯夫斯基曾经这样说道："《红鼻头严寒大王》……就其对农民生活的观察的深刻，就其表现力和抒情力量的强烈而言，几乎可以超过一切描写俄国乡村的诗篇。"我们认为，在涅克拉索夫的全部创作中，以其思想性和艺术性结合的严密，情与景交融的自然而论，当以《红鼻头严寒大王》为第一。

① 即诗人的妹妹安娜·阿列克谢耶芙娜·布特凯维奇（1823—1882）。涅克拉索夫终生对她怀着真挚的爱，他去世前不久曾写信给她说："我的疲倦的、疼痛的头脑常常想到你，你这人世上唯一的亲人，常常想到你的无私的同情。"

他的道路既不稳固，又满生荆棘，
我就是不怕诽谤，
也并不因诽谤而有所顾忌；
但我知道，在黑暗的长夜，
那是谁的心因悲伤而碎裂，
诽谤像铅块似的又压向谁的胸膛，
又是谁的生活正被它们中伤。
在我的头上滚动的阵阵雷雨，
就让它们径直过去吧，
我知道，那是谁的祷告和眼泪
挡开了致命的利箭……
然而光阴流逝，——我已经疲倦……
虽说我还不是一个无可指责的战士，
但我已经认识到自己的力量，
我正深信着许许多多事情，
然而现在——是我死去的时候了……
不是为了要在充满爱的心上
再一次唤起那致命的惊恐，
这才走上归程……

　　就连我自己都不愿爱抚
我的变得温顺的缪斯……
我要为你唱出
最后的歌——而且把它献给你。
但它不会是更欢乐的，
它要比从前的歌儿更悲伤，
因为在我的心中越发阴暗了，
而在未来的日子里还会更加绝望……

　　暴风雨在花园里咆哮，并破门而入，
我担惊受怕，但愿不要摧毁

父亲手植的那棵老橡树
和母亲栽种的杨柳，
这柳树，你曾奇异地
把它同我们的命运联结在一起，
因为当可怜的母亲死去的晚上，
那棵树的叶儿也就枯萎……

　窗子颤抖着，并闪着光彩……
听！那是多大的冰雹在跳跃呢！
亲爱的朋友，你早已明白——
这里只有石头才不哭泣……

第一部　农夫之死

一

萨夫拉斯卡①深陷在雪堆中——
从残破的雪橇上露出来
两双冻透了的树皮鞋，
一角用蒲席盖着的棺材。

一个戴大手套的老妇
下了车，策着马儿前行。
她的睫毛上挂满细小的冰柱，
想来必定是因为寒冷。

二

诗人的习惯的沉思
匆匆地向她的前面驰去：

---

①　马名，一般指淡黄色的马。

一间小屋坐落在村子里，
被雪覆盖着，犹如裹上了殓衣。

小屋里——牛犊关在地窖，
窗边的板凳上停放着亡人，
他那不懂事的孩子们在吵闹，
他的妻子悄悄地痛哭失声。

她敏捷地把一块块麻布
缝成一件殓衣，
她低声地痛哭着，
好像连绵不绝的细雨。

三

命运有三段坎坷的道路：
第一段：同奴隶结婚，
第二段：做奴隶儿子的母亲，
而第三段：至死也服从奴隶，
　　俄罗斯国土上的妇女
　　就遭受着这些可怕的命运。

一世纪一世纪过去——万物都渴望幸福，
世上的一切也已改变了数度，
但上帝只忘记了一桩，
　　他没有改变农妇严酷的定数。
美丽而健壮的斯拉夫妇女的形象，
　　我们谁都承认，已经变得瘦小而又寒碜。

　　命运的偶然的牺牲者啊！
　　你不声不响、在无形中受苦，

你甚至连自己的哀怨
也不向这流血斗争的世界倾诉,——

但你都告诉我吧,我的朋友!
你从小就同我结识。
你整个人,就是恐惧的体现,
你整个人,就是永恒的疲倦!
谁要是不为你流泪,
他的胸中就没有心肝!

四

然而我们提起了农村妇女们,
原是为了要说一说,
庄严美丽的斯拉夫妇女的典型
就是在今天也不是无处可寻。

俄罗斯乡村里有一些妇女,
脸上娴静而又端庄,
举止间带着优美的活力,
还有女皇的步态和目光,——

除非是瞎子才看不见她们,
睁眼的人都这样把她们谈论:
"一露面——好像太阳闪着光芒!
她一瞧——你好像得了奖赏!"

她们所走的道路,
也正是我们全体人民所走的,
但是穷苦环境的泥污
仿佛就沾不上她们的身体。

美人像一朵稀世的奇葩，
脸儿绯红，身儿周正，个儿高高，
她穿什么衣裳都美丽，
她干什么活儿都灵巧。

饥饿，寒冷，都能够忍受，
她永远是耐心而又沉静……
我看见过她怎样收割：
把手一挥——就是一垛！

她的头巾滑到耳朵上，
眼看她的发辫就要散掉。
有个小伙子把它向上一挑，
趁势开了个玩笑！

浓密的亚麻色发辫
披散在黝黑的胸前，
遮住了她的赤裸的纤足，
妨碍了这农妇的视线。

她用手把披散的发辫撩开，
怒冲冲地望着那青年。
庄重的脸儿好像一幅镶框的肖像，
燃烧起羞怯与愤怒的火焰……

平日里，她不爱闲着。
可是当愉快的微笑
驱散她脸上的劳动痕迹，
却又是另一番面貌。

这样亲切的笑容，
这样的歌曲、舞蹈，
就是花钱也难买。"多快活呀！"——
庄稼人在一起总是这样说道。

游戏时，骑马的也追不上她，
在危难中从不惊惧，她会想出办法：
她能把奔驰着的马儿拦住，
她会走进燃烧着的茅屋！

她那漂亮、整齐的牙齿，
好像一颗颗又大又亮的珍珠，
但是她那绯红的嘴唇
总不让美丽的牙齿露出——

她很少微笑……
她没有工夫闲谈，
邻妇不敢向她
借把铁叉，借个瓦罐；

穷苦的乞丐，她不可怜——
谁叫他游手好闲地胡荡！
她浑身透露着能干，
而且洋溢着内在的力量。

她的意识明确而坚定，
认为他们的生路全靠劳动，
而劳动使她获得了报答：
全家人无须在穷困中挣扎，

他们始终有一所温暖的屋子，

面包烤得好,克瓦斯有味道,
孩子们长得又胖又结实,
节日里还有多余的面包。

这位农妇去做弥撒:
在全家人的前面走着,
一个两岁的孩子偎在她怀里,
好像在椅子上坐着,

穿着漂亮衣裳的妈妈
领着一个六岁的儿子……
正是这样的情景,为一切热爱
俄罗斯人民的人所赏识!

五

你也有过惊人的美丽,
你又灵巧,又有气力,
但是,悲哀使你憔悴了,
你已故普罗克的爱妻!

你倔强——你不爱哭泣,
你抑制着自己,但是你的眼泪
不由自主地打湿了
那敏捷的针儿缝着的殓衣。

眼泪一滴滴落着,
落向你那飞快的手臂。
好像一支穗儿,在默默地摇掉
它那成熟的谷粒……

六

在四里外的一个乡村里，
在教堂附近，风摇曳着
被暴风雨摧折了的十字架，
一个老人在选择坟地；

他疲倦了，活儿很吃力，
这也需要熟练的手艺——

又得使十字架能从大路上望见，
又得让太阳在周围照耀。
积雪埋没了他的两膝，
他的手里拿着铁杆和铁锹。

胡须镀上了白银，
大帽子挂满了冰霜，
那老人沉思着，
呆呆地站在高岗上。

他决定了。在地上画了个十字，
他要在这里挖掘墓穴，
他也为自己画过十字，
便开始用铁锹刨开积雪。

坟地毕竟不是田野，
这里有另外一番光景：
雪地上露出了许多十字架，
大地布满了十字架阴影。

弯下自己老迈的腰，
他长久地、辛勤地挖掘着，
而那黄色的凝冻的黏土
立刻又被雪花遮盖住。

一只乌鸦向他这儿飞来，
用嘴啄着地面，一阵徘徊，
大地，像铁一般铿铿地响——
乌鸦又失望地向别处飞开……

坟墓做得好极了，——
"这坑儿怕不是我挖的！"
（老人的话脱口而出了。）
"但愿不是普罗克长眠在这里，

"不是普罗克啊……"老人跌倒了，
铁杆从他的手中滑掉，
滚到白白的坑穴里，
老人又费力地把它捡起。

他走了……沿着道路前行……
没有了太阳，月亮也还没有上升……
好像整个世界就要死去：
沉寂，飞雪，雾霭腾腾……

七

在峡谷，在热尔吐哈河边，
老人赶上了自己的老伴，
他小声地向老妇问道：
"这口棺木是不是还好？"

335

她的嘴唇微微一动，
回答老人："还不错。"
然后他俩都沉默了，
雪橇轻轻地奔跑着，
仿佛害怕什么……

村庄还没有露面，
附近却已经闪现灯光，
老妇为自己画过十字，
那马儿吓得跳到一旁——

光着个头，赤着双足，
手拿一根尖头的粗木棒，
这是老相识巴霍姆，
突然来到他们的面前。

他披着一件女人的衬衣，
身上的铁链叮当响；
村里的这个傻瓜
用木棒敲着上冻的土地，

然后他怜悯地低吼了一声，
叹了口气，说道："这不要紧！
他已为你们劳累够了，
现在该轮到了你们！

"母亲给儿子买了棺材，
父亲给他挖了墓坑，
妻子给他缝了殓衣——
你们都有了该做的事情！……"

他又低吼了一声——这傻瓜
便漫无目的地向旷野跑去。
铁链在凄厉地叮当作响，
赤裸的小腿肚发着亮光，
木棒一直拖在雪地上。

八

他们都离开了家里，
把冻坏了的玛莎和葛里沙
领到邻妇那里去过夜，
然后给儿子穿上殓衣。

这件悲惨的事情
正缓慢、庄重、严酷地进行：
不说一句多余的话，
眼泪也不向外流涌。

睡着了，一辈子辛辛苦苦！
睡着了，为人世操劳奔忙！
他已经无忧无虑，
躺在白松木的桌子上，

他躺着，神色严峻，动也不动，
床头上点燃一支蜡烛，
脚上穿着新做的树皮鞋，
身上穿着宽大的麻布服。

一双大手长满了老茧，
这是他饱尝了劳动的艰难，

他脸上毫无痛苦,还很漂亮,
胡子一直垂到了手腕……

九

他们给亡人装殓的时候,
并没有用言语表露一点悲痛,
不过那些可怜的人们
都避免注视对方的眼睛。

用不着再同忧伤苦斗了,
事情到这儿已经完结,
如今那满怀的积愤,
已河水般从嘴里往外倾泻。

不是大风在茅草上呼啸,
不是婚礼的行列在喧闹——
那是亲人们为普罗克恸哭,
那是一家人为普罗克哀号:

"你啊,我们的蓝翅膀小鸽儿哟!
你撇下我们,飞到哪儿去?
论漂亮、身个儿和气力,
村子里有谁能和你相比?

"父母遇事总要问问你,
在田野里你是好把式,
对待宾客,你亲切又殷勤,
你热爱妻子和儿女……

"你为什么在人世活得这样短?

你为什么把我们撇下，亲爱的？
当你蒙上了潮湿的泥土，
你一定做过一番深思熟虑——

"你一定想过——是你把我们
撇在了人世啊，
我们这些孤儿再不用清水了，
今后就用热泪洗面啊！

"老母必定因为悲伤死去，
你的老父也活不了，
家庭的主妇没有丈夫——
就像林中的白桦没有树梢。

"你不怜悯她这可怜的人，
也不怜悯你的儿女们……醒醒吧！
夏天，你还要在自己的
宝地收割庄稼！

"最可爱的人，你拍一拍手吧，
用你雄鹰似的眼睛瞧一瞧吧，
摇一摇你绸子般的鬈发，
张一张你那甜蜜的嘴唇吧！

"为了高兴，我们想煮蜜酒，
要熬醉人的勃拉加①
请你坐在桌子旁边，
可心的人儿，亲爱的，你吃吧！

---

① 一种家酿啤酒。

"我们要站在你的对面——
养家人啊,你,一家人的指望!
我们将目不转睛地望着你,
倾听着你的言语……"

十

邻居们听到痛哭与呻吟,
都成群地拥进了门:
他们把蜡烛放在圣像前,
便深深地行礼鞠躬,
然后默默无言地回去。

接着又进来了一些人。
等到众人都散尽了,
亲人们才坐下吃晚饭——
白菜,克瓦斯就着面包。

老人不让无益的悲伤
把他自己征服:
他凑近了松明,
将破了的草鞋修补。

老妇大声长叹着,
在暖炕上躺下了,
而达丽亚,年轻的寡妇,
看望自己的孩子去了。

教堂执事彻夜立在烛边,
为已故的农夫诵念经文,
一只蟋蟀在暖炕的后面

随声附和,发出刺耳的声音。

<h1 style="text-align:center">十一</h1>

暴风雪凄厉地咆哮着,
向窗口挥洒着雪花,
太阳忧郁地升上天空:
在今天早晨,它就是
这幅悲惨景象的见证。

萨夫拉斯卡驾着雪橇,
沮丧地站在门口;
没有多余的话语,也没有号啕痛哭,
人们把死者从屋里抬出。

好,拉吧,萨夫拉斯卡!拉吧!
把轭索拉紧一点!
你曾为主人效力多年,
再辛苦这最后一趟吧!

在商业村奇斯托波里耶,
你还是一头小驹儿,他就把你买下,
他把你放牧在辽阔的田野里,
于是你出脱成了一匹骏马。

你对主人温和驯服,
你为过冬储备了粮食,
在马群里孩子也能把你牵住,
你长得膘肥体壮,
因为吃的是青草和麦麸。

一到活儿都干完了，
严寒也把大地封住，
为了节省家中的饲料，
你同主人一块儿去拉货物。

这种事儿也碰到不少——
正当你拉着沉重的货物，
恰恰遇上猛烈的风暴，
你精疲力竭，迷失了路途。

在你的凹陷的两肋上
留下了多处鞭打的痕迹，
不过，你在过路的客栈中
却有燕麦可以尽量嚼食。

在正月的夜晚，
你听见过暴风雪刺耳的啸声，
在森林的边缘，
也常看见豺狼燃烧着的眼睛，

你浑身战栗，饱受一场虚惊，
可是过后，还是太太平平！
显然，主人自己疏忽了——
冬天要了他的性命！……

十二

有一次他在深深的雪堆中间
停留了半个昼夜，
然后忽而发热、忽而发冷地
赶着货车行走了三天：

他急急忙忙,按照期限,
把货物运到指定的地方。
货物送到,他立即回家——
一句话也不说,浑身像火烫!

老妇用九只纺锭
将水向他身上泼浇①,
后来又扶进了热气腾腾的浴室,
但是不行——他一点也不见好!

这时候,请来了巫婆——
又是给他喝水,又是念咒絮语,又是揉搓——
越来越糟啊! 人们又让他三次
钻过浸透汗水的马轭②。

又把他放进了冰窟窿,
又把他放在鸡架下③……
一切他都顺从,好像一只鸽子,——
可是不好,——他汤也不进,饭也不吃!

谢尔加乔夫村耍狗熊的费嘉,
正好在这儿逗留,
提议还是放在熊肚子底下,
把他的筋骨揉一揉。

但是达丽亚,病人的妻子,
把那个出主意的人赶出去;

---

①②③　俄罗斯民间风俗。

这婆娘想起另一个方子，
她要来试上一试：

夜里她向遥远的寺院走去
（它离村子有十来里），
那儿供奉着一尊圣像，
它有起死回生的力量。

她去了,捧着圣像回来——
病人躺在那里,已是奄奄一息,
领了圣餐,穿上了殓衣,
他看见妻子,呻吟了一声,
就这样死去……

十三

……萨夫拉斯卡,拉吧,
把轭索拉紧一点!
你曾为主人效力多年,
再辛苦这最后一趟吧!

听啊! 丧钟敲了两下!
神父在等待着——走吧!……
前面走着一对悲痛万分的老伴,
那是死者的爸爸和妈妈。

两个孩子在车上伴守遗体,
他们吓得不敢哭泣,
在棺材旁边,手挽着缰绳,
驾驭萨夫拉斯卡的是他们可怜的母亲,

她走着……她的眼睛深深陷下，
最苍白的是她的双颊，
连她头上那表示哀伤的
白麻布头巾，也比不上它。

达丽亚的后面——慢吞吞跟着
不大的一群男女邻人，
谈论着普罗克的那些孩子
说他们的遭遇实在不幸。

说达丽亚将把许多活儿担承，
等待着她的是最悲惨的日子。
"没有人会可怜她啊！"——
他们一致这样断定……

十四

照规矩，把棺材放进了墓穴，
黄土便把普罗克埋葬；
人们都悲伤啜泣，痛哭失声，
他们对全家表示怜悯，
又用慷慨的赞词向死者致敬。

村长西多尔·伊万内奇，
应着妇女们的哭泣低声叫道：
"安息吧，普罗克·谢瓦斯季亚内奇！"
他说："你的为人真是厚道，

"你一向诚实。而主要是：你按期——
当上帝来拯救你的时候——
缴足了主人的地租

纳完了沙皇的税务！"

所有好听的话都说完了，
这可敬的庄稼人呻吟了半晌：
"是的，这就是人的一生啊！"
他又说了一句，才把帽子戴上。

"你倒下了……你原是那么强壮有力！……
我们也得倒下呀……谁也逃不过这个日子！……"
人们又向坟墓画了十字，
然后在上帝保佑下各自转回家去。

高大，干瘪，白发苍苍，
没有戴帽子，呆呆地哑口无言，
老迈的爷爷如一座纪念石像，
伫立在亲人的坟墓旁边！

后来，这大胡子的老人
在老伴的恸哭声中，
开始在墓地迟缓地走着，
并用铁铲把土地铲平。

撇下了自己的儿子，
他同自己的老妻走进村中；
"瞧啊，那悲伤的老人东歪西倒！
像一个醉鬼！……"人们这样说道。

十五

达丽亚也回到家里——
她要收拾房间，又得喂饱孩子。

唉,唉! 屋子是多么冷啊!
她匆匆忙忙去生炉子,

可是一看——没有一块劈柴!
可怜的母亲踌躇起来。
她舍不得离开自己的孩子,
很想把他们好好地抚爱。

然而没有工夫去抚爱。
寡妇把他们领到邻妇家,
立刻套上了萨夫拉斯卡,
便动身到树林里去砍柴……

第二部　红鼻头严寒大王
十六

天寒地冻。覆雪的原野闪着白光,
　　　前面是黑压压一片树林,
萨夫拉斯卡不慌不忙地走着,
　　　在路上遇不见一个行人。

多么静啊! 乡村里发出的声音
　　　仿佛就在耳边鸣响,
那撞在树根上的滑木①
　　　震响着,尖叫着,使人心慌。

周围的一切——全没有心情观看,
　　　原野闪耀着宝石般的光辉……
想必是太阳有些耀眼——

---

① 俄罗斯风俗:不祥之兆。

达丽亚的眼里充满了泪水……

十七

田野是寂静的,但树林里
更寂静,也仿佛更明亮。
越往前走——树木越高大,
阴影也就拖得更长,更长。

树林,太阳,阴影,
死沉沉的、阴惨惨的幽静……
可是——听啊! 那悲切的怨诉,
那喑哑的、使人绝望的吼声!

悲哀压倒了达丽尤希卡①,
森林冷漠地谛听着她,
她的声音在荡漾、在发颤,
好像呻吟,断断续续,任意飘散。

圆圆的太阳冷酷无情,
好像猫头鹰黄色的眼睛,
淡漠地从天上俯视着
寡妇的沉重的苦痛。

可怜的寡妇心灵里
许多弦儿都已经断了,
而且永远地、秘密地留在
那荒无人迹的密林里。

① 达丽亚的爱称。

348

她是幼小孤儿的母亲，

她那寡妇的巨大痛苦

虽然被自由的小鸟窃听了去，

可这些鸟儿却不会向人吐露……

十八

不是驯犬者①在密林里吹号角，

不是淘气鬼在哈哈狂笑，

而是那年轻的寡妇

痛哭了一场，正在砍伐树木。

砍下来，往雪橇里扔去——

但愿快一点把它装满，

她自己还未必注意到

眼睛里的泪水总是流不完。

有一滴泪珠要从睫毛上掉落，

它一晃就掉到雪地上——

一直钻到了地面，

把雪地烫了一个深深的小窝；

另一滴掉在树干上，

掉在砍下的木柴上——你看，

它凝成了一颗大大的珍珠，——

结结实实，又白，又圆。

还有一滴在眼睛里一闪，

从脸上滚下，像箭一般，

---

①　指为贵族饲养猎犬的人。

阳光在泪珠上嬉戏闪动……
达丽亚忙着要把活儿干完。

只顾砍柴——忘记了寒冷，
她没感到两脚冻得发疼，
而她整个身心都在想念丈夫，
呼唤着他，并在同他谈心……

十九

·····················

·····················

"亲爱的人儿！春天里
小姐妹们跳环圈舞的时候，
又要把我们的美人玛莎抬起，
而且抬在手臂上摇动！

"抬在手臂上摇动，
而且要向上抛，
叫她'罂粟果'
并把罂粟果抖落①！

"我们的玛莎满面通红，
像一朵小小的罂粟花，
她有一双蓝眼睛，淡褐色辫子像一束亚麻！

"她会用小脚踢腾，
还会嘿嘿地笑……咱们俩，

---

① 这是一种著名的民间游戏，名叫"播罂粟"。一个美丽的姑娘坐在圆圈的中央当罂粟果，末了人们把她向上抛掷，即表示罂粟的散播；此外，还常由一个傻气的小伙子当罂粟，在抛掷时他常遭受拳击。——原注

你,我的亲爱的,
咱们要好好地欣赏一下!……

二十

"死了,你没有活到老年,
死了,你被埋进黄土里!

"春天人人都欢喜,
阳光是多么明丽。
太阳使万物复活,
大自然展现了它的美丽,
青草请求人们去收割,
田野邀请农人去耕犁。

"我这苦命人起来得很早,
在家没有吃,身边也没有带。
我耕地一直耕到天黑,
　　夜里我修理镰刀,
　　清早我又去割草……

"我的脚啊,你站稳一点吧!
白白的手啊,你不要疼痛吧!
　　只得一个人干啊!

"在田野,我一个人太疲倦,
在田野,我一个人不习惯,
　　我要呼唤亲爱的人!

　　"我种的地好吗?
　　出来呀,亲爱的,你看一看!

我割的草干不干呢？
我堆的干草垛周正吗？……
在割草的那些日子里
我总是在草耙上休息！

"没有人来教会女人劳动！
没有人来启迪女人的智能……

二十一

"家畜放进树林里去了，
黑麦老妈妈开始秀穗了，
上帝赐给了我们好收成！
如今麦秆高到了胸口上，
上帝赐给了我们好收成！
可是她却没有延长你的寿命，——
无论你愿不愿意，只得一个人去干呀！

"牛虻嗡嗡地叫着，咬着，
口里干渴得要命啊，
太阳晒热了镰刀，
太阳照花了眼睛，
它烧着我的头和肩，
烧着我的手和脚，
好像来自火炉里，
黑麦也散发着腾腾的热气，
脊背累得酸疼，
手脚疼得更凶，
一个个红色的、黄色的圈儿
在我眼前升起……
赶快收割吧，

你看——成熟的谷粒流满地……

"在一起，事情会做得又快又好，
在一起，劳动会充满欢愉……

二十二

"亲娘啊，我的梦应验了！
那是救主节前做的梦。
在午后，我手拿着镰刀，
一个人在田野里睡着了，
我梦见：一支强大的兵力——
无数的军队——在向我攻击，
他们威胁地挥着双手，
恐吓地瞪着两眼。
我想要逃跑，
可我的腿儿不听使唤。
于是我开始求救，
于是我大声呼喊。

"我听见，大地在颤动——
母亲首先跑出来，
草儿被踩倒，在脚下簌簌响——
孩子们急急忙忙跑向母亲。
田野里的风磨，因为没有风，
不能迅速地转动翅膀；
兄弟来了，躺在地上，
公公慢吞吞地走来了。
大家都来了，都跑来了，
但只有一个亲爱的人
我的眼睛却不曾看见……

于是我把他呼唤：

'你看，一支强大的兵力——

无数的军队，——在向我攻击，

威胁地挥着双手，

恐吓地瞪着两眼。

为什么你不来救我呢？……'

这时候，我向四面一看——

上帝啊！都躲到了哪儿去？

我这是怎么啦？……

这里没有什么军队啊！

这不是一些剽悍的人，

不是布苏尔曼①的军队，

这是黑麦的饱含着

成熟的谷粒的穗子

涌到这儿跟我打仗哩！

"它们在摇摆、喧嚷、攻击，

它们搔着人的手和脸，

使麦秆向镰刀低下头去——

再也不想在这儿待下去！

"我敏捷地动手割起来，

我割着，可是大颗大颗的谷粒

撒落在我的脖颈上——

好像在冰雹下站立！

"一过夜，所有我们的

黑麦老妈妈就会落光……

你在哪儿呢，普罗克·谢瓦斯季亚内奇？

---

① 指鞑靼人。

怎么不来帮忙呢？……

"亲娘啊，我的梦应验了！
现在我要一个人来收割了。

"没有亲爱的人帮助，我来把黑麦收割，
把麦捆捆紧，
我的眼泪向麦捆滴落！

"我的眼泪不是珍珠，
痛苦的寡妇的眼泪啊，
上帝要你干什么，
你有哪一点值得它宝贵啊？……

二十三

"冬天的夜啊，你是这样的漫长，
没有亲爱的人，睡觉也觉闷得慌，
我织起了麻布
免得再痛哭悲伤。

"我要织出许许多多麻布，
又细又薄，质地优良，
亲爱的儿子将会长大，
长得结实而又粗壮。

"在我们这块地方，
他是最好的新郎，
我们打发可靠的媒人，
给小伙子说一位姑娘……

"葛里沙的鬘发我来亲自梳理，

我们的头生儿子长得红里透白，

新娘也生得同样健康、美丽……走吧！

祝福年轻人去举行婚礼！……

"我们像等待节日似的等待着这一天，

记得吧，当葛里舒哈①刚会走路的时候，

我们曾整夜地谈论着，

　　将怎么给他娶妻，

为了举办婚事，我们慢慢地把钱积蓄……

　　瞧啊——我们等到这一天了，谢天谢地！

"听，铃铛叮当叮当地响！

　　迎亲的车队已经归来，

　　快点出来迎接吧——

孔雀似的新娘，小鹰似的新郎！——

　　将谷粒撒在他们身上吧，

　　将蛇麻草也撒在年轻人的身上！②……

二十四

"畜群在幽暗的森林里徘徊，

牧童在森林里剥着树皮，

一只灰狼从森林里出来。

　　它要将谁的绵羊叼去？

"漆黑的乌云密密层层

正高悬在我们村庄的上空，

---

①　葛里沙的爱称。

②　用蛇麻草和谷粒撒在青年人身上，表示将来生活富足。——原注

闪电的火箭将从云端发射，
　　它要把谁家的房屋击中？

"不好的消息在人民中间传播，
青年们再不能长久地自在逍遥，
　　很快就要招募新兵了！

"我们家这年轻人是独生子。
我们只有葛里舒哈和小女儿两个孩子，
　　可是我们的村长是强盗——
　　他会说:这是村公社的决议！

"我们的孩子一定会把性命断送，
起来吧,你快来庇护亲爱的儿子！

　"不,你不能庇护了……
你的惨白的手臂垂下了，
你的明亮的眼睛永远闭上了……
　　我们孤苦伶仃好苦啊！……

二十五

"我是不是没有祈祷圣母？
　　我是不是一个懒惰的人？
黑夜里去搬请灵异的圣像，
　　我一个人也不觉得害怕、担惊。

"风吼叫着,吹积起一个个雪堆。
　　没有月亮——哪怕有一线光明呢！
仰望天空——那是一口口棺木，
　　锁链和铁锤从乌云中涌出……

"我是不是没有为他尽心尽力？
我是不是有所吝惜？
我害怕告诉他，
我有多么爱他！

"星星在黑夜里出现，
我们的光明会不会来到呢？……

"一只野兔从土墩下蹿出，
兔儿呀，站住！不许你
跑过我正在走着的道路！①

"谢天谢地，它窜进了树林里……
到夜半时分，就越来越感到恐惧，——

"我听见，魔鬼
在森林里东奔西突，
　　又是嗥叫，又是哭诉。

"我什么事情招惹了魔鬼？
避开我！我会把礼物
　　奉献给至贞的圣母！

"我听见马儿在嘶叫，
我听见豺狼在哀嚎，
　　我听见有什么在紧跟着我，——

"野兽，你不要把我追逐！

① 俄罗斯风俗：路上兔子从人前跑过是不祥之兆。

358

剽悍的强人，也不要走近，

  我们的血汗钱每一个都很贵重！

————————

"夏天他还在世上干活，

一冬未见过儿女的面，

我夜夜想念着他，

  夜夜合不上眼。

"他赶着车，挨着冻……我也满腹忧伤，

  用丝一般的亚麻来纺线，

纺出的线儿是那样长，

  就像他那漫长的道路一个样。

"我的纺锭在跳跃，在旋转，

  不断撞着了地面。

普罗克鲁希卡①走着，在车辙上画着十字，

在山岗上，他亲自挽着货车往前趱。

  "一夏又一夏？一冬又一冬。

  我们就是这样把钱挣！

"请可怜可怜贫苦的农夫吧，

  上帝啊，我们将一切都奉献给你，

把我们一戈比一戈比、一个铜子一个铜子，

  辛辛苦苦积攒下来的一切都奉献给你！……

————————

① 普罗克的爱称。

二十六

"到此为止,你森林的小径啊!
森林在这儿也到了尽头。
黎明时候,金色的星星
忽然从天国
坠下——陨落了,
上帝向它吹了一口气,
我的心猛一战栗:
我想着,回忆着——
当星星坠落的时候,
我想了些什么?
想起来了! 我的两脚站起,
努力地走着,可是走不动啊!
我想,在活人中间
怕再也见不到普罗克……

"不! 天上的女皇不会让他死去!
灵异的神像必定会把他治愈!

"我画了个十字,
飞快地向前跑去……

"他有勇士般的力量,
上帝发发慈悲呀,他不会死亡……
这就是修道院的高墙!
我的头的影子
已经落到修道院的门上。

"我深深地一躬到地,

我站稳了脚步,抬头一望——
一只乌鸦正栖在金十字架上①,
我的心又是一阵战栗!

二十七

"让我等了很久很久——
苦行修女们那天正埋葬一个姐妹。
早祷在进行着,
修女们缓慢地在教堂里走来走去,
黑色的法衣穿得整整齐齐,
只有死者穿着洁净的白衣:
那年轻的、安静的死者——沉睡着
她知道天堂里会有什么。
竟连我这个卑微的人,
也吻了吻你雪白的小手!
我久久地望着你的脸:
你比所有的人都年轻、漂亮、温和,
你在修女们中间,好像是
一群灰蓝色鸽子里的一只白鸽。

"她手里攥着一挂乌黑的念珠,
额头上扎着一条有彩绘的带饰。
黑色的丧罩在棺材上覆盖——
那上面绘有这么多善良的天使!

"我的亲爱的小燕儿啊,
请用你神圣的双唇去求求上帝,
千万不要让我成为

---

① 俄罗斯风俗:不祥之兆。

361

带着两个孤儿的苦命寡妇！

"她们亲手把棺材抬到坟地，
唱着挽歌，哭泣着把她埋葬。

二十八

"圣像在行进，跟着一大群人，
修女们唱着赞美诗，护送着它，
　　人们也都恭敬地去吻它。

"圣母享有无上的尊敬：
老人和青年丢开了活儿，
　　走出村来，跟在它后面送行。

"病人和残废也被抬着向她走去……
我知道，圣母啊！我知道：
　　你使很多人得到了安慰。

"可你就是对我们不发慈悲！
………………………
………………………
上帝啊！我已经砍了多少柴！
　　满装了一车，没有法子运回来……"

二十九

诸事完毕，
把劈柴放上雪橇，
抓起了缰绳，
这寡妇正要走上归程。

可是她又站着想了想，
呆呆地拿起了斧子，
呜呜咽咽地小声哭泣着，
向一棵高大的苍松走去。

她的两腿勉强支撑着身体，
忧愁折磨够了她的心灵！
这时出现了悲伤短暂的平息——
一种偶然的可怕的寂静！

她痴痴呆呆地在苍松下站着，
没有思想，没有眼泪，没有呻吟。
森林里是死一般的沉寂——
严寒愈加凛冽，白昼一片明净。

三十

不是狂风在松林上空咆哮，
不是溪涧从山上向下奔腾，
那是严寒大王
在他自己的领地巡行。

他看看森林里所有的路径，
暴风雪是不是遮盖得严严实实，
路面是不是还有裂缝、空隙，
是不是还有露出的光地？

苍松的树梢是不是茂盛，
橡树上的花纹是不是美丽？
那大大小小河流上的冰层

结得是不是硬实？

他走着——在树梢上迈着大步，
他把冰层踏得咯吱咯吱响，
明丽的阳光嬉戏在
他那蓬松的胡须上。

魔法师的道路到处畅通，
听啊！白发苍苍的大王越走越近。
他忽然来到她的上边，
在她的头顶上出现！

他攀上了高大的苍松，
用棒槌敲打着松枝，
于是他轻轻地唱起
一支豪放的夸口的歌曲：

三十一

"瞧一瞧吧，年轻的少妇，放大胆子，
瞧我严寒大王长得怎么样！
你遇见过的年轻小伙子
未见得比我更加漂亮和强壮？

"雪暴、飞雪和浓雾，
总是服从我——严寒，
我要到那汪洋大海——
建造一座座冰的宫殿。

"如果我愿意——我便让长川大河
长久地在坚冰下隐藏，

我要建造一座座的
人们不能建造的冰的桥梁。

"那急湍、喧闹的江河
不久前还在自由地奔腾，
但是今天却有人步行走过，
满载货物的车队也在通行。

"我爱将深深坟墓中的死者
薄薄地敷上一层冰霜，
使血管里的鲜血凝结，
把头壳里的脑髓冻僵。

"为使不怀好意的盗贼感到苦痛，
为使骑者和马儿大吃一惊，
我爱在夜晚的时候，
在森林发出噼啪的响声。

"女人们抱怨着林妖，
匆匆地往家里逃跑。
对于醉鬼，骑马和步行的，
我更要大开他们的玩笑。

"不用白粉，我会把满脸涂白，
我还会使鼻子通红似火焰，
我会把胡子和缰绳冻结在一起，
哪怕你用斧子也砍不开！

"我是富翁，我的财产数不清，
这些财产决不会减少，
我用宝石、珍珠、白银

把我的王国装饰得十分美妙。

"请跟我走进我的王国,
请你做这王国的皇后!
冬天,我们光荣地统治着,
夏天,是我们沉睡的时候。

"进来吧! 我将你爱抚,给你温暖,
我要赐你一座淡青色宫殿……"
于是,严寒大王在她的头上
挥动起冰做的权杖。

三十二

"你觉得温暖吗,乡下的少妇?"
他从高高的树顶向她喊叫。
"温暖呀!"这寡妇答道,
而她却浑身发冷,冻得发抖。

严寒大王越降越低了,
他又挥了一下权杖,
更温柔、更轻悄地向她说道:
"温暖吗? ……""温暖呀,亲爱的大王!"

温暖呀——可是她已冻僵。
严寒大王摸了摸她的身体:
向她的脸上吹送着空气,
从他那苍白的胡子上
向她撒下无数的针棘。

看吧,他已在她的面前降临!

"温暖吗?"他又追问了一声
他忽然变成了普罗克鲁希卡,
并且不断地亲吻她。

这个白发苍苍的魔法师
吻着她的唇,她的眼,她的肩,
而且还向她小声说着
那好像夫妻间甜蜜的语言。

她是这样的爱听
他的甜蜜的语言,
达丽尤希卡合上了眼睛,
斧子也滑落在脚边,

一丝笑意浮现在
那痛苦寡妇的苍白的双唇,
她的睫毛细密而又洁白,
眉心里结出了一些冰针……

三十三

穿着晶莹璀璨的霜衣,
伫立着,她浑身慢慢地冰凉,
然而她梦见了炎热的夏日——
黑麦还没有完全运光,

但是收割完了——他们多么轻松!
男人们搬运着一捆捆的麦束,
达丽亚在紧靠河边的田中
挖掘着自己种的马铃薯。

她的婆婆——一个年迈的老妇，
也在这里干活；美丽的玛莎，
这贪玩的孩子，坐在鼓鼓的麻袋上，
手里还拿着个胡萝卜。

大车，轧轧地响着赶来了——
萨夫拉斯卡望着自己的主人，
而普罗克鲁希卡迈着大步，
紧跟着一车金色的麦束。

"上帝保佑！葛里舒哈哪儿去了？"
父亲顺便提起。
"在豌豆地里。"老妇说道。
"葛里舒哈！"父亲在喊叫，

向天上望了望。"想是不早了吧？
还是喝点儿……"主妇站起身，
于是，从白木壶里倒了克瓦斯
递给普罗克畅饮。

葛里舒哈这时候才答应：
他周身缠绕着豌豆，
活活泼泼的一个孩子，像是变成了
那会跑的绿色灌木丛。

"他跑来了！……唔！……淘气鬼，跑来了，
像飞一样奔跑！"
只有一颗头是白的，
葛里舒哈浑身黑得像一只穴鸟。

他喊叫着，蹦蹦跳跳跑了来

（脖子上套着豆蔓编的项环）。
他拍着奶奶、妈妈、小妹——
像一条泥鳅,来回地旋转!

孩子从母亲那儿得到温存,
而父亲把孩子拧得发疼;
这时候,就连萨夫拉斯卡也不打盹儿了:
它将自己的脖子伸了又伸。

它勉强够到了——露出牙齿,
它津津有味地嚼着豌豆棵,
并用自己柔软和善的嘴唇
碰了碰葛里舒哈的耳朵⋯⋯

三十四

玛舒特卡向父亲叫道:
"爸爸,带我去!"
她从麻袋上跳下——但是跌倒了,
父亲把她扶起。"不要哭!

"跌伤了——算不了什么! ⋯⋯
我再不要女孩子了,
老婆子,像这样的淘气鬼,
你到开春再给我生一个!"

妻子害臊了,
"有一个你已经够了!"
（但她知道,心房下已有一个胎儿
在跳动⋯⋯）"唔! 玛舒克,没有什么!"

普罗克鲁希卡搭上了车，
安置玛舒特卡跟自己一起坐好。
葛里舒哈也跑着跳了上去，
车就辚辚地滚动起来了。

一群麻雀从麦束上飞起，
在大车的上空回旋飞翔。
用一只手遮着太阳，
达丽亚久久地踌躇观望，

望着孩子们跟父亲驶近了
自己烟雾弥漫的烘棚，
而孩子们那绯红的脸儿
从麦束堆里向她露出笑容……

听啊，歌声！多么熟悉的声音啊！
那歌者的声音是多么动听……
达丽亚最后的痛苦的痕迹
已从她的脸上消失干净，

她的灵魂已随着歌声飘去，
她已完全沉醉在歌声里……
世界上再没有比它更美妙的歌儿，
听到这样的歌，只有在梦里！

上帝知道——那歌儿唱的是什么！
我没有理解歌词的本领，
但是它能使内心感到满足，
它洋溢着人间的无限欣幸。

它让人感到同情的温柔爱抚，

爱情的誓言长在……
满足与幸福的微笑
一直没有从达丽亚的脸上离开。

三十五

无论付出什么代价，
我的农妇陷入了梦境，
这有什么要紧？她微笑了。
对她,我们不要去怜悯。

森林所给予我们的,
是最深沉,最甜蜜的宁静,
森林安静而无畏地伫立着,
上面是寒冷的严冬的天空。

没有什么地方可以使疲惫的胸膛
呼吸得这样自由舒畅,
如果我们活够了,
我们也不需要更甜蜜的长眠地方!

三十六

万籁无声啊!
心灵正为悲伤和爱情慢慢地死去。
你伫立着,你会感到
那征服她的是死一般的沉寂。

万籁无声啊! 你看见蔚蓝色的
天空,森林,太阳,
你充满了奇迹的森林啊,

你穿着银白色冰霜的衣裳，

它用不可思议的秘密吸引着人们，
它是那样的冷漠无情……但是听啊，
偶然响起了一阵沙沙声——
有一只小松鼠在树梢上跳动。

它在松枝上纵身一跳，
把一块积雪踩落在达丽亚的身上。
达丽亚伫立着，
在自己魔力无边的梦里已经冻僵……

1863 年

长诗的开始 *

又看见你了,亲爱的故乡,
夏天里你一片葱绿,无限美好,
我的心灵又充满了诗情……
是啊,只有在这里我才算一个诗人!

(在西方,我怎么也吟不出
旋律和谐的、坚强有力的美丽诗句,
在德意志,我像一条鱼似的哑口无言,
在意大利,我写过俄罗斯的流刑犯①,

那是很久以前的事了……我们亲爱的城市
圣彼得堡,——无论它多么富有诗意,
但我在那里时时刻刻都感到惘然若失——
恶毒凶狠,令人担心或冷漠萎靡……)

又披上了古老盛装的一座座森林,
是野兽和飞禽的阴森的宫殿,
在那些像帐篷似的悬垂着的树木中间,
有一条条绿草如茵的道路向外伸延!

---

* 此诗最初发表于 1869 年的《涅克拉索夫诗选》。从这首诗的主题思想看,可能与诗人的《归来》一
 诗有紧密联系。
① 指诗人所写的长诗《不幸的人们》。

让我第一次告诉你们，
我们的道路一般都发散着什么气息——
那是半是柏油、半是干草的气味。
我不知道它在怎样刺激

你们的神经，但我闻着却十分惬意，
它可以使我的头脑清醒，并且向我指出：
不管幻想把我往哪里指引，
它立刻就会把这幻想转向人民……

听！大车在吱吱响！两头犍牛懒懒地迈着步子，
我们看见一捆捆麦子在万绿丛中起伏摇晃，
好像是一张绿色的桌子，
有一堆黄金在上面闪闪发光。

（我的赌徒朋友们！有空的时候
你们会琢磨出一个好比喻……）
可是我们赶过了大车——于是自由驰骋的思绪
被打断了。我吃惊得发出一阵战栗：

像在画上见到的，我仿佛觉得
在这车上并排坐的是，
一个戴单片眼镜的首都花花公子
和一个穿钟式裙子的阔小姐！……

1864 年

归　来[*]

在这里,我的心充满了忧郁,
祖国对我的问候十分冷淡;
曾经爱过我们的朋友还是这样望着我,
但他早已失去了从前的信念。

九月喧闹着,我的亲爱的土地
一直在雨水的浇打下,不停地痛哭流涕,
一群黑色的乌鸦紧跟着我盘旋,
仿佛嗅到了尸体的气息!

苦恼和恐惧使我激动不已,
我徒然地驱赶那可怕的幻想,
这时候树林怀着某种敌意,
将寒冷的树叶掷在我的头上,

风无情地在我头上呼啸:
懦弱不堪的诗人啊,你怎么来到这里?
你想让我们干什么? 快走! 快走!
我们不认识你,这儿与你毫无关系!

---

[*]　1864 年秋,涅克拉索夫从国外归来。此诗可能是在回卡拉比哈途中写成。最初发表于 1865 年的
《现代人》。

我听见远方响起了歌声。
歌声是熟悉的，它充满了苦痛，
听起来困倦无力，
显得微弱、萎靡而郁闷。

听到这支歌儿，那过去我早已不再幻想的东西，
现在又在我的心里荡起了涟漪，
我诅咒那颗心，因为它不仅在斗争的面前畏缩——
而且还在向后面退去！……

1864 年

铁　路[*]

瓦尼亚(穿车夫式上衣)：

爸爸! 这条铁路是谁修的?

爸爸(穿红里子大氅①)：

宝贝儿! 是彼得。安德列耶维奇,

克列因米赫尔伯爵②。

——车厢谈话

一

美好的秋天啊! 有益健康的

清新空气,振作起疲乏的力量;
初冻的小河覆上了松软的薄冰,
像是铺着一层融化了的白糖。

树林边上,像柔软的卧榻,
安静,宽绰,可以大睡一觉!
树叶还没有完全枯干,
鲜艳金黄,好像一张地毯。

美好的秋天啊! 寒冷的黑夜,
晴朗而寂静的白天……
大自然中没有丑恶的东西!
丘陵,树墩,长满青苔的沼地——

在月光照耀下一切都那么美好,
我要到处去了解亲爱的罗斯……
我沿着铁轨飞快地奔驰,
我正在想着我自己的心思……

二

好心的爸爸呀! 为什么
要迷惑聪明的瓦尼亚?
请让我在月光下
告诉他真情实话。

瓦尼亚,这项工程浩大得惊人——
一个人的力量决不能胜任!
人世上有个暴君,这个暴君残酷无情,
"饥饿"——就是他的姓名。

他统率着军队;他驾驶着海船;
他把人们赶进了劳动组合,
他紧跟着耕犁,他就站在
石匠、织工的肩膀后边。

他驱策千千万万人民来到这里。
人民在这场骇人听闻的斗争中,
给这不毛的荒原平添了无限生机,
又在这里给自己找到葬身的墓地。

正是这条铁路:狭窄的路基,
铁轨,桥梁,一根根标柱,
而铁路两旁尽是俄罗斯人的白骨……
那有多少啊! 你知道吗,瓦涅奇卡①?

听! 那凄厉的叫喊!
那脚步声和咬牙切齿的声音,
一个幽灵遮住了结满冰霜的玻璃窗……
那里是什么? 是一群死人!

一会儿越过铁路,
一会儿在两旁飞奔。
你听见那歌声吗?"在这月夜里,
我们最爱看的是自己的劳动!

"我们永远弯着腰、驼着背,
在酷热和严寒中毁了自己的身体,
我们住在土窑里,与饥饿作斗争,
冻僵了,淋湿了,染上了坏血病。

---

① 瓦涅奇卡、瓦纽沙都是瓦尼亚的别称。

"能写会算的工头敲诈我们，
长官鞭打我们，贫困压迫我们……
一切我们都忍受过，我们这些上帝的战士
劳动的和平儿女们！

"弟兄们！你们获得了我们的成果！
我们注定要在地下化为灰尘……
你们是永远悼念我们这些可怜人呢，
还是早已忘记了我们？……"

不要害怕他们那粗野的歌声！
他们来自沃尔霍夫、奥卡和伏尔加母亲，
来自这个伟大国家的各个边缘角落——
这些人都是你的庄稼汉弟兄们！

胆怯、用手套遮脸是可耻的，
你已经不是孩子了！亚麻色头发，
看，那个魁梧的白俄罗斯病人，
已被疟疾折磨得筋疲力尽：

嘴唇没有血色，眼睑深陷下去，
干瘦的双手溃烂出脓，
长年站在没膝深的水里，
两脚浮肿；满头生着纠发病；

下陷的前胸，一天一天地，
永远使劲向着铁锹压去……
瓦尼亚，你仔细瞧瞧他吧：
一个人挣块面包多么不容易！

他现在还没有伸直自己
那驼峰似的脊梁：只是迟钝地沉默不语，
用生锈的铁锹机械地
凿着上了冻的土地！

我们都不妨学一学
这种高尚的劳动习惯……
感谢人民的劳动吧，
还要学会尊敬庄稼汉。

为了亲爱的祖国，你不要畏怯……
俄罗斯人民忍受得够多了，
他们受够了这条铁路带来的苦难——
而且还要忍受上帝赐给的一切！

他们还要忍受一切——并用自己的胸膛
给自己开辟一条宽广、光明的道路。
只可惜——不论是我和你，
都活不到这最美好的时期。

三

这时候，震耳欲聋的汽笛
一声尖叫——那群死人立刻消失不见！
"爸爸，我做了一个奇怪的梦，"
瓦尼亚说，"五千来个庄稼汉，

"俄罗斯各族人民的代表
突然出现——而他①告诉我：

---

① 指讲故事的人，即作者。

'他们就是这条铁路的建设者！……'"
　　将军听了哈哈大笑！

——前不久我在梵蒂冈城垣里游玩，
并在科里色①徘徊过两个夜晚，
我在维也纳见到过圣·斯特凡教堂，
怎么……这也都是人民所创建？

请原谅我这不逊的笑声，
您的逻辑有点儿荒诞。
莫非您觉得别尔维德尔宫②的阿波罗
还不如放在炉中的瓦罐？

就是您的人民——他们把这些浴场③和澡堂，
艺术的奇迹——把一切都偷得干干净净！
"我并不是对您，而是对瓦尼亚说这些话……"
但将军不让人提出疑问：

——你们的斯拉夫人、盎格鲁－撒克逊人、日耳曼人
不是创造的好手——倒是破坏的能人，
一群粗野的醉鬼！愚昧无知啊！……
不过，倒是应该照顾一下瓦纽沙；

您知道，用死的景象，悲伤的气氛
来搅扰一个孩子的心是有罪的。
您最好现在就让孩子看一看
那光明的一面吧……

---

① 古罗马的大剧场。
② 梵蒂冈宫中的一部分，藏有阿波罗（太阳神，缪斯的保护者）雕像。
③ 古罗马华丽的沐浴建筑，为当时最杰出的建筑纪念物。

四

我很愿意指点！
你听我说,我亲爱的:致命的劳动
已告结束——德国人已把铁轨铺好。
死人埋入地下;病人
藏在土窑;劳动人民

吵吵嚷嚷聚集在账房附近,
他们猛搔着自己的后脑:
每个人都欠下承包商的账,
很多钱因旷工还要扣掉!

工长们把什么都记入簿子里——
是不是生过病,是不是洗过澡:
"大概现在已所剩无几,
正是这样,你过来……"他们把手一招……

那个穿蓝长衫的可敬的粮商,
胖胖的、矮矮的,脸红得像一块紫铜,
承包商在节日乘车去沿线走走,
他前去看一看自己的工程。

闲散的人们恭恭敬敬给他让路……
那个胖商人揩着脸上的汗水,
神气活现地叉着腰说道:
"行啦……还好……伙计们！……伙计们！……

"上帝保佑,现在都回家吧,祝你们健康！
(我说话——你们要脱帽!)

我拿出一桶酒来敬工人们一杯，
而且——我把欠款全部免掉……"

有人喊起了"乌拉"。人们全都附和起来，
声音又高、又齐、又长……瞧：
工长们唱着歌滚出一桶酒来……
这时候就是一个懒汉也站不住了！

人们卸下了马——高呼着"乌拉"，
沿着铁路向那个胖商人飞奔……
看来，很难再描绘一幅
更愉快的图画了，将军？……

1864 年

纪念杜勃罗留波夫[*]

你是严肃的,在青年时代
你就善于让热情服从理智。
你教人为荣誉和自由而活着,
你更教人为着它们而死去。

你自觉地舍弃了世俗的享受,
你保持了纯洁的心灵,
你没有满足心头的渴望;
你热爱祖国,犹如热爱一个女人,
你将自己的著作、企图、希望

都奉献给了她;你为她征服了
那些正直的心。你号召向新生活奔突,
你为严厉的爱人准备了
快乐的天堂和花冠的珍珠,

---

* 此诗是为杜勃罗留波夫逝世三周年而作。涅克拉索夫在创作这首献给已故友人的诗时,用他自己的话说,即"竭力去表现杜勃罗留波夫曾经珍爱的社会活动家的那种理想"。列宁在其哀悼恩格斯的著名悼词中引用了这首诗的名句:
    一颗多亮的理智巨星陨落了!
    一颗多高洁的心停止了跳动!
  此诗最初发表于1864年的《现代人》,由于审查时的删改和歪曲,刊出时既无作者署名,也未写明纪念对象,只用了杜勃罗留波夫的下列诗句作为题词:
    亲爱的朋友,我正在死去,
    但我的心里却很宁静,
    我还要向你祝福——
    祝你沿一条路阔步前行……

可是你的丧钟敲得太早，
你那先知的笔已掉落，从你的手中，
一颗多亮的理智巨星陨落了！
一颗多高洁的心停止了跳动！

一年年过去，热情减退了，
而你却在我们当中高高耸立……
哭泣吧，俄罗斯大地！但你很值得骄傲——
自从你在这广阔的天空下崛起，

你还没有产生过一个这样的儿子，
也还没有把这样的人收回自己的怀抱：
在他身上汇集着如此丰富的
宝贵的心灵美和高尚情操……

大自然母亲啊！你若是
不常把这样的人送来人间，
那么，生活的田野就会荒芜一片……

1864 年

敌人欢呼着，昨天的朋友[*]

敌人欢呼着，昨天的朋友
摇着头，在困惑中默无一言，
甚至你们，你们也羞窘得退到一边，
伟大的受难者的幽灵啊，
你们永远耸立在我的面前，
我曾为他们的命运伤心地痛哭流涕，
我也曾在你们的墓前双膝跪倒，
庄严地反复地发出复仇的誓言，
但一些面目不清的人大声喊道：欢呼吧！
便匆匆地把新奴隶抱住不放，
并用他们那油渍模糊的吻，
将不幸的人钉在耻辱柱上。

1866 年

---

  *   1866 年 4 月 4 日，卡拉科佐夫谋刺亚历山大二世未遂，政府对俄国社会进步人士采取了极其野蛮的镇压手段。涅克拉索夫为了使《现代人》免遭查封，这时他参加了官方为"绞刑史"M. H. 穆拉维约夫举办的庆祝会。当时杂志的命运在很大程度上取决于此人，因为专制政权授权给他来对付国内日益高涨的革命浪潮。诗人深感自己犯了无法补救的错误，遂于当晚写了此诗，严厉斥责自己的轻率行为。

    此诗最初发表于 1869 年的《涅克拉索夫诗选》。

别林斯基特别令人爱戴[*]

(《熊猎》片断)

别林斯基特别令人爱戴……
我向你那多灾多难的幽灵祈祷，
导师啊！在你的名字面前
请让我恭顺地双膝跪倒！

那些日子，在罗斯一切都因循守旧，
昏昏欲睡，并可耻地谄媚逢迎，
你的智慧沸腾了——你顽强地劳动着，
开辟出一条条崭新的途径。

你对任何工作都不鄙弃：
"我是个勤杂工，不怕干粗活！"
你多次对我说，于是你不顾一切地
扑向真理，你伟大的自修者！

你慈爱地教会了我们思维，
你几乎是第一个想到人民，
你几乎是第一个跟我们
提起了自由，博爱，平等……

---

* 这是抒情喜剧《熊猎》的片断，被赋予就当时紧迫的社会问题进行对话的特色。与诗中"多余的人""自由主义空想家"的形象相对照，作者描写了革命民主主义者别林斯基的形象。此诗最初发表于1868年的《祖国纪事》。发表时的题目为：《抒情喜剧〈熊猎〉中的几场》。本诗系其中的一个片断。

你变得越来越坚强，

在糊涂人看来，你是那样变化无常，

但在敌人的面前你固执而骄傲，

你跟朋友在一起又腼腆又温良。

你从不认为自己抵得上一顶皇冠，

你的智慧永不熄灭，发出熊熊烈焰，

无论对自身还是对生活

你一直都心怀神圣的不满——

那是这样的不满：有了它，

便没有自欺欺人和停滞不前，

有了它，便不会可耻地脱离队伍，

即使我们到了那垂暮的老年。

那是这样的不满：为了把我们掩护，

它对老人们说："你们快进坟墓！"

而不让我们活着的人

起来反对新生的事物。

1867 年

劳 动 歌 *

（《熊猫》片断）

谁要想变成蠢货，
我们就向他劝说：
让他轻视劳动吧，
从此过懒汉生活。

哪怕天生是个赫拉克勒斯①，
而且是一个聪明的大力士，
但他仍像一块单薄的破布，
同时还是一个可怜的懦夫。

谁要是平素不劳动，
他一生便没好光景。
蜂房里有多余的蜜，
雌蜂才会容纳雄蜂。

当一个社会贫困的
严峻时代到来时，懒汉，
完全无用的人啊！
你成为大家的双重负担。

---

* 这些与抒情喜剧《熊猫》构思有关联的歌，都是独立成篇发表的，题名都叫《柳芭之歌》。诗人在临终前筹编新的诗选，一律把"柳芭"二字取消。这首诗最初发表于 1869 年的《涅克拉索夫诗选》。

① 希腊神话中的大力士。

一旦发生传染病和瘟疫，
你会第一个去见上帝，
你牢牢地把大门锁住，
可是死神却认识门路！……

谁要是在劳动中
单盯着手上的老茧，
他就太愚蠢，一窍不通！
闲散会生出更多的苦痛。

当体力衰竭的时候，
不幸的忧郁就会来临——
瞧吧，任何一条狗也不会
叫得比一个懒汉更加瘆人。

那么，就别追求虚荣吧，
也别贪图钱财，
快尽力去劳动吧，
劳动会使你永远愉快。

要死在干活的时候，
不要在悠闲中咽气，
就像我那条老狗，
死在捕鹬的沼地！……

1867 年

歌 *

(《熊猫》片断)

放我走吧,妈妈,
放我走,不要争吵!
我一直生长在海边,
我不是田间的小草。

我梦见海上的大船,
而不是渔夫的孤帆,
烦闷啊! 日月悠悠,
实在叫人难以排遣。

周围是深邃的幻梦,
我像被幽禁在牢房,
放我走吧,妈妈,
放我到辽阔的海洋。

你也曾以洁白的胸膛
冲破过重重的巨浪,
那时我感到你自豪,
幸福,而又富有胆量。

---

* 这是《熊猫》的剧中人柳芭·塔鲁季娜唱的歌。柳芭是一个外省姑娘,她渴望去做演员,却遭到母亲的反对。因为母亲曾当过演员,深知女演员的痛苦。此诗 70 年代曾在进步青年中广泛流传,被理解为对革命的追求。

你虽没有唱着凯歌
胜利地游近彼岸，
但你这可怜的一生
也尝到胜利的甘甜。

哪怕我被痛苦压倒，
你也别为女儿心焦！
既然是生长在海边，
小花儿也不得脱逃。

反正一样！今天幸福，
明天还会有风暴，
连阴天久久不晴，
海风会呼呼地怒号。

风儿追逐着泥沙，
总会掩盖岸边的小花，
然后永远地把它埋掉！……
放我走吧，亲爱的妈妈！……

1867 年

我不久就要死去[*]

献给把《不会有这样的事》一诗
寄给我的不认识的朋友

我不久就要死去。啊，我的祖国！

我留给你的遗产是多么菲薄。

在令人痛苦的斗争中，在致命的压迫下，

我把自己的童年和青年时代度过。

短暂的风暴更加使我们顽健，

虽然它一度使我们感到慌乱，

但长期的风暴，则在心灵里

永远养成胆小怕事的习惯。

那些年令人忧郁不快的印象

在我身上留下不可磨灭的创伤。

那自由的灵感，我体验得何等少啊，

啊，祖国！我是你悲伤的诗人！

我和我忧郁的缪斯一起，

---

* 涅克拉索夫为了使《现代人》杂志免遭查封之祸，曾在彼得堡的英国俱乐部朗读了写给"绞刑吏"穆拉维约夫的一首献诗（参看《"敌人欢呼着，昨天的朋友"》题解）。在这首诗里，诗人对自己的这种行为流露出深切的感受和沉痛的反省。列宁在《向民主派的又一次进攻》一文中说："涅克拉索夫也正由于自己的软弱性，向自由派弹了一些阿谀逢迎的调子，但他也因为自己犯过的'罪过'而深深痛恨自己，并且公开表示忏悔：
> 我从来都不出卖竖琴，
> 但每当无情的灾祸突然来临，
> 我的手便常在竖琴上弹出
> 不正确的声音……

'不正确的声音'——涅克拉索夫自己就是这样说他对自由派的阿谀逢迎的罪过的。"（见《列宁全集》，中文版第 18 卷，第 306—307 页。但其中引诗，用的则是本书的译文。）

在前进中曾遇到过多少阻力？
为了和人民具有共同的一滴血，
请把这轻微的劳动权当我的功绩！

我从来都不出卖竖琴，
但每当无情的灾祸突然来临，
我的手便常在竖琴上弹出
不正确的声音……我早已是孤身一人；
最初，我同许多亲密的朋友一起前进，
但如今又在何处可以找到他们的踪影？
有一些人早已和我分道扬镳，
对另一些人，是我自己把大门关紧；
有的人遭到了残酷的命运，
而有的人却已经离开了红尘……
为了只剩下我孤零零一个，
为了我得不到任何人的同情，
为了我一年年地失去朋友，
而遇到的敌人越来越多——
为了和人民具有共同的一滴血，
啊，原谅我吧，祖国！请原谅我！

你忍耐得使人吃惊的人民，
我负有讴歌你的苦难的使命！
哪怕是把觉悟的一线光明
投向上帝为你指引的道路呢，
但是，我热恋生活，并被习惯和环境
困锁在它那片刻的幸福里，
我用摇摆的步伐向目标前进，
为了这个目的我不愿牺牲个人，
我的歌飞逝得无影无踪，
但它并没有传到人民的耳中，

我亲爱的国土啊,我的歌
得以向你表白的只有爱情!
为了在这一年年变得冷酷的时刻,
我还能把它挽留在我的心中,
为了和人民具有共同的一滴血,
啊,祖国!请原谅我的罪行!……

1867 年

为什么你们要使我不得安宁*

为什么你们要使我不得安宁？
为什么要加给我奴才的骂名？……
你，暴怒凶狂的人群啊！
我是你们血肉相连的弟兄！
那是什么逻辑？父辈是凶手，
是一些卑躬屈膝的走狗，
却也把他的子女看成下流，
又是愤怒，又是震惊，
仿佛有了这样的父亲
哪儿还能出什么英雄？
有福了，你盲目无知的年轻人，
一旦发起火来，便拼命
将自己的头往断头台上伸……
但只有被命运宽恕的人们
才深知生命对他们有多么可贵，
甚至连个清白的死也难以追寻。
他将站在道路的中央，
他感到困惑而又焦急，
他会想：死亡是愚蠢的，
那只会向他们更明确地证明，

---

*   涅克拉索夫在出席了官方为"绞刑吏"M. H. 穆拉维约夫举办的庆祝会以后，曾经受到多方的责
难。这首诗就是对这些责难的回答。参看《"敌人欢呼着，昨天的朋友"》一诗的题解。此诗在作
者死后才根据他的手稿刊出。

只有邪路才是不变的真理，
更愚蠢的是，用流血的悲剧
去毫无意义地博得他们的欢喜！
每当出现一个疯子，
他傲岸地迎接死亡，
你们的心中是怎样设想？
公众啊？你们的脑子
却只怀着一个心思：
"瞧吧，他会摔断脊梁骨！"
但生命又岂能如此低估？

我寻求的不是什么辩解词锋，
我只是反驳你们的责难依据。
我不想含垢忍辱地生，
但我又不知要为什么而死去。

1867 年

母　亲*

她心里充满了无限悲伤，

当三个活泼喧闹的少年

正贪玩戏耍在她的身旁，

她张开嘴唇，沉思地悄悄说道：

"不幸的孩子们！你们干吗要生下来？

但愿你们走一条正当的途径，

反正你们也逃不脱自己的命运！"

请不要忧愁，使他们扫兴，

也不要对他们哭泣，你受难的母亲！

但是从小就要告诉他们：

有这样的时代，有这样整整几个世纪，

在这些岁月中没有任何

比荆冠更可爱、更美丽的东西……

1868 年

---

* 致流刑犯或死刑犯的妻子。——原注

涅克拉索夫在临终前曾整理编辑自己的诗，准备出一本较完备的诗集。他曾在刊有《母亲》一诗的页边批道："我认为——自然是指被流放或被处死刑者的妻子……"据普列汉诺夫证明，这首诗"曾被俄国的革命者背得烂熟"（Г. В. 普列汉诺夫：《文学与美学》，1958，第 196 页）。

沉闷啊！没有幸福和自由[*]

沉闷啊！没有幸福和自由，
漫长的黑夜没有尽头。
暴风雨快来吧，难道不吗？
痛苦的酒快要漫出杯口！

在大海的上空轰鸣吧，
在田野、在森林尽情地呼啸，
快把盛满人间痛苦的酒杯
　　推翻，全都泼掉！……

1868 年

祖　父*

（献给 З—н—ч—е）

一

有一次在父亲的书房，

萨沙看见一张画像，

像上画的是

一位年轻的将军。

"这是谁啊?"萨沙问，

"谁?""这是你的祖父。"

爸爸说着便掉过脸，

深深地低下头去。

"我怎么没有见过他?"

爸爸一句话也不回答。

孙儿在祖父的面前站着，

目光炯炯地望着画像：

"爸爸，你干吗要唉声叹气呀?

你说! 他死了……还是活着?"

"等你长大，就会知道，萨沙。"

"瞧吧……到时候可要告诉我呀! ……"

---

* 此诗最初发表于1870年的《祖国纪事》。1856年,沙皇政府宣布对流放西伯利亚的十二月党人实行大赦。先进的俄罗斯社会人士满怀着热情迎接从流放地归来的人。在莫斯科,人们特别热烈地欢迎了年迈的十二月党人 С.Г.伏尔康斯基。

二

"你认识祖父吗,妈妈?"
儿子对母亲说道。
"认识。"萨沙拉着
妈妈向画像走去,
妈妈不情愿地走着。
"你跟我说说他的事情吧,
妈妈! 他不好,是吗,
怎么我没有见过他?
唔,亲爱的妈妈! 唔,那么请吧,
随便给我说点什么!"
"不,他又善良又勇敢,
不过他很不幸。"妈妈说着,
把头埋到了胸前,
深深地叹着气,浑身颤抖着——
接着便痛哭起来……而萨沙
目光炯炯地望着祖父:
"干吗你要哭呢,妈妈?
你怎么不说话!"
"等你长大,就会知道,萨沙,
我们还是去散散步吧! ……"

三

全家惊动,一片慌张。
脸上流露着幸福,个个喜气洋洋,
妈妈和爸爸又收拾起屋子,
他们还在那里窃窃私语。
他们谈得多么高兴!

儿子观察着,也不作一声。
"你快要看见祖父了!"
父亲对萨沙说道……
萨沙一心想见祖父,
想得睡不着觉:
"怎么他老是不来呀?……"
"我的孩子,他的路途太远!"
萨沙忧郁地叹息着,
他想:"这算什么回答!"
但这位神秘的祖父
终于来到了。

四

大家等了很久很久,
突然迎来一位老人……
他痛哭着,祝福
住宅、家族和仆人……
他在门口抖落身上的灰尘,
并从脖子上郑重地摘下了
耶稣受难的圣像,
画过十字,然后说道:
"我长久地忍受过,
现在我一切都能忍受了……"
儿子对父亲鞠躬,
擦洗老人的双脚;
萨沙的母亲给祖父
梳理雪白的鬓发,
抚平它,亲吻它,
还叫萨沙去吻它,
祖父用右手

抱住妈妈,另一只手
抚摩着红润的萨沙。
"多么漂亮的孩子啊!"
萨沙目不转睛地
盯着自己祖父——
忽然孩子泪飞如雨,
孙儿猛向祖父扑去:
"爷爷! 这么多年来
你都在哪里?
你的肩章呢?
你怎么不穿军服?
你的脚上蒙着什么?
那只手是不是受了伤呢? ……"
"等你长大,就会知道,萨沙。
来,亲一亲爷爷吧! ……"

五

全家人高高兴兴,
人人快活,个个欢喜。
萨沙跟祖父很要好,
出去散步,形影不离。
他们行经草地,穿过森林,
在田野上采摘矢车菊;
祖父虽已年老,
但体态还好,精神爽朗。
祖父的牙齿齐全,
步伐坚定,气宇轩昂,
鬓发苍白而蓬松,
胡子好像一片白银;
祖父的身材高大,

但他的眼神像孩子那样天真，

他说起话来啊，

却总有点像个使徒，朴实单纯……

六

他们走上俄罗斯伟大

江河的倾斜的堤岸——

狡猾的山鹬在啾啾叫唤，

沙滩上留下成千上万的爪印；

有人手挽纤索拉着帆船，

听啊，那纤夫们的声音！

对岸是一片坦荡的平川——

田地，牧场，树林。

从缓缓的、静静的水面

送来了微微的清凉……

祖父亲吻着土地，

哭泣着，而又低声歌唱……

"爷爷！你为什么

泪如雨下？……"

"等你长大，就会知道，萨沙！

但你不要忧伤——我真高兴啊……"

七

我真高兴，我看见了

我从小就爱看的美景。

你一瞧这平原呀——

就会把它爱上！

两三座贵族庄园，

二十座上帝的教堂，

一百个农家的村落
散布在草原，了如指掌！
一群牲畜在林边牧放——
可惜它们是那么瘦小；
是哪里响起了歌声——
但它是那么凄凉！
怨声四起："快救救
可怜的农民吧！"
萨沙你是不是听见了
歌声里那千年的苦难？……
他们的羊和马
应当是又肥又壮。
他们的牛应当
比莫斯科的老板娘还要胖，——
要让歌声洋溢着快乐，
而不是痛苦和忧伤。
应不应当呢？——"爷爷，应当！"
"正是这样！可要记住呀，孙儿！……"

八

对秋播作物苗壮的幼苗，
对每一朵小花，他都高兴，
祖父赞美着大自然，
抚摩着农家的孩子们。
祖父的第一件事，
就是要跟农民谈谈，
而且谈了很久很久，
然后祖父说道：
"你们快过好日子了，
你们就要成为自由人！"

他微笑了,笑得那么美好,
仿佛绽开了喜悦的花苞。
人们的心都在分享着他的欢喜,
人们的心都在怦怦地跳动。
多么圣洁的笑容!
多么迷人的笑声!

九

"快给他们自由了,"
老人对孙子说明,
"人民确实也需要。
萨沙,我见过一个奇迹:
人们把几个俄罗斯人当作叛逆
流放到那可怕的荒僻的地方,
又给了他们自由和土地;
一年悄悄地过去了——
政府官员来到了那里,
一看——已经成了个村庄。
又是烘场,又是棚舍,又是谷仓!
打铁坊里铁锤叮当敲打着,
很快就盖好一座磨房。
农民们为自己
从黑压压的森林里打来了野兽,
从那滔滔的河流中捕来了鱼。
一年过后,他们又来了,
便又发现了新的奇迹:
居民们在原先那贫瘠的
土地上收割了粮食。
家里只有强壮的狗和小孩,
鹅嘎嘎地叫着,小猪崽

407

把鼻子伸进洗衣槽里……

十

"就这样一步步,只有半个世纪
就形成了一个大村镇——
人的自由和劳动
创造出惊人的奇迹!
一切都兴旺、肥壮!
那里有多少头猪啊,萨沙,
村前的鹅群雪白一片,
足足拉了半里长,
那里耕种的田地有多少啊,
那里的牲畜成群成行!
居民们长得高大而又好看,
而精力永远是那么健旺;
看来他们口袋里都有钱,
丈夫能爱护老婆:
她们节日穿上坎肩——
领子还是貂皮的!

十一

"孩子们在爱抚中长大成人,
就是现在,马儿正拉着
包铁皮的结实的大车
把成百普特①的货物运往工厂……
那里的马喂得肥肥的,
那里的人吃得饱饱的,

---

① 俄担,等于 16.38 公斤。

那里的农舍是用薄板铺的顶，

唔，然而那里的人啊！

他们生来就养成严厉的性情，

他们自己建立了法院，

还派定了精壮的兵丁，

他们清醒、正直地生活着，

只要你不打搅他们，

到时候总是把税款缴清。"

"那个村庄在哪儿？"

"很远，它的名字叫：塔尔巴加泰，

那个可怕的偏僻地方，远在贝加尔湖滨……

是啊，你，我的亲爱的，

你的年纪还很小，

等你长大了，你就会想起……"

十二

唔……你且想一想，

你在周围看见的是什么情景：

看那张阴沉而绝望的脸，

这就是我们忧郁的农民：

树皮鞋，烂衣衫，破帽子，

残破的挽具，一匹瘦马

勉勉强强拉着耕犁，

饿得已是奄奄一息！

终身的劳动者是饥饿的，

我敢起誓，确是饥饿的！

"喂！歇一会吧，亲爱的！

我替你干一会吧！"

农民惊慌地望了望，

便将犁把交给老爷，

祖父挥着汗水，长久地
把持着耕犁；
萨沙紧紧跟着跑，
还是追不上去：
"爷爷！你地耕得这样好，
是在哪儿学来的？
你一驾起犁来，就像个农民，
可是你却当过将军！"
"萨沙，等你长大，就会知道，
我是怎样变成劳动者的！"

十三

我的孩子，人民的悲惨情景
真叫人难以容忍；
能看见这一带的富足，
这是高贵心灵的无上幸福。
如今人民要好过了：
地主老爷听见了自由的呼声，
都不作声，躲起来不见了踪影……
唔，可是在我们那个时候啊！
………………………………
每个农民都怕走过地主的庄园，
躲开它，好像那里是无底的泥潭。
我想起了那可怕的婚礼，
神甫已经把戒指交换，
但不幸的是，这时地主
进教堂来祈求平安：
"等一等，是谁准许他们结婚的？"
说着阔步向神甫走去……
婚礼停止了！

老爷可不好惹——

他野蛮地发出号令，

把可怜的格鲁莎收作女仆，

送新郎当了大兵！

竟然谁也不敢拗违！……

谁有一颗人心，

谁受得了这个？……谁？……

十四

但这不仅是那件事情！

也不光是那些地主老爷，

一群卑鄙的恶吏

也在榨取人民的膏血。

没有一个贪赃的官员

不是抱着猎取的目的去出征……

可谁又是敌人呢？

军队，国库和人民！

一切都落入了他们的手中。

到处是密约、保证：

胆大的，公开掠夺；

胆小的，偷偷搬运。

茫茫的黑夜

笼罩着国土的上空……

每一个有眼睛的都看得见，

并在为祖国感到痛心。

但谄媚和嗖嗖的皮鞭

压低了奴隶们的呻吟，

一群贪婪的吸血鬼

正在使她民穷财尽……

十五

太阳不会永远照耀，
幸福不会长久光临：
每一个国家
迟早会轮到那一天，
到时候需要的不是盲目服从，
而是团结一致的力量本身；
致命的灾难一旦发生，
全国就得一跃而起。
万众一心和智慧
到处会带来胜利，
但这不会马上就到来，
一下子也创造不出什么奇迹，——
娓娓动听的呼吁
温暖不了奴隶的心，
你启蒙解释也不能
使愚昧粗野的头脑立即觉醒。
晚了！被压迫的人民
对共同的苦难已置若罔闻。
悲哀呀，你毁灭了的国土！
悲哀呀，你落后了的国土！……
有一支军队——但不保卫人民。
你要知道，孩子，军队
那时候也受到压制，
在重轭下不断呻吟……

十六

祖父恰好遇见

一个士兵,便用美酒款待,

吻他,像吻自己的弟兄,

他亲热地对他说道:

"如今你们服役,已不再是负担——

现在的长官都很和善……

唔,可在我们那个时代呀!

每个长官都是一头野兽!

把灵魂打入脚后跟①,

这在当时已成了习惯。

无论你怎样努力,

长官总在挑你的缺点:

'练步法要卖力气,

立正姿势要正确,

只看得出呼吸……'

你听见吗? 干吗还要呼吸!"

十七

要是对阅兵式感到不满,

辱骂便河水似的滔滔而出,

斥责冰雹般劈面打来,

鞭挞着,在行列里奔跑!

嘴角上飞溅着唾沫,

在饱受惊吓的团队里搜索,

这只暴怒的恶狼

尽可能多地寻找一些牺牲:

"花花公子们! 下贱的东西!

我要长期把你们监禁!"

长耳朵的人都听到了,

---

① 这是一种借喻,意思是把人吓得要死。

而且都想着自己的心思。
谩骂比监禁更可怕，
比敌人的子弹还可恨……
一个还有荣誉感的人
怎能受得了这辱骂？……
"爷爷！你想起
什么可怕的事情？……快告诉我吧！"
"等你长大，就会知道，萨沙，
你要永远珍惜荣誉……
成年人不是孩子，
只有胆小鬼才不敢狠狠地报复！
你要记住，人世上没有
雪不掉的耻辱。"

十八

祖父沉默了，颓然
把头垂在胸前。
"我的亲爱的，何必去管它哩！……
我们还是去休息吧。"
祖父休息了不多一会儿——
不劳动他就无法生活：
上午他刨刨园地，
有时候还要编织什么东西，
夜晚又用锥子、针线
灵巧地一行行缝制什么。
为了打发劳动时间，
祖父长时间唱着忧郁的歌。
孙儿一字不漏地听着，
坐在桌边寸步不离：
在孙儿看来，祖父的歌

成了一个新的谜……

十九

他歌唱那光荣的远征①

和那伟大的战斗②；

歌唱那自由的人民

和那当奴隶的人民；

歌唱那空无人迹的荒原

和那钢铁的锁链；

歌唱那眼睛里含着

天使般温情的绝妙的美女；

他歌唱她们的容颜

在荒凉而辽远的地方日渐憔悴，

和那仁爱的妇女

心灵的奇异作用……

祖父歌唱了特鲁别茨卡娅③

和沃尔康斯卡娅④——于是长叹一声……

歌唱着——他使自己的住房

充满了无法形容的忧伤……

"祖父,唱下去！……你从哪儿

学来这些歌曲？

你再给我唱一遍吧——

我要把这些歌儿唱给妈妈听。

你有时一夜夜

都提到那些姓名……"

"等你长大,就会知道,萨沙——

我要把一切讲给你听:

---

① 指 1813 年俄国军队攻入巴黎。

② 指 1825 年十二月党人起义。

③④ 著名的十二月党人的妻子。

415

我在哪儿学会了唱歌，

我同什么人，又在什么时候唱歌……”

“好吧！我要耐心地等待！”

萨沙无精打采地说……

二十

夏天里，我们俩

常常坐小艇去游玩，

大声而愉快地问候着，

祖父走近河边。

“你好，美丽的伏尔加河！

我从小就爱上你了。”

“你在哪儿待了这么些年？”

萨沙畏怯地问道。

“我走得远极了，远极了……”

“哪儿呢？……”祖父沉思着。

预料到那惯有的回答，

孩子深深地叹了口气。

“怎么，那里的一切都好吧？”

祖父望着孩子：

“还是不要问吧，亲爱的！

（祖父的声音打战了。）

偏僻，荒凉，渺无人烟，

一片毫无生气的大草原。

艰难哪，我的亲爱的，艰难！

你一年到头都在等待着消息，

你眼看着，力量——

上帝最美好的礼物——怎样在浪费，

你为朋友们掘墓穴，

大限未到，你也在等着自己的坟堆……

慢慢地、慢慢地你日渐憔悴……"

"爷爷,你干吗要住在那里呀?"

"等你长大,就会知道,萨沙!"

萨沙落下了眼泪……

二十一

"上帝呀! 我懒得再听,

等你长大! ——母亲这么说,

爸爸爱我,却又使我苦痛:

等你长大——也是这一套!

爷爷也是一样……够了!

我已经长大了——你瞧!

(他站在小艇的板凳上)

还是现在告诉我吧! ……"

他吻着祖父,又抚摩着他:

"也许你们是一致这样应付我吧! ……"

祖父抑制不住心头的激动,

它怦怦地跳着,像一只小鸽。

"爷爷,你听见吗? 我一定

要把事情弄个明白!"

祖父吻着孙儿,

小声说道:"你不会懂。

你要学习,我的亲爱的!

我都会讲出来,你要等一等!

你蓄足力量吧,

到处机警地观察吧,

你是个乖孩子,萨沙,

可是总得通晓历史,

地理也得熟悉。"

"爷爷,是不是要等很久呢?"

"一年,两年,这要看时机。"
萨沙于是冲着妈妈跑去。
"妈妈! 我要学习!"
他老远就大声喊叫。

二十二

时光流逝着。这孩子
什么都学得挺好——
他精通了历史
(他已经都十岁了),
还会在地图上敏捷地
指出哪儿是彼得堡,哪儿是赤塔,
关于俄罗斯的许许多多的风俗,
他比大人讲得还要好。
愚蠢的人和凶恶的人,他都憎恨,
他愿意穷人们都幸福,
听见的、看见的他都能牢记在心……
祖父看出:时候到了!
他自己也常常闹病,
并需要拄起拐杖来……
萨沙很快,很快
便会知道那悲惨的往事了……

1870 年

俄罗斯妇女[*]

特鲁别茨卡娅公爵夫人^①

长　诗

（一八二六年）

第　一　部

装置精良的轿式马车，

---

* 　1826 年，十二月党人被流放到西伯利亚去服苦役。不久，他们很多人的妻子如 A. Γ. 穆拉维约娃、E. И. 特鲁别茨卡娅、E. Π. 纳雷什金娜、A. B. 罗津、M. H. 沃尔康斯卡娅等，便陆续跟踪来到了流放地，分担他们的苦难。赫尔岑曾写道："这些流放者的妻子丧失了一切公民权，抛弃了财富和社会地位，而甘愿在东西伯利亚那样恶劣的气候和当地警察严酷的压迫下，去受一辈子奴役之苦。"（《赫尔岑全集》，1919 年彼得堡版，第 12 卷第 52 页）

尼古拉一世担心这些奋不顾身的妇女的英勇行为，会引起社会对流放犯的同情，遂采取了种种残酷的手段来对付她们：禁止她们携带子女；判定她们永世不得与亲属团聚；剥夺她们重返俄罗斯的权利；沿途驿站不得为十二月党人妻子提供马匹；用各种恐惧手段威吓她们，并迫使她们签署同意放弃原先享有的一切权利。这些妇女在西伯利亚的生活艰苦异常，而有的甚至在那里丧生。

关于特鲁别茨卡娅的长诗，发表在 1872 年 4 月号《祖国纪事》，曾被审查机关删改，严重歪曲了原作。翌年 1 月又发表了《俄罗斯妇女》的第二部《M. H. 沃尔康斯卡娅公爵夫人》。这一部是根据 M. H. 沃尔康斯卡娅当时尚未公布的笔记写成的，这些笔记保存在她的儿子手中。

长诗《俄罗斯妇女》曾经受到 70 年代进步青年们的热烈欢迎，因为他们从中看到了自己愿望和心情的反映。涅克拉索夫不是以历史学家，而是以政论家来写这些作品。对他来说，重要的是建立起十二月党人起义与 70 年代革命运动的生动的继承关系。后来的评论家一再指出，涅克拉索夫在自己的女主人公身上再现了她们与他同时代先进妇女的相近似的一些特征。

《俄罗斯妇女》是俄国诗歌史上唯一描写十二月党人起义的卓越诗篇，同时也是 19 世纪俄国现实主义文学的重大成就，它有着完美的结构和精确的形象。这些历史的、革命的长诗，反映了 60 年代和 70 年代进步知识分子的情绪和特征，表现了十二月党人妻子的顽强意志和英雄性格，歌颂了俄罗斯妇女以及她们所建树的卓越功勋，从而给予人民的敌人以沉重的打击。

① 　叶卡捷琳娜·伊万诺芙娜·特鲁别茨卡娅于 1826 年追随被流放的丈夫十二月党人谢尔盖·彼得罗维奇·特鲁别茨科伊（1790—1860）到达西伯利亚，并于 1853 年死在那里。

又稳当、又结实、又轻捷。

身为伯爵的父亲第一个
亲自一次又一次地试坐。

给马车套上了六匹马，
又在车内点起提灯一盏。

伯爵亲手整理好靠枕，
又在两腿铺盖了熊皮车毯，

他虔诚地做着祷告，
并将圣像挂在车的右角，

他痛哭失声……他的女儿公爵夫人……
今夜就要登上遥远的旅程……

一

"是的，我们彼此把心已撕得粉碎，
　　但是，亲爱的父亲，
告诉我，我们还能有什么作为？
　　你忧愁于我又有何补！
但愿有个人能给我们帮助……
　　别了，别了！
祝福你亲爱的女儿吧，
　　并放心让她走吧！

二

"天知道我们还能不能相见，

唉！希望没有一点。
别了,但要知道:你这爱女之情,
　　你这最后的叮咛,
我在那遥远的地方
　　也会牢牢地记在心中……
我不会流泪,但我同你离别
　　也感到很不轻松!

三

"啊,上帝明鉴! 而另一种职责
　　却是更加崇高,更为艰巨,
它在呼唤我……别了,亲爱的!
　　请不要流无益的眼泪吧!
我的路途遥远,我的旅程艰难,
　　我的命运是可怕的,
但我的意志坚定如钢……
　　你该自豪,因为我是你的爱女!

四

"别了,你——我亲爱的故乡,
　　别了,我不幸的国土!
而你……啊,我们命运所系的京城,
　　再见吧! ……沙皇的家族……
一个见过伦敦和巴黎,
　　又到过威尼斯和罗马的人,
她将不为你的豪华所诱惑,
　　但我却深深地爱着你——

五

"我在你的城垣里

　　幸福地度过了我的青春，

我爱你的那些舞会，

　　和从陡峭的山坡向下滑行，

我爱在寂静的夜晚

　　听你那涅瓦河发出的涛声，

我爱涅瓦河畔的这个广场，

　　那里矗立着一个骑马的英雄①……

六

"我永远不会忘记……以后，以后

　　将有人把我们的事迹讲述……

而你，该死的阴暗的宫廷啊，

　　我曾在你那儿

跳过第一支卡德里尔舞……

　　那只手至今还在握着我的手啊……②

欢呼吧…………………………

　　…………………………。"

＊　　＊　　＊

又稳当、又结实、又轻盈，

轿式马车正在城市里驶行。

---

①　指彼得大帝的塑像。
②　特鲁别茨卡娅回忆在冬宫的一次舞会，在那次舞会上她不得不同尼古拉一世跳舞。

公爵夫人身穿一色的黑服，
独坐车中,脸色苍白得像个死人,

而父亲的秘书——(佩着十字勋章,
为的是在路上吓唬人)

带着仆人在前面奔驰……
鞭子呼啸,高喊着"启程!"

马车夫赶着轿车穿过了京城……
公爵夫人面前有一个遥远的路程,

那时节正是严寒的冬天,
女旅人每到一个驿站

都要亲自下车来关照:
"快点儿给我把马换!"

说着,便用慷慨的手
撒给驿站仆役们大把的钱。

然而路途该有多么艰辛!
在第二十天头上才算赶到秋明,

他们又奔驰了十天,
"我们快要看见叶尼塞河了,"

公爵夫人对秘书说道,
"就是皇帝也没有出过这样的远门! ……"

＊　＊　＊

前进啊！心灵充满了忧愁的挂牵，

　　道路越来越艰难，

但幻想是静谧而轻盈的——

　　她梦见了自己的青春华年。

富丽堂皇，光辉灿烂！

　　一座高楼坐落在涅瓦河畔，

地毯铺盖着楼梯，

　　一对石狮子分立在大门的两边，

豪华的大厅装点得典雅清丽，

　　整个的厅堂点燃着无数灯盏。

啊，多么欢乐！现在是儿童舞会，

　　听！音乐轰轰地响起！

人们把鲜红的绦带

　　编进了她那两条淡褐色的发辫，

他们带来的花朵和服装，

　　有着惊人的鲜艳。

爸爸来了——苍苍白发，绯红的脸儿——

　　把她叫来同客人们周旋。

"唔，卡佳！多美的萨拉凡①！

　　它会使所有的人深深迷恋！"

她感到高兴，无比地喜欢。

　　一大群孩子的可爱的面孔、

脑袋和鬈发组成的花坛

　　就在她的面前旋转。

孩子们打扮得像一朵朵鲜花，

　　老头儿们修饰得更加好看。

---

① 俄国乡下妇女穿的一种长坎肩儿。

羽饰、绶带和十字勋章，

　　　有的脚后跟儿还带着音响……

孩子们舞蹈着，蹦跳着，

　　　什么事情全都不去想，

天真活泼的童年时代

　　　过度得匆匆忙忙……

然后她又梦见了

　　　另一个时代，另一种舞会：

她面前站着一个年轻的美男子，

　　　在向她悄悄地诉说什么……

然后又是舞会，舞会……

　　　她是这些舞会的主人，

参加舞会的有各国使节和许多显贵，

　　　那儿就是一个时髦的上流社会……

“啊，亲爱的！为什么你这样闷闷不乐？

　　　你的心里都在想些什么？”

“朋友，我厌烦这交际场上的喧哗，

　　　让我们快点走吧，快点走吧！”

于是她同自己心爱的人

　　　便离开这里，行色匆匆。

如今她来到一个优美的国家，

　　　在她的面前是不朽的罗马……

啊！生活有什么值得我们回忆的呢，——

　　　我们再也不会有那样的时日：

我们那时还可以抽空

　　　从自己的祖国，

走过寂寞的北方，

　　　向着遥远的南方奔驰。

既无人来求告我们，

更无人把我们干涉……
我们永远同自己亲爱的人在一起，
　　我们的生活愿意怎么过就怎么过；
今天我们看看古代的教堂，
　　而明天就要去寻访
宫殿、遗迹、博物馆……
　　与自己亲爱的人
交流各自的思想
　　该有多么欢畅！

在美的魅力的吸引下，
　　受着严肃思想的支配，
你，沮丧而忧郁，
　　在梵蒂冈到处徘徊；
你置身于腐朽的世界，
　　便想不起活着的社会。
然而，当你离开梵蒂冈，
　　回到那个驴子在嘶叫、
喷泉在鸣响、
　　工匠在歌唱的
活生生的世界，
　　最初一瞬你会感到多么的惊骇；
热闹的市廛声甚嚣尘上，
　　用各种调门在叫嚷：
珊瑚！贝壳！蜗牛！
　　冰冻的水哟！
衣服破烂、心满意足的人们，
　　在跳舞，在吃饭，在吵闹，
一个老太婆
　　在给年轻的罗马女人
梳理黑油油的发辫……好热的天，

老百姓的吵吵嚷嚷令人心烦，
在哪儿才能找到安宁和僻静的地方？
于是我们走进了第一座神殿。

这儿听不见日常的嘈杂声，
凉爽，幽暗，清静……
一种肃穆的思绪
又充满了心灵。
一群群圣徒和天使
装饰在教堂的拱顶，
斑岩和碧石铺在脚下，
周围的墙壁用大理石砌成……

多么悦耳啊，你大海的涛声！
只要默默地坐上一会儿，
那奔放的、蓬勃的智慧，
顿时便会油然而生……
在日出前，你要是缘着山路
高高地爬上山顶——
就会迎来一个美丽的早晨！
呼吸有多么轻快啊！
然而南方的太阳越来越热，
在谷地的花草上
早已不见露水的踪影……
于是我们走进伞形松的浓荫中……

那些日子的散步和谈话，
公爵夫人永远不会忘记，
并在她的心灵上
留下了不可磨灭的痕迹。
但是，她再不要返回过去的日子，

那些充满了希望和幻想的日子，
如同她再也不要去流
　　后来她曾为那些日子流过的泪水！……

彩虹般的梦境已经消失，
　　在她的面前呈现出
被上帝遗忘的另一些情景：
　　严酷无情的主人，
和垂头丧气、
　　可怜的勤劳的庄稼人……
老爷多么习惯于发号施令，
　　庄稼人又是多么地低首下心！
她梦见一群群穷苦人
　　在田间和草地上劳动，
她梦见伏尔加河岸上
　　纤夫们在不住地呻吟……
她既不吃饭，也不去睡觉，
　　一种稚气的恐怖笼罩着她的心，
于是她向自己的旅伴
　　不迭地提出问题：
"你说，难道全国都是如此？
　　就没有一点富足的影子？……"
"你是生活在一个乞丐和奴隶的王国啊！"
　　回答简短而明晰……

她苏醒了——梦应验了！
　　听，前面响起
令人悲痛的镣铐声！
　　"喂，车夫，你等一等！"
这时一批流刑犯走过来，
　　她的心顿觉一阵酸痛。

公爵夫人赠给他们一些钱财，

　　　"谢谢，祝您一路顺风！"

在很久很久以后，

　　　她还仿佛看到他们的面孔，

她无法排遣自己的思想，

　　　也再不能沉入梦境！

"这儿已经走过一批流刑犯……

　　　是的，再也没有别的途径……

但是暴风雪掩盖了他们的足迹。

　　　快点赶吧，车夫，快上路程！"

　　　　　＊　　＊　　＊

越是向东方趱行，

　　　沿途越荒凉，天气也越寒冷；

走了三百俄里

　　　才到达一个荒僻的小镇，

然而当你看见那黑压压一排房子，

　　　感到是何等的高兴！

但是人在哪儿呢？到处一片寂静，

　　　甚至听不见犬吠声。

严寒把所有的人赶进屋去，

　　　人们喝着茶在消愁解闷。

驶过了一辆大车，走过来一个士兵，

　　　某处的钟楼响起了钟声。

窗户都结了冰花……有一处

　　　则微微闪现着明灭的灯影……

大教堂……镇口有一座监狱……

　　　车夫把鞭子一扬：

"喂，你们！"这儿已不再是小镇，

　　　最后一座房子已经毫无踪影……

右边是高山和大河，

　　　左方是黑魆魆一片森林……

病痛、疲惫、通宵不眠的

　　　头脑在翻腾，

心里在发愁。思想的转变

　　　快得叫人难以容忍；

公爵夫人时而看见她的一些朋友，

　　　时而看见阴暗监狱的大门，

而她立刻又想到——

　　　天晓得为什么

繁星万点的天空，

　　　如同撒满沙砾的稿纸①，

而月亮，就像用红色的火漆

　　　印出的一个圆饼……

山峦已经消失，立刻展现

　　　一片无垠的平原。

更加没有了生机！就连一棵

　　　活着的小树也看不见。

车夫，一个草原上的布里亚特人说道：

　　　"这就是苔原了！"

公爵夫人聚精会神地想：

　　　只有贪婪的人

才到这儿来淘金！

　　　黄金就撒在河床上，

黄金就埋在沼泽中。

　　　在河上淘滤极为艰苦，

沼地在酷暑热得怕人，

---

　　①　在原稿上撒满沙砾，可以吸干墨渍。——原注

但是最糟的还是在地下，
在那深深的矿坑里！……
　　那里是长夜难明一片黑暗，
那里永远是死一般的沉寂……
　　你这该死的地方啊，
叶尔马克①为什么发现了你？……

　　　　　*　　*　　*

到了夜雾降临的时候，
　　月亮又升起在当空。
公爵夫人久久不能入睡，
　　沉痛的思想充满心中……
她入睡了……她梦见了一座高塔……
　　她高高地站在塔顶；
她面临一座熟识的城市，
　　一片喧哗，一片骚动；
无边的人海：
　　官吏，神父，
小贩，商人
　　一齐跑向参政院的广场中；
帽子、绸缎、天鹅绒、
　　光皮袄、粗外套——五色缤纷……
那里原驻有一个莫斯科团队，
　　接着又开来几个团的兵，
成千上万的兵士
聚集在一起。他们高喊着"乌拉"，
　　在等待着什么要发生……

---

① 叶尔马克·季莫费耶维奇(卒于 1584 年)，哥萨克首领，曾率领军队远征西伯利亚。

431

人们在喧闹着，呵欠打个不停，
不见得第一百人就会知道，
　　　这时会发生什么事情……
然而首都的理发师，
　　　那个熟知革命风暴的法国人①
却在暗自微笑着，
　　　还狡猾地眯缝起眼睛……

一些新团队匆匆开到：
　　　"快投降吧！"立刻对他们高声叫嚷。
而回答这些团队的，却是子弹和刺刀，
　　　他们谁也不愿投降。
有一个威武的将军，
这时飞进了方阵，随即对他们进行威胁——
　　　人们立刻把他拉下马。
另一名将军走近了队列：
"沙皇会宽恕你们啊！"
　　　他也遭到了枪杀。

总主教出现了，
　　　他打着神幡，挂着十字架：
"快忏悔吧！弟兄们！"他说道，
　　　"快在沙皇的跟前跪下！"
士兵们听着，连连画着十字，
　　　但回答却很一致：
"滚开，为我们祈祷吧，糟老头子！
　　　这儿没有你的事……"

不知何时大炮瞄准了，

---

① 指 1789 年法国大革命的一个目击者。

"预备——放！……"沙皇亲自下令。
　　啊，亲爱的！你是否还活着？
公爵夫人失去了知觉，
向前猛力一扑，飞快地
　　从高塔上跌落。

在她面前展现一条狭长的、潮湿的
　　地下走廊，
每一个门口站着一个哨兵，
　　所有的门都已经锁上。
她从外面听见哗啦哗啦声，
　　就像汹涌拍岸的巨浪；
里边是一片叮当响，
　　借着灯光还看得见枪的闪光；
从远处传来了脚步声，
　　以及脚步声长久的回荡，
还有哨兵们的声声喊叫，
　　自鸣钟发出的错落声响……

一个年老的残废人——满脸胡子，
　　白发苍苍，手拿钥匙：
"跟我来，为丈夫担忧的女人！"
　　他悄悄地对她说道，
"我带你到他那儿去，
　　他还活得好好的……"
她对他表示信任，
　　她跟他向前走去……

走啊，走啊，走了很久……最后
　　门咿呀一声——突然，
他，一个活着的死人出现在她的面前……

433

她对面就是可怜的朋友！
她倒在他的怀里，
　　急忙向他发问：
"告诉我，怎么办？我还强壮有力，
　　我满可以为你报仇雪恨！
我心里有足够的勇气，
　　复仇的愿望也很急切，
还要我请求吗？……"
　　"别去惹刽子手，别去！"
"啊，亲爱的！你说什么？
　　我没有听见你说的话。
忽而是时钟可怕的鸣击，
　　忽而是哨兵们的呵斥！
为什么这时在我们中间会有第三者？……"
　　"你的问题实在有点稚气。"

"时候到了！规定的时限到了！"
那个"第三者"说道……

*　　*　　*

公爵夫人猛地战栗了一下，
　　便吃惊地观望周围的情景，
惊吓使她的心儿停止搏跳：
　　这一切并非都是梦！……
月亮在空中浮动，
　　它既不闪耀，又无光线，
左边是忧郁的森林，
　　叶尼塞河就在右面。
一片黢黑啊！迎面不见一个人，
　　车夫在自己的座位上睡意昏昏，

饿狼在荒僻的森林里

　　凄厉地嗥叫，

而风在河上嬉闹着，

　　它时而搏斗，时而叫嚷，

不知哪儿有个异族人

　　在用奇异的语言放声歌唱。

神秘不解的语言

　　流露着严峻的激情，

它特别使人心碎啊，

　　像海鸥在暴风雨中的叫声……

公爵夫人感觉身上寒冷。

　　这一夜凛冽的严寒难以忍受，

力量用尽了，她再也不能

　　同严寒进行斗争。

她心里感到恐惧，

　　深怕走不完前面的路程。

车夫早已不再歌唱，

　　也不催着马儿趱行，

前面的马车已经声息渺渺，

　　"喂，车夫，你还活着吗？

你怎么不出声了？千万别想睡觉！"

　　"不要害怕，我已经习惯了……"

马车飞驰着……从结了冰的窗口

　　什么也看不清，

她在捕捉着一个危险的梦，

　　但却追不上梦的踪影！

梦转瞬便征服了

　　这孱弱妇女的愿望，

它像一位魔术师，

　　立刻又把她带到另一个遥远的地方。

那地方——她早已经熟识，——

　　充满着欢乐，跟从前一样，
它像一个朋友那样来把她欢迎，
　　它欢迎她，用自己温暖的阳光，
和那波涛的甜蜜的歌唱……
　　不论往哪儿望去：
"啊，这是南方！啊，这是南方！"
　　万物都这样告诉她的目光。

蔚蓝的天空没有一丝云霞，
　　整个的山谷都开满了鲜花，
一切都披上了灿烂的阳光，——
　　在万物、平原和山岭上，
都留下强烈的美的印记，
　　周围的一切都在欢呼歌唱。
太阳、大海和鲜花
　　都在向她唱道："啊，这就是南方！"
在群山与碧海
　　之间的幽谷里，
她同自己心爱的人
　　正飞快地跑去。
他们跑向一座美丽的花园，
　　那儿的树木散发着香味，
每一棵树上都闪现
　　鲜红的、华美的果子；
透过幽暗的枝丫，
　　露出天空与海水的碧蓝；
船舶在海上漂动，
　　点点帆樯，隐约可见，
远方历历在目的山岭，
　　绵延着，渐渐隐入云天。

山岭的色彩是何等的瑰丽！

  那儿的红宝石久久地闪着红光，

现在，在那白色的连绵的山脊

  闪烁着黄玉的金色光芒……

瞧，一头驮骡缓缓地走过来，

  插满了鲜花，佩戴着铃铛，

骡子后边，跟着一个戴花冠的妇女，

  她手里提着个竹篮。

她向他们喊道：一路平安！

  这妇女忽然笑起来，

很快将一朵花儿

  扔向她的胸前……啊，这就是南方！

你，有着古代遗风的黝黑的少女的国家，

  你，永远开着玫瑰花的地方……

听啊！ 多美的曲调，

  听啊！ 这陡然响起的乐章！

"啊，这是南方！ 啊，这是南方！

  （美好的梦在向她歌唱）

亲爱的人儿又跟你在一起，

  他又获得了自由，心情多么舒畅！ ……"

第 二 部

装置精良的轿式马车

在路上奔驰着，日夜不停，

走了已差不多两个月，

前面还有很远的路程！

公爵夫人的随从是如此的疲累，

没到伊尔库茨克他就生了病，

她等了他两天以后，
便自个儿继续趱行……

伊尔库茨克已经到达，
  市长亲自迎接了她；
他像干尸那样瘦,像木棍那样直,
  身材高大,满头白发。
双面皮袄慢慢从他肩上掉下来,
  露出了制服和十字架①,
帽子上还把公鸡翎儿插。
  这位令人尊敬的旅长,
不知为什么把车夫骂了一顿,
  便匆匆地跑了过来
为公爵夫人打开了
  轿式马车结实的门……

公爵夫人

（走进驿站室）

到涅尔钦斯克！快套车！

省 长

我来——迎接您！

公爵夫人

快叫人给我马匹！

省 长

---

① 帝俄时代的军事勋章。

438

我要挽留您一个小时。

我们的道路十分难走，
而您也应该休息休息……

公爵夫人

谢谢您！我倒是很顽健……
我的路程已经不远……

省　长

仍有八百来俄里，
然而最大的遗憾，
是这儿的路更难走，
出门上道确实危险！……
由于职责所在，
我也得对您说上两语三言，
此外我也有幸认识伯爵，
并曾在他麾下供职七年。
您父亲这个人，
无论心肠或才智都极罕见，
我把对他的感激，
永远记在心间，
我完全是属于您的，
为他的女儿效劳，本是我的心愿……

公爵夫人

可我却什么也不需要！
（打开通穿堂的门）
马车是不是准备好了？

省　长

只要我不发命令，

439

他们就不会把车套……

公爵夫人

那您就下令吧！我请求……

省　　长

但这儿有人从中作梗：
最后一班邮车送来了
一纸公文……

公爵夫人

公文是怎么说的？
是不是让我回去？

省　　长

是,夫人,兴许是真的。

公爵夫人

公文是谁给您送来的,
那上面都写了些什么？
他们干吗要嘲弄我的父亲？
是他亲手安排,样样稳妥！

省　　长

不……我还不敢肯定……
但还有一段更远的路程……

公爵夫人

竟是这样的絮絮叨叨！
我的马车是否已经套好？

省　长

不！我还没有发下命令……

　　在这儿,我就是沙皇！公爵夫人！

您请坐吧！我已经说过,

　　很久以前我就认识伯爵,

而伯爵……虽然由于自己的善良,

　　准您离开了家乡,

但您的离去却使他无限悲伤……

　　还是快点回去吧！

公爵夫人

不！事情一旦决定,

　　我就要彻底执行！

对您讲我觉得有点好笑,

　　如同父亲爱我,我是多么地爱我父亲。

但是另有一种义务,

　　却显得更为崇高、更为神圣,

它在向我召唤。我的折磨者呀！

　　请给我几匹马吧！

省　长

对不起,夫人。我本人完全同意,

　　因为每一小时都是宝贵的,

但是,您是否确实知道,

　　那里将是什么在等待着您呢？

我们这地方已是一片荒原,

　　在那儿就更加贫瘠,

那里的春天比这儿更短,

　　而冬天却漫长得出奇。

是的,夫人,那儿的冬天共有八个月,——

　　您是否也知道详细？

那儿没有打上烙印的人很少很少，
　　那些人的心灵也冷酷无比；
那里只有流刑逃犯
　　才任意地到处寻觅；
那儿的监狱实在可怕，
　　矿坑更是深不见底。
您不可能得到
　　跟丈夫单独见面的时机：
要在普通营房里生活，
　　而饭食只有面包和克瓦斯①。
那里有五千名流刑罪犯，
　　他们为命运所妒嫉，
夜夜都要进行厮打，
　　残杀和抢袭；
对他们的审讯短暂而又骇人，
　　再也没有比这种审讯更加严厉！
而您，公爵夫人，将永远
　　是那儿的见证人……是的！
请您相信，人们不会轻饶您，
　　谁也不会对您表示怜惜！
让您的丈夫去吧——他是有罪的……
　　而您偏要去忍受……这是何苦呢？

　　　　　　　公爵夫人
我知道，我丈夫的生活
　　确实非常可怕。
且让我的生活也不要
　　比他更愉快吧！

---

① 一种酸饮料。

省　长

那儿的气候会把您毁掉！

　　您万不可在那儿居住：

我有责任说服您，

　　再不要前进一步！

啊！您怎能在那样的地方生活？

　　在那儿，人们从鼻孔里

呼出来的不是气体，

　　而是冰的碎末。

那儿终年是阴暗与严寒，

　　而在短短的几个大热天——

那一片泥泞的沼地上

　　却散发着极为有害的蒸气！

啊……一个多么可怕的国度！

　　当一百个难明的长夜

降临在那一片国土，

　　就连森林里的猛兽也要从那儿逃出……

公爵夫人

人们能在那个地方生活，

　　我很快也会习惯……

省　长

有人在那儿生活？但孩子，您要想一想

　　自己美好的华年！

这里做母亲的，在分娩以后

　　要用雪水给自己的儿女清洗，

而可怕的风暴通宵咆哮着

　　在哄婴儿入睡，

在森林里茅屋的附近

　　野兽的吼声常将人们惊醒，

443

暴风雪疯狂地敲打着

　　　窗子,像常来的家神。
世居本地的土著

　　　从偏僻的森林和荒凉的河边
搜集着自己的贡品,

　　　并在同大自然的搏斗中变得异常坚定,
然而您? ……

　　　　　　公爵夫人

纵然我会死去,

　　　但并没有什么遗憾! ……
我要去! 我要去!

　　　我要死在我丈夫的身边。

　　　　　　省　　长

是的,您将会死去,但您首先

　　　会叫他苦不堪言,
而他的心已无可挽回地

　　　变成了死灰一片。
为了他我向您请求:不要去那边!

　　　一个人倒还可以忍受,
繁重的劳动累得腿疼腰酸,

　　　回到自己的牢房里,
回去——躺在光秃秃的地板,

　　　啃着硬邦邦的面包干,
便沉入了梦乡……立刻做起了好梦——

　　　囚徒变成了帝王!
他在梦幻中飞向自己的朋友和亲人,

　　　当然也梦见了您,
于是他积极对待白天的劳动,

　　　精神爽快,心情稳定,

然而跟您在一起呢？跟着您

　　他就不会梦见幸福的幻境，

他将意识到他自己

　　便是您流泪的原因。

　　　　　公爵夫人

啊，……这些话，您最好留着

　　讲给别人去听吧！

您的这番折磨绝不会

　　从我的眼睛里榨出泪水。

弃别了故乡、朋友，

　　亲爱的父亲，

并在内心深处发誓，

　　定要忠实地履行

我的职分，——我绝不将眼泪

　　带进那万恶监狱的大门——

我要赋予他以力量，

　　我要解救他身上的自尊心、自尊心！

对刽子手的轻蔑，

　　对正义的认识，

将是我们最可靠的支撑。

　　　　　省　　长

　　多美妙的幻想！

可是这，只需五天就能取得。

　　那您不是要终生忧伤？

请相信我的良心吧，

　　您很想过美好的生活。

这里有又干又硬的面包、监狱、耻辱，

　　贫困和永恒的压迫，

而那里则有舞会、金碧辉煌的宫廷，

自由和尊敬。

又怎能知道？也许这要取决于上帝……

　　您要是另有所欢，

法律将不会剥夺您的权利……

　　　　公爵夫人

住口！……我的上帝啊！……

　　　　　省　　　长

是的,坦白地说,

　　　您还是回去吧。

　　　　公爵夫人

对您的好言相劝,

　　　我将感激不尽！

从前那儿是人间的乐园,

　　　但是到如今,

这乐园已被尼古拉

　　　关切的手清除干净。

那里的人们生活腐朽——

　　　个个都是行尸走肉,

男人们是一群犹大,

　　　女人们则是一些奴隶。

我在那儿能找到什么？假仁假义,

　　　被玷污的荣誉,

卑鄙的报复,

　　　以及厚颜无耻之徒所攫取的胜利。

不,人们不能把我诱进

　　　这砍光的森林,

那儿曾有过高耸入云的橡树,

　　　如今却只有一片树墩！

要我回去吗？叫我生活在诋毁、

　　无聊和愚昧的世俗中？……

对这一切,谁要是都豁然悟透,

　　谁在那里就既没有地位,又没有朋友!

不,不,我再不要看见

　　那些出卖灵魂的和脑筋迟钝的人,

我再不愿与屠杀自由人和圣徒的

　　刽子手相见。

要忘记那些爱过我们的人,

　　要回去——并对一切都宽容?

　　　　　　省　　　长

可是他不曾对您表示怜悯?

　　您想一想吧,孩子:

为谁忧愁? 给谁爱情?

　　　　　　公爵夫人

住口吧,将军!

　　　　　　省　　　长

勇敢的鲜血要是不在您的

　　身上流涌,——我就默不作声。

您要是什么也不相信,

　　还是要向前奔驰,

那也许,只有自尊心才会救您的性命……

　　他得到了您,以及

您的财富、您的智慧、您的英名,

　　和一颗轻信的心灵,

而他,却不去考虑

　　妻子将落一个什么下场,

只是迷恋着空虚的幻影,

447

而这就是他的命运！……
怎么样？……您奔驰着找他去，
　　　像一个可怜的奴隶！

　　　　　　公爵夫人
不！我不是可怜的奴隶，
　　　我是一个妇女,是他的妻！
我即使有个悲惨的命运——
　　　我也对它信守不渝！
啊,他要是为了另一个女人
　　　而竟把我忘记,
那我便有足够的力量
　　　不去做他的奴隶！
但是我知道:我的情敌
　　　就是对祖国的爱,
如果真是需要,我再去
　　　对他表示宽贷！……

　　　　　*　　*　　*

公爵夫人停止了谈话……
　　　顽固的老头儿也一时沉默。
“唔,怎么样？将军,
　　　能否拨给我一辆马车?”
他久久望着地板,
　　　对问题不予回答,
然后深思熟虑地说道:
　　　“明天见。”——便匆匆走掉……

　　　　*　　*　　*

　　第二天又进行了同样的谈话。

　　　　他又请求又劝说，

然而可敬的将军

　　　　又遭到她的反驳。

完全丧失了信心，

　　　　话说得筋疲力尽，

他严肃而又沉静，

　　　　长久地在屋里来回走动，

后来终于说道："算了吧！

　　　　真也救不了您，多可惜！……

但您要知道：您只要迈出这一步，

　　　　就会把一切都失去！"

　　"我还能失掉什么呢？"

　　　　"您去投奔您的丈夫，

您就应该

　　　　在弃权书上签署①！"

老头子故弄玄虚，戛然打住，

　　　　显然，他说出这句可怕的话来，

就在于等待她的屈服。

　　　　然而回答却是这样的：

"您纵然已经满头白发，

　　　　但您仍旧是一个孩子！

您当真认为，

---

① 这里指省长企图取消她的贵族称号，剥夺其一切财产及农奴管理权，作为流刑犯的妻子，永居西伯利亚。

我们的权利是真的权利。
不！这些东西我并不珍惜，
　　是权利，您快去取！
哪儿是弃权书？我要签字！
　　请赶快给我马匹！……”

省　　长

就在这张文书上签字吧！
　　您疯啦？……我的上帝！
须知，您就要变成一个乞婆，
　　一个普通的妇女！
您向所有的一切都告别吧，
　　向您父亲所给予您的，
向以后作为遗产您所应继承的
　　都告别吧！
财产权、贵族权
　　统统得失去！
不！您还是先想一想吧——
　　回头我再来看您！……

＊　　＊　　＊

他走了，一整天没有半点动静……
　　当黑暗降临的时候，
公爵夫人颓丧得像个幽灵，
　　她便亲自去找他，
将军没有将她接待：
　　因为他得了重病……
自他病倒以后，
　　难熬的五天已经过去。
在第六天头上他来了，

并突然对她说道:

"公爵夫人,我无权

　　给您调拨马匹!

只能由护送队

　　押送您徒步前去……"

　　　　　　　公爵夫人

我的天!

这岂不要在路上

　　走几个月的时间?……

　　　　　　　省　　长

是的,如果道路

不把您拖死,那么春天

　　您便可以到达涅尔钦斯克。

但身戴镣铐,未必能走完

　　每小时四俄里的限数;

中午——打尖休息,

　　日暮——便要住宿,

在草原赶上风暴——

　　你就得被雪埋住!

是的,迟延耽误会多不胜数,

　　有的人倒下了,从此一命呜呼……

　　　　　　　公爵夫人

我还不大明白——

　　您说的押送是什么意思?

　　　　　　　省　　长

我们在手持武器的

　　哥萨克护卫下,

451

把身披锁链的

　　　　盗贼和流刑犯押送；

他们经常胡闹，

　　　　一不留心就会逃之夭夭，

因此便用粗绳

　　　　挨着个将他们捆紧。

道路艰难啊！您看，是什么情景：

　　　　长途跋涉五百俄里，

而到涅尔钦斯克矿坑，

　　　　还不到三分之一的行程！

他们，尤其在冬天，

　　　　沿途死亡像一片苍蝇……

而您，公爵夫人，要这样走吗？

　　　　还是回家去吧！

　　　　　　　　公爵夫人

啊，不！这话我早已料到……

　　　　而您，而您……是一个恶棍！……

整整一周的时间已经过去……

　　　　生而为人竟没有长着人心！

为什么不一下子都说清？……

　　　　走很久，我就走很久吧……

快下令召集护送队——

　　　　我步行！反正我的决心已定！……

　　　　　　　　*　　*　　*

"不！您坐车去吧！……"

　　　　老将军突然大声叫喊，

并用手捂住了自己的两眼：

　　　　"我的上帝啊！我叫您受了多少磨难……

（从那只手下，涌出的眼泪

　　滚落到苍白的胡髭上面。）

请原谅吧！的确，我使您遭到磨难：

　　但我自己也于心难安，

可我奉有严厉的命令，

　　要我对您设法阻拦！

难道我就不曾执行过？

　　我已尽可能地加以阻拦，

上帝为证，我纯洁的灵魂

　　已经袒露在沙皇的面前！

我尽力设法来恐吓您：

　　什么狱中坚硬的面包干，

什么囚禁的生活，

　　什么押送途中的

凌辱、恐怖和艰难。

　　但您都毫不畏惧！

即使我保不住

　　我肩上的脑袋，

我也不能、我也不愿

　　再折磨您一点……

我三天之内就会把您送到那里……

　　（打开门，并叫喊）

喂！套车，不得迟延！……”

1871 年

沃尔康斯卡娅公爵夫人 *

（祖母的笔记）
（一八二六至一八二七）

第 一 章

这些淘气的孙儿们！
今天，他们又游玩回来：
"我们忒闷哪，奶奶！
在阴雨天，我们在肖像室里一坐，
您就开始给我们讲故事，
我们有多么快活！……亲爱的奶奶，
你再给我们讲点什么吧！……"
他们在墙角坐定。我却赶走了他们：
"够你们听的；我要讲的故事
足有整整的几大本，
可你们还不晓事：等将来对生活有了理解，
你们才能懂得它们！
凡你们这个年龄能听懂的
故事，我全都已经讲完：
到田野里，到草地上去玩吧！
去……去痛痛快快地玩一个夏天！"

不愿拖欠孙儿们的债，
我这才写起我的笔记来；
那些与我亲近的人们的肖像，

---

* 玛丽娅·尼古拉耶芙娜·沃尔康斯卡娅公爵夫人（1805—1863），1812 年卫国战争英雄尼·尼·拉耶夫斯基将军的女儿。1825 年嫁给十二月党人谢尔盖·格里戈里耶维奇·沃尔康斯基（1788—1865）。

我也都为他们一一珍藏，

于是我遗赠给他们一本照相簿，

从穆拉维约娃①姐姐墓上采撷的花束，

搜集的蝴蝶标本，赤塔②的植物志

和那个严寒地区的风景画图；

我还把一只铁手镯留给了他们……

让他们当圣物来爱护：

打制它的是他们的祖父，

他曾用自己的锁链打成，送给妻子作礼物……

———————

亲爱的孙儿们，我出生在

　基辅近郊的一个寂静的乡村；

我在家是最受疼爱的女儿。

论世系，我们是个富有而古老的名门，

而我的父亲却比他的先辈更高超：

他最热爱的是祖国和诱人的英雄的光荣，

除此，这个不喜欢平静的战士

便不知有别的什么事情。

像是创造奇迹，他在十九岁上

就当了一个团的司令，

由于勇敢，他赢得了胜利的桂冠

和整个社会对他的尊敬。

他的军事光荣史开始于

他向波斯和瑞典的远征，

但对于他的纪念，

则与伟大的一八一二年分不开：

他的一生就是一场长期的战争。

我们跟他分尝着征战的艰苦，

———————

① 亚历山德拉·格里戈里耶芙娜·穆拉维约娃随丈夫十二月党人尼古拉·穆拉维约夫到西伯利亚，并于 1832 年死在那里。

② 赤塔有一座监狱，流放西伯利亚的十二月党人即因禁于此。

我们不记得有哪个月的哪一天
不为他感到胆战心惊。
"斯摩棱斯克的保卫者"出现的地方，
总是面临着紧急的军情……
他在莱比锡近郊中弹负伤以后，
过了一昼夜，他又参加了战争，
他的生平历史是这样写就^[1]①：
只要我们的祖国还存在，
在俄罗斯众多的统帅里面
就属他值得后世的称颂！
雄辩家们对我的父亲赞美不已，
称他是个不朽的英雄；
茹科夫斯基颂扬俄罗斯的领袖人物，
他曾以响亮的诗句向他表示崇敬：
诗人歌颂我爱国的父亲
在达什科瓦城下所表现的
豪放的热情和牺牲精神^[2]。
英勇的天赋表现在无数的战斗里，
你们的外曾祖父在一次大规模的战斗中
不单靠力量就把敌人战胜：
人们都议论说，他的英勇
结合着他的军事才能。

父亲一心只想着战争，
在家什么事情也不管，
但他有时显得很严厉，
在母亲看来，他几乎就像天神一般，
而他对母亲却百依百顺，无限眷恋。
我们对英雄的父亲充满了热爱。

---

① 凡标有六角括号注码之处，均系涅克拉索夫原注，注文附篇后。

456

仗打完了,他又回到自己的庄园,

寂静的生活,渐渐熄灭了他生命的火焰。

我们住在近郊一所很大的宅子里。

将儿女托一个英国女人看管,

老人便去休养[3]。我什么都学习,

一个阔小姐该学的,我都要学一遍。

下课以后,我常常跑进花园,

我无忧无虑地整天歌唱着,

据说我的嗓音极好,

父亲听着非常喜欢;

他坚持要写完自己的回忆录,

他阅读报纸和书刊,

他还常常举行宴会;像他那样的

白发将军,也常来这儿聚谈,

于是争论四起,没了没完;

这时候青年人在翩翩起舞,

是不是要对你们照实说呢?

当时,我一直是舞会上的皇后:

我那慵懒的眼里燃着淡蓝的火焰,

脑后拖着一条漆黑的、闪着青光的发辫,

在我淡褐的、俊美的脸上

有深深的红晕一片,

我的高高的个儿,我的窈窕的身段,

我的高傲的步态——这一切,都使得

那些随团驻在附近的骠骑兵和枪骑兵,——

当时的美男子们深深迷恋。

但我不爱听他们那谄媚的语言……

父亲为我操尽了心啊:

"不是到了出嫁的时候吗?新郎已经有了,

他在莱比锡城郊一仗打得很勇敢,

皇帝,我们的父亲很喜欢他,

并授予他将军的头衔。
他比你大几岁……是个青年好汉，
沃尔康斯基！他，在沙皇检阅的时候，
你就曾多次看见……他也到过咱家，
总是跟你在公园里游玩！"
"是的，我记得！是那样一个高大的将官……"
"就是他呀！"老人笑起来……
"父亲！他很少同我交谈！"
我察觉我的脸红了……
"你跟他一起将会幸福！"老人突然
这样决定，——我也不敢申辩……

　　过了两个星期——我同他，
谢尔盖·沃尔康斯基举行了婚礼，
我对我的未婚夫了解得不够，
我对我的丈夫还不够明细，——
我们彼此见面的时候很少，
我们更是不常住在一起！
当冬季宿营的时候，
他的旅被分散在遥远的荒村，
谢尔盖不断地去巡视。
而这时我得了难治的顽症；
后来，我在医生的劝告下，
整个夏天我一直沐浴在敖德萨的海滨；
冬天他乘车来接我，
接我到大本营的驻地，
同他休养了大约一星期……便发生了不幸！
有一天我已经酣然入睡，
忽然我听见谢尔盖的声音
（事情发生在深夜，差不多就在黎明）：
"起来！快给我把钥匙找来！

升起壁炉!"我跳起身来……

只见他:惊慌失措,脸色苍白。

我迅速地燃起了壁炉。

我丈夫把抽屉里的公文

扔进了炉内——急忙焚毁。

有的,他只匆匆地浏览了一遍,

有的,一眼不看就投进了烈焰。

帮着谢尔盖焚化公文,

我战栗着,把它们投入火堆中……

他温柔地抚摸着我的头发,

然后说道:"我们马上就得启程。"

我们很快把一切收拾停当,

一大早,我们跟谁也没有告别,

就匆匆地上了路。我们疾驰了三天光景,

谢尔盖愁眉苦脸,行色匆匆,

把我送到父亲的庄园,

便立刻同我互道珍重。

第 二 章

"他走了! ……他的苍白的脸色,

和那一夜所发生的一切意味着什么?

他为什么不告诉自己的妻子?

一定是发生了什么不幸的事!"

我久久不能入睡,久久不得安静,

种种的疑虑在折磨我的心灵:

"他走了,走了! 我又是孑然一身! ……"

亲人们纷纷来安慰我,

父亲对他的匆匆离去

用一件偶然的事为他解说:

"皇帝亲自派他到什么地方

去执行一项秘密的使命,

不要哭!你曾与我分尝过征战的艰辛,

你深知战争生活的变化无常,

所以你很快就会见到他的身影!

你腹内怀上了小宝宝,

如今就应该分外小心!

亲爱的,万事必将顺遂:

妻子送走丈夫,孤零零,

然而她还会摇着婴儿,迎来自己的亲人!……"

　　唉!他的预言并没有实现!

同可怜的妻子,同头生儿子的会见

却不在这儿,

不在自己的家里面!

　　我的头生子对我是多么贵重!

我病了足有两个月光景。

我认出了第一个奶娘,

我身体疲惫,内心悲痛。

我问起我的丈夫。——还没有回来!

"他有信吗?"——甚至信无一封。

"我的父亲在哪儿?"——去了彼得堡。

"那么我的哥哥呢?"——也上了京城。

　　"我的丈夫一直没有回来,甚至信无一封,

哥哥和父亲都奔向了京城。"

我对我的母亲说道,"我也要去!

我们久久等待,等得不能再等!"

不管老太太怎样恳求,

我的决心都不为所动;

我想起了那最后一个夜晚,

和当时所发生的一切事情,

460

我清楚地意识到，我的丈夫
定然是发生了什么不幸……
春天到了，我们只得像一只乌龟
沿着泛滥的河水缓缓爬行。

抵京以后，我又恢复了一线生机。
"我的丈夫在哪里？"我问父亲。
"你的丈夫为作战，已到摩尔达维亚去。"
"他没有信吗？"父亲沮丧地望了望，
便走出去……哥哥也表示不满意，
仆人们也都沉默着，不断地叹气。
我发觉人们都关切地在隐瞒什么，
因此对我耍着什么把戏；
他们推说我需要安静，
谁也不让到我那儿去，
他们像一堵墙似的把我包围起来，
甚至也不让我看每天的报纸！
我想起来——我的丈夫有许多亲戚，
我写信去——恳求他们答复。
几个星期过去了，——却得不到片言只语！
我哭了，我丧失了勇气……

　　隐蔽的威胁最使人痛苦，
我发誓要使父亲相信我，
我再不掉一滴眼泪，——
而他和周围的一切都保持沉默！
因为爱我，我那可怜的父亲使我更加难过，
因为怜我，他就更加重了我的悲戚……
终于，我晓得了、晓得了全部底细！……
我读到了判决书的原件，
可怜的谢尔盖竟然是个阴谋犯：

说他们处于战备状态，
调集军队来推翻政权。
他还获得了一个罪名，
说他……我的头脑晕眩……
我不愿相信我的眼睛……
"难道是真的吗？……"真是大惑不解：
谢尔盖——还有那件不名誉的事情①。

　　我记得，判决书我读过一百遍，
并深切地推究着那些致命的语言：
我跑到父亲那儿去——亲爱的孙儿们，
同父亲的谈话使我顿觉心安！
像一块沉重的石头从心上落下，
我只怨谢尔盖一件事：
他为什么要对自己的妻子守口如瓶？
我想了想，便谅解了他的用心：
"他怎么能乱说呢？我还年轻，
当他跟我分手的时候，
我已经有了身孕：
为了母亲和孩子，他能不担心?!"
我这样想着。"随他灾祸有多么重大，
我在世上还没有失去一切。
西伯利亚虽然遥远，西伯利亚又如此可怕，
但总有人生活在西伯利亚！……"

　　我通宵不眠，一直在幻想
怎样去抚慰谢尔盖。
天快亮了，我这才
进入沉酣的梦乡，起来时更是神清气爽。

---

① 沃尔康斯基曾被诬告私拆公文、隐匿印信。

我的健康很快得到了恢复，

我去将我的朋友看望，

我找到了姐姐，仔细向她打听，

有许多事，知道了又令人伤心！

那些不幸的人们啊！……（姐姐说）

"谢尔盖一直关在监狱里面；

他既见不着朋友，也看不见亲眷……

昨天父亲才探望了他，

那么你也可以去同他相见：

当宣读判决书的时候，

便摘下他们的十字勋章，给他们穿上破衣衫，

但给了他们被探望的权！……"

我在这里放过许多细节，不便铺陈……

但却留下了一些引起灾祸的迹痕，

他们到如今还高喊着复仇……

你们最好不要知道他们，我的孙儿们。

　　我同姐姐到要塞去探望丈夫。

我们首先去见一位"将军"，

然后，年迈的将军把我们

领进一座宽敞而阴暗的大厅。

"公爵夫人，马上就带到，您请等一等！"

恭敬地向我们点头行礼，

他便走了出去。我不错眼珠地望着大门，

几分钟就像几个时辰。

脚步声渐渐消失在远方，

跟他飞了去的是我的思想。

我仿佛看见：有人拿来一大串钥匙，

生锈的铁门开始轧轧作响，

在一间带铁窗的阴森的牢房里，

有个疲惫的囚徒神色沮丧。
"您的妻来看您了！……"他脸色苍白，
浑身发抖，却容光灼灼：
"妻！……"他在过道里飞跑着，
不敢相信自己的耳朵……

"他来啦！"将军大声喊道，
于是我看见了谢尔盖的身影……

灾难不是白白地降临他的头上：
他的前额出现了许多皱纹，
他的脸像死人一样苍白，
眼睛已不那么炯炯有神，
其中有比从前更多的，
是我一向熟悉的静静哀伤；
它们探询地望了一会儿，
忽然焕发出喜悦的光芒，
仿佛他看穿了我的心灵……
我伏在他的怀里，一阵伤心，
便大哭起来……他抱着我，悄悄说道：
"这里还有外人。"
然后他说，懂得驯服的美德
对他颇为有益，
其实，忍受监禁之苦也很容易，
他又添上了几句勉励的话……
见证人在室内倨傲地踱来踱去：
我们当时真是窘困难当……
谢尔盖指着自己穿的衣服，
"玛莎，请祝贺我着上新装，"
但又悄悄加了一句："了解我，原谅我。"
眼睛充满泪水，闪闪发光，

但这时匆匆走来一个奸细，

他便深深埋下头去。

我大声说道："是的，我真没承望

会见你穿上这样的服装。"

我又悄悄地说道："我全明白了，

我比从前更爱你……"

"怎么办？我将去服苦役

（只要我还不厌烦活下去）。"

"你活着，你健康，那你还有什么愁的？

（要知道，苦役也不能使我们分离？）"

"瞧你有多好！"谢尔盖说道，

他顿时露出了笑脸……

他掏出手绢，放在窗边，

我也将自己的紧挨着放在一块儿，

分别时，我把自己的留给了丈夫，

我便拿走了谢尔盖的手绢……

分别一年后的会见，我们觉得分外短暂，

但又该怎么办呢！我们的时限已过——

其他的人却只好等着……

将军搀扶我上了马车，

并祝愿我幸福快乐……

我从手绢中得到了莫大的欣慰：

我吻着它，并在它的一角

看到短短的几句言语；

于是我颤抖着将它读道：

"我的朋友，你是自由的。了解我——别责备！

我精神健旺——我深愿

我的妻也同样。别了！

向我的小儿子致意……"

我丈夫在彼得堡有一家巨大族亲；
它消息灵通，是个赫赫名门！
我焦急了三天，便驱车去找他们，
恳求他们把谢尔盖营救。
父亲对我说："女儿，你苦恼什么？
我全都试过了——但又有何用！"
他们确实也曾设法营救，
甚至哭泣着向皇帝请求，
但是，他的心却不为所动……
我又同丈夫见过一面，
而时间迫促，接着就把他带走！……
一到只剩下我独自一个，
我立刻听见我的心在说，
我也应该赶快去，
父母的住宅使我憋闷，
我请求到丈夫那儿去。

朋友们，我现在给你们说个仔细，
讲讲我那决定命运的胜利。
当我一说出："我要去！"
一家人都惊骇地站起。
我不知我怎能支撑得住，
也不知我会经受多少苦……啊，上帝！……
母亲从基辅附近被叫回来，
兄弟们也都来到了这里：
父亲吩咐大家"开导"我。
于是人们劝说、请求，唠叨不已。
但上帝却增强了我的意志，
他们的话并不能把它摧毁！
而我却不禁伤心地哭泣着……

当我们要去吃午饭的时候，
父亲顺便向我提出问题：
"你决定怎么办？""我要去！"
父亲沉默了……全家也都不言语……
晚上我又伤心地哭了一阵，
我一面摇着婴儿，一面不住思虑……
突然父亲走进来，——我不觉一阵战栗……
我等待着恐吓，他却显得安详而忧郁，
他诚恳而温和地对我说道：
"你干吗要使你的亲人们难过呢？
以后对这不幸的孤儿怎么办？
你又该怎么办，我的亲爱的？
啊，那里不需要女人去效力！
你在那里寻得的只是一座坟墓，
你那巨大的牺牲完全是白费！"
他等待着回答，捕捉我的眼神，
他又是吻我，又是抚慰……
"我有罪啊！我害了你！"
忽然，他愤怒地大声喊叫：
"我的理智在哪儿？我怎么没长眼睛呢！
我们整个军队都已经知悉……"
他揪起自己那苍苍的白发：
"原谅我吧！不要责备我，玛莎！
还是留下吧！……"他又急切地央求着……
天知道我是怎样顶住的！
我将自己的头伏在他的肩上，
我小声对他说："我要去！"

　"我们瞧吧！……"老人忽然挺起身子，
他的两眼冒着怒火：
"你那愚蠢的舌头只会说：

我要去！但说的是不是时候，
去的是什么地方，又有什么目的？你首先得考虑！
你自己不知道你都说了些什么！
你的头脑会不会思索？
你是否将你的父亲和母亲
当作仇人？还是他们都太愚蠢……
你同他们争论的是些什么，如同跟你的同辈人？
你更深刻地探察一下自己的内心吧，
更冷静地向前看一看，
想一想吧！明天我们再见……"

他，威严而愤怒地走了出去，
而我，跪倒在圣像的前面——
神情倦怠，奄奄一息……

第 三 章

"想一想吧！……"我整宿没有睡觉，
我久久地哭泣，久久地祷告。
我呼吁圣母来救助，
请求上帝给我忠告。
我学习思索：多不容易啊……
父亲命令我要多加思索！
他是否早就为我们想过——并认定，
我们的一生会平平安安飞过？

我学到了很多；语言我能操三种。
在那交际的舞会，在那堂皇的客厅，
当我翩翩起舞，风趣地玩着，
总是显得像是鹤立鸡群。
我几乎能谈论一切，无所不通，

我懂音乐,我会唱歌,
我甚至擅长骑术,纵横驰骋,
但动脑筋想问题我却不能。

只是最近,在我二十岁上,
我才懂得人生并不是儿戏。
小时候,大炮猛然一响,
我的心儿往往要战栗。
我们过得自由自在,称心如意,
父亲跟我说话,也不把面孔板起;
我十八岁上就结了婚,
还没想过更多的事体……

最近以来,我的头脑
想得过多,以致发热燃烧;
首先使我苦恼的是杳无消息。
当我认识到什么叫作不幸,
那在监狱备受折磨的、苍白的谢尔盖,
就一直站在我的面前久久不去,
他把我先前所不解的许多苦难
散播在我这可怜的心里。

我经受了一切,特别是
剧烈的无能为力的感受。
为了他,我曾哀求过苍天和权贵,
但所有的努力尽付东流!
我心潮起伏,烦乱不休,
我急着要走,我厉声诅咒……但我没有力量,
连静静想一想的时间也没有。
现在,我一定要想一想——
这样做,会讨得我父亲的欢心。

让我这唯一的意志坚定不移，
让任何别的想法终归无用，
我要诚实地执行我父亲的命令，
我终于拿定了主意，我亲爱的孙儿们。

老人说道："你也该想想我们，
对于你，我们都不是外人。
到头来，你还是抛弃母亲、父亲和孩子——
轻率地抛弃一切的人，
这是为什么？""我在履行我的义务，父亲！"
"你为什么要使自己遭受苦难？"
"我在那儿将不再感到痛苦！
而在这儿，等着我的却是可怕的苦痛。
是的，我要是留下来，依从了你们，
那分离将使我痛不欲生。
不论黑夜和白昼，我都不会安静，
我会抚着可怜的孤儿痛哭，
我会一直想着我的丈夫，
将他那温情的责备来聆听。
我不论走到哪儿——从人们的脸上
我都可以读到人们对我的判词：
在他们的私语里，有我的负心的故事，
从他们的笑声中，我猜透了他们的责备：
我该去的地方，不是豪华的舞会，
却在那遥远的阴沉的荒漠，
在那儿监狱的一个角落，有一名疲惫的囚徒
正忍受着残酷思想的折磨……
他孑然一身……快到他那儿去！
只有在那里我才可以自由呼吸。
我既然与他同享过快乐，就应该跟他同坐监狱……
这才符合上天的心意！……

请原谅我吧,我的亲人们！我的心
早已暗自做出了决定。
这是上帝的意旨——我坚决相信！
然而在你们的心里,却只有怜悯。
是的,如果需要我在丈夫和儿子之间
决定取舍——我自然
要到那更需要我的地方去,
我要到囚徒那里去！
我将儿子留在咱家里,
他很快就会把我忘记。
就让外公权充孩子的父亲,
让我的姐姐做他的母亲吧。
他现在还很小啊！等他长大成人,
得知这件可怕的秘密,
我相信:他会理解做母亲的心情,
并由衷地认为她是正当的。"

可我要是同儿子待在一块儿……那么以后,
等他得知这个秘密,就会问起:
"你为什么不去找我那可怜的父亲？……"
并会向我抛出谴责的言语？
啊,我宁愿活着躺进那座坟墓,
也胜似因不去探望丈夫,
将来受到儿子的轻侮……
不！不！我不愿受到轻侮！……

这样的事情也可能发生——我真不敢想象！——
我将忘记第一个丈夫,
便要屈服于新家庭的环境,
我不再是儿子的母亲,

而是一个凶恶的后娘？我会羞愧难当……
原谅我吧，你可怜的流放人！
要我忘记你，决不可能！决不可能！
你是我唯一的心上人……

父亲！你不知道，他对我有多么宝贵！
你不了解他！我第一回
在团队的面前看见他，
穿着漂亮的服装，骑着匹高头大马；
我贪婪地聆听战友们讲述
他的战斗生涯的伟绩丰功——
我便以整个的心灵爱上
他——这位年轻的英雄……

后来，我便一直热爱着
我所生的孩子的父亲。
而分离，这时无限地延续下去。
在大风暴的面前，他坚定不移……
你们知道，我们在哪儿重又相遇——
命运啊！你创造了自己的意志！——
我把自己心里所有的、最好的爱情
献给他，在那遥远的监狱！

为诽谤他，徒然浪费了大量笔墨，
比起从前，他仍然是无可指责，
于是，我像爱基督那样来爱他……
现在他身穿囚衣，
闪耀着温柔庄严的神情，
他永远站在我的面前，
头上戴一顶荆冠，
眼光里流露着非凡的爱情……

我一定要看到他,我的父亲! ……

我思念丈夫,思念得将要死去……

在为天职效力的时候,你什么都不顾惜,

如今你也把它教给了我们……

一个曾率领儿子们去

决一死战的英雄,——

我就不相信,你会不同意

你这可怜的女儿的决定!

————

这就是我在这漫漫长夜所考虑的、

而且是同父亲这样谈到的……

他小声说了句:"疯丫头!"——

便走了出去,兄弟们和母亲

也都忧郁地默不作声……后来我也走了出去……

痛苦的日子在缓缓地度过:

像一片乌云,父亲愤愤然走来走去,

家里其他人也噘着嘴像在生气。

谁也不想帮我办点事儿,

或出个主意;而我却一直保持着警惕,

我又度过了一个不眠的夜晚,

我便写了封信给皇帝

(当时纷纷谣传,

皇帝仿佛要把

特鲁别茨卡娅从路上召还。

我害怕也会遭到这样的命运,

但这终是不可信的流言)。

信由我的姐姐卡佳·奥尔洛娃①送去。

————

① 叶卡捷琳娜·尼古拉耶芙娜·奥尔洛娃(1805—1885),拉耶夫斯基将军的长女,十二月党人米哈伊尔·费多罗维奇·奥尔洛夫的妻子。

皇帝亲自回答了我……谢谢啊，

我从回信里找到善良的言语！

他的回答是那么幽雅、那么亲切（尼古拉

用法文写信）。皇帝首先说起，

我所要去的那个地方

是多么的令人恐惧，

那里的人是多么粗野，生活是多么艰难，

而我又有着怎样脆弱的年龄，娇嫩的身体；

然后便暗示我（我并没有立刻明白），

回来的希望是绝对没有的；

还有，他对我的决心

赞叹地表示尊敬，但可惜，

一个忠于职守的人却不能

对你那犯了罪的丈夫表示宽容……

他不敢抗拒那崇高的感情，

只得一口答应；

不过他还是希望我

同儿子一起留在家中……

激动

充满了我的全身。"我要去！"

心儿久已不跳得这么高兴……

"我要去！我要去！现在已经决定！……"

我哭了，我热烈地祷告不停……

我三天就准备好出远门的行装，

并将一切贵重的东西收拾停当，

我置备了一件结实的皮袄和一些贴身衣服，

还购买了普通的马车一辆。

亲人们望着我的这些准备，

都莫测高深地有点感伤；

谁也不信我会离家远行……

我同自己的孩子度过最后一个晚上。
我俯身望着我的儿子，
尽可能记住这亲生子的微笑的脸儿；
我同他一起玩着
那决定命运的信上的印章。
我一边玩，一边想："我的可怜的儿呀！
你不知道，你玩的是什么！
这里注定了你的命运：你醒来便是独自一人。
不幸的儿啊！你这就失去母亲！"
我悲伤地把脸贴在他的小手上，
恸哭着，并幽幽地诉说：
"我的可怜的孩子，请原谅我吧，
为了你的父亲，我得把你割舍……"

然而他在微笑；他还不想睡觉，
他玩赏着这封美丽的公文，
这颗大大的、红色的印章
却引得他非常开心……
       天快亮的时候，
孩子这才酣然睡稳，
他的面颊泛起红光，
我盯着他那可爱的脸儿，目不转睛，
并在他的摇篮边祝祷着，
于是我迎来了诀别的早晨……
       我登时准备好上路。
我又一次恳求姐姐，
要她做儿子的母亲……姐姐发下誓愿……
马车早已等待着启程。

我的亲人们严肃地沉默不语，
别离竟是这样黯然无声。

我想:"对家庭来说,我已经死去,

我失去了一切亲爱的

而又珍贵的东西……惨痛的损失无法算计! ……"

母亲只管静静地坐着,

仿佛直到现在还不相信,

她的女儿竟敢离去,

每一个人都惶惑地望着父亲,

他坐得远点儿,垂头丧气。

他话不说,头也不抬,——

他气色阴沉而又苍白。

人们把最后一批东西搬进了马车,

我一时失掉勇气痛哭起来。

一分一秒缓缓过着,叫人难受万分……

我终于拥抱了姐姐,又拥抱了母亲。

"唔,上帝保佑你们!"——

我说着,又吻了我的兄弟们。

他们都像父亲那样保持沉默……

父亲站起来,怒气冲冲,

在他闭紧的唇边,在他紧皱的额角

掠过愤恨的阴影……

我默默地将圣像交给他,

便在他的面前双膝跪下:

"我走了! 你说一句话吧,哪怕一句呢,

看在上帝面上,请原谅你的女儿吧,父亲!"

父亲终于看了我一眼,

带着沉思、关注、严厉的神情,

威胁地把手举在我的头上,

他说道(我发抖了),声音几乎听不清:

"当心啊! 过一年就回来吧,

否则——我就不认你……"

　　　　　　　　我跌倒在地……

第 四 章

"够了,够了,太多的眼泪和拥抱!"

我一坐上车——三套马车便开始驰骋。

"别了,亲人们!"冒着十二月的严寒,

我离开了父亲的家门,

马不停蹄,一口气奔驰了三天多的路程;

飞快的速度使我心神向往,

速度对我乃是最好的医生……

我很快便抵达莫斯科,

来到姐姐济娜伊达[4]家中。

年轻的公爵夫人秀丽而聪慧,

她是何等的精通音乐! 她唱得有多么动听!

艺术对她最为神圣。

她给我们留下了一本小说[5],

写的尽是一些温柔的美人,

诗人维涅维京诺夫①对她唱过赞歌,

曾徒然向她表示过无望的钟情;

济娜伊达在意大利住了一载,

她给我们——照诗人的描写——

"用眼睛给我们带来南方天空的色彩"[6]。

莫斯科上流社会的皇后,

她不回避与演员们往来,

他们常在济娜的客厅里欢聚,

他们尊敬她,热爱她,

并称她为北方的柯琳娜②……

我们相对哭了一场。她衷心赞赏

---

① 德·弗·维涅维京诺夫(1805—1827),俄国诗人。

② 古希腊女诗人。

我的致命的决心：

"坚持到底，我的可怜的妹妹，你要高兴！

你竟是这样的忧心忡忡。

我该怎样驱散这黑压压的乌云？

我同你又要怎样的别离？

就这样吧！你一直睡到晚上，

在晚上我为你举行宴会。

别担心！一切都会合你的口味，

我的朋友们都不是浪荡子，

我们要唱你所爱听的歌，

我们要演你所爱看的戏……"

当晚，关于我到达的消息，

莫斯科很多人已经知悉。

当时，我们不幸的丈夫们

已经引起莫斯科的注意：

法院的判决刚刚宣扬出去，

叫人听了又难堪又惊讶，

那时候在莫斯科的沙龙里

传着罗斯托普钦①的一个笑话：

"欧洲有个鞋匠想当贵族，

他起来造反——这是理所应当！

而我们的贵族闹革命：

难道是想当鞋匠？……"

我变成一个"时代的女英雄"。

来访的不仅是演员和诗人——

还有我们所有的亲朋：

---

① 费·瓦·罗斯托普钦(1763—1826)，伯爵，俄国反动政府活动家，1812 至 1814 年莫斯科的军事省长。

一辆辆纵列而驾的马车滚滚而来；

那些现已年迈的昔日的大人物——

波将金①的同龄人，

给自己的假发扑上了白粉，

都极其谦恭地前来致敬；

那些衰老的过去宫廷的女官

都紧紧地把我抱在怀中：

"这是什么时刻啊！……又有多么的英勇！"——

说着，还不住地把头摇动。

唔，总而言之，有些是在莫斯科出头露面的，

有些是到莫斯科过路的，

晚上，所有的人都聚集到我的济娜家中：

在这儿有许许多多的演员，

在这儿我听到意大利歌唱家的演唱，

他们在当时都已是大名鼎鼎，

在这儿有我父亲的同僚和朋友们，

他们也都感到非常的悲痛。

在这儿有奔向远方的人们的亲属，

而我却也正向那儿急急地飞奔，

当时最受爱戴的一些作家

也友善地来同我互道珍重：

这儿有奥陀耶夫斯基②、维雅泽姆斯基③；

有一个充满灵感的可爱的诗人，

我表姐的崇拜者，他如今已长眠地下，

过早地被坟墓所侵吞。

普希金也在这儿……对他我很熟悉……

他是我童年时代的朋友，

---

① 格·亚·波将金(1739—1791)，伯爵，俄国国务活动家，女皇叶卡捷琳娜二世时代的宠臣。
② 弗·费·奥陀耶夫斯基(1804—1869)，俄国作家和音乐活动家。
③ 彼·安·维雅泽姆斯基(1792—1878)，俄国诗人和评论家。

他在尤尔祖弗[7]曾住在我父亲那里。

在顽皮和娇媚的童年时代，

我们用花朵彼此投掷，

我跟他一块儿欢笑、一块儿奔跑、一块儿絮语。

我们全家要上克里米亚，

普希金也跟着一同前去。

我们兴高采烈地行驶着，

终于，又见着黑海，又看到山地！

父亲吩咐马车停一会儿，

我们漫步在这辽阔的荒野里。

那时候我已经十六岁。

机敏灵活，个头儿比岁数要高得多，

我离开大家，跟着鬈发的诗人

像利箭似的向前飞奔；

不戴帽子，拖着一条披散的发辫，

暴晒在正午的阳光下面，

我向海边奔跑、飞翔——于是我面临着

克里米亚南岸的旖旎风光！

我以愉快的眼光向周围望去，

我跳起来，与大海游戏；

当涨潮倏然退走，

我便急急地向潮水跑去，

当潮水又往回涌来，

一排排浪涛紧紧相迫，

我便赶紧跑回来，

然而浪涛却已追上了我！……

普希金望着……于是他笑了，

因为我把自己的皮鞋打湿了：

"别作声！我的女教师来了！"——

我严肃地说道……

（并遮掩自己湿透的双脚……）

然后我读起《奥涅金》里那些美妙的诗句〔8〕。

当时我浑身是火——称心如意……

如今我衰老了，

那些美好的日子已成了遥远的过去！

我并不隐瞒，当时普希金

仿佛爱上了我……但老实说，

那时他对谁不曾倾心！

但当时，我猜想，

他谁也不会爱，除了缪斯女神：

她的激动和忧愁占有了他，

几乎引不起他的爱情……

尤尔祖弗的景色如画：满山满谷

散布着一座座繁茂的花园，

它的脚下是大海，远处是阿尤达格①……

鞑靼人的茅舍紧贴在峭壁下边；

葡萄的沉重的藤条

爬上了陡峭的山崖，

有些地方的白杨树，像整齐的绿色柱子

静静地站在一边。

我们在低垂的峭壁下租得了房子，

诗人就栖身在我们上面，

他对我们说，他对命运感到满足，

他热爱大海和群山。

他在白天到处游逛，

总是那么形只影单，

黑夜里他常常漫步海边。

他跟我的姐姐列娜学习英语：

那时候，拜伦

---

① 阿尤达格，鞑靼语，即"熊山"之意，为克里米亚半岛南岸的一个山岬。

占有了他的大部时间。

姐姐有时偷偷地翻译

拜伦的某些诗句；

她把自己的试译读给我听，

然后就撕碎，扔在外边，

家里却有人告诉了普希金，

说列娜在写诗：

诗人在窗下拣起那些碎片，

便把事情宣扬了出去。

他盛赞她的译诗，然后久久地

使不幸的列娜感到羞惭……

他做完了课业，便走下楼来，

跟我们共度悠闲；

有一棵柏树，诗人把它称作朋友，

就屹立在凉台的旁边，

黎明常常在树下与他相遇，

并同他告辞，隐退不见……

人们对我说，普希金的踪迹

在当地被视为逸闻奇谈：

"有一只夜莺，每夜都向诗人飞来，

一如月亮总要浮现在中天，

它同诗人一起歌唱——

倾听着他们的歌儿，大自然默默无言！

然后这夜莺——人们讲述着——

每年夏天都飞到这儿来：

又是啼叫，又是哭泣，又仿佛在呼唤

诗人来看望被遗忘的伙伴！

但诗人死后——这个长满羽毛的歌手

便不再飞来……从此以后，

充满痛苦的柏树便像个孤儿兀立着，

只是倾听大海的幽怨……"

而普希金却长久地将它颂扬，
来访的旅游者更是络绎不断，
他们坐在树下，并从树上折下
一些芳香的枝儿留作纪念……

我们的相遇是令人悲伤的。
真正的痛苦使诗人抑郁低回。
他想起了在遥远的尤尔祖弗、
在海边的那些童年时候的游戏。
如今一反那习以为常的讥讽语调，
他带着爱、带着无限的忧郁、
带着兄弟般的同情，来祝福
共度过那无忧无虑生活的伴侣！
他深深地为我的命运担心，
他同我在房间久久地踱来踱去，
亲爱的孙儿们，我记得他说的那些言语，
可要我加以表达，我却又不善于：
"去吧，去吧！您有着坚强的心灵，
您富有勇敢的耐心，
但愿您顺利地走完那决定命运的道路，
但愿一切的损失都不搅乱您的心情！
请相信吧，这个可憎的上流社会
根本配不上您这样纯洁的心灵！
谁以它的浮华换得无私的
爱情的功勋，谁就是幸福的人！
是什么社会呢？人人厌恶的假面舞会！
在这个社会里心儿变得冷酷无情，昏昏欲睡，
在这个社会里充满了永恒的、可以预料的冷漠，
一片火热的真诚则被包围……

"岁月的更始，可以使仇恨平息，

在时间面前,障碍也可以轰然倒地,
祖上的住宅和家庭花园的过堂,
您都可以重新回去!
那祖传谷地给人的甜蜜感觉
会有益地沁入您疲惫的心脾,
您可以自豪地打量走过的道路,
也可以重新体味一下什么叫作乐趣。

"是的,我相信! 您痛苦不会忍受太久,
沙皇的愤怒也不会无尽无休⋯⋯
假如您将死在草原,
人们将用热诚的语言把您提念:
在那严寒国土的茫茫雪原,
一个勇敢的妻子的形象,是多么令人迷恋!
她虽早已被埋入坟墓,
却在心灵的力量上有伟大表现。

"您会死去,但您遭受苦难的故事
将被活着的人们永记心间,
您的曾孙们同他的朋友们
谈起您来,半宿也谈不完。
他们从心里叹一口气,
给他们描述您那令人难忘的容颜,
为了纪念死在荒原里的曾祖母,
一杯杯斟满的酒都被饮干! ⋯⋯
但愿墓前的大理石刻
比木制的十字架更加长远⋯⋯
但是世界还没有忘记多尔戈鲁卡娅①,

---

① 娜塔丽娅·多尔戈鲁卡娅公爵夫人(1714—1771),舍列麦捷夫元帅的女儿,随丈夫流放西伯利亚。

而比隆①却已湮没人间。

"可我说什么呢？……愿上帝赐您健康和精力！
而后我们还会相见：
沙皇指派我撰写《普加乔夫》，
普加奇②却使我痛苦不堪，
我要好好地收拾他一下，
我只好到乌拉尔去。
我春天就走，并很快在那儿
搜集好那些有用的东西，
然后越过乌拉尔，便去看您……"

诗人写完《普加乔夫》，
却没有来我们这遥远的雪原。
他怎么能履行这个诺言？……

————————

我听着音乐，心里充满忧愁，
我贪婪地倾听着歌唱；
一阵难过，我就没有开口，
我只是将别人苦苦央求：
"请想想吧：我明天一早就要走……
啊，唱吧，唱吧！尽情地演奏！……
我再也听不到这样的音乐
和这样的歌……且让我听个够！"

美妙的声音滔滔四溢！
晚会结束，顿时响起庄严的送行歌曲，
我不记得有一张不带愁容的脸儿，

———————————

① 埃尔恩斯特·比隆(1690—1772)，女皇安娜·伊万诺芙娜的残暴的宠臣。
② 普加乔夫的略称。

485

也不记得有一张脸无忧又无虑！
那些沉静而严肃的老妇人，
她们的脸上已失去了冷淡的表情，
那看来已永远熄灭的目光，
却有深深感动的泪花在熠熠闪动……
演员们竭力大显身手，
我不知道还有比祈祷
路上平安和临别祝福的歌曲
更迷人的歌曲……
啊，他们演奏得多么令人激奋！
他们唱得多么动人！……连他们自己也泪下涔涔……
每一个人都对我说："上帝保佑您！"
便含着眼泪，跟我互道珍重……

第 五 章

凛冽严寒。道路雪白而又平坦，
整个的天宇，见不到乌云一片……
车夫的短髭、长须都结了冰，
他穿着肥大的长袍还冷得打战。
他的背、肩和帽子积满霜雪，
他嘶哑地吆喝着马匹，
他的马儿跑着，不住地呛嗽，
还在沉重而困难地喘气……

一些寻常的风景：
荒僻的俄罗斯边区原有的美容，
队列般的森林忧郁地呼啸着，
并投下了巨大的阴影；
平原上铺着金刚石般的地毯，
一座座乡村被埋没在积雪中，

地主宅院偶然在山岗上闪现，
还不时闪耀着教堂的尖顶……

一些寻常的相遇：一眼望不到头的载重车，
一群在祈祷的老妇人，
邮车轰隆隆地响着，
躺在羽毛褥子和枕头上的商人的身影；
官方的大篷车！在十辆大车上
堆满了枪支和背囊。
瞧，士兵！那些孱弱无力、没长胡子的人，
想必都是刚入伍的新兵；
庄稼佬父亲、母亲、姐妹和妻子
都来给他们送行：
"我们心爱的人都被拉去当兵了啊！"
接着便是一阵阵痛苦的呻吟……

对着车夫的脊背举起了拳头，
传信使在疯狂地奔突。
地主家的大胡子猎手
就在路上追获一只灰兔，
他骑着一匹快马，跳过一道壕沟，
到猎犬那儿去夺回猎物。
地主带着跟班一边站，
正在将灵猩叫到跟前……

一些寻常的情景：驿站是一座地狱——
人们在辱骂、争吵、挤来挤去。
"唔，走吧！"孩子们从窗口望着，
几只冻得发抖的鸡在打架；
铁匠铺旁的马桩上，有一匹小马跳蹦着，
这时走出一个满身烟炱的铁匠，

手里还夹着烧得通红的马掌:
"喂,小伙子,抓住马蹄子!……"

我在喀山第一次停下来休息,
我坐在很硬的长椅上便酣然睡去;
我从旅馆的窗口看见有人在举行舞会,
我很遗憾,便深深地叹了口气!
我蓦地想起:到新年,
只剩下一两点钟时间。
"幸福的人们啊!他们该有多么高兴!
他们既有自由,又有安静,
他们舞蹈,他们欢腾!……
而我却不知什么叫欢乐……我正奔上苦难的征程!……"
我不应该有这样的想法,
可孙儿们,青春啊,青春!

在这儿,人们又拿特鲁别茨卡娅来吓我,
仿佛已经把她遣送回来:
"而我却不怕——我得到了许可!"
时钟已经打过十下,
时候到了!我穿好衣裳。"车夫准备好了吗?"
"公爵夫人,您最好等到天亮,"
老驿站长说道,
"暴风雪已经来了!"
"唉!还是得试一下!
我要动身。快点儿,看在上帝的面上吧!……"

小铃儿叮当响,天黑伸手不见掌,
越往前趱,道路越艰险,
马车开始向左右摇晃,
我们翻越一道道山梁,

我甚至看不见车夫的脊背:
在我们之间堆起了一座雪的山岗。
我的篷式马车险些儿翻了,
那三匹马惊跳起来,然后又站稳了。
我的车夫不住地叹气:"我早说过:
最好等等! 道路已经不可辨认! ……"

我让车夫去寻找道路,
我用蒲席把马车遮住,
我一想:大概午夜已近,
我把表的弹簧压紧:
正报十二点钟! 一年又结束了,
新的一年正好诞生!
我掀开草席向前望去,
暴风雪仍然在旋飞。
而它与我们的悲痛、
与我们的新年,又有什么关系?
我对你的惊慌、你的呻吟
都漠不关心,你这鬼天气!
我有自己致命的忧愁,
我正单独跟它进行争斗……

我向车夫祝贺新年。
"避风处就离此不远,"
他说,"我们就在那儿等待天明!"
我们驶近了,叫醒了
那些贫穷的守林人,
生起他们那烟雾腾腾的炉子。
一个林中人讲着吓人的故事,
而我却已把它忘得干干净净……
我们喝茶暖暖身子。难得的片刻宁静!

大风雪咆哮得越发凶猛。
守林人画着十字,并吹灭了荧荧孤灯,
他在前妻儿子费佳的帮助下,
把两块巨大的石头滚着靠在门上。
"要干吗?""严防狗熊!"

然后他睡在光地板上,
在值更棚里,一切都很快进入梦乡,
我躺在角落里冻得硬邦邦的蒲席上,
我想啊,想啊,想……
起初是一些愉快的幻影:
我想起了我们的那些节日,
花朵、灯火辉煌的大厅、
互祝健康的杯盏,
又是抚爱,又是热闹的言谈……
周围的一切都是亲切的,都是珍贵的——
然而谢尔盖在哪里?……我想起了他,
便把其余的一切全都忘记!

冻得发抖的车夫来敲我的窗子,
我登时就从地上一跃而起。
天蒙蒙亮,守林人把我们引上了路,
却拒绝接受我送他的钱币。
"不必,亲爱的!上帝保佑您!
往后的道路是危险的!"
一路上严寒更加凛冽,
霎时间变得骇人听闻。
我把我的篷车蒙得严严实实——
里面又黑,又特别窒闷,
怎么办?我想起了一些诗句,便开始吟咏,
我的苦难总有一天才会结束!

让狂风咆哮，让心儿痛哭，

让暴风雪盖满我前进的道路，

我毕竟是在向前推移！

就这样，我奔驰了三个星期……

有一回，我听见一片喧嚷，

我打开我的草席一望：

我们正走过一片辽阔的村庄，

一下子使我眼花缭乱：

一堆堆篝火就燃在我的路旁……

那是一些农夫、农妇和士兵，

和整整一大群马帮……

"这儿是驿站：人们在等运银子的车辆。"

我的车夫说道，"我们会看见它的，

也许它很快就会来到……"

西伯利亚献出了自己的财富，

我对这次相遇感到欣喜：

"我要等运银子的车队到来！也许，

会打听到我丈夫、我们那些人的消息。

押车的是一个军官，他们打从涅尔钦斯克来……"

我在小饭馆里坐着等待……

走进来一位年轻的军官；

他抽着烟，头都不向我点一点，

他有点傲慢地瞧着、走来走去，

于是我愁眉苦脸地说道：

"您大概见过……您可能知道……

十二月事件的那些受害者……

他们都健康吗？他们在那儿的情况如何？

我很想知道我丈夫的情形……"

他无礼地把脸儿转向了我，——

他长相凶恶而又严厉，
从嘴里喷出一个烟圈儿，
然后说:"无疑都是健康的，
但我不知道他们,而且也不想知道，
我见过多少服苦役的人呢!……"
我感到很难过,亲爱的! 我沉默……
可恶东西! 他侮慢了我!……
我只是轻蔑地瞥了他一眼，
那个年轻人便神气地走了出去……
有个士兵在壁炉那儿烤火取暖，
他听见了我的诅咒，
一个吉祥的字眼,——而不是野蛮的嘲笑——
我在一颗士兵的心里发现:
"都健康!"他说道,"我见过他们，
都住在勃拉戈达特斯克矿坑!……"
而这时那个傲慢的英雄又折回来，
我便赶紧走进我的马车。
谢谢,亲爱的,谢谢,士兵!
我没有白白忍受这么大的苦痛!

大清早,我望见白茫茫一片草原，
只听见袅袅的钟声不断，
我悄悄走进一座简陋的教堂，
走进那些虔诚的人群中间。
我听罢弥撒,走到神父的跟前，
请求来做祈祷……
一切安安静静,——人们还没有走掉……
痛苦完全把我毁了!
为什么我们要受这么大的委屈,基督?
为什么我们要蒙受凌辱?
那像江河般涌流着的泪水，

却落在了坚硬的石板上！
我沉默而严肃地祷告着，
仿佛人们都在分担我的悲伤，
神父的声音流露着悲痛，
并为那些流放者祝告上苍⋯⋯
这被遗忘在荒野里的简陋的教堂啊！
我在这里哭泣并不感到羞愧，
在那里祈祷着的受苦人们的同情，
使一个悲痛万分的人感到欣慰⋯⋯

（伊万神父在做祈祷，
而且做得十分真诚，
他后来便成为囚室的神父，
在心灵上与我们结成血亲。）

黑夜里车夫制不住马的奔腾，
陡峭的山岭又是那么险峻，
而我乘着我的篷式马车，
从高耸的阿尔泰山顶往下飞奔！

在伊尔库茨克我也遭受过
像特鲁别茨卡娅在那儿受过的折磨⋯⋯
贝加尔湖。渡口——天是这样的冷，
泪水甚至能在眼睛里结冰。
然后我告别了我的篷式马车
（雪橇路从此便断了）。
我对它真是难分难舍：我在车里哭了，
我想啊，想了很多很多！

路无积雪，我坐上一辆四轮大车！
大车首先引起了我的兴趣，

它既不灵活,又不沉寂,

我很快就认定它是个迷人的东西。

在这条路上我还知道了什么叫作饥饿,

可惜,无人告诉我,

这儿根本就找不到吃的,

布里亚特人在这儿只维持邮政人员的生活。

他们在太阳下把牛肉晒干,

用砖茶来将身暖,

这里还挽了一些油脂!

不习惯的人们啊,上帝保佑,你们何妨一试!

在涅尔钦斯克附近,人们为我举行了舞会:

还是在伊尔库茨克,

一个慷慨的商人就发现我、赶过我,

为了对我表示敬意,还举行了一个丰盛的宴会……

谢谢呀! 我对那美味的水饺,

和那舒适的浴室感到有多么快慰……

而整个宴会我就像一个死去的人

在他那客厅的沙发上沉睡……

我不知道,将来等待着我的是什么!

我在清晨驶进了涅尔钦斯克,

我不相信自己的眼睛,——特鲁别茨卡娅在等我!

"我赶上了你,我赶上了你!"

"他们在勃拉戈达特斯克!"我向她猛扑了去,

并掉下幸福的泪水……

我的谢尔盖就在十二俄里外,

而且,卡佳·特鲁别茨卡娅还和我同去!

第 六 章

在长途跋涉中,谁懂得什么叫孤单,

494

悲伤和暴风雪乃是它的旅伴，

谁能受到上帝的恩赐，

竟在沙漠中意外找到知己，

谁就会理解我们有多么欢愉……

"我累了，累了，玛莎！"

"别哭吧，我可怜的卡佳！

我们的友谊和青春会拯救我们！

同一个命运把我们紧紧联结在一起，

命运也同样地欺骗了我们，

同一道洪流卷走了你的幸福，

而我的幸福也在那里沉沦。

我们还要手挽手地走着艰苦的道路，

一如从前走着绿油油的草地，

我们应背起自己的十字架，

彼此相依，就显得强大有力。

姐姐，你想一想我们失去了什么呢？

只是一些虚荣的玩具……如此而已！

如今我们面临一条善良的道路，

这正是上帝的宠儿所选择的！

我们会找到遭受凌辱的、悲伤的丈夫。

我们将是他们的安慰，

我们将以忍耐来战胜苦楚，

我们将在那可恨的监狱里

去做垂死者、弱者、病号的支柱，

只要实现不了那无私的爱的誓言，

我们就不能放手不管！……

我们的牺牲是纯洁的，——

我们要把一切都献给

我们的心上人和上帝。

我坚信：我们会安全地

走过全部艰苦的路程……"

大自然自相残杀,已经疲倦——
天朗气清,严寒而又沉静。
在涅尔钦斯克近郊又出现了雪原:
我们乘着雪橇猛力地滑行……
俄罗斯车夫讲述着那些流刑犯
(他甚至还知道他们的姓名):
"我就用这几匹马和另一辆车
把他们运往矿坑。
一路上,他们也许还感到轻松愉快:
他们说说笑笑、打打闹闹,妙趣横生;
母亲给我烤了块奶渣饼作早饭,
我就把这奶渣饼送给了他们,
他们却给了个银币,而我却不要:
'拿去,小伙子,这对你有用……'"
他絮絮叨叨,飞快地驶进村去,
"唔,夫人们! 车停在哪里呢?"
"一直拉我们到典狱长那里。"
"喂,朋友们,不要让她们受委屈!"

典狱长胖胖的,显得好像很严厉,
他问:我们的情况怎么样?
"在伊尔库茨克给我们宣读了一份指令,
并答应送我们到涅尔钦斯克城……"
"亲爱的,你在那里耽搁了,耽搁了!"
"这就是他们给我们的那个副本……"
"什么副本? 有了它,你就陷入窘境!"
"这是沙皇降下的圣旨!"
固执的怪人不懂法文,
他不相信我们,——何等可笑,多么恼人!
"您看是不是沙皇尼古拉的签名?"

什么签名,他全不放在心上,

那就让他看涅尔钦斯克的公文!

我本想乘车前去索取,

但是他声明,他要亲自走一趟,

而且天不亮,文件就会弄到手。

"准时吗?""以名誉保证!

而对您来说,最好还是睡它个够!……"

我们想望着明天早晨,

勉强来到一间茅棚,

云母作的窗子,屋子低矮又没有烟囱,

我们的茅舍是这样的,

我的头顶着墙壁,

我的两脚蹬着柴门;

这些琐碎的事儿我们觉得实在可笑,

可我们还有比这更糟的事情。

我们在一起啊!如今我会轻快地

忍受最艰巨的苦痛……

我很早就醒来,而卡佳还在沉睡,

由于烦闷,我向村子里走去:

像我们这样的农舍大约有上百座,

遍布在低洼的幽谷,

而那是一座带栅篱的砖屋!

门前还站着几个哨兵。

"犯人不在这儿吗?""在这儿,现在却已离去。"

"上了哪儿?""当然是服苦役!"

有几个小孩带领着我……

我们全跑起来——我急不可待地

想快点儿看到我的丈夫;

他已经近了!不久以前,他就走过这里!

"你们看见过他们吗?"我问孩子们,

"是的,我们看见过!他们唱得真好听!

瞧那小门……瞧哇！现在我们要走了。
再见！……"孩子们便匆匆跑掉……

我仿佛看见了一道
通往地下的门和一个士兵。
那哨兵严肃地对我望着，——
他手中出鞘的军刀亮锃锃。
孙儿们，虽然我表示愿意给金币，
可是在这里金币已不顶用！
也许，你们还想继续读下去，
而且要听发自肺腑的声音！
先让我们等一会儿。我想说一句，
谢谢你们，俄罗斯人民！
人民啊！无论在长途跋涉或到处流亡中，
在所有艰难困苦的时间，
我都爽快地同你分担着
我所不能胜任的重担。
你还要分担别人的忧愁，
快让你的那些悲痛都烟消云散，
你早先在哪里掉过眼泪，
我也会在那儿把泪水洒遍！……
俄罗斯人民啊，你热爱不幸的人，
苦难已经把我们结成血亲……
"法律并不能解除你们的苦役！"——
在故乡人们曾对我说；
就在我到达最底层的时候，
我在那儿遇见了一些善良的人，
犯人们善于按自己的心愿
对我们表示尊敬；
他们带着满意的微笑
把我与和我形影不离的卡佳来欢迎：

"你们——我们最亲爱的人!"
他们为我们的丈夫暂时执行了使命。
一个烙了印的戴足枷的囚徒
屡次偷着从下摆给我掏马铃薯:
"吃吧!热的,刚从灰里扒出!"
马铃薯的确烘烤得很见功夫,
我至今一想起来,
心口仍感到愁思的苦楚……
可怜的人们,请接受我深深的膜拜!
我向所有的人表示谢忱!
谢谢!……这些普通的人认为,
为我们效力不值分文,
但是任何人,人民中的任何人,
都不会往你的杯里再倒苦水,亲爱的人们!……

哨兵拗不过我的痛哭悲泣,
我求他就好像求上帝!
他点燃了一盏灯(一种火炬),
我走进了一座地窖,
久久往下走着,越来越低;
我走上一条僻静走廊,
而他走着层层梯形地;在走廊里
幽暗而又窒闷,那儿结出的霉菌像花纹,
那儿静静地流着一道小溪,
再往下便汇成一汪汪积水。
我听见一片簌簌响:有时从四壁
掉下一块块泥土;
我看见墙上挖了一些可怕的坑穴,
好像一条条道路
都从这儿开始。我忘记了恐惧,
便急匆匆向那儿跑去!

我忽然听见喊叫:"上哪儿去呀,
您上哪儿去? 您想摔死吗?
那儿禁止妇女们去!
快点回来! 等一等呀!"
真糟糕! 显然是来了值日军官,
(哨兵是这样怕他),
他威严地喊叫着,声音是那么凶狠,
飞快的脚步声也越来越近……
怎么办? 我吹灭了火炬。
我在黑暗中试着向前跑去……
上帝如果愿意,可以引我到处跑,
我不懂为什么我没倒下去,
为什么我没把命丢在那里!
命运爱护我。经过一些
可怕的裂罅、陷坑和洼地,
上帝把我引出来,我安然无恙:
我很快看见前面有火光,
那儿仿佛有一颗星在闪耀……
喜悦的呼声飞出我的胸膛:
"火!"我画了十字……
我扔了皮袄……向火光跑去,
好像上帝卫护着我的灵魂!
一匹身陷泥沼、受了惊的马儿,
当它远远望见平地,就是这样拼命挣扎的……

亲爱的,越来越亮,越来越亮了!
我看见一块高地:
那是一块平地……地面上有一些人影……
听……大锤铿铿! 干活,运动……
那边有一些人! 不过他们能看见我吗?

体态越来越分明……

愈走近,火光闪动得愈欢腾。

想必是他们看见了我……

有个人站在尽边上高声叫喊:

"是不是上帝的天使?你们看,你们看!"

"须知我们不是在天堂:

它更像一座地狱,这该死的矿场!"

另一些人嘻嘻哈哈谈论着,

也很快跑上场边来观望,

我急急忙忙走上前来。

他们惊讶地、一动不动地在等待。

"沃尔康斯卡娅!"特鲁别茨科伊突然叫起来

(我听出了他的声音)。人们把梯子给我放下来;

我像箭似的爬了上去!

在场的人全都是熟识的:

谢尔盖·特鲁别茨科伊,阿尔塔蒙·穆拉维约夫,

鲍里索夫兄弟,公爵奥鲍连斯基①……

他们那真诚、热情洋溢的语言,

对我的女性的勇敢的赞叹

像洪流一般向我抛撒;

眼泪在他们充满同情的脸上流着……

可是我的谢尔盖在哪儿?"快点找他去,

但愿他不会高兴得死去!

任务快要完成:我们每天要为俄罗斯

挖掘三普特的矿石,

您都亲眼得见,劳动并未把我们折磨死!"

人们都是这样的愉快,

---

① 阿尔塔蒙·扎哈罗维奇·穆拉维约夫(1794—1881),鲍里索夫兄弟——安德烈·伊万诺维奇(1798—1854)、彼得·伊万诺维奇(1800—1854),叶甫盖尼·彼得罗维奇·奥鲍连斯基(1796—1865),以上均为十二月党人。

他们开着玩笑,但我在他们那愉快的心情下,

读到了一篇悲惨的故事

(我对他们身上的镣铐感到新奇,

给他们上镣铐——我一向不知)……

我以关于亲爱的卡佳的消息

来安慰特鲁别茨科伊;

幸好所有的信件都在我的身边,

我带着来自故乡的问候,

并匆匆把信件一一转递。

这时下面那一位军官发起火来:

"是谁放的梯子?

监工哪儿去了,为什么要离开?

夫人!您要记住我的话,

您会摔死的!……喂,魔鬼们,把梯子放下来!

赶快!……(可谁也不把梯子放下去……)

您会摔死的,您会摔死的!

您请下来吧!您要干吗?……"

而我们却走向更深的地方去……

监狱里那些忧郁的孩子从各处跑到我们这里,

他们对这破天荒的奇迹感到惊讶,

他们在前头为我开了一条路,

他们要让我坐上自己的担架……

矿下的劳动工具在路上横陈,

我们还遇见了一些丘岗和陷坑。

活儿在镣铐声的伴奏下紧张地进行,

他们在歌声的伴奏下正在深渊上劳动!

铁锹和铁锤敲打在

矿山的有弹性的心胸。

一个囚犯身挑重担,在原木上行进,

我不由自主地喊道:"小心!"

那边,人们正在深挖一个新的矿坑,

那边,人们正在攀着

那些摇晃的撑柱向上爬……多艰巨的劳动!

又是何等的英勇!……

那在一旁闪亮的,是采来的一块块矿石,

他们答应要做慷慨的礼贡……

忽然有人高声喊着:"他来了,他来了!"

我用眼向空阔的地方一扫,

我拼命向前跑去,差一点没有跌倒——

在我们的面前有一条沟壕。

"慢着点儿,慢着点儿!

您飞越数千俄里,"特鲁别茨科伊说道,

"难道是让我们不幸都死在沟壕——

就算达到了目的?"

他紧紧地拽着我的手:

"您要是跌下去,那该怎么好?"

谢尔盖心急如火,但却慢慢地走着。

镣铐忧郁地哗哗响着。

是的,锁链啊!刽子手什么也不会忘记

(啊,仇念很深的懦夫和磨难者!)——

而他是那样的温柔,

好像那选了他作为自己工具的救世主。

劳动的人们和警卫,

都保持着沉默,纷纷给他让路……

瞧,他看见我了,看见我了!

他向我伸出两手:"玛莎!"

远远看去,他仿佛已经衰弱无力……

两个流刑犯搀扶着他。

泪在他苍白的腮上流,

那张开的两手在颤抖……

那亲切的呼叫声一下子

给我的心灵带来了愉快，

新生、希望，和对苦难的忘怀，

至于父亲的威胁更是抛到九霄云外！

猛然伸出了一只手，

在露出的壕沟上，顺着那窄窄的板条，

一面跑着，一面喊："我来了！"

就这样，我迎向那呼唤的声音……

"我来了！……"那张历尽风霜的脸

含笑给我送来了无限温情……

我跑到了跟前……一种神圣的情感

充满了我的心灵。

只有现在，在这致命的矿坑，

我才听见了那种骇人听闻的声音，

看见了我丈夫身上的镣铐，

完全懂得了他的种种苦痛，

他吃过许多的苦头，而且善于忍受苦难！……

我在他的面前不禁双膝跪倒，

在拥抱我的丈夫以前，

我首先把镣铐贴近我的唇边！……

上帝差遣淑静的天使

降临在这地下的矿坑，——

一霎时，便听不见谈话声和干活的轰隆声，

所有的动作也仿佛戛然停顿，

无论是外人还是自己人——眼里都饱含着热泪，

四周围站着的人们，

是那么苍白、严肃，是那么激动。

在那些站着不动的脚上没有发出一点镣铐声，

那高举在空的铁锤也停滞了，

一切静悄悄——既没有话说,也没有歌声……

好像这儿的每个人都同我们一起

分尝着我们会见的幸福和苦痛!

神圣的、神圣的寂静啊!

它充满着何等崇高的忧伤,

它又洋溢着多么庄严的思想。——

"你们都跑到哪里去了?"——

突然,从底下传来了狂暴的叫喊。

监工这时走出来。

"您走吧!"老人含着泪说道,

"夫人,我是故意躲起来,

现在您走吧。是时候了! 他们骂得厉害!

那些长官都挺严厉……"

我仿佛从天堂落到了地狱……

不过……不过,我的亲爱的!

在下面,那个焦急等待的军官,

用俄语对我严厉指责,

而在上面,我的丈夫却用法语对我说:

"玛莎,我们在牢房里再见吧! ……"

1872 年

涅克拉索夫为长诗
《沃尔康斯卡娅公爵夫人》所作注释

〔1〕 参阅《一八一二至一八一五年对法战争中俄国功勋元帅和将军之业绩》,圣彼得堡,

1822 年,第三部,第 30—64 页:《骑兵上将尼古拉·尼古拉耶维奇·拉耶夫斯基传》。

〔2〕 参阅《茹科夫斯基文集》,1849 年版,卷 I,《俄罗斯军营的歌手》,第 280 页:

505

拉耶夫斯基,我们时代的光荣,

值得我们歌颂！在队列的面前,

他第一个——率领英勇的儿子们

以胸膛迎向利剑……

这一事实在《业绩》第三部第五十二页中作过如下叙述:

"在达什科瓦近郊的战役中,由于敌人在兵力上占绝对优势,且有炮兵威慑,英勇的俄罗斯人正有些动摇,拉耶夫斯基将军深知首长个人应尽量做出表率,来鼓舞自己属下的战士们,于是亲自率领自己两个还不到二十岁的儿子,向敌人的一个炮垒冲去,这个炮垒是勇敢的英雄们所难以攻克的,他喊道:'弟兄们,为了沙皇和祖国,冲啊！我和我的孩子们都准备牺牲,我们为你们打开胜利的道路！……'这样的首长所率领的军队的努力和热忱,是什么也阻挡不住的。炮垒于是马上被攻克。"

此事,在米哈伊洛夫斯基–达尼列夫斯基的著作(卷 I,第 329 页,1839 年版)中也曾谈到,所不同的是,事情并非发生在达什科瓦近郊,而是萨尔塔诺夫卡附近,而且在此还提及一个年仅十六岁的士官生的功勋,这个士官生与拉耶夫斯基之子同年,在致命的炮火下划船横渡时,他打着军旗走在团队的前面。当拉耶夫斯基中的弟弟(尼古拉·尼古拉耶维奇)借口士官生已经疲累,向他要军旗时说:"军旗,让我打着吧。"而士官生不肯,答道:"我自己会去赴死的！"利普兰季将军也证实了这一切的真实性,他的评述(摘自 И. П. 利普兰季的日记和回忆录)发表在巴尔捷涅夫的《俄罗斯档案》(1866 年,第 1214 页)。

〔3〕 当我们回忆拉耶夫斯基将军在攻占巴黎以后,远征归来并继续服役时,我们的长诗早已写就。我们认为没有必要再改动原文,因为这一情节纯属表面性质;此外,这个在基辅附近驻扎过的军团司令拉耶夫斯基,到了老年的确便常居乡间,据普希金(他对尼·尼·拉耶夫斯基很熟悉,而且是他的儿子们的朋友)证明,那时他在乡间正从事家庭医药和园艺工作。我们顺便援引普希金写给他弟弟的一封信中有关拉耶夫斯基的话:

"我的弟弟,我在可敬的拉耶夫斯基家度过了我一生中最幸福的时刻。我所热爱的这个人,具有明睿的智慧、质朴而美丽的灵魂;他是宽容我、关心我的朋友,他永远是一位亲切的、温和的主人。他是叶卡捷琳娜时代的见证人,一八一二年的纪念碑,一个有着坚强性格、丰富感情而又没有偏见的人,只要你对他高尚的品质有相当的了解和重视,他都会很自然地使你感到爱慕。"

〔4〕 济娜伊达·沃尔康斯卡娅,为别洛谢里斯卡娅公爵夫人所生,是我们的女主人丈夫一方的亲属。

〔5〕 Quatre Nouvelles. Par Mme La Princesse Zénéide Wolkonsky, née Princesse Béloselsky. Moscou, dans l'imprimerie d'Auguste Semen. 1819。

(短篇小说四篇。济娜伊达·沃尔康斯卡娅公爵夫人,即原别洛塞尔斯基公主著,莫斯科,奥古斯特·谢缅印刷所出版,1819。)

〔6〕 参阅 Д.B.维涅维京诺夫的诗集,皮亚特科夫斯基出版社,圣彼得堡,1862 年(挽歌,第 96 页):

> "你久久地观赏着天空的颜色,
>
> 你用眼睛又把它带给我们。"

普希金也曾献给济·沃尔康斯卡娅一首诗,开头一句是:

> "缪斯和美的女皇",等等。

〔7〕 尤尔祖弗——克里米亚半岛南岸的这个令人迷醉的角落,位于南岸的东端,亚伊拉和雅尔塔之间的中途路上。我们在此可以发现,我们所讲的关于普希金与拉耶夫斯基一家在尤尔祖弗相处的全部故事,每一句话都不是虚构的。关于普希金因叶列娜·尼古拉耶夫娜·拉耶夫斯卡娅译诗而引起的戏谑趣事,在巴尔捷涅夫的《普希金在南俄》(《俄罗斯档案》,1866 年,第 1118 页)一文中曾有叙述。普希金对于自己的柏树朋友,曾在给杰利维格的著名书简中提到:"离屋有两步远,长着一棵柏树;每天早晨我都去探望它,如同友谊,我对它怀有无限眷恋之情",后来与普希金的这个朋友有关的传说,在叶甫盖尼·图尔的《克里米亚书简》(1854 年《圣彼得堡新闻》,载第五信)中曾讲到过,并还在巴尔捷涅夫上述文章中一再被提及。

〔8〕 我想起雷雨前的海洋,

我是多么地羡慕波浪,

它们狂暴地奔腾着,

带着爱涌向她的脚旁,等等。

(普希金的《奥涅金》)

早　晨*

你神情忧郁,内心充满了痛苦,
我相信——这儿不能没有痛苦,
这儿的大自然本身
也和包围我们的赤贫一样严酷。

这些田垄、草地和牧场,
这些湿漉漉的、昏睡着的寒鸦
栖息在草垛的头顶上,
这一切都显得无限忧愁和凄凉;

这匹驽马驮着喝醉的农民,
向那笼罩着蓝色烟雾的
远方飞奔,——已是竭尽力之所能,
这昏暗的天宇……真叫人痛哭失声!

就是富裕的城市也并不美妙:
也是满天的乌云在飞跑;
现在,人们正在那儿
用铁铲刮着路面,——
真让人的神经承受不了。

---

*　此诗最初发表于 1874 年的《祖国纪事》。

到处开始了工作的进程；
瞭望台上发出了火警；
有个人被押送可耻的刑场——
刽子手在那儿正等着行刑。

天亮时妓女离床下地，
急急忙忙赶回家去；
军官们乘着出租马车
奔向城外决斗的场地。

那些小商贩一齐都醒来，
赶紧坐到柜台后做买卖，
他们得整天地蒙骗人，
为的是晚上饱餐一顿。

听！要塞里又响起了炮声！
洪水正威胁着京城……
某某人死了：在红色的锦垫上
放着一枚一级安娜勋章。

扫院人捉住了小偷，在痛打不放！
人们把一群鹅赶进屠宰场；
从某一层楼上传来了枪声——
有一个人已经自杀身亡……

1874 年

可怕的一年 *

（1870 年）

可怕的一年！报纸的雄辩，
屠杀，那令人诅咒的屠杀！
流血和杀人的印象啊，
你把我折磨到了极点！

啊，爱情！——你的全部的努力何在？
理智啊！——你的劳动的果实在哪里？
暴力和罪行的贪婪的盛宴呀，
这是霰弹和刺刀的胜利！

这一年把不和与战争的种子
都留给了后世的子孙。
世上再没有神圣、温柔的声音。
再没有爱情、自由和宁静！

只要仇恨，复仇、致命的
怯懦——沉浸在血泊中，
世上的呻吟便不会消停；
只有你，神圣的诗歌，幸福与爱情的娇女，

---

* 这首诗是为纪念 1871 年 5 月 21 至 28 日巴黎公社的失败而作。苏联学者认为，正题下标出"1870年"的副题，将人引向 1870—1871 年的普法战争，完全是为了迷惑帝俄的书报审查机关。实则是纪念那个"流血的一星期"。

只有你默默地不发一声！

像一朵失落在荒漠里的小花，
像一颗陨落在黑暗中的星星，
唉，如今你的呼声是多么微弱！
它必将消亡，因为谁也不要听。

去吧，快去吧！——致命的怀疑，
你怎么会来到我的唇边？
我相信，还有些活着的心灵，
它们会崇尚诗歌的使命。

但当它们诞生的时候，
同样有霹雳轰响，血流成河；
这些温柔的心灵惶惑不安，
像暴风雨中的小鸟，到处躲闪，
它们在等待光明和温暖。

1874 年

沉默了，正直的、壮烈牺牲的人们*

沉默了，正直的、壮烈牺牲的人们①
沉默了，他们那为不幸的人民
而大声疾呼的孤独的声音，
然而，残忍的欲望却在恣意横行。

那愤恨与狂怒的旋风，
正掠过你这无声的国土的上空，
它摧残了一切生物，一切德行……
啊，永不黎明的长夜呀，
在你散布的无边黑暗中
只听见敌人聚集着祝贺胜利，
只听见飞来了嗜血的猛禽，
那毒蛇也在簌簌地爬过来，
一起扑向那巨人的尸身！

1874 年

---

* 此诗为纪念巴黎公社而作，一时未能发表。数年后，涅克拉索夫将此诗转献俄国革命者。
　　1877 年，彼得堡发生了"五十人案"，身患重病的涅克拉索夫又将这首诗转交给该案的被告们。后来便以手抄本广泛流传。
① 指 1871 年巴黎公社起义中牺牲的人们。

哀 歌 三 首[*]

一

唉,什么流放,监禁!

如果愿意,命运就能救你!

什么仇敌! ——也可能和解,

斗争也会是势均力敌;

不管他是多么怒不可遏,

在幸运的时刻他还会落空……

但是那爱抚过我们的手

打击起来会要人的性命! ……

孤寂一人,孤寂一人! ……那空虚

而迷人的浮华的致命波浪,

正载着我的嫉妒的幻想
所萦怀的那个人疾驰而去。

她的心渴慕着新的生活，
那颗心忍受不了那么多不幸，
而且早已不能同我分担
那艰难而严酷的命运……

一切都保密：是她深深地
隐忍着自己的痛苦和忧愁？
还是她明智而轻率地
拿定主意要和我分手？

谁能告诉我？……我沉默着，
抑制着我嫉妒的忧郁，
我是这样希望她幸福，
对我们的过去再不惋惜！

如果愿望实现了，又怎样呢？
啊，不！在我的内心深处
有一个无法抗拒的感觉，
没有我，她就不会幸福！

我们把自己一生所珍惜的
一切最美好的东西，
都堆放在一个祭坛上——
而这炷火焰并没有止熄！

它在靠近异国的沿海一带，
在孤寂和痛苦的时刻
或近或远地在向她闪烁，

而我相信她还会回来!

她来了……仍是那样的
羞怯、自豪和急性,
沉默地低垂着眼睛。
那么……那么我会说什么呢?……

疯子!……你为什么要折磨
自己那可怜的心?
你不能饶恕她——
但又不能不爱她!……

二

不平静的心跳动不已,
眼睛已是一片迷离。
激情的灼热的风
陡然而起,犹如暴风雨。

我想起了我那遥远的
女漂泊者明亮的双眼,
我重读着她从前
所写的热情绝句。

我呼唤着她,我心上的人:
我同你重又飞进
那一片乐土,在那里
爱情把我们结合在一起!

那儿的玫瑰开得最香,

那儿的天空显得最碧，
那儿的夜莺嗓音最亮，
那儿的树林长得最密……

三

一切的恋情已经破碎，
理智早已行使了无情的职权，
我用不虔诚的眼睛注视生活……
一切已经结束！满头已经花斑。

问题解决了：趁着还成，你且劳动，
等待着死亡！它正在降临……
啊心呀，你为什么不能同自己的
命运和解？……你在愁什么事情？……

我们在这儿所爱过的一切都不牢固，
有一天，我们要把死者送进坟墓，
绵绵不尽的爱的幻想啊，
你怎么就不在我心中消除？……

安息吧……死去吧！……

1874 年

旅 行 家[*]

恶狼在城市的街头游荡徘徊，
到处捕食儿童、家庭教师和太太①，
人们认为这已不是什么怪事，
他们极力效法的也正是狼豺。

城市里有狼，别墅里也有狼，
有多少豺狼横行在罗斯大地！
那里很快就连一匹驽马都不见……
要到乡村去？此刻？Merci②！

一个普鲁士男爵，颈部
围着雪白的宽宽带褶花领，
为研究罗斯这个悲惨的国土，
他独自行驶在穷乡僻壤中：

"有吃的吗?""没有一片面包!"
"牲口在哪儿?""闹瘟疫死了!"

---

* 此诗写于 1874 年 7 月 13 日。涅克拉索夫在将诗寄给《祖国纪事》编辑部的同时，又致函评论家
A. M. 斯卡比切斯基说，这首诗是"最新事件"的反映。诗里所指，是发生在彼得堡的所谓"陀尔古
申分子"案件，他们被指控为在农民当中散发革命出版物。一些农民因此受到百般磨难，有的甚
至被逮捕并严加审讯，威胁要把他们投入监狱或判处苦役。此诗在涅克拉索夫生前一直未能刊
出。最初发表于 1913 年的《遗训》。

① 楚柯夫斯基在《涅克拉索夫的技巧》中指出，据报载当时在俄国的穷乡僻壤，豺狼成群，猖獗为患。

② 法语:谢谢。

刚一提起学校和书籍——
人们立刻就跑掉。"得了,得了!

"我们不要书——把它交给宪兵!
去年我们从那些过路人手中
用十戈比银币买了两本书,
可遭的罪足够一千个卢布!"

德国人想:"莫非是我耳聋了?
沉重的大锁在校门上挂,
庄稼枯萎了,母牛倒毙了,
这些人又怎能把地租缴纳?"

"观察干什么? 记录又有何益?"
男爵自个儿嘟哝,颇有一点忧悒……
快赏他们点零钱和面包吧,
德国佬,看他们有多大食欲……

1874 年

哀 歌[*]

（赠 A. H. 叶拉科夫）

让变化无常的时尚直冲我们说吧，
什么"人民苦难"的主题已经过时，
什么诗歌应该把它忘记，——
青年人呀，你们不要相信！绝不会的。
啊，但愿岁月能使它一年年老去！
但愿上帝的世界会繁荣起来……唉！
当各族人民正听命于皮鞭、生活赤贫如洗，
像瘦弱的牲畜放牧在割得精光的草地，
缪斯将为他们服务，为他们的命运而痛哭，
世上再没有比联盟①更持久、更美好的东西！……
让我们提醒世人，当他们在欢呼和歌唱的时候，
而人民，却正过着穷苦的日子，
要唤起世上的强者对人民去关心、注意——
还有什么能比这更值得诗歌去服务呢？……

我已经将诗歌献给了自己的人民。
我可能至死也不为他们所闻，

---

* 涅克拉索夫的诗，在这个时期常常表现出人民在农奴制改革以后仍很贫困的思想，而且不断号召人民采取革命行动。1874 年 8 月 29 日，涅克拉索夫写信给他的妹夫 A. H. 叶拉科夫，说："我把这首诗寄给你，因为这在最近几年所写的当中是我最真诚、最喜爱的一首，我把它献给我最亲爱的朋友。"此诗最初发表于 1875 年的《祖国纪事》。
① 参阅《啊，缪斯！我已走到坟墓的门边！》。

但我为他们效过力，——所以无愧于心……
纵然不是每一个战士都能杀伤敌人，
但每一个人都应该投入战斗！而战斗取决于命运……
我看见了美好的一天：俄罗斯没有一个奴隶！
于是我被感动得掉下了甜蜜的眼泪……
"再不要在天真的陶醉中欢呼，"
缪斯悄悄地对我说道，"应该前进了：
人民虽然解放了，但人民难道都幸福？……"

　　割麦妇的歌声是否在金黄的庄稼上飘动，
老人是否跟在犁杖后面缓步徐行，
满意的孩子们给父亲带着早饭，
是否嬉戏着、呼哨着在草地上飞奔，
镰刀是否闪亮，长把镰是否唰唰响起——
对这些翻腾在心中的秘密问题，
我正寻找着答案："在最近这几年，
你这农忙季节啊，收成是否还过得去？
自由，终于代替了长期的奴役，
人民的命运是否有改变？乡下姑娘的歌儿又有什么差异？
难道她们那不和谐的歌声还是那样悲凄？……"

　　天色向晚。我被幻想激励着，
在田野、在布满草垛的牧场中间，
我沐浴着凉爽的暮霭，沉思地徘徊往返，
一首歌儿在我的头脑里形成，
它生动地体现了我刚才的隐秘思想：
我为一切的农村劳动祝福，
我甘愿去诅咒人民的敌人，
我祈求上天把强大的力量赐予我的朋友，
我的歌儿多么响亮！……它在山谷、田野里回荡，
遥远群山的回声频频向她送来自己的反响，

森林也响应起来……大自然在听我的歌唱，
但是，我在这寂静的夜晚所歌颂的，
并将诗人的幻想献上的那些人，
唉！他们却没有倾听——而且也一无反响……

1874 年

预 言 者*

请不要说："他有失谨慎！

他本身就是他命运的诱因！……"

他看得比我们清楚，不甘愿牺牲，

要为善服务也是绝不可能。

但他爱得更崇高、更广阔，

他的心里没有世俗的心计。

"在世上可以仅为自己而活着，

但也可以为别人而死去！"

他这样想——就更觉死神可亲。

他绝不会说，他的生命有用，

他绝不会说，死亡无益：

他早已看清自己的命运……

他虽还没有被钉上十字架，

但时限一到——那儿就是他的归宿；

---

* 作者写此诗时，已被亚历山大二世政府判处七年苦役并"永远流放西伯利亚"的车尔尼雪夫斯基，
正在维柳伊监狱中。三年后在《祖国纪事》和《最后的歌》发表时，标题作《预言者（译巴尔比埃
诗）》。从他遗下的手稿中可以看出，他为了逃避审查官的审查，曾经多次试图把它伪装成外国诗
的译文；后来作者勾掉原标题，改为《悼念车尔尼雪夫斯基》；但由于被悼念者还活在人间，遂又将
"悼念"改为"回忆"。此诗最初发表于1877年的《祖国纪事》。

愤怒和悲伤之神差遣他来，
让世上的沙皇都想起基督。

1874 年

致 诗 人 *

（纪念席勒）

爱情、自由、和平和勇敢的歌手们，
你们在哪里？……"血与剑"的世纪啊！
你把一个银行家扶上尘世的宝座，
你将一个刽子手宣布为盖世英雄……

群俗们宣称："世纪不需要歌咏！"
于是歌手不见了……天神也默无一声……
啊，现在有谁能使人想起
他所肩负的崇高使命？……

回来吧，你令人鼓舞的艺术家，
宽恕那些愚民……在垂死的人群上空，
请重新点燃自己魅人的火把！——
它已被大胆的手所熄灭，人间黑洞洞。

用天上的雷霆把自己武装起来！
把我们颓丧的灵魂提上高位，
让人们都能清楚地分辨善和美，
而所使用的却不是僵死的眼光……

---

* 此诗最初发表于 1874 年的《祖国纪事》；而在诗集《最后的歌》中刊出时便加上了副标题"纪念席勒"。诗写于 1874 年秋，是为了纪念德国诗人席勒 115 年诞辰和他的作品《艺术家》（*Die Künstler*）和《过去时代的歌手》（*Die Sängerder Vorwelt*）。

惩戒贪欲、凶杀和亵渎的罪愆！
摘掉卖国贼头上的那些花冠，
正是他们已把经过世代努力
才开创的爱与和睦的途径扭转，

把世界引向仇恨的道路！……只有你才能
把和谐注入他们的事业和情感。
被驱逐的艺术献身者啊，你的心胸
便是真理、爱情和美的堂殿。

1874 年

致 M. E. 萨尔蒂科夫[*]

出 国 有 赠

愿你在他乡异域，
不要把忧郁的祖国忘记，
你养足锐气，就回来吧，
走上老路——为杂志卖力……

走这条路，若不违背良心，
我们便不能前进一步，
但是我们用自己的劳动
定能博得思想家的宽恕。

用劳动——大公无私的目标……
是的！我们宁可去冒风险，
也不将余生无谓地消耗——
落一个安安稳稳，游手好闲。

1875 年

人们是多么胆怯*

时间倒有，却不能写出来。
是恐惧已把文思阻塞：
只要不越过谨慎的界限，
便可在钳夹中暂保脑袋！

清晨我们访问了自己的故乡，
我就在那儿生，就在那儿长。
受昔日哀愁支配的心在紧缩，
一个问题在我的头脑里回荡：

一个新的时代——自由、变动、
自治、铁路的时期。
为什么在我这贫穷的祖国，
就看不见一点革新的痕迹？

还是从童年就熟悉的
那令人忧郁的曲调，
还是那神父在教堂里
为祈求新的忍耐而祷告。

---

* 由于审查条件的严格限制，这首诗在作者生前一直未能发表。涅克拉索夫在诗中特别尖锐地表现
出自己对农奴制改革的否定态度。

如今在自由农民的生活中，
是贫穷，是愚昧，是黑暗。
你在哪里呢，人民致富的秘密？
乌鸦聒噪着回答我："笨蛋！"

我责骂它粗暴无礼。
它便飞落到电线上。
"它是不是想打电报，
向京城里去告密状？"

一个糊涂的想法，但还没怎么考虑，
我便瞄准了，接着是一声枪响：
忧郁的鸟儿直挺挺地栽下来，
而电线还在那儿摇晃……

1876 年

致 济 娜*

你还有生存的权利，
我却快到风烛残年。
我死后——我的名声将会暗淡，
不要惊异吧——也不要为它悲叹！

要知道,孩子:荣誉的光辉
不能永远照耀我的名字:
斗争妨碍我做一个诗人，
诗歌妨碍我当一名战士。

谁要是为时代的伟大目标服务，
把自己的一生完全献给那为了
实现人与人是兄弟关系的斗争，
那他就能在死后得到永生……

1876 年

> *　济娜——涅克拉索夫的妻子济娜伊达·尼古拉耶夫娜。她的真名叫:费克拉·阿尼西莫芙娜·维
> 克托罗娃。长诗《祖父》就是献给她的。涅克拉索夫是在死前患病期间与她结婚的。他死后,济
> 娜便离开了彼得堡。1915 年在萨拉托夫逝世。

我很快就要成为腐朽的猎物[*]

我很快就要成为腐朽的猎物。
干脆死掉好,等死最痛苦;
我不乞求任何人的叹惋,
而其实谁也不会对我垂怜。

我不曾以自己的七弦竖琴
为我们的贵族世系挣得美名;
我正在死去,临死时正如我
刚出生时那样,仍使人感到陌生。

友谊的维系,心意的牵连,
一切都已经猝然中断:
命运从小送给我世代冤仇,
而斗争已经夺去了我的朋友。

他们那先知的歌儿还没有唱完,
正当英年,便因仇恨和背叛而牺牲;
只有挂在墙上的遗像对我注望,
流露出它那不屑的责备神情。

1876 年

---

[*] 自这首诗在《祖国纪事》(1877,No.1)发表后,在当时的报刊上和知识界激起强烈的反响。有的写诗向"人民诗人"致敬,有的亲至病榻慰问。首都彼得堡的大学生们读到"而其实谁也不会对我垂怜"的诗句,遂派代表于1877年2月4日给诗人送去一封热情洋溢的信,向"他们衷心爱戴的人民歌手"致以深切的慰问和敬意。

致 播 种 者 *

在人民的田亩上播种知识的人啊！
你找到的是贫瘠的土壤，
　　还是你播下的种子不好？
是你气魄不足？还是力量单薄？
你的劳动报偿只是些孱弱的幼苗，
　　饱满的粮食实在太少！
那精力充沛的能者，你们在哪里？
挑着满筐五谷，你们在哪里？
请提醒那些畏缩不前的人们，
　　把播种劳动向前推进！
快把理智的、善良的、永恒的种子撒下去，
快撒吧！俄罗斯人民对你们
　　将表示衷心的谢意……

1876 年

---

*　　此诗最初发表于 1877 年的《祖国纪事》。诗中的革命寓言，虽然已为作者赋予的讽喻形式所掩盖，但仍然没有逃过反动派的注意。涅克拉索夫死后不久，就有一个名叫 M. 杰 - 普列（M. Де-Пуле）的人物大放厥词。

祈　祷[*]

寒冷、饥饿笼罩着我们的乡村。

潮湿、烟雾——凄凉的早晨，

洪钟在远方低沉地鸣响，

这是教堂在召唤着教民。

在沉闷的钟声中有一种肃穆、

　　　　　庄严的东西在回荡，

我在教堂度过一个阴沉的早晨——

　　　　　对此我永不会遗忘。

全体居民，不论老少，都带着哭声

　　　　　在深深地叩首鞠躬，

为了摆脱难以忍受的饥饿，

　　　　　人们祝祷得如此真诚。

我很少看见他们的神态

　　　　　有这么严肃而伤心！

"上帝啊！请保佑人民和他的朋友。"

　　　　　我不禁悄悄地说道。

"请倾听我们发自内心的祈祷：

　　　　　愿为人民效力的人们，

愿被判处终生流放的人们，

　　　　　愿蹲在监狱里的人们，

---

* 　此诗最初发表于 1877 年的《祖国纪事》。在十月革命前的各种版本中"愿被判处终生流放的人们，愿蹲在监狱中的人们"两行被审查机关删掉，代之以删节号。

愿你经过多年的搏斗，

　　　　在斗争中异常坚定，

并听到奴隶的最后歌声的人们——都幸福！

　　　　上帝啊，我们在向你祷祝。"

　　　　　　　　　　　　　1876 年

致 友 人 *

我已向无可逃避的命运屈服，
我既不情愿，也没有力气
忍受这难以忍受的痛苦！
我只渴望、渴望着早点死去。

至于你们，高贵的朋友啊，切勿
悠闲地生活，然后被葬入坟墓，
这样，人民才会用肥大的草鞋
踏出一条条通往墓地的小路⋯⋯

1876 年

---

  *   此诗最初发表于 1877 年的《祖国纪事》。

致 缪 斯

啊,缪斯! 我们的歌已经唱完。
人民的姊妹——我的姊妹呀,
请快合上诗人的双眼,
让他在永恒的梦境中长眠!

1876 年

1876 年—1877 年诗集序诗*

不！药石对我已毫无助益，
再也无须著名大夫的高超医技：
为什么要苦苦地折磨人？
苍天啊！还是叫我快点死去！

朋友们都装得异常平静，
我那忠实的黑狗闷不出声，
妻子的眼神温柔而严肃：
我这时正遭受极大的苦痛。

一旦疾病稍缓，不再把我折磨，
我便沉醉于新奇的幻想：
天花板有可能会突然降落，
像一块墓石压在我的胸膛。

但愿我能早日离去，又轻松
又无痛苦……但别了，短暂的平静，
疼痛又猛然袭来，像一阵飓风：
仿佛床上竖起了无数的钢针。

---

* 此诗最初发表于 1877 年的《祖国纪事》。1876 年，涅克拉索夫身患不治之症。诗人临终前所经受
的巨大痛苦，均已反映在他的《最后的歌》的组诗中。本诗就是《最后的歌》的序诗。这本诗集是
诗人用诗写的遗嘱，在他的笔下，一切都富有公民的色彩，有较高的艺术性，被称为涅克拉索夫的
"最后杰作"。

我和令人痛苦的疾病拼命搏斗，
搏斗着——直到我咬紧了牙关……
缪斯啊！你曾经是我的挚友，
快来听取我这最后的召唤！

我曾多次经历这样的不幸；
是你给了我神奇的威力，
你帮我承受巨大的苦痛，
往黑刺李中编入了玫瑰。

请用灵感的强大力量
战胜我肉体上的苦难，
请你在我胸中点燃
爱情、愤怒和复仇的火焰！

请让想象之宫里住上
无羁幻象的轻盈群众，
并从我那令人窒闷的墓上
把那沉重的碑石幡然挪动！

1876 年

致屠格涅夫 *

我们一起出来……我漫不经心，
在黢黑的夜色里信步而行，
然而你……你的头脑清醒，
你的眼睛锐利而机警。

你知道，黑夜、幽静的黑夜
笼罩着我们整个的一生，
你从没有离开过战场，
你真诚地开始了斗争。

在你的伟大的心里
充满了巨大的关心，
像个短工，天还不亮
你就得出门去劳动。

你痛斥着，咒骂着，不让人
在谎言哄骗下昏昏睡去，
你大胆泼辣地愤然撕下
蠢人和坏蛋的假面具。

然而为什么呢？那可疑的

---

　*　此诗最初发表于 1913 年的《星》。因改写过，故有两个文本。

一线光明刚一闪动，
便传说，你就吹灭了
自己的火把……等待黎明。

你开始天真地卫护
愚昧无知者的宁静——
你开始在自己的心里
暗怀着种种的憧憬。

你抱怨满腔热情的青年，
年复一年，你渐渐听不见
狂暴的皮鞭的鸣响，
和人民的幽幽哀怨。

你宽恕傲慢的蠢货，
爱抚那无害的庸人，
你所蓄意要反对的，
是那决心走到底的人。

确定谁要像一只雄鹰
在俄罗斯的天空飞翔，
谁就是俄罗斯青年的领袖，
俄罗斯姑娘们崇拜的偶像。

谁要是不惮于赴汤蹈火，
去拯救受苦受难的兄弟，
那他目前就决不能
从荆棘丛生的路上归去。

锁链的不调和的敌人，
人民的最忠实的朋友，

快干掉这杯神圣的酒，

在杯底——就是自由！

老　年*

虚弱的身躯乞求休息，
隐秘的渴望折磨着心灵，
老年人的处境有多么不幸！
生活在嘲笑，——便当面说起：

不要抱任何的希望吧，
要使自己的心服从理智，
你虽洞悉人民的苦难，
但又无能为力——只有死去！……

1877 年

---

* 此诗最初发表于 1878 年的《祖国纪事》。诗人生前，这首诗未能发表，但作者亲手修改过的校样
却保留下来了。

判　词[*]

“……你们是自己幸福土地上的
贱民——人民对你们并不了解，
傲慢的、冷酷的上流社会
对你们极端的冷淡和轻蔑。

“你们生就是黑暗王国的歌手，
你们的竖琴弹得毫无意义，
这个王国压根儿就未得到
众人喜爱和世界尊重的权利……”

向俄罗斯心灵投掷石块，
整个西方都这样谈论你。
为自己辩护吧，我亲爱的祖国！
反击吧！……祖国却沉默不语……

1877 年

＊　　此诗最初发表于 1877 年的《祖国纪事》。

542

日 复 一 日 *

日复一日……空气还是那么沉郁，
衰颓的世界——在死亡的路上滑去……
人——冷酷无情到令人惊惧的地步，
这哪里还有什么弱者的生路！

但是……且不要发泄你的满腔义愤！
不要咒骂时代，更不要责备世人：
你既已纵情于诗歌的创作，
而今就得把血泪耗尽……

1877 年

俄罗斯也有引为自豪的东西[*]

俄罗斯也有引为自豪的东西——
　　　切不可等闲视之！
只不过要向伟人们去致敬，
　　　得要走遥远的路程。

你的祖国的威斯敏斯特
　　　天主教教堂①
就是那白雪皑皑的草原，
　　　矿藏丰富的地方。

1877 年

---

* 　1857 年 12 月 6 日，在彼得堡的喀山广场发生了一次政治性群众示威，普列汉诺夫在集会上发表
　了令人愤激的讲话，他赞扬了车尔尼雪夫斯基和其他一些革命战士，然后说道："大家只有一个命
　运：死刑、苦役、监狱。但是他们经受的苦难越多，他们也就越光荣。为人民的事业遭受苦难的人
　们万岁！"涅克拉索夫写这首诗，就是为了对当时在苦役中已经牺牲或正在牺牲的政治斗士们表
　示敬意。此诗最初发表于 1912 年的《遗训》。
① 　这是伦敦的一座古老教堂，那里埋葬着一些杰出的作家、画家、学者、统帅。涅克拉索夫在这里把
　沙皇政府活活埋葬过成千上万俄国优秀人物的西伯利亚矿坑讽刺地称作"威斯敏斯特天主教教
　堂"。

催 眠 曲*

难以消除的忧愁，

无法遏制的苦痛……

病魔的黑手拖着我，

像拖着献祭的牺牲。

你在哪里呀，缪斯！唱吧，一如从前！

"再没有歌儿了，两眼黢黑一片；

告诉你：我们要死去！希望已经渺然！——

我身架双拐勉强来到了此间！"

是拐杖呢，还是掘墓的铁锹

在咚咚地敲击……沉默了……完全静寂……

于是再也不见了我那万能的缪斯，

于是诗歌背弃了诗人。

但是面对着长眠不醒的黑夜，

我并不感到孤单……听！那优美的声音！

它出自我敬爱的母亲：

"赶快躲开那正午的炎热！

走进浓荫里来安息，

入睡吧，入睡吧，我那亲爱的孩子！

快接受你所期望的劳动花冠，

---

*　这首诗是涅克拉索夫于 1877 年 3 月 3 日在病榻口述，由他妹妹记录而成的。最初发表于 1877 年的《祖国纪事》。

你已经不是奴隶——你是业已加冕的皇帝；

任什么东西也不能够主宰你！

"坟墓并不可怕，我跟它很熟悉，

再也别怕霹雷和闪电，

再也别怕枷锁和皮鞭，

再也别怕毒手和宝剑，

再也别怕王法和无法无天，

再也别怕飓风和雷雨，

再也别怕人们呻吟，

再也别怕人们哭泣。

"你默默忍耐的受难者呀，入睡吧！

你会看见自己的祖国是

自由、幸福而自豪的国家，

哦——哦——哦，快睡吧！

"就在昨天，世间的仇恨

还在使你蒙受欺辱①；

一切都结束了，再也别怕坟墓！

你再也不知灾难为何物！

我的孩子，再也别怕诽谤，

你的心灵曾为它遭受重创，

再也别怕那难以忍受的严寒：

我要在春天把你埋葬。

"再也别怕那令人痛惜的忘记：

爱的花冠，宽恕的花冠，

---

① 据说，这大约与前不久审查机关不准他的《全村宴》(《谁在俄罗斯能过好日子》中的一章）发表有
关。

都已经举在我的手里，
这便是温柔的祖国赏你的厚礼……
灿烂的光明必将取代顽固的黑暗，
你将会听见自己的歌声
响彻在伏尔加、奥卡、卡玛的上空，
哦——哦——哦，快睡吧！……"

1877 年

多难过的日子啊！*

多难过的日子啊！像叫花在乞讨，

我向苍天乞求早死，

我向医生、朋友和审查官们

乞求快点儿死掉，

我向俄国老百姓大声疾呼：

要是能救，你们就来救我吧！

或把我放在活命仙水①里泡一泡，

或用那起死回生的神水②浇一浇。

1877 年

---

*　这首诗写于 1877 年春。原来诗中并未提及审查官。由于过复活节，书报审查机关推迟了对《最后的歌》的审查。他的妹妹 A. A. 布特凯维奇回忆说："哥哥的情绪很不好，因为书的出版要延期三周。他当时说：'对我来说，实在太长久了，现在每一天都可能是最后一天。'"（《文学遗产》第 49/50 卷，1946，第 172 页）涅克拉索夫为想快点出书，遂决定写信给书报审查委员会主席，请求他们不顾节假日、粗略地浏览一下就算了。但信写好以后，就又改变了主意，用他妹妹的话说："……'我不想请求他们什么了。该怎么办就怎么办吧。'当时桌子上放着刚由我记录下的诗稿，哥哥望了望，说：'请给改一下，改成：医生、朋友和审查官们……'"（同上）此诗发表于诗人死后的 1877 年的《祖国纪事》第 1 期，是照诗人生前审阅过的校样刊出的。

①　俄罗斯童话：活命仙水，复活神水。

②　俄罗斯童话：能把被剁碎的人体联结起来的起死回生的神水。

你不会被忘记*

"我昨天还对别人有用
——而现在却已不能！
如今我但愿一死——
拿起子弹也并非无因……"

这就是你留给我们的遗训，
可是后来我们还听说，
你老早就把自己用劳动
获得的一切献给了穷人。

神父怯懦——害怕，不去送葬；
我们也不能将他说服。
于是我们把死者抬往
那有风在悲鸣的山谷。

埋葬完毕，我们凿下一块石头，
并把它在坟头上直直竖起，
在石头上清清楚楚地写着
生和死，和你的全部遭遇。

---

* 审查官列别杰夫向书报审查委员会告密说，涅克拉索夫在这首诗里"想要使自杀（！）思想神圣化，
因为他不仅宽恕了那个企图自杀的姑娘和她的行为，并认为这对别人也是一种教训，而且声称她
的坟墓是伟大的……"（《往昔的声音》1918，No.4—6，第104页）审查官根本不了解，涅克拉索夫
称这个姑娘伟大，是因为她曾经奋不顾身地为革命服务。

你的遗体，人们感到亲切，
但它蕴涵着责备和教训……
如若在世时没有伟大业绩，
那我们便需要伟大的坟茔……

1877 年

秋 天[*]

早先——是乡村的节日，

如今——秋天一片饥馑；

哪有工夫顾上喝酒，

女人的哀愁没有个尽。

从礼拜日起，我们那信奉

东正教的人民，就叨念书信，

每逢周末就进城去，

到处走访、询问和打听：

夏天有谁战死了，谁又受了伤？

有谁失踪了，又有谁被找见？

那些幸免于难的人们

又都送到了哪些医院？

真叫人胆战心惊！……虽是午间，

天空黑压压，像是在夜晚；

既不愿在窄小的农舍里坐，

也不想闲躺在炉炕上边。

谢天谢地，我幸得温饱，

但愿能睡觉！不，睡不着——

老想到路边儿去走走，

因为无论如何躺不倒。

---

* 这首诗是俄土战争（1877—1878）的反映。1877 年在《祖国纪事》发表时，未署作者姓名。这是诗人临终前发表的最后一首诗。

我们的大路真热闹！
运伤兵的车厢过个不停，
在我们身后的岗丘上
疾驰而过,轰轰隆隆,
一清早就能听见
人们不断的呻吟声。

1877 年

梦[*]

我梦见:我站上峭壁,

想纵身跳进大海里,

突然光明和宁静的天使

对我唱起美妙的歌曲:

"等到春天吧! 我早点儿来!

我会说:愿你重做新人!

我将摘下你头上的雾罩,

从沉重的眼帘驱走睡意;

把歌喉归还给你的诗神,

一旦你从未收割的田亩上

开始拾穗,你便又会

得到安享幸福的时辰。"

1877 年

---

* 涅克拉索夫临终前备受疾病折磨,疼痛异常,所以每天都要服麻醉剂。只有在两次服用鸦片之间的几分钟内,他才觉着有点清醒,于是他力图利用这短暂的时间来写诗。《梦》中就有两句描写服用麻醉剂后头脑昏沉迷醉、妨碍他进行创作的诗句:

我将摘下你头上的雾罩,

从沉重的眼帘驱走睡意……

此诗最初发表于 1878 年的《祖国纪事》。

伟大的亲情！*

伟大的亲情！我们无论走近
哪一个地方,哪一个家门,
都会听到儿女在呼唤着母亲,
她们虽远在他方,也都向儿女飞奔。

伟大的亲情！我们自始至终
牢牢地珍藏在自己的心中,
我们热爱自己的姐妹、妻子和父亲,
但一遇到苦难便立刻想起母亲!

1877 年

---

* 此诗最初发表于 1878 年的《祖国纪事》。

仿 席 勒

一
本　质

如果在你的心中
自有善与爱的典型，
那就大胆地呼唤诗神，
世上的一切主题都会妙趣横生。
诗神来光顾你了：
你的目光迷离彷徨！
初来的灵感力量最充沛！
切不要抓住业已开始的话题不放。

二
形　式

付出时间，给形式以充分的
重视：诗的风格
最要适应主题。
诗句，如同钱币，
要铸造得精确、真实、清晰。
坚持遵循规范：

思想必须开阔，

语言也要严密。

1877 年

很快——目前我的兆头不错[*]

很快——目前我的兆头不错！——
很快我就要离开忧愁的住所：
俄罗斯心灵的永恒旅伴——
憎恨,恐惧——从此便开始沉默。

1877 年

---

[*] 此诗最初发表于 1879 年的《涅克拉索夫诗选》。

我 疲 倦 了[*]

我疲倦了,疲倦了……我该入睡了!
俄罗斯啊! 你的不幸,我都知道;
我回顾自己走过的道路,
发觉所走向的境界更高更高。

1877 年

---

* 此诗最初发表于 1879 年的《涅克拉索夫诗选》。

啊,缪斯![*]

啊,缪斯! 我已走到坟墓的门边!

让我多多地告罪吧,

让人的怨恨将我的罪愆

去夸大一百倍吧——

但不要哭! 我们的命运令人欣羡,

人们不会咒骂我们:

我和一些正直心灵之间

那活生生的血肉联盟,

你不能让它长久地中断!

看着这被打得遍体伤痕、

面色惨白、浑身是血的缪斯,

而竟无动于衷,他就不是俄罗斯人……

1877 年

"中国翻译家译丛"书目

（以作者出生年先后排序）

第 一 辑

书 名	作 者
罗念生译《古希腊戏剧》	［古希腊］埃斯库罗斯 等
朱光潜译《柏拉图文艺对话集》《歌德谈话录》	［古希腊］柏拉图　［德国］爱克曼
纳训译《一千零一夜》	
丰子恺译《源氏物语》	［日本］紫式部
田德望译《神曲》	［意大利］但丁
杨绛译《堂吉诃德》	［西班牙］塞万提斯
朱生豪译《莎士比亚戏剧》	［英国］莎士比亚
罗大冈译《波斯人信札》	［法国］孟德斯鸠
查良铮译《唐璜》	［英国］拜伦
冯至译《德国，一个冬天的童话》	［德国］海涅 等
傅雷译《幻灭》	［法国］巴尔扎克
叶君健译《安徒生童话》	［丹麦］安徒生
杨必译《名利场》	［英国］萨克雷
耿济之译《卡拉马佐夫兄弟》	［俄国］陀思妥耶夫斯基
潘家洵译《易卜生戏剧》	［挪威］易卜生
张友松译《汤姆·索亚历险记》《哈克贝利·费恩历险记》	［美国］马克·吐温
汝龙译《契诃夫短篇小说》	［俄国］契诃夫
冰心译《吉檀迦利》《先知》	［印度］泰戈尔　［黎巴嫩］纪伯伦
王永年译《欧·亨利短篇小说》	［美国］欧·亨利
梅益译《钢铁是怎样炼成的》	［苏联］尼·奥斯特洛夫斯基

第 二 辑

书 名	作 者
钱春绮译《尼贝龙根之歌》	
方重译《坎特伯雷故事》	[英国]乔叟
鲍文蔚译《巨人传》	[法国]拉伯雷
绿原译《浮士德》	[德国]歌德
郑永慧译《九三年》	[法国]雨果
满涛译《狄康卡近乡夜话》	[俄国]果戈理
巴金译《父与子》《处女地》	[俄国]屠格涅夫
李健吾译《包法利夫人》	[法国]福楼拜
张谷若译《德伯家的苔丝》	[英国]哈代
金人译《静静的顿河》	[苏联]肖洛霍夫

第 三 辑

书 名	作 者
季羡林译《五卷书》	
金克木译天竺诗文	[印度]迦梨陀娑 等
魏荒弩译《伊戈尔远征记》《涅克拉索夫诗选》	[俄国]佚名 涅克拉索夫
孙用译《卡勒瓦拉》	
朱维之译《失乐园》	[英国]约翰·弥尔顿
赵少侯译《莫里哀戏剧》《莫泊桑短篇小说》	[法国]莫里哀 莫泊桑
钱稻孙译《曾根崎鸳鸯殉情》《日本致富宝鉴》	[日本]近松门左卫门 井原西鹤
王佐良译《爱情与自由》	[英国]彭斯 等
盛澄华译《一生》《伪币制造者》	[法国]莫泊桑 纪德
曹靖华译《城与年》	[苏联]费定